任意东西

马国芳 ◎ 著

长春出版社

全国百佳图书出版单位

图书在版编目（CIP）数据

任意东西 / 马国芳著. -- 长春 : 长春出版社,
2025. 1. -- ISBN 978-7-5445-7586-7

Ⅰ. I267

中国国家版本馆CIP数据核字第20248R4U51号

任意东西

著　　者　马国芳

责任编辑　江　鹰

封面设计　宁荣刚

出版发行　长春出版社

总 编 室　0431-88563443

市场营销　0431-88561180

网络营销　0431-88587345

地　　址　吉林省长春市南关区长春大街309号

邮　　编　130041

网　　址　www.cccbs.net

制　　版　长春出版社美术设计制作中心

印　　刷　长春天行健印刷有限公司

开　　本　880mm×1230mm　1/32

字　　数　300千字

印　　张　14.375

版　　次　2025年1月第1版

印　　次　2025年1月第1次印刷

定　　价　69.80元

自　序

"风烟俱净，天山共色。从流飘荡，任意东西。"

——吴均（南北朝）《与朱元思书》

一篇篇，聚集归拢。某个瞬间突然发现，自己的文字里，已经有很长很长时间，不再出现纯粹的日月描摹、风景涂绘。不再有纯美清凉的晨花晚映，云淡风轻的浅唱低吟。

里面更多的，是生活，结结实实的生活。一步叠着一步，一个脚印连着一个脚印。生着根，冒着芽，四下纵横着老根新须，向泥土中长，往阳光里拔。

自己的，亲人的，世界的。

亲历或访谈，远焦或近影。每一篇，都蜿蜒着鲜活坚挺的汁液筋脉，滚烫着时光往复翻迭中生生不息的澎湃潮汐。未必大开大合牵肠动肺，却字字句句，圈着年轮，泻溢出尘光万象。

从来没有刻意地想过要书写人生。可是这一刻，我却在自己一篇又一篇参差互衔的文字里，读出了"人生"两个字。

有很长一段时间，连自己都觉得奇怪。去商店看衣服，随便一件款式样貌远远望到便打眼入心的，近前问，回答都说是男装。

很多年前的大学寝室，一众室友争抢"预订"我未来的女儿做她们儿媳。想都不想，就认准了我将来一定会生个女儿，说我的女儿一定和她的妈妈一样，声腔婉转走路袅袅性情温柔又贤淑。

而结果是，如今我的儿子高大飒爽，已经独立远方。

生活，总是能够在某一刻，穿过柔风淡柳、鸟语花香，而直合本源。

一切的岩浆奔突、山海覆颠，所有的嶙峋天堑、峡谷沟壑，早已构筑起了生命当有的骨架底色。纵然芬芳已遍野，恣意翩然，却是终究，长在了峰峦的背脊，附着了雷电跌宕锋锐的魂魄。

所以才有，对男装挺括利落的本能青睐，对降生的是儿子的毫不惊诧。

不缠黏，不裹缚。通达，广阔，而自由。

一切都带着，岁月百转千回后的深深烙痕。

无关表里。

推己及人。所以当我走在生活中，对他人的命运，轻易不做"自以为"了然洞明的贸然解析。对很多的"看到"，不予本能置评。对接踵回旋的万千高潮或低谷，亦越来越能够敞开胸怀。

纵穿岁月腹地，我越来越明白，很多时候，"看到"未必对接"实相"，一己的行走体验，未必真就契合了他人的步伐高低。

对于超出经验范围的一切，我告诉自己要学会接纳和尊重。

陪伴，倾听，慰抚。如若不然，那么，安静就好。

人生没有模板。我在自己和自己以外，看到生命奔突在不同的境况里，东西任意，交错转合，枝蔓缭绕。

然而只要愿意，无论遭逢如何的宽窄深浅，却总可以，长成其该是的样子。

我于是便一直自觉不自觉地，将目光和文字锁定在了生活本身，锁定在了包括自己在内，一个又一个有着强烈"愿意"渴望的生命身上。纵然平凡普通，披霜挂露，却是义无反顾，一路向前。

书中的文字，长长短短。链接着时光，串缀起记忆，承载着当下的伤痛欢喜。对自己，不再像从前的某些时候一样，将生命里的很多真实发生，以第三者的客体角度叙写，不再进行"艺术化"隐藏。岁月，给了我向世界坦然打开的勇气和能力。对自己以外，视角平和，笔触力求诚挚。无论远近疏密，每一个都曾走过或仍在行经我的生命。便是不着名姓，即或只是短暂的擦肩，亦在特定的"山川"下，起伏共振过时光，叠加过温度。

感恩生命。感恩经历。感恩所有的雪雨雷电。感恩一路走来每一双向我伸出的手。

我深深地记在心里。

感恩今生有你们。

目　录

风烟俱净

小　镇 / 2

父亲的"才艺" / 7

父亲走了 / 10

母亲人生纪年 / 16

野性的呼唤 / 24

"龙须"上的端午 / 28

我的方言 / 31

岁月有痕 / 35

那一束光 / 38

陪　伴 / 42

"粗糙"里的温度 / 46

温暖守护 / 50

尽掬"房"华 / 53

最初的味蕾 / 60

白菜的味道 / 63

瓜熟才能蒂落 / 67

倾听此刻 / 72

身体迷路了 / 75

陪外祖母看戏 / 82

远心无怯 / 85

没有任何时光没有意义 / 88

再见已是永远 / 92

静看生命的花开花落 / 96

天山共色

珍惜"后院福利" / 100

交错的瞬间 / 104

生　命 / 108

勇　气 / 115

精致生活 / 119

九叔的天空 / 121

寂寞水手 / 125

随光生长 / 129

你成长的样子 / 135

门边的"幸福" / 141

时光深沉 / 144

当你老了 / 149

何来焦虑 / 160

草原感觉 / 163

小品文（二则） / 167

海 / 171

季节的温度 / 174

背出来的人生 / 178

期待后面的麦穗儿 / 182

爱 / 184

"视点"聚焦的时光

　　——《文化思维》自序 / 186

手足情深 / 191

重返"无车"时代 / 195

考研途中 / 199

赢取尊严 / 204

男人的方式 / 207

错位的仰望 / 213

回归树的挺拔 / 216

从流飘荡

峰回路转的人生 / 222

天天向上 / 229

一个意外 / 232

婚姻如鞋 / 237

被剪辑的人生 / 240

爱要"醒一醒" / 243

那年九月 / 249

明白的决定 / 253

命运不解释 / 257

惠姨的晚年 / 260

远方有多远 / 264

看不见自己 / 267

邂 逅 / 271

更"美"的风景 / 274

从《芳华》到《无问西东》/278

寻找屋檐 / 280

那年遇到一个小男孩 / 284

记忆中的女孩子 / 290

老魏的讣告 / 293

晚日醉春光 / 296

永远定格的十八岁 / 302

试着勇敢一点 / 308

感恩庸常流程 / 312

且行且吟 / 317

任意东西

刀斧砍凿下的"艺术"人生 / 324

水润华年 / 331

父亲那个时代的童年 / 336

路上日月 / 341

空旷里鼓荡着生命的风 / 348

小院落里旋起的"大舞台" / 354

谁弄丢了昨天那个人 / 361

不敢后悔的人生 / 368

如果不是太得意忘形 / 374

雾锁深秋 / 379

叠合的生命 / 384

如果给我一个支点 / 389

那束"奢侈"的百合花 / 395

春花秋月遥迢路 / 401

在桌子上弹奏"钢琴" / 407

走不出的疼痛 / 413

这样走进夕阳 / 419

陌路人生 / 425

一生钟情一件事 / 430

"海鸟"的梦想 / 434

风雨同舟 / 438

风烟俱净

　　每一颗珍珠，都来自蚌的伤口。日复一日，时光的不断磨砺，曾经的受伤，变成了珍宝的源头。当初的每一丝疼痛，都化作了光芒。

小 镇

　　小镇在山间，卧在小兴安岭群山的褶皱里。四面树丛与河流。头顶上一兜碧蓝的天。天际线四臂搭连，围成一弯小小的月牙。镇子的西北角，依着山壁，斜出一汪柔亮的水，镇子的人顺势就叫了它"月牙湖"。也算是给没有冠月牙名的镇子，一个小小的落笔。

　　月牙湖弯倚的山壁上，一行陡斜的石板阶，层层递进，辗转蜿蜒，没进莽莽苍苍的松柏深处。筋骨粗阔的岩壁上，错落着许多年前战争时留下的碉堡，大大小小，像一色的灰蘑菇。墨圆的枪洞仍然虎视眈眈，带着未经岁月侵蚀的坚毅和警觉，一日一日，收揽着四季流转世事变迁。

　　春天来的时候，达子香开满山岭，小镇没在一片紫红的云霞里。天空蓝得透明，一条大河斜倚着南山逶迤而过，不疾不徐。间或，赶春的山里人搭着圆皮筏子悠悠而下，弄碎了清波光影，却也相跟着，为轻墨紫环的小镇，斜出沙画般动感优柔的一抹。

　　小镇很安静。从前要停留十二分钟的火车，现在只轻轻顿一下就走了。小镇越来越像长长的句式里，一个小小的逗点，间歇着语气，却不再负荷意义的分量。

西北侧曾经的万人木材大厂，早已经烟火消散，人去厂空。厂间两三百米高的大烟囱，如同昂扬的旗杆，地老天荒般矗立着，征尘铺身，却已经似乎永远都不会再有旌旗猎猎。

铁路和木材加工分解，曾经是小镇的两大支柱产业，让兜在山洼里的小镇人，在过去的许多个年头里，生活丰裕而从容。大山深处的原始林木，被一根根砍伐下来，经由特别铺就的专用轨道小火车运进厂里，分解加工，然后再一火车一火车轰隆隆地运往外面的世界。容纳万人的木材厂，总厂套着分厂，大大小小，司职清晰，配套完善。昼夜烟火通明。

通明的灯火，辉映着激荡林野的伐木号子声，闭合开启着一个又一个黎明与白昼。

从来没有谁想到有一天会曲终人散。山还在那里，厂还在那里。却已经，流年辗转。

深草丛中，起重机的大吊钩还衔着一块巨型石板，记录着当年突然被喊"停"时的刹那错愕与慌乱。凌空的运输轨道上，正走了一半的铁皮箱愣怔地悬在那里。厂部宽广的墙面上，油漆刷写了一半的宣传字画，画面上来不及飞泻到底陡然打住的半截瀑布。

狂欢散尽，唯刹那长存。

偌大的厂子，在彻底的安静里，走过了一季又一季。这一季又一季的安静里，风送来了籽，鸟衔来了枝，四围密匝的丰沛水汽里，无数品类的树木花草任意地随兴招展，错落间杂，疏密恣肆。暖意撩人的季节里，红妆绿影从每一个角落、每一寸空间、每一扇敞开的门窗里飘摇出来，配衬着旁边老楼旧院日甚一日的颓唐斑驳。

曾经的激越狂舞百舸千帆，如同过境的风潮，流转在岁月的波峰驿站，遁隐匿没，飘逝成渐次偶尔的传说。

小镇一茬又一茬的年轻人，以各种方式选择了远行。将生命年轮的外延，强劲地圈圈激荡出去。曾经在厂子里上班的人们，在家门前试过种种身手而终觉"地力"不济后，也相继走了出去。小镇整排整排的砖瓦房空了下来，落了锁。屋子主人杳无所踪。

小镇日复一日地纵深静谧。与之呼应的，是山野重新挺起的腰身，越发壮实的筋骨，蓊郁苍阔。深山巨野里当年树的子孙们，又开始一轮接一轮地，圈画属于自己的年岁。无数强力偾张的膀臂，越过前辈伤痛的痂面，茁壮铺展出与旷古根脉同气相和的雄浑苍阔。

林海碧涛，长波尽卷。

小镇的天空越来越清澈高远。那一汪柔媚的月牙，在深山大野息息升腾的烘煨中，冰冽魅逸，沁醇缭绕。

中间的许多个日子，小镇像一团绵软悠缓的云絮，安静地偎贴在群山的峦壁上，合拢了时光，纳风化雨，无意西东。

南山脚下的宽阔国道是什么时候通过来的，镇子里没有几个人说得清。那条路傍依着大河，河的北边是大片田地，生长的季节里，田野里丰沃着大豆、玉米和高粱。再往北，才是斜兜在月牙里的一簇簇安详着日月的百姓人家。

原来过了桥南面就是丛林野路，现在一条平平整整的大路横接东西，手臂一样远远地伸展出去，托山举岭，通脉连心。从前飘摇于南山北镇间的窄细索板桥，如今弱柳化松，高高地凌空腾架，将银波翻卷的长河稳稳纳揽怀中。结实的桥身，筋骨壮健朴拙，挽一臂霞光流影，舒展出四野从容。

没有感受到忙乱轰鸣，没有看见浓尘四起。小镇人的心里，似乎只是山脊的流云那么不经意地抹了几抹，一个翻新了日月的宽野阔地，就在安静中被抹了出来。

以为"未来"已经成为过去。却忘了，"未来"从来就没有固定的模板。而再纤细的月牙，也终究会一点点地，靠拢围合近月圆。

改变，似乎就从那条新修的路开始，蝶羽飘飘，进而振连起了整个小镇。

一辆辆挂着不同地域牌照的车子穿过山峦，从浓郁苍茫中驶过来。弯进小镇。驻足，深深地呼吸。久违的静谧。干净到透明的澄澈，缭绕峰巅的云岚，恣意丰茂铺展的山川大野。

炊烟又袅袅。

小镇成了大山以外的城里人眼中的惊叹和珍宝。闲闲地看山望水，循着石板阶临峰远眺。放任血脉归序列位。小镇的名字，开始在大山以外越走越远。

落锁的门院陆续启封。热乎乎的炕头住进了一批又一批远方客。出外打拼的小镇人，先是试探着再是坚定地回归了家园。

甚而，不知哪里的艺术家，背扛着大堆家什，来到那座从前的万人大厂。小心翼翼地深入进去，一边潜心创作，一边连连叹惋。叹息这座大厂的生不逢"地"。如果放进城里的某处，在这个创意无限的时代，该可以再次焕发出什么样的生命活力。

同时却又暗自庆幸，庆幸佳境独识，运道偏得。

小镇的道道山梁，缕缕霞光；小镇的静悄守拙，湖光野影；甚至镇上老人怡然的微笑孩子的无拘独行……都开始纷纷穿山越岭，在遥远的繁华里，安详止息着往来无数滚滚心潮。

这个，小镇从来没有想到。

谁说过，每一颗珍珠，都来自蚌的伤口。日复一日，时光的不断磨砺，曾经的受伤，变成了珍宝的源头。当初的每一丝疼痛，都化作了光芒。

小镇，在被遗忘了很久很久以后，再次成了一颗熠熠闪光的珍珠。

无数次回眸，再回眸。我亲眼看见，伤口是怎么样一点点，成了珍珠。

小镇，曾安放过我整个的少年时光。

父亲的"才艺"

往远方家里打电话，母亲说，你爸精神头儿好多了，昨晚还唱了两句杨子荣呢。就是不知道吃饭，喂就吃，不喂就干瞅着不动筷。还是不认人，对着你弟喊你二叔名。是越来越傻了。

父亲老年痴呆了。偶尔会在模糊的记忆缝隙里，找到一两句从前的唱腔，瘪着瘦瘦的没牙的嘴声线游移地轻轻吐纳。杨子荣或者座山雕，陪伴了父亲一生的"老伙计"，在他连儿女都分不清了以后，仍然有断续的"认得"，并在刹那袭来的"熟知"里，漫出缓缓地笑意。被褶皱包裹的枯干无力的双眼，总是随着低低的唱音，而瞬间水亮起来。

父亲爱京剧爱了一生。

小时候，每逢年节，就是父亲"大显身手"的时候。早早地，村里的戏台还没搭起呢，父亲就和同样喜欢唱戏的老少伙计们忙活上了。《沙家浜》《智取威虎山》，杨子荣、座山雕、刁德一……印象中最清晰的，是父亲穿着不知谁的棉军大衣，一手掐腰，一手大幅度伸出去，声音高亢地唱"穿林海跨雪原气冲霄汉"，唱到"似尖刀插进威虎山，誓把座山雕埋葬在山涧"时，高举的手随着身体的扭转猛地向下一抡，气势坚朗而有力量。随之响起的，是大片掌声叫好声。

或唱或听，京剧是父亲诸多特长里，唯一最纯粹最不带任何养家谋生目的的喜好。无论这一生走到哪一截，遭逢如何起伏，明暗参差的岁月里，京剧激荡浑厚的音腔，都时时随守，不离左右。

而摄影和雕花木工，则在热爱之外，夹进了父亲太多为生活求谋的奔波与用心。

相信在某个时间段，父亲是做过摄影家梦的。几十年前，在摄影还是个"技术活儿"的年代，父亲就已经能很自如地，用安放在几乎与人齐高的支架上的老式照相机，拍山拍水拍人物了。拍完后，自己配药液，在所有窗户都被严严遮挡起来的屋子里冲洗，一版版地晾晒。洗照片时特有的药水味，充斥了我成长中的许多时光。每逢农闲，父亲就带着一整套家什外出了，西北、西南、东北……穿山越水给人拍照挣钱贴补家用。每一次回来，父亲都会带回许多自己拍摄冲洗的风景照片，有远天流云、山里日落，也有草原牛羊、露珠晶莹。对于一向将自己出行成本降到最低的父亲，奢侈地拍照冲洗这些带不来任何收益的视觉美图。其中隐秘的憧憬和渴望，总是让我在很久很久以后，想到当初父亲反复端赏它们的场景，而忍不住暗自揣忆潸然。

时至今日，父母居住的老屋里，还有一只几十年前父亲打制的老式"炕琴"。虽然油漆早已斑驳，柜门开合会发出滞涩的

"吱吱"声，可是上下旁侧镂空的凸浮雕花，仍然看上去精致而充满美感。早些年，看到父亲用凿子锤子在给人打制的一件件家具上雕刻出美丽的图案，总是好奇，从没接触过美术的父亲，怎么就能这样自如地创造出美丽。这个问题，一直没有得到答案。关键是，父亲好像从来就没有认为自己这是在"创造"。他只是满足，在每一朵花每一只鸟被栩栩如生雕刻完成的背后，是妻儿可以过上更温饱的生活。

无疑，如今已经神志模糊的父亲，在过去的一生里，用句时兴的话说，是很有些"才艺"的。时至今日，有的已经彻底消失不见，有的仍然模糊地钟情。作为儿女，我只虔诚地希望，接下来的一年再一年，都能听到父亲声"会"杨子荣的消息，哪怕意寥音微，亦已足够慰心。

父亲走了

一

父亲走了。2018年10月11日凌晨，父亲停止了呼吸。终年78岁。

父亲终于自由。从身体到灵魂。39岁那年，父亲遇车祸，从此再无法像从前一样大步南北。只能从局促仰望的视角，看斗转星移，望流年飞转。几十年里，父亲从来没有感叹过一句。很多很多年里，父亲仍然劳作不休，即便只能以坐着的姿势。仍然在忙碌了一天之后，唱各个流派的京剧。唱的时候，仍然有力量的双手会随着唱腔高高斜扬，力斩下劈。

父亲不是个会聊家常的人。对于自己盛年遭逢，父亲究竟心里有多少苍凉与不甘。被囹圄桎梏的世界，又到底起伏过什么样的窒息与绝望。面对四个没有成年的孩子，父亲的心底又翻滚过什么样一波又一波的风雷。父亲没有说，我没有问。虽然随着长大，我有无数次在心里置设，并用力体味一个曾经那么热爱行走的人，突然间只能管窥世事，那份被时光寸寸切割研磨的无奈与无助，该是多么锋利尖锐。却终究没有任何一次，跟父亲将话头引向这里。连试图都没有。父亲不说，我不忍。于是我只能假装着让自己相信，我眼见的，就是真实的。父亲仍然在拼着气力劳作，仍然能纵声杨子荣、座山雕。就好。

而至几年前，父亲的意识开始渐次飘忽。亲人们的影像旋转迭覆，不再能够清晰地一一对应。曾经奔放辽阔的音喉，泯然无踪。千里外归家，父亲对着我，开始叫起不同人的名字。慢慢地，父亲不再能够控制自己的身体，直至不能够自主吞咽……父亲的灵魂回卧进遥远的岁月深处，歇息沉睡。

如今云烟杳渺。

父亲终于自由。世间再没有力量可以拘缚囚拢，从身体到心魂。

最后回望父亲长眠的、连绵起伏的山脉，挺拔厚密的林野，阳光漫铺的岭峦。我的目光里不再有壁垒和圈围。

所有的今世，对父亲，都已经是永远挥手作别的彼岸。

或思，或忆。或不舍不甘。都只是此岸潮汐。

父亲，以另一种生命形式回归本原，化接了永恒。

唯余此岸潮涌浪击，飞花恣肆。

二

那是一个并不宽阔的路口。两条细细的铁轨从厂子里伸出来，运木材的小火车吞吐着粗沉的气息循环往复。路口两侧没有设置任何安全挡杆。火车经过的时候，行人就自觉或远或近地停下来。

一切都是敞开的，裸露的。貌似亲密又毫无道理地彼此信任的。

真实存在的危险，被想当然地忽略了。

那个中午，父亲本来是可以避过火车经过的时间的。到老乡家办事，临午饭时分了，老乡煮好了面条，说，吃碗再走吧。老乡关系很近，赶上饭点儿吃完再走是常事，父亲也通常并不客气。那天却不知道怎么了。父亲后来回忆说，就是特别着急，老乡把面条都盛好放桌上了，再三地留劝，父亲就是坚持要走。

于是，骑着车子急火火赶路的父亲，就跟正经过路口往厂里开去的火车撞了个正着。据恰好目睹到这一幕的人后来回忆说，因为是路口，火车开得并不快，慢腾腾的。路口两侧的行人都站下来等火车过去。父亲远远地骑着车子赶来，就像什么都没看到，径直冲了上去。

几乎是瞬间，父亲的人生和他的身体一样，齐刷刷被斩成了两截。

日后无论如何回忆，父亲对当时的场景，都已经想不起分毫。能记起的，只是多少天后医院的病床上醒来，陡然发现自己刚近"不惑"的人生，已经沧海桑田。

那一年，是 1979 年。整个中国大地，春潮汹涌。龟裂多年的"土地"，正开始沐浸甘霖。无数有形无形的格块捆绑，纷纷迫不及待地被抖脱。开放自由的气息，正纵贯大江南北。

一直以行动执着地表达着对开放与自由深切渴望的父亲，

却在大门刚刚敞开的那一刻，永远地停下了脚步。

停在了异乡，停在了远离妻儿、千里之外的小小山镇。

三

算起来，父亲这一次从"出门"到"出事"，时间也就月余。生产队里该出的工出了，该干的活干了。家家开始"猫冬"，男人们开始扎堆闲聚。春风已经开始徐徐荡拂中国大地，这个僻居边角一隅的小小村落，如同沉在时代河床深处的睡石，依旧沙包泥裹。并不觉知，冰封外，新绿已葱茏。村庄里，仍然集体出工，严格地计算工分，单个人仍然不能独立谋划想要的生活。

就是这样的背景下，父亲和之前的某些农闲时候一样，背起家什，悄悄离家奔向了远方。父亲沉重的行囊里，有斧子、刨子、锤子和刻刀，还有一整套的老式照相器材。

它们曾经在很久以前的时光里，给过父亲明亮的希望，和对美好生活的向往。父亲和母亲今生第一次也是结婚前唯一的一次见面，父亲对母亲郑重许诺，婚后带母亲去外面的大城市，开照相馆，自己做老板，过富裕的日子。

那会儿，父亲一米八余，高大挺拔，眉目宽阔俊朗，勤劳能干。懂摄影会木工，能演会唱。曾经在外面大城市的照相馆做过工，据说父亲总能在恰好的情境下抖起肩膀，来上一段豪迈的京剧唱腔。将正惴惴端坐在镜头前的客人逗得开怀，拘谨跑得无影无踪。总是可以自如地，将客人最能辉映心灵的瞬间定格。父亲的摄影技术远近皆知。媒人将父亲夸得花团锦簇。

　　父亲母亲见这第一面也是婚前唯一的一面时，国家正遭逢经济困境，一向成绩优异铁着心要读大学的母亲，迫于无奈刚刚辍学，单纯地想着嫁出去能给家里省出一份口粮。父亲的话，给大学读不成的母亲，隐约出了一条通向远方的路。这条路上，铺泻着似乎触目可及的温暖阳光，婉约迷离地照射进未来。

　　母亲选择了相信。

　　两个只见过一面的年轻人就此走进同一屋檐，开始了他们从未曾料及过的跌宕人生。

　　婚后不久，整个中国大地便开始风起云涌。父亲的"老板梦"被生生割断。与此同时，孩子们接二连三地出生，争先恐后地往高里拔，日子越来越拮据。年头忙到岁尾，常常连一家人的口粮都挣不回。

　　终于，某年的冬天开始，趁着夜幕四垂，父亲鼓起勇气背上一应家什，悄悄走出家门，辗转奔向了远方。

　　崇峦叠嶂间，一弯又一弯的山坳里，父亲走村串户，开始一点点地用勤劳和智慧为家人"衔枝觅食"。一家又一家山里人的屋头，用上了父亲做工精美、雕花镂空、花鸟多姿的炕琴立柜。墙面挂上了一幅幅父亲用心拍摄涂色的幸福和美的团圆照。

　　穿行于苍茫林海，父亲又想起了很久以前初次见面时对母亲的承诺。曦光微明，似乎，承诺距离现实只隔着薄软的一抹天际线了。每一次，父亲经由外祖父家小心翼翼辗转给母亲的信里，都充满了对自由生活的期待和向往。

　　那个时候，父亲并不懂什么叫开放，他只是想甩开膀子，亮大嗓门，痛痛快快地在属于自己的生命舞台上，抖肩挥臂，纵声放歌。

却怎么都不曾料到，大幕才启，自己的人生，却随着与一碗面条的失之交臂，而对整个终于可以健步如飞的时代，只能举首仰望。

父亲的嘴里，从来没有说过"命运"。

而回首中，很多细节里，似乎都镶嵌着这两个字，形影不离。

林野山风呼啸，狂雪恣肆。

浩荡自由的东风，正以奔阔的姿势，裹卷大江南北。

这个本来只能是父亲人生驿站的小小山镇，从此截留了父亲余下的所有光阴。

母亲人生纪年

76岁

"来，张嘴。往里咽，使劲儿。动啊，咽——"母亲坐在父亲对面，中间隔着一张小小的矮脚饭桌。神情木然的父亲双手捧住桌面往怀里一下下地搂，含满了粥水的嘴紧鼓着。喉结处松弛的皮肤耷拉下垂，半天不动一下。

母亲热切地盯着父亲的喉结，偶尔伸手轻轻碰碰：你倒是往下咽啊，咽了才能活啊。不吃东西怎么活啊。

父亲被褶皱包裹的眼睛呆呆地看着母亲，似懂非懂。过会儿，一直紧鼓的嘴绷累了，张开，粥水连着哈喇子，踢里秃噜地淌出来。母亲于是紧着拿东西接，来不及接住的就顺势淌到掖在父亲脖子底下的毛巾上，湿乎乎一大片。

母亲忙乎着接擦。吐出的这一嘴忙乎完了，找块干净布片给父亲重新披上，端起碗再用勺接着小心地喂。偶尔看到父亲喉结动动，吞咽了点粥水，母亲就跟着长长吁一口气。

这个样子，相当长的一段时间内每天重复地出现。不是没试过住院，可医生说，意义已经不大了，不断地往血管里灌水（药），就只是换个遭罪，药物已经不再吸收。后来就直接不让住院了。母亲曾找过社区私人诊所，想请人来家里给父亲打些葡萄糖，可人家一听父亲这状态，怕担责任，借口人手不足，任母亲怎么央求就是不来。

"你不吃也不喝，不饿啊？……唉，你这一辈子啊。"有时候，母亲会看着父亲，无奈地小声自语。

过会儿，又叹："你说说你这命，能吃能喝的时候没吃着啥。等不用干活了，又这样了。你说你呀。"母亲的眼角，明显地湿了。怕一旁回家探望的儿女看到，假装着撩头发，顺势就把眼角抹了抹。

父亲不知道听见了没有，听懂了没有。脸上没有任何表情。两只手不搬桌子了，就从一旁的床上捡起块尿布还是什么，认认真真地一折一折叠，叠好了，开始专注地擦连个水渍都没有的桌面。一遍又一遍。

父亲患老年痴呆两年多了，不认识人，不知道自己几岁，叫不出儿女的名字，后来连饭都不知道吃了。不喂到嘴边，不会张口。从早到晚坐在床上，不说一句话，不知拉尿。不去把他放平躺下，他就会一直坐着。

"傻了，彻底傻了。"76岁的母亲语气平静。边说边拿着毛巾给父亲擦嘴角，然后舀起一勺碗里的菜泥粥，先放自己唇边试试冷热，然后再轻轻送进父亲嘴里。

母亲待父亲，像哄个孩子。父亲呆滞无光的眼睛看着母亲，专注得像娃娃看着娘。

父亲谁都不再认识，却能叫得出母亲的名字。母亲只要离开父亲视线稍久，父亲就开始不停地四处张望。

父亲的小脑萎进了时光深处，意识的波流渐行渐远，向着无垠海域义无反顾地汇逐而去。现实的光点偶尔跳跃闪烁，又转瞬即逝。

这一年，父亲78岁。母亲76岁。距离他们走进同一个屋檐，已经整整过去了55年。距离父亲遭遇车祸，已经39年。

37岁

37岁对于母亲，是斩过晴空的一道闪电。硬生生劈出了无边长夜，抖落出冰雹遍野。

那年初冬，拾好了秋，扫净了院落，干农活的家什收起，母亲开始和往年一样，拿出鞋模子、花样子，和左邻右居的婶子大娘们坐一块唠着家常纳鞋底绣鞋面。东院的二林娘，西院的香姑奶奶，还有前院的梨花婶，大前院的虎子姥……母亲性情温和，跟谁都处得来。屋外的天气越来越寒，我们家的小屋子里就像过年蒸馒头，每日暄气腾腾，洋溢着团团暖意。

到了固定时间段，母亲喜欢打开十几年前陪嫁来的小收音机，听长篇连播《第二次握手》和《岳飞传》。

这年的头三个季度，母亲和往常一样，在这座地处偏远的小村落里，带着孩子们平静地生活着。入冬不久，懂摄影会木工的父亲，就背着一应家什去了远远的外地。父亲要利用这段农闲时光，努力挣些钱贴补家用。

这份平静，在某个跟往常毫无二致的日子被打碎了。那天似乎是个星期日，外面下着碎碎绵绵的细雪，前后院的婶子大娘们照例拿着活计凑到母亲跟前儿围成暖暖的一堆。我和同天出生的二林趴在窗台上写作业。住在四十多里地外的二舅走进屋，来不及抖掉棉袄上铺了一层的雪，就紧着去掏衣兜。

二舅掏出的是封电报。电报从父亲落脚的远远的地方发来。

母亲只扫了一眼，整个人就像触电般酥抖起来。母亲一言未发，甚至没流一滴眼泪。可是那种灵魂刹那离体的失神的样子，我至今记得清清楚楚。

当时年仅十来岁的我，不明白发生了什么。只知道，父亲出事了，而且非常严重。

家里气氛明显变得不一样。母亲不再听收音机，不再做针线活，甚至忙得来不及做饭。前后院的婶婶奶奶们不再来找母亲唠家常，而是一顿接一顿地把饭做好了往家里送，要不然就叫我们几个孩子过去吃，弟弟妹妹们则被直接接去家里住。她们每天不间断地来看母亲，拉着母亲的手压低声音说话。母亲里外收拾东西，张罗着卖房子。看上去忙碌却平静。

后来无数次，我将自己的 37 岁叠加到母亲的这个时刻，试着去理解那份彻骨的绝望与寒凉，却每一次，只要稍一回眸，整个人便仿佛瞬间被冻住一样，无法形容的瑟缩里，思想与血流霎时凝结。

孩子们面前，母亲温和而克制。

要走的前两天，我从外面回到家。屋子里没有点灯，光线昏暗。推开门，就见母亲一个人坐在炕沿上，安静地坐着。一点声音都没有。直到我站在面前，才"哦"着抬起头。

显然哭过，母亲的声音里充满了湿漉漉的水汽。

母亲拉我坐在身边，努力用干爽的声音说：你不是喜欢吃土豆吗？我们要去的地方，想吃多少就有多少。

我们生活的那片土地不出产土豆，不记得什么时候我尝过一次，模糊中好像表达过喜欢。

母亲用她能够想到的尽可能温软的方式，让我们几个孩子对即将开启的冷冽的陌生去路，揉融进暖意和期待，而不是恐惧。

母亲四个孩子中，这一年，最大的刚上初中一年级，最小的尚是蹒跚幼童。

这一年，父亲在遥远的异乡，在骑车穿过一条窄窄的没有任何防护措施的铁轨时，遭遇车祸，从此再无法站立行走。

母亲的人生，从此不同。

21岁

21岁那年，母亲嫁给了父亲。嫁过来以前，母亲和父亲只见了一面。

嫁过来前，母亲一直在念书。母亲小时候身子弱，读书晚，十几岁了才左磨右泡说动外祖父走进学堂。照着当地当时的风俗，女孩子是不用念书的。

十几岁才走进学校大门的母亲说什么也不肯跟几岁的娃娃们一块儿上课，直接上了四年级。靠着非同一般的勤奋和聪敏，母亲很快赶上进度，并在不久后即遥遥领先。

母亲是家中几个孩子里唯一的女儿。爹娘宝贝她，看作珍宝，取名金玉。兄弟们爱她，里里外外的活儿抢着做。少年时的母亲幸福地成长，面容甜美得像歌喉，真正的珠圆玉润。

学校里有活动，母亲频频地被选去做领唱。赶巧，那天她正在台上表演，县剧团来了人，听到她婉转剔透的声音。

台下找到母亲：想不想到剧团来，做个演员？你天赋很好。

母亲微笑着礼貌地摇头。这离读大学然后做个作家什么的梦相差太远。

回家去，玩笑一样地说给家人听。外祖父远远地威严地来一句：好好念书吧。好人家孩子谁去吃那碗饭。

外祖父识文断字，是村里德高望重的"老先生"。在家里说一不二。

知道爹脑筋旧，却也没有反驳。思路不一样，结论却相同。做演员本就不在计划内。

家是普通的家。全中国人都吃不饱饭的年代，母亲的家也吃不饱。可是一样有笑声和温暖。和兄弟去地里挖野菜，回来剁碎跟地瓜面裹成团，家里人用笑声互相鼓励，比赛着把它们吞到肚里。爹说得对，灾荒年月，活下去是正理。

彼时尚被爹娘唤着乳名金玉的母亲身形愈发窈窕。甩着两条齐腰长辫，背着娘巧手缝出的包，照旧去学堂。读大学，怎么着也要读大学。她的成绩一向是那么出类拔萃。她的作文没有一篇不被当作范文。

上面师范学校下来一个保送名额，让母亲读书的学校推荐学生。不用等中学毕业，直接就可以去读，读完后就可以工作挣钱。贫穷的岁月，饥馑的年代，很诱人。

老师把母亲找去，告诉她学校的意见。她安静地听完，礼貌地鞠躬，道谢。再安静地说：老师，我想考大学。

母亲的成绩是那么好，学习是那么刻苦。中学毕业读大学，大学毕业进城里做有知识的文化人，顺理成章的事。没有人怀疑。长大了的哥哥在外面做工，家里日子好歹还过得去。

回家去，对忙碌的爹娘，她只字未提。

另一个成绩同样优秀却因为没了父亲而家境更加贫寒的女孩子，背起简单的行李，微笑着跟学校说了再见。看着伙伴的背影渐渐远去，母亲心中遗憾。那女孩子，心地高阔，如果可能，应该会有更好的选择，而不仅仅止于如此可见的未来。

心里叹息着回头，接续自己的梦。

隔年暑假结束，去上学，却看不到学生和老师，教室成了病房。桌椅拼接起来，上面躺满了呻吟的病人。浮肿的，皮包骨的。饥饿的病症，一屋屋无遮无拦地袒露着。

母亲找不到可以读书的地方。学校停课了。

第二年，母亲出嫁了。爹娘兄弟不舍得，却也想不出好办法。饥饿的潮水汹汹涌涌，看不见退潮的痕迹。母亲想着，自己走了，好歹能省下口饭来给爹娘和兄弟。爹娘想着，女儿嫁的那边情形听说好一些，只要不饿着就好。那男人说婚后可以把她带到外边城里去工作。但愿吧。

母亲嫁了。嫁给这个她只见过一面的男人，也就是后来我的父亲。嫁了后，世事起伏，男人的许诺统统成了泡影。他种地，她自然地成了村妇。过起了拮据的日子。

再然后，在母亲37岁的这一年，命运再次抡起巨锤，凌空劈砸。那个曾经被爹娘取名作"金玉"的柔软多才的女子，慢慢地，一点点完全消失不见了。

母亲老了。

"妈，如果从头再来，您最愿意做什么呢？"在我的年龄一点点攀越过母亲当年韶华，不止一次，我这样半认真半玩笑地问母亲。

每一次母亲都摇头。从来没有给出过任何答案。

世上有如果吗？如果有，做什么？老师？演员？作家？哪一个都跟这个用尽气力拔着双腿一次次穿过命运沼泽的角色毫不搭界。

可是偏偏，她就做了这个。

而且一做就是一生。

野性的呼唤

那是记忆中家里养过的唯一一只狗。也是迄今为止唯一一只与我的生命有过关联的狗。

我记着它。不是因为我和它中间产生了多深的感情。不是。我们远远地对视，但却彼此戒备，漠然相向。它尖立的双耳倔强坚挺，高大的背脊棱角分明。清冷的眼神充满了傲慢和距离。

我不喜欢它。那个时候，我十三四岁。同样的倔强和沉默。一个想不通世界但却努力想弄明白点儿什么的青涩少年。

虽然它在某一个夜晚救了我。可是，那似乎远远构筑不起我记住它的理由。因为那个夜晚以后，除了它更倔强，我更沉默，并看不到柔软温情的迹象。

记住它的唯一理由，我想就是，它对自由的渴望和坚持。

它从山里来。来的时候，出生仅仅月余。被看山老人装在柳筐里，翻过很多道山梁，一步一步远离了天高地阔的家。它的父母，从很小的时候起，就陪着老人在原始密林里敲钟赶狼，看山护地。风霜的千锤百击，使它们对狼成群结队的长啸，早已坦而无惧。

野性的狼，野性的狗。野性的狗的孩子。

是山里人家一件很郑重的礼物。

一直记得最初时候，它不甘地挣扎。它一次又一次试着用爪子挠拽拴在颈上的铁环，够不到，就去跟铁链子较劲儿。跑，跳，拖，拉……然后，悲怆地哀鸣。

家人曾试着放开它，可它眼里强烈的敌意和随时可能会有的攻击性，往往又使自己很快陷于束缚中。很长一段时间，它排斥任何人，不许人碰它一点点。喂它吃喝，常是在还离得很远的地方，就把盆放下，然后用棍子慢慢推过去。

不知有多久，它一直不肯屈服于自己的命运。对每一个人狂吠，对着天空大叫。它的身上，看不到一点点柔顺和温情，生命一天天壮大，父母赋予它的禀性气质，也日甚一日地彰显。

它锋利的性情远近皆知。除非事情特别，否则很少人敢迈进我们家的院门。甚至连家人，在挡着它让客人经过的时候，也常常心惊胆战。

随着时间流逝，家人开始一致同意送它走，可却想不好归处。看它不驯地腾跳，我心常跟着发紧。远远冷漠地看，不知为什么，偶尔竟会有些许的不忍。

某个节日，锁好门窗举家外出。数日后归来，推开院门，眼前景象让人大吃一惊。外面院门好好锁着，里面的门却被撬开了，屋子里被翻得乱七八糟。院里的狗在一直叫一直叫，震惊之余想起去责问这狗，怎么看的家？却见它的脚下，七七八八杂乱成一片的，全是它暖黄的毛。套了铁环处的脖子，已经勒出斑斑血迹。凭想象就可以知道，那个特别的时刻，我们的狗，进行的该是怎样一场拼死又无奈的阻挡。

狗的眼神，依然清冷傲慢，可我从中，却似乎看到了更深的什么东西，让人心酸而又心痛。

这样的心情，我再一次体会，是在另一个相隔不太久的初冬的夜晚。

那天，我照例在学校上完晚自习回家。清寂的街路，白天下过的雨雪结成了冰，踩上去"咔嚓"作响，听上去凉意逼人。行人很少。

和同伴在大路岔道处分了手，便独自折向僻静的狭长胡同。到这里，离家已经不是很远，走过胡同，再横穿过一条算不上宽的小马路，再走上一小截路，就是家了。

可是这个夜晚，在我拐进胡同的时候，心里却有了突然的惊悚。这特别的感觉，来自身后另一个努力跟我保持同样行走速度的脚步声。脚下的冰"咔嚓咔嚓"，一前一后，我快他快，我慢他慢……我的心，紧紧地揪成一团。

许多听闻，瞬间齐涌。

还好，大概顾忌着两旁人家，后面的人一直没有赶上来。

到马路了，已经看得见那边的家门了。我轻轻舒了口气。却突然，后面的人"嗖"地蹿上来，高高壮壮堵在面前。"刚放学啊？"随着声音，一只胳膊就伸了过来。

彻底的恐惧让我绕过他没命地跑，同时变了声地喊叫。然而因为天冷，家家门窗紧闭，没有人听得到。后面的脚步声又上来了。

"汪！汪汪！汪汪汪汪汪……"就在这个时候，我听到了我们家的狗叫声，急切，锐利，直刺夜空……

家人听到狗的狂吠冲出来……我安全了。可遗憾的是，没有抓到那个人，让他跑掉了。

这个夜晚，狗又狂叫了很久。它挣着颈上的锁链，一直地叫，一直地叫。我又有了跟上次差不多同样的心情。只是，这次的感觉，来自它苍阔又无奈的长长咆哮声。

……

这个冬季开始没多久的一天，那位送它来的老人领走了它。让人称奇的是，一向见了生人就狂叫不止的狗，看到老人，竟孩子样地依偎，又舔又蹭，向来冷冷的眼神，竟堆满了暖暖地温情。

老人安慰地拍它的头。转身对我们说：是我疏忽了。这样的狗，是戴不惯锁链的。这是条好狗，跟它的父母一样。只是，放错地方了。

……

是的，它是条好狗。肯定的。不然，我不会一直记它到现在。并多年坚守一个不变的原则，那就是，永不养任何需用锁链拴起的生灵。

"龙须"上的端午

记忆中的童年，呼啸着山野的风声，飘溢着百花的芳香，回荡着鸟儿优美的啼鸣。

我们家的后院，紧连着山坡。山坡蜿蜒，连绵着更长更高的山脉。远远望过去，与我们家后院相连的那座斜而高的山坡，温柔而有气势。我们一群小伙伴，管它叫"龙须"。我们家附近的小镇上，总有舞龙舞狮的来表演，我们常常结伴去看，怎么看怎么觉得，我们家后面的山坡，像极了龙的须，于是不记得是聪明的谁，首先聪明地管它叫了"龙须"。

山里的天气暖得晚。端午节的时候，大片大片叶子的绿还是鲜嫩的，"龙须"上飘满了浓烈的暮春的气息。黄黄紫紫的花儿，热热闹闹地盛开着，花中夹着一块又一块用矮木桩疏疏圈围起来的秧苗。扎进泥土里去的矮木桩，和秧苗一样，头上长出了幼娇的枝叶，不谙世事地羞怯着。

我和伙伴们便在"龙须"熙熙攘攘的繁华中，迎来了盼望已久的端午节。

端午节的前夜，我们大多是睡不着觉的。心里一直惦着第二天的早起。隔壁的虎子总是半夜了还来敲我们家的窗："别忘了明早叫醒我。一定别忘了啊。"虎子的爹妈都没了，跟着耳聋的奶奶生活，奶奶总是会忘掉她本就没听清楚的虎子的嘱托。

山里的端午节，是和山紧连在一块儿的。

端午节的凌晨，很早很早时候，天还黑着，人们就开始走出家门上山了。传说中，这一天赶早上山的人会迎来好运。人们成群结队地进山，到山上去折一种我到现在都叫不上名字的带着斜长叶片的树枝，拿回去斜插在门楣。及至后来长大，见过了更广的世界，也知道了艾蒿才是端午最正宗的匹配。可是在我漫漫人生路上，心中始终一往情深摇曳着的，仍然是那抹青葱碧翠，洒脱，通透，清逸芬芳。

山上雾气缭绕，"龙须"上晃动着赶迎好运的人。我们跟在大人后面，蹑手蹑脚地穿行在"龙须"蜿蜒的坡路上，不敢高声喊叫，生怕惊动了身边还在熟睡中的花草。心怦怦跳着，兴奋快乐着。

一旁的虎子还在手忙脚乱地往头上套着衣服。去叫他的时候，他那耳聋的奶奶正打着响响的呼噜。虎子怕弄醒奶奶，没有开灯，摸黑把裤子穿上，在炕头拎件衣服就跑出门来了。到"龙须"上要穿衣服了才发现，虎子拿来的竟是奶奶的一件对襟黑夹袄。

我们憋了许久的兴奋终于喷薄而发，脆脆亮亮的笑声惊动了林间小鸟和身边的花草，小鸟叫了，花草摇了，远远近近的空气往来穿梭了。一直蹑足轻行的大人们，也突然敞开嗓门说笑起来。端午节的早晨醒了。

这时候山上雾气已淡，天空渐白，赶山的人们蜿蜒成长线，从"龙须"不同的路口上来。远远望过去，整个"龙须"似乎都舞动起来了。

我们跳跃着穿过人群，率先向深山跑去。大人们有的已经停下来，到那种有着特殊叶片的树前去折枝，我们不管，只是一味疯跑疯跳着，嘻嘻地捉迷藏、采野花、揪刚刚露头的小野果……身上落满了露水，脚上沾满了草儿青青的汁液。每个孩子的双眸，都被枝头叶尖的露珠洗得清清亮亮。

我们在大人的吆喝下回返的时候，太阳尚未露头，只刚刚将霞光铺满东边的山峦。我们每个大人孩子的怀里，都抱满了自己的"收获"。绿的叶，红的黄的紫的花，点缀着我们欢欣的笑脸，将迎面走来的络绎不绝的"晚"起的赶山人，也熏染得神清气爽，眉开眼笑。

挂着露珠的枝叶，绿蓬蓬一簇，折叠精巧的大大小小的多角艳丽小葫芦，或隐或现地用彩色丝线系于其中。端午节这一天，就在各家各户迅速美丽妖娆起来的门楣间，彻底开始了。

而我们一群小孩子，则已个个展露着缠系了彩线的小手腕，拿着刚刚煮熟涂红的热鸡蛋，到"龙须""斗蛋"去了。

"我的厉害，不信比比试试。""我才不信，试就试！谁怕谁！"……煮熟的鸡蛋在这一刻又被赋予了生命，张张扬扬地投入到"战斗"中去了。

欢声笑语，裹着拂遍山野的粽子的清香，将我们的童年，浸染得多滋多味，清澈辽远。

我的方言

我是有方言的。只不过我的方言说出来，感觉上很多语句大家应该都听得懂，只是音调拐着，听起来有些不怎么"都市"罢了。走出说方言的地界，至今已有许多年头，可是自己一个人的时候，试着吐吐音节，话锋弯度，仍然丝毫不差，地道得跟原味一模一样。

儿子读大学的寝室，一个来自陕西，两个江苏本地人，都有自己的方言。便是同为江苏的两个学生，因为分别来自苏南和苏北，说的方言又都各自不同。儿子说，每次室友们跟家人或老乡电话聊天，都不用走出寝室，想说什么尽管开口，因为其他人都听不懂。唯独来自东北的儿子，最接近普通话，无论语速声调快慢高低，只要发音，别人就都听得个明明白白。偶尔内容私密，哪怕天冷夜深，也要从上铺爬下来，拿着手机到外面走廊说去。为此，儿子很是羡慕那些除了普通话还有着自己单独方言的同学。

所以当儿子知道妈妈也会某种方言时，很是诧异兴奋。

离开故乡时，我已经十岁出头。至今还记得，刚到异乡，语文课上，老师让我站起来背课文，刚刚开口，满教室即哄笑一片，同学们不顾讲台上老师的厉声喝止，兴奋得双双小手胡拍乱舞，身子在座位上东倒西歪。虽然我背得既快又流利，可是从头至尾，我连自己的声音一个字都没有听到，巨大的欢笑的声浪涌满了教室的角角落落。那天，我这个刚刚转过来的新同学，用我的声调语腔给大家带来了莫可名状的满足。而我，则对自己的方言就此产生了完全深刻的抵触和排斥，里面夹带着那个年龄的孩子所特有的敏感和自尊。它让我觉得自己和大家不一样，甚至感到深深的羞耻。尤其是下课后，调皮的男孩子们围着我，逗猫狗一样地伸出手指头，晃动着："说呀，说呀，说话呀……"

长大后，我再回头看，从中只看出了童言无忌和天真无邪。可在当时，甚至那之后的许多年月，方言都只是让我感到了孤独。我用尽一个孩子能有的最大气力，在尽可能短的时间里，学会了跟周围人一模一样的说话声调。方言还在，只是被我严严遮藏，不再示人。以至于到了初中进入新环境后，无论我再怎么开口，都不会有人表现出任何异样。

读大学前，通常是在外面说普通话，到家就自然进入方言模式。没有任何不适应，语言切换自如。只是最初几年，如果当着外人跟家人说话，总是觉得别扭，浑身不自在。就记得最尴尬的一次，是刚升入初中，离开原来被大家哄笑的旧环境，特别想一切从头儿开始。却不巧这天，跟同学走在街上，就遇到了从老家来走亲戚的小表嫂。小表嫂过来说话，我内心慌乱不堪，憋红着脸满脑门子纠结，不知道这声调究竟该如何调弄拿捏。用普通话，因为之前跟家人没尝试过，开不了口。用方言，更是断断不可，同学在侧，决不能再给人落下任何笑柄。

就那么僵持了半天，小表嫂一脸莫名其妙，伸出手来抚抚我的额头，满目疑惑地说了句："你没事吧？"然后摇头走开了。晚上回到家，小表嫂跟家人说起这件事，其他人也跟着不解。我扭头装作忙功课，没做任何解释。因为实在不知道该如何说清原委。那个年龄段的那样一种感受，想来也只有当时的自己能够体会吧。

那时包括以后，总觉得自己的方言和别人的不一样，其他方言因为严丝合缝地没有外人能懂，给人感觉除了神秘，还有某些隐约的稀缺尊贵。倒是属于自己的方言，半文半白，音调弯斜，像没煮熟的米饭，咬也咬得动，却难以下咽。满满都是夹生感。

忘了从哪一天开始，跟家人也开始不再说方言。在我这里，它们日益遥远模糊，成了记忆。甚至某些时候，连自己也开始不确定：父母们的语言，我还会吗？

直到后来读大学。某天早晨醒来，室友说我夜里讲梦话了，声音挺大，说得又多又长，像是外语，却又不像英语，因为她被弄醒后听了半天，一个字也没有听懂。我当下听了，内心没来由地又一阵发紧，虽说曾经的敏感已经褪色不少，可记忆中的哄笑声实在过于嘹亮尖锐。那一次，除了回以微笑，还是没有做任何解释。这次"事故"留给我的最大疑问是，自己一向认为除了腔调别人大都听得懂的自己的方言，真的在他人听来，同样恍如"外文"般难懂吗？这个疑问，迄今未曾被验证过。我仍然坚持对自己方言的"解读"，因为家中父母，后来的很多很多年里，一直忠实地说着最原版的家乡话，却从来没有因此影响过生活。

祖父去世时，陪母亲回老家。去乡多年，故里模样早已模糊。坐火车乘汽车，故土越来越近，乡音越来越浓。不记得哪一站开始，跟邻座乡人聊天，语音语调竟已经不知不觉间做了完全弥合，自然顺畅得连自己都没有察觉。还是旁边的母亲某刻突然意识到了，惊诧地望我："你还记得老家话怎么说？"

岂止是记得。当我的双脚重新踏上故土的那一刻，当我重新被乡音包围，突然我知道，我回来了。不是单纯的"少小离家老大回"，而是，灵魂归了生命，就像种子落进泥土。一切的粉饰包裹，所有的戒备提防，纷纷抖落。我曾经在少时的许多年月中，那么抵触抗拒过的家乡方言，这一刻，在九曲十八弯的时光尽头，成了最直接也最先会意的身份"识别码"，完成了我和故乡最迫不及待的首个拥抱。

方言成就了"我"与"我们"，"我"不再是泛泛浮尘。"我们"不再触无可触。

岁月有痕

一

　　小时候，我家有个老邻居，大家都唤她秋奶奶。秋奶奶年轻时候就守了寡，一个人连滚带爬地将一双儿女拉扯大。儿女大的时候,秋奶奶过的仍然是苦日子。女儿秋嫁到了远远的城里，生了一堆孩子，日子过得也紧巴巴。可是每次秋奶奶说起女儿，口气都相当自豪:秋儿家隔三岔五就能吃到裹油的菜呢,香喷喷。比咱乡下日子好过多了。

　　什么叫裹油的菜我不大明白,秋奶奶总爱那么说,时间长了，粗粗地往笨里想，也许就是菜上沾了油星吧。是挺叫人羡慕的。那会儿我们乡下，别说是炒菜的油，就是拎了瓶子到村供销社打点儿酱油，都会惹得一路上不断地有人问：你家来亲戚了？

　　一个天气很好的黄昏，秋奶奶来跟母亲道别：秋儿托人捎信来，让我去住些日子呢。明儿就走。皱纹在兴奋与满足的笑意里颤颤颤颤，透着老人家真心的欢喜。

大约过了半个多月，秋奶奶回来了，是被秋儿送回来的。精神头挺足，就是更瘦了，看上去飘飘摇摇的。母亲去看望，回来笑着直摇头：唉，你说你秋奶奶这个亲戚走的。秋儿寻思妈去了，炒菜时候就特意多放些平常舍不得放的油。你秋奶奶可好，正经吃饭时舍不得夹菜，等刷碗了，看到碗里剩下的菜汤扔了怪可惜的，就偷偷背着人喝掉。这么几次下来，肚子就给喝坏了。又不肯吃药看医生，硬挺着。这不，就瘦成这样了……

一晃很多年过去了。如今的秋奶奶，在儿子新建起的漂亮二层小楼房里，幸福地过着晚年，手边堆满了爱吃的各色吃食。逢到儿媳妇来问晚饭想吃什么，秋奶奶会慢条斯理地说：来点儿清淡的吧，别放太多油。电视上说，晚饭吃得太油了对身体不好呢……

二

记忆中，小时候家里的锅很大很大，逢到做饭的时候，常常会飘来地瓜面特殊的"黑乎乎"黏稠的味道。揭开锅，热气飘散，就见一色亮亮的褐黑中，点缀着拳头大小的一抹黄。我们羡慕地盯着它，却也只有羡慕的份儿。我们知道，那是小弟弟的"伙食"，我们谁也得不到的。于是，便只能抽着鼻子悄悄走开。苞米面的味道，香香甜甜地诱惑着嗅觉，穿过层层叠叠的地瓜面味儿，独独引领着我们遥不可及的向往和憧憬：哪一天，要是能痛痛快快地吃上一顿苞米面窝头儿，该是多么多么好啊。

转眼上了中学，到了上中学的时候，地瓜面做的饭食已经退出餐桌，独领"风骚"的，已经换成我们曾经渴望不已的玉米面窝头儿或者大饼子了。有一天，已经长大不再享有"特权"的小弟弟，同我们一起，正吃着他打小就一直吃下来的玉米面窝头时，突然停下来，语气羡慕地说：秋奶奶家来亲戚了，带了好大一篮子馒头、包子呢。今儿下午，秋奶奶给了我一个，真是太好吃了。咱家啥时候来亲戚啊？

我们嘴上笑他，可是心里，却和小弟弟一样，怀着近于奢侈的盼望：哪天我们家也来个亲戚就好了。那时候，农村走亲戚，时兴蒸上一篮子馒头、包子等面食，篮子上面用干净的毛巾绷住缝上。毛巾缝隙里，透着丝丝缕缕诱人的面香……而通常这一篮子面食，走完亲戚回返时，仍然是大半都原封不动待在里面。主人家只是象征性地往外拿出几个……

一晃很多年过去了，当年的小弟弟成了孩子爸爸。一日，弟弟带着小儿子过来。进屋就喊：姐，看我给你带啥好吃的来了。然后炫耀地从拎兜里拿出几个黄灿灿的玉米面饼子。"好吃着呢，精米白面，吃得我都腻了。要是隔上几天不弄顿大饼子窝头儿吃，还真馋呢。多吃点儿粗粮好啊……"

都说岁月不留痕，可是，这是什么呢？只不过，装点它们的色彩是真的不一样了。

那一束光

小学三年级以前，我都还不知道好好学习是怎么回事。挺长一段时间内，父亲为了生活，带着全家数地漂泊，一个地方往往没待上多久便又要搬迁了。就像觅食的鸟，试探着可以活命的方向。我便也一个学校一个学校地跟着换，学一段停一段，断断续续的。记得光是一年级学习拼音那段日子，就换了几个地方。以至于后来都上大学了，还分不清什么是韵母和声母。

我不怪父亲，知道在当时的环境里，靠他自己来养活一家老少八口人，是件多么不容易的事。

这一年，四处辗转而不得安居的父亲领着全家又回到了故乡。我被送进本地小学，跟读三年级。说实话，虽然那时我个头已经很高了，也一直断断续续地念了两年书，可根本就不知道自己会些什么，我好像还从来没有正正经经地读过一篇课文。整个人懵懵懂懂。后来的回首中，那之前的求学时光，就是一截截互不相连的片段。腾跳的，不规则的，找不出有亮色的定格。偶尔的对学习的一点记忆，是在某间光线黯淡的小屋子里，随着某个孩子一起大声喊"ɑ、o、e"。除此之外，便就都不知干什么去了。

所以，当我来到左老师的课堂上，像别的孩子一样听三年级课程时，我其实是什么都不会的。甚至包括拼音，除了开头那几个，其他的读都读不明白，更不要说区别声母和韵母了。课本上一、二年级就该会认的字，我更是只觉得"脸儿"熟，却确定不了它到底是"谁"。

当我来到新学校，怯怯地进出，内心惶恐到了极点。觉得班级里每个学生都比自己强，心中装满了焦虑和不安。

我怕上课，更怕提问。十次提问，有九次我是羞红了脸低头站在那里，根本不知道该如何回答老师的问题。呆呆局促地立着，集中了全班同学的目光。感觉真是懊丧极了。

我对新学校有了强烈抵触，开始不愿意上学。那时候，我生活的环境周围，有很多孩子是不读书的，撒了欢儿地玩，脸上荡着自由野性的幸福光泽。每次背着书包不情愿地往学校一步步"蹭"去的时候，我对他们，总是打心眼儿里充满羡慕。不读书该多好。我向往着自由自在的日子快些到来。可却苦于找不到合适的理由，于是，就"没办法"地仍然每天吃了饭去学校。但却心猿意马，人在课堂，心思在门外。

左老师很快了解了我的情况。除了确保我能答得出的问题，轻易不再在课堂上提问我。但我的名字却开始频率极高地一次次出现在老师口中，同学们的目光再次聚集过来，却是带着羡慕。

本来，我以为自己身上是找不到任何优点的，我言语少，学习不好，身体又弱，唱歌五音不全，体育和劳动课也表现平平……能有什么值得老师表扬呢？可是左老师却不断地表扬我，一遍又一遍，语气里充满了由衷的赞叹欣赏。

左老师表扬我的理由只有一个，就是我上课坐得直。因为初来乍到，再因为胆怯，上课时我便将双手背后，一动不动地盯着老师和黑板，虽然心里的念头东一个西一个，纷纷扬扬飞来蹿去，可表面上看，我却是听话和守纪律的。于是，左老师就在上课时，不断地肯定和赞扬。渐渐地，连我都觉得自己快是个好学生了。

我开始为了守住老师的赞扬而更加端正坐姿和守纪律。脑子里乱七八糟的念头亦慢慢减淡，开始把精神集中到老师那里。学校对我，慢慢地有了点吸引力。

最初时候，走在上学的路上，我脑子里想的是，怎么才能不上学，怎么样才能逃离学校。最纠结的一个暑假，甚至希望当时正在治疗的支气管炎不要很快地好起来，那么就可以像隔壁小花姐姐一样，虽然喘气费力，但却可以安安心心地待在家里，尽情享受不用上学的好时光了。我整日被这些杂七杂八的荒唐念头纠缠着，正是该无忧无虑的小小年纪，却整天愁眉苦脸。恰在这时，左老师"采集"到了我身上的"亮点"。这个连我自己都没有发现的"亮点"，成了左老师日日赞扬的理由。我因此看到了自己，恍悟到自己竟然也有可取之处。

再次走在上学的路上，我开始有了目标。想着今天应该坐得再好些才是，那样就会得到老师更多的表扬，赢得同学们更多羡慕的目光。

就这样，我由坐得直，到听得进课，再到慢慢地能回答一些问题……我对学校和学习开始有兴趣了。虽然尚且磕磕绊绊，却不再是开头那个厌学和自觉一无是处的孩子了。

左老师的表扬声不停地跟随着我，我开始慢慢地对自己有了些信心，也开始在学习上逐渐地有了要求。对课本不再厌倦，开始自觉地读书和做功课，不懂的就去问，老师的辅导也听得进了……我开始真的一步步向着"好学生"的行列迈进了。

当又一学年来临，我被同学们评选为学习委员时，我的心里，充满的是怎么样的欢喜和快乐啊。仅仅一年前，我还是个站起来什么也回答不出的厌学的学生。

"每个孩子都有他自己的优点，关键是发现。"多少年以后，当我去看望已经满头华发的左老师时，老师安安详详地说了这样一句话。

真的是啊。回首当年，我们那个小小班级里，有哪一个孩子，没有得到过左老师的表扬呢？或者是因为勤劳，或者是因为懂礼貌，又或者仅仅因为总是脏乎乎的作业本里，偶然地出现了一页干净整洁的……我们被老师由衷的赞扬托举着，知道了自己原来也可以是优秀的，值得被肯定的。我们慢慢地有了自信，有了动力，懵懂的心灵，被源源涌来的温暖牵引着，走向光明和正途……

我们那个小小班级里出来的学生，现在都有了不错的生活和工作，每一个都平和而自信，无一掉队。

左老师的爱是我们成长源头最初的那一束光，引领着我们，走进未来。

陪　伴

　　那年，父亲突遭意外。静好时光瞬间坍塌。母亲起早贪黑地忙碌操持。小小年纪的我，亦早早走出懵懂，尽己所能地帮着母亲，同时在学习上也更加倍努力，渴望尽快好好地成长起来。

　　家里住的是泥草房，冬天烧炉子。高三以前，每天放学回家，我放下书包后的第一件事就是劈柴点炉子，先让屋子热起来。进入高三了，母亲说，孩子，以后家里的事你不要做了。妈忙得过来，学习要紧。

　　母亲这样说了，然后就努力调整时间，每天傍晚天快黑的时候，托人看着摊儿，自己小跑着回家。把炉子点上，将屋子烘热，把饭做上，然后再小跑着回去卖上一阵东西。天冷路滑，心里又急，母亲在那条弯曲街巷里，不知摔过多少次。有一天，我看母亲走路很慢，还有些歪扭，就问怎么了。母亲笑着说没事没事。可是等到晚上洗脚时，我无意中一瞥，却看到母亲泡在水中的左脚肿得很高很高。再三追问，母亲才轻描淡写地说扭了一下。我心疼又带怨气地说，干吗要来回跑，早点儿回来不就是了，我要高考了也不知道多照顾照顾，陪一陪。母亲听后愣了愣，内疚地低下头不言语。之后依然如故。

慢慢长大后我明白，母亲当时哪里有选择的自由？一方面要挣钱养家。镇子小，生意不好做，只有待天快黑人们下班的时候才能多赚上一点。一方面又担心要高考的女儿饿了肚子，在冷屋子里学习不安心……

我每天都要学到很晚，常常深至午夜。每当这个时候，母亲都会一直陪着，尽量轻声地做着针线活儿。夜一点点深下去，劳累了一天的母亲头开始一点一点。

"去睡吧，不用陪了。"我说。

"不困不困。喝点水吧？妈给你倒水去。"

水端来了，然后在两只碗间倒来倒去，直到感觉水温差不多了，才递给我。

"真是难为孩子了。人家的孩子要考大学了，都有水果吃。妈没本事……"母亲声音很低很低，带着抱歉和自责。

这份抱歉和自责，一直跟着母亲的记忆到很多很多年后的现在。如今每次我给母亲买水果，母亲都会说，你考大学那会儿连个苹果都没吃上，就像没卖的一样。别人家孩子要高考了，家长换着花样给做吃的，我那会儿光顾着瞎忙了，也没顾上你。要不你也不能这么瘦。母亲眼里，我再怎么嚷着要减肥也总是还嫌太瘦。母亲将我后来身体出现的任何大小不适，都归咎于自己当年的没有好好照顾。而从来没有想过，当年她自己瘦削的肩膀，扛起的又是一副怎么样的生活重担？

俗话说，"巧妇难为无米之炊"，我知道。家境如此，怨不得母亲。母亲彼时尽其所能的，就是在做饭时，炖过一大锅没肉少油的土豆后，再拿过一小块冻在外面檐下的肉，精心地切下几片，给我另炒一碟白菜片。吃饭时，将菜端到我学习的小屋子里，说，吃吧，别让弟妹看见，多吃点饭，有劲儿。

母亲收工回家，常常悄悄过来，塞给我一小包两角钱买来的炒熟的葵花籽，然后轻声嘱咐，"收好，提提神"。隔上一段时间，母亲会给我带回一罐小小的午餐肉罐头，让我"补脑，壮体力"。长大后每次去超市，看到那种扁扁小小的铁罐午餐肉，我都会感到莫名无比的亲切，心会深深地被牵动，眼中常会不自主地潮湿起来。

高考的日子越来越近，我开始因疲乏和劳累而变得易怒。某天早晨，我比自己规定时间晚起了十来分钟，心里着急，便冲一旁的母亲大喊起来，怨她喊晚了，怨她不管我，怨她只知道摆小摊挣钱，甚至怨自己出生在这样一个家庭……稀里糊涂的话说了很多，母亲一句反驳的话都没有，惴惴地看着我，眼里湿湿的。等我慢慢平静下来，母亲才过来轻轻捋捋我的头发，怜惜地说一句：孩子太累了。明天妈早点儿叫你。

后来父亲告诉我，母亲是早早就起来喊我的，像往常一样，轻轻拍着我的肩柔声地叫了一遍又一遍，只是我太疲乏了，迷迷糊糊地翻着身，就是不肯睁眼睛。母亲心疼得厉害，就说，让孩子再睡十分钟吧……

背过身，我的眼泪夺眶而出。

高考前的日子，天气很热，窄小的屋子里闷得透不过气来。加上邻居家开始聚起了玩扑克麻将的人，吵嚷声很大。这让放学后着急复习功课的我倍感焦虑，却又不知所以。

一个黄昏，母亲早早地收摊回来了。吃过晚饭后，母亲说，走，妈给你找了个学习的好地方。

疑惑地跟着母亲走，就走到了位于镇子南端的小河边。河水清澈，映着斜阳余晖。岸边树木葱茏，花草繁茂，清香怡人。河那边连绵的小山坡，在夕阳下聚拢着祥和诗意的美丽。几只羊在对岸悠闲地吃草。最难得的，是这美丽景致中透着的那份难得的宁静……我心气长舒，愉悦地温起功课来。

自此，一直到高考来临，母亲都陪着我，在放学后来到这里，读书，学习，累的时候就看远山近水，心情渐渐变得舒畅轻松。母亲每天总是早早收摊。母亲说，我们再穷，也不差这几天了，这关系到孩子的一生啊。

母亲的陪伴下，我顺利通过了高考，然后开始了人生新征程。

"粗糙"里的温度

　　7岁还是8岁那年，我们全家寄住在一位没有任何血缘关系的老乡家。老乡家有位胖胖的婶娘，宽额阔脸，总是笑眯着多肉的眼，里外慢腾腾地走。衣服上的扣子，很少有系齐整的时候，怀里的孩子，小五儿还是小六儿，总是呜里哇啦地叫，婶娘也不生气，偶尔拍拍他们胖胖的小屁股，马虎地来一句：臭小子，叫个啥，弄得妈都忘出去拿啥了。也是，出去一趟，啥也没拿回来，外面又刮着冷的冬天的风，于是，便乐呵呵地回屋坐到炕沿上继续想。想起来了再出去，想不起来呢，也不急，就从孩子用过的作业本上撕条纸，卷上烟丝，有滋有味儿地吸。

　　这个时候，小五儿还是小六儿尿湿了的破线裤，就在地角扔着，散着暖烘烘的腥臊气，淌满口水的围兜兜，东一条西一条，找不到干净的来换时，就去摸早先摘下来的那几条，没有洗，口水却干了，硬。不过没关系，婶娘扯过来，两只手掌揉搓揉搓，接着给孩子系到脖子上。

　　赶上母亲回来看到，就会连着声喊：这哪行，孩子细皮嫩肉的，不得磨破了。然后收收捡捡，就把地上的炕上的都拿去洗了。

婶娘还是不紧不慢，一边阻拦一边说：小孩子，哪有那么娇气，你看，他们不都好好儿的吗？长得多肥实。

也是，婶娘一溜儿六个孩子，个个儿胖乎乎、水灵灵。除了脏点儿、身上味道重点儿，别的还真挑不出毛病。那时候，婶娘也就三十多点儿，不出去工作，就在家带孩子。男人在跟前儿的水泥厂上班，整天套着灰突突的劳动服，一袋子一袋子地扛水泥。活儿脏，也累，上班回到家，常三天两头不能按时吃上热乎饭。倒也不抱怨，自己抱柴生火，嘴里乐呵呵地逗着在身边爬来爬去的相隔仅一岁的小五儿或小六儿。

我们搬去住的那些日子，婶娘家更显热闹。凭空又多出四个吵来吵去的小孩子，整个屋子就像个大场院。从早到晚不空闲地繁乱着。婶娘家只有一间住人的屋，一铺大炕，长长的大炕中间，直通通一道木板立到房顶。原是给老人隔的，我们去时，老人赶巧到外地姑娘家过冬了。一到晚上，隔板两边，脑袋挨脑袋地躺一排，紧邻隔板的两个孩子，会伸出小手抓闹，弄出响声此起彼伏。总是要到很晚，外面的狗叫都听不到了，屋里才会安静下来，沉入梦里。

地是无遮拦通着的。很质朴的泥土，泥土上偶尔会看见洞，聪明漂亮总是毛着头发的小二姑娘说，那是老鼠打出来的。"我看见过红毛小老鼠从那里钻出来找食物呢。你信不信？"八岁的小二姑娘很神秘地拽着我的耳朵告诉。

爸妈每天早出晚归，尽可能地多干活儿，想尽早搬出去。"这样给人添麻烦，多不好。"不止一次，我听到他们这样悄悄议论。母亲是个勤快严谨的人，只要回到婶娘家，总是手脚不闲。婶娘见了，总是乐呵呵地说："不要干了，不要干了，要不，你们哪天走了，小六儿他爸会不习惯呢。"看拦不住，也就由着母亲去。自己呢？照样盘腿坐在炕头儿，把点着的那支烟，有滋有味儿地抽完，然后才去外屋灶间煮大糙子粥。

我们借住的那段日子，婶娘家的锅里，每次蒸煮的食物都是满满的，虽然说不上多美味儿，可却有一种实在的诱惑和温暖。母亲过意不去，五次三番要交钱给婶娘，婶娘每次都是真恼怒：这人，真是，多放两把米就吃穷了？钱钱的，多外道。除此以外，再没见婶娘的脸上掉下过笑容，那笑容很松弛，很随意。就像周围凌凌乱乱的一切，天生就该如此一样，做的人没想过究竟，看的人也没觉不妥。

空气暖烘烘地腥臊着，心情自自然然放松下来。爸妈的神经慢慢地不再紧张。

冬去春来，我们有了自己的家。搬家那天，婶娘第一次有了"雷厉风行"。粗着声音指挥男人搬这运那，他们家劈好的烧柴，他们家的酸菜缸，他们家放在地窖里的萝卜土豆……都拿出来充实我们刚刚安起的新家。那会儿，婶娘说一不二，派头儿就像个大将军。

后来，婶娘的那半边炕上，一连数年躺了她患上脑血栓的婆婆。擦洗，伺候，端水喂饭，却也未见婶娘脸上的笑容减少过。还是那样，不紧不慢，松弛妥帖。从没听她向人诉过半句的苦。

当然，婶娘的屋子里，也照样没有利索过，也还照样弥散着温暖浓烈的尿腥气。偶得闲时，也还会坐下来，搓上一截烟，吸得有滋有味儿。

人们一直称奇的是，婶娘的婆婆，炕上一躺数年，直到终了，身上都干干爽爽，未得半点褥疮。"走"时的神情，恬静安详。

婶娘的孩子们，依次长大，虽然未见得世人眼中的多么成材，却个个自食其力，过上了饱满的实在日子。渐渐老去的婶娘的屋子里，孙子孙女，熙来攘往，照旧热闹得像个大场院。婶娘的男人，已经扛不动水泥，每天孩子样地围在婶娘身边，转来转去。

回头想这一辈子，婶娘很知足。

婶娘似乎从来就没有琢磨过利害得失，就像她从来没有精算着时间将自己的生活打理得井井有条。婶娘是粗线条的，是有文化的人眼里不精致的，是没有自己的。可是，粗糙里的那份热度和亲切，却将婶娘的整个人生，包裹得适意而温暖……

温暖守护

外祖母是在床上躺了三年零两个月后去世的，去时她唯一的女儿在千里之外，守在身边哭得天昏地暗的，是她的二儿媳，也就是我的二舅妈。那种伤心的样子，使所有不熟悉的人，都将她看作了那个永远去了的人的亲骨肉。

外祖母是在跌了一跤后永远站不起来的。那之前的外祖母，一直颠着她尖尖的小脚，里外帮衬着二舅妈过活。二舅妈身体不好，早些时候得的类风湿，随着年月渐长，而愈发地加重。两个婆媳关系的人，互相扶持着，细雨轻风地，倒也将日子过得清淡有味。

可是，外祖母却在那个天气很好的日子倒下了。她本来是拿了小凳要到院子里坐坐的，阳光正暖，风也柔细，空气里飘满了春天特有的馨香味道。外祖母刚刚在屋里帮二舅妈拆了条旧棉裤，手有些酸，就想着到外面坐坐。结果，扶着那棵刚刚发芽的老槐树还没等坐下来，身子就歪倒了。

从此，外祖母便一直躺在了床上。不能活动，不能言语，不能再到隔壁的老邻居家唠家常。

只是，头脑依然清醒。大而深陷的眼睛里，常会滑过大片大片难过无奈的神色。

"妈，又想啥呢？别着急，大夫说了，只要好好养着，就会跟以前一样的。"一边说着，二舅妈一边就拿起外祖母的胳膊，轻轻按揉起来。从打外祖母躺在床上，这是二舅妈每天早晚必做的"功课"。

每次她这么做的时候，外祖母眼里的神情就会变得很焦急。二舅妈知道，她是不让自己这么做，知道患有类风湿的儿媳胳膊和手都不能太用劲儿。一用劲儿就会钻心地疼。

"妈，您别担心，瞧，我最近好多了呢。"一边说着，一边就轻轻地扬手。而那抹尖锐的疼痛，也就在这一扬一放间，变得更加撕心裂肺。

细细的汗珠瞬间爬满二舅妈憔悴却笑意盈盈的脸，外祖母的眼睛里，就会有泪水，缓缓流出。

"妈，哭什么啊。瞧今天天气多好，我都热出汗来了呢。您要觉得闷，待会儿我就找隔壁的张婶还有王大娘她们来跟您唠嗑，听她们讲讲您那些老姐妹们最近都干啥了。中午我给你们做好吃的。"

然后就出去了，一会儿工夫，外祖母的老姐妹们就笑呵呵地围在了床边。二舅妈呢，则到厨房里张罗去了。

"唉，我说老姐姐呀，你上辈子烧了什么高香啊，有个这么好的儿媳妇。"张家姥姥真心地羡慕着，每次见到外祖母，都会忍不住夸上这么一句……

外祖母躺倒的日子里，二舅妈似乎忘掉了自己的病。那以前，每逢到了农闲，二舅都会带上她四处求医问药。而自打外祖母病倒后，她就再也不让二舅带她去了，说省着钱给妈用，尽量让妈少遭点罪，自己这陈年老病不看也罢了。

春去春又回，原来一直爱干净的外祖母，在她病倒的漫长时日里，始终保持着以前的清爽和整洁，二舅妈用她病痛的手，打理着外祖母人生最后的时光，使之渐少焦躁，日趋柔静的温润和暖。

外祖母去时，很安详，很平和。只是看二舅妈的最后一眼里，含着太多的感激和不舍。"那眼神，就跟看自个儿闺女一样。"当时也在场的张家姥姥总爱这么认真地回忆。

外祖母离开数年后，二舅妈亦相随而去。

那个再也没有了伤痛的世界，永恒的芬芳里，婆媳俩是不是仍然在软言细语，彼此温暖守护呢?

尽揽"房"华

一

二十多年前刚参加工作时，想三室一厅，就像想海市蜃楼，空中楼阁，遥不可及。那时候，房子大多公有，往外出租的很少。偶尔碰上一家，也是偷偷摸摸。房东会再三叮嘱：要是谁问，千万别说是租的啊，就说是我表妹。

于是，毕业头三四年，就一直做不同陌生人家的表妹。最初是平房，四壁墙上经常爬满各式软体动物，卧室地上隔三岔五就汪一洼水，床要经常搬出去晾晒；再是三层老房子，建于日伪时期，早已不通上下水，楼道地板一踩咚咚响；然后是把东山的顶层房子，屋子里堆满房东家什，转个弯都困难，阴面墙上经常苔藓一样，黑黑绿绿一片斑驳陆离……那个时候，不停地搬家，从一家到另一家，归堆儿，打包，几乎成了常态。

单位分房子，要资历，靠年头。印象里，不到满头白发，不到足以德高望重，三室一厅是想都不要想的。有一次，听说爱人单位有房子空出了 6 平方米,于是积极争取,无奈力度不够,最终还是房落他人。很是遗憾沮丧了好一阵子。

还记得那年秋天,儿子在肚子里已经很大了,拳打脚踢着想到世上来。可是房子没有着落,之前租住的老房子没有上下水,没孩子时还能将就,孩子出生了没有上下水怎么行。于是挺着大肚子四处打听。印象里,那时候好像没有房屋中介,都是靠着朋友套朋友得知哪里有房子往外出租的。

经常,坐在哪里的台阶上,看夕阳慢慢地滑走,看一家家的灯火渐次亮起,会奢侈地想,要是能有一盏属于我们该多好。知道是天方夜谭,却也偶尔会让自己,由着性子来一会儿痴人说梦。

当下流行的一句话用到彼时也不过分:梦想总是要有的,万一实现了呢。

谁说不是呢。

二

还真就在某一天,年头儿一点点累积下,有了属于自己的一扇窗。真的就是一扇窗。长长的走廊,连着四户人家,共用卫生间厨房。走廊尽头,一扇门,门里两扇窗。刚进门一小厅,厅里一北窗,穿过厅一小卧室,朝南一窗。正常是一室一厅,一户人家的格局。单位却“艺术地”将这样一间房子分给了两户,我们和另外一家。给我们的是里面小卧室,厅给另外一对小夫妻住。也就是说,我们每天进出,都要经过别人的地盘。

"半屋"岁月，就此开启。

就记着，那些日子，非万不得已，轻易进了就不出，或者出了就轻易不进。厅里小夫妻刚结婚，柴米油盐的日子还没有磨合好，加上年轻，脾气着三火四，经常吵得叮叮咣咣。碰上这种情况，却又不得不从人家地盘进出，整个心都揪缩成一团，彻头彻尾想的就是，怎么能将自己隐形起来。踮着脚尖，日日习练轻功。

后来某天，小夫妻在经过了一番撕古裂今的彼此痛诉后，厅里只剩下了男青年。安静是安静了，可是接下来的许多个夜晚，男青年喝得醉醺醺半夜归来，在浓夜包裹起来的短暂的安全感里，呜呜咽咽，长痛粗悲。我们在里间，大气不敢出，生怕让厅里青年意识到这边还有醒着的耳朵，从而在白日的阳光里徒增尴尬。

日子在岁月高低不一的火焰下烹煮煎炸，半生半熟，却也足以暖意撩人，安慰肚腹。

然后时间进入新千年。在造访过我们"半屋"的亲友们将"压抑"二字说得烂透以后，经过数年奋斗小有结余的我们决定"与时俱进"，贷款购屋。

这个时候，所居省会城市的房价已经跃升至每平方米三千元左右。对于彼时月收入仅千元的我们，无疑是笔巨款。咨询熟悉地产的朋友，朋友沉吟思索良久，给出一句：现在不是买房时机，这房价，蹿得离谱，太高。眼看要崩盘了。

心里没底。思忖着，等崩了盘再买，捡便宜，多好。买与不买，犹豫着过了春夏。秋天到了，房价非但没有崩盘，春天时候相中的小区房子却已大都卖光，连尾房的价格也都比原来每平方米高了好几百。

于是决定，买！

三

三室一厅的房子住上了。每月还贷一千六七。之后的数年里，想的都是，什么时候无债一身轻呢？

不过，看着儿子在宽敞大屋里尽兴玩耍奔跑，我们进出家门可以理直气壮大大方方，可以呼朋唤友自如畅叙。就觉得，有些"债"背一背是值得的。

转眼又是许多年。身边的很多朋友，房子换了一茬又一茬，平层错层越层独栋，越住越高档。房子的居住功能不再涵盖全部，更多时候跟身价和实力挂了钩。

就像我当年不停地租房搬家一样，我的许多朋友们，开始不停地看房买房换房装修。

"不是在换房，就是在换房装修的路上。"朋友轻言淡语，戏谑里，充满了对身家实力的笃定自信。不知为什么，我这里感受到的，却常常是为流浪而流浪的漂泊不定。

"无论如何咱是不琢磨房子了。没意义，太累。"和爱人一拍即合。

那会儿，我们还住在新千年初贷款买来的房子里。贷款早已结清，新房已老。园区里当年新苗已经高大参天，许多房子已经换了几茬主人。

又有很多声音跑进来，让我们换了这房去置新屋。我们却安之若素，心不为动。不想再做河流里激腾的波浪，只想守一方安稳，看岁月静好。想，房子是用来住的。这话对。住着舒服安心就好。

却不想，住着住着，问题却来了。"安心"不了了。

四

五楼的房子，既不把山又不把顶，完全被包裹在中间，但某天，却毫无征兆地突然开始漏水。

先是厨房烟道处开漏，接着厅里北向的墙面上湿乎乎一大片"水墨"斑斓。

然后便是漫长的各种想办法。先是去外面找了两师傅来，在屋里各处一顿忙活，又涂又抹。钱花出六七大百，换回一句听上去让人定心的承诺：准保两年，两年内再漏，随叫随到。然后留下了电话。

这话过去没多久，雨季来临，该漏的地方一处没落下，且看那架势，赌气一样，有过之无不及。

找出电话打过去，却是停机。

天晴了，再想办法。吃一堑长一智，这回不上马路找"游击"师傅了，上知名大网站，找做防水的专业人士。数番比较沟通，敲定了一家有着单独网页的公司。先来了位老师傅。到底是专业，二话没说，来后直接奔房顶。过会儿下来，拍拍手：这活儿干不了。没个弄。顶上都长树了。乱草一片片的，瓦都碎了。不是光烟道的事儿，修就得整个房顶都修。那花销可大。不是你一家弄得了的。屋里面做不了，说能做那纯属糊弄人。

然后摇摇头走了。

这才想起来去楼上楼下邻居家看。一看更吃惊。正赶上雨天，从一楼到顶楼，家家漏得稀里哗啦。四楼的厨房地中间，竟摆满了大大小小的接水家什。

于是一起去各种部门找。物业，房屋维修基金办公室，住建部门……态度都很好。可是一涉及具体款项，就梗住。动用维修基金本身就麻烦，更难的是，经过一番底细摸查，这个楼口当初交了维修金的，竟然只有我们和另外一家。其他人家得先把钱补交上，才能讨论下一步……钱不交，事情也就遥遥无期地搁置了下来。

雨季连绵，房子愈发漏得肆无忌惮。

万般无奈。某一天，和爱人相视对望良久，终于下了决心：卖吧，买吧。

于是张罗着卖房子。因为信奉做人要诚实，对每一个前来看房的人，最先讲的就是漏水。然后才接着说：所以价格才这么低啊。

几番周折，旧房卖出，再次贷款购了新屋。新屋在 11 楼。新屋位置的从前是山冈果岭，地势高，视野远。新房的周边，尽是让我心生欢喜的林林总总的景致风物。

虽然再一次背了"债"。可当每一次，纵然外面如何电闪雷鸣，我们都能室内安妥。就又想，这"债"，也还真是背得值啊。

喜鹊飞落窗前，对望呢喃。

路长岁深，尽掬"房"华。

最初的味蕾

又到秋浓蟹肥时。膏肥黄满，嗜蟹者纷啖咂品，每尽兴，而啧啧意足。我却不然，别人眼中再美味的大闸蟹，再怎么出身昂贵，到我嘴里都尝不出个所以然，只觉得对着个没多少肉的"毛壳怪"剥来嚼去翻弄得两手滑腻，很是不值当。莫不如来一根结实黏糯的煮苞米吃得爽意开怀。

把这想法说给一老家在海边的朋友听，他笑得前仰后合，指着我说"老土"。然后微闭目，敞开记忆给我列数螃蟹的 N 种吃法，怎么蒸怎么煮怎么爆炒又怎么自配蘸料，怎么剥得优美艺术而又吃得快速完整……他说得意趣盎然，我听得心不在焉。末了，截住朋友话锋，来一句：其实，玉米也有 N 种做法呢。用不用给你唠唠？

他顿住。怪异的眼神看我半晌，然后不可思议地大摇其头：怪哉，怪哉！

他奇怪怎么竟会有我这样拿玉米和螃蟹作比的人。我则奇怪他对螃蟹怎么就能如此的一往情深。

直到某天，和朋友一起去到他远在胶东半岛海边小渔村的老家。看他熟练地换下衣服就跑上渔船分拣鱼虾，看他毫不在意地在海边粗粝的沙石间光脚跳跃来去，看他一脸享受饱吸咸咸海风……我突然明白了，螃蟹对于他的意味，就像玉米之于我。我生长于深山巨野，自幼习惯了阔山厚土的味道，也就一并爱上了盛产于斯的吃食。

生命最初的馈赠与迎接，成了我们味蕾最原始的识辨模本，并相跟终生。

这样的分别，无关土洋时尚和品位，是本能守候，来处与原乡。

儿子小时候，我因为忙碌，也因为不擅长嫌麻烦，很少给孩子做鱼吃。往往是哪样菜做起来既相对省事同时又能刺激孩子胃口就做哪样。有两年，最经常做的一道菜是香辣肉丝。几根不太辣的尖椒，一缕香菜，一些肉丝，锅里一炒就完事。尖椒香菜，都相对味浓，炒肉丝时再多放点酱油，闻着吃着都咸香有胃口。孩子往往就着菜能吃下不少饭。也知道菜的样数要多要全面，也知道成长中的孩子需要各种营养，可实际做起来，香辣肉丝占的比重明显突出。

给孩子养成的单一饮食习惯在他上初中后渐渐明显。儿子进入青春期，课业加重，兼又正是长身体的时候，我开始认真琢磨食谱，做鱼的频率逐渐增加。可无论清蒸还是红烧，每次见到饭桌上有鱼，儿子都会龇牙咧嘴，不是说刺多就是嫌腥。"哪腥啊，红烧的，多香……这是黄花鱼，全蒜瓣肉，没刺的。来，多吃点，补脑子。"一边哄着劝着，一边把择好的鱼肉往孩子碗里夹。孩子呢？往往是象征性地吃几口，然后就端着碗往旁边躲："够了够了。"

直到儿子长到很大，已经去外地读大学了，寒暑假回来，第一件事往往就是要求：妈，做香辣肉丝吧，多放酱油，咸点儿。想一学期了。

再怎么贵的鱼再怎么用心做，儿子都只是蜻蜓点水地敷衍一下了事。

知道讲再多道理都已经没用。任何的关于鱼怎么有营养对身体怎么有好处的常识儿子已经通通知晓，关键是，最初的味蕾记忆，已经烙印深深无法涂抹。

那里，有他的童年，和他对这个世界最初的味觉触摸。

假如时光能倒转，假如一切能重来，我想，我会给彼时的小小幼童，变着花样做各种美味的鱼，让他在以后的岁月里，对鱼这种食物充满亲切和好感，从中吃出无限幸福和满足。可是，世上真的没有如果。逝去的时光，永不再来。

遗憾，就只能是遗憾。

最初的味蕾，越过岁月风沙，闪耀着漫漫暖意，在彼端遥遥牵引，无论那滋味是什么，都带着独属的家的味道。里面，有满足，有安全，有可以寻索的来处的踏实和笃定。

给每一个最初，以最倾情的关注。

而让以后，没有遗憾。

白菜的味道

那年秋天，和先生二人才研究生毕业，在城市临郊的土路旁，租了间平房。平房窗户的外面，时有农人的马车经过，蹄声"得得"，传进室内，感觉真是做陶渊明了。

平房的邻居都是平民，过着很实在的日子。秋天才来，一家家的门外就堆满了白菜、土豆和大葱，每一天下班，走近家门前的胡同，就闻到了一种太阳晒烤下很香的蔬菜味道，像是走在农人的田畦。

于是，刚开始支灶立火的两个人，就学着别人的样儿，很像回事儿地和卖菜的农人讨价还价，为了一两分钱的价高价低而争论不休，心里知道，费劲儿地和人家争来论去，并不是真的为了那一两分钱，而只是觉得有趣。二十多年来，头一回自己当家做主过日子，机会多么难得啊。

一趟趟地把人家马车上的白菜、土豆往家搬，搬完了又去琢磨萝卜和大葱。有好心的邻家大婶过来，瞅瞅我们放在门前的近半人高的白菜堆，再看看门内围成圈状的土豆们，爽言爽

语地劝：就两个人，吃得了吗？差不多就行了。我和先生相视
而笑，觉得人家是小看了我们这读书人的"肚量"，就紧着说：
怎么吃不了呢？冬天多长啊，这时候不多存点儿，等下大雪了，
吃啥？

感觉中，仿佛冬雪一下，整个世界就没什么可吃的了，只
剩下了白菜和土豆。

邻家大姊不再说什么，笑着看我们把大葱一捆捆地往房顶
上运，没有梯子，就把写字用的桌子抬出来，爬上爬下，忙得
不亦乐乎。

等到一切忙碌就绪，各就各位，心情安顿以后，看看太阳，
还暖烘烘地照着，看看门前屋后的树，叶子还自自然然地黄着
绿着，自己就笑了：冬天怎么还没来呢？不过，这下不用担心了，
寒流来了不怕，大雪封门了也不怕，饿不着了。

心里还有一点暗暗窃喜的是，这么一大堆的白菜、土豆，
会给我们省下多少钱啊。

"好的开始是成功的一半。"我们对新生活充满了信心和
希望。

可是时间不长，我就发现哪里有些不大对劲儿了，细细一瞅，
心内不免大惊：分摆在各个位置的白菜的叶都开始一层层变黄，
速度极快地变小，堆在地上的土豆则在争着抢着迅速地变绿……
外面才刚刚有点冬天的意思呢，我的菜们却都在抢着变样儿了。

我不知道怎么办才好，就和先生紧着做来吃，虽然外面市
场上还有许许多多时新的鲜菜卖，可我们却已经是在一顿接一
顿地白菜土豆了。

一捆捆平摊在屋顶的大葱们呢？同样地让我们不"省心"。向来不关心天气的两个人，开始每天晚上仰着脖子对着天空瞧了又瞧，望了又望，只要看见哪里有云飘来，不管电视广播里是怎么预报的天气，都紧着抬桌出屋，一个上面拿，一个下面接，把葱小心翼翼孩子样摆放进一只竹筐内，然后抬放进屋。待到第二天阳光高照，再踩着桌子，一个递一个接地重新摆放到房顶。多少年以后，看着不管电闪雷鸣都安然放于屋外的大葱，忽地就会想到当年把大葱拿上拿下的两个人，心里就有些隐隐的疼痛，为了那一份无谓的劳动和付出。

白菜土豆一顿接一顿地吃，再怎么变换花样，味儿都还是那个味儿，我实在没有本事让它们变得更可口更美味儿些。看着先生龇牙咧嘴地皱着眉头往胃里吞食这些东西，我心里真是有些不忍。就琢磨着：有没有更合胃口的吃法呢？

邻家大婶给端了一小碗辣白菜来，说是自家腌制的，味道还不错，让我们尝尝。初听"白菜"两字，心里先有了反感，辣白菜不也是白菜做的吗？可是细尝下去，就觉出不同了，酸酸甜甜的，带着一丝爽口的辣意，真是下饭的好东西呀，这下可有救了，白菜有救了。

依着邻家大婶的指点，先去寻大的光滑的石头。两个人下班以后，就去离家不远的工业大学，那里正在建着一幢高楼。翻来拣去，终于找到了一块儿够"规格"的漂亮石头，很沉，在工地找了个编织袋把它装进去，用绳绑上，费了很大劲儿两个人才把它抬回家中。腌制辣白菜的"行动"于是就正式开始了。

精挑细选了十数根大白菜，外面老帮一律去掉，然后一层层地铺上盐，压上洗干净的大石头。第二天再把控去水分的白菜放到本是盛水用的蓝色大塑料桶里，照着邻家大婶的指教，放很多切成片状的梨和苹果，放很多的糖和醋，再放辣椒，再放……最后压上石头。辣白菜的腌制工序完成了。"这下好了，咱们可以美美吃上一阵子了。"我和先生击掌而贺。

耐心地等到第二天，腌好的辣白菜味道真是和邻家大婶的一样好吃，甚至自我感觉更好些，因为我们比她放了更多梨和苹果。然而这好感觉仅只维持了不到两天，第四天的中午，当我掀开桶盖要夹辣白菜来吃的时候，一阵突如其来的味道击懵了我：我的辣白菜成地地道道的酸菜味儿了。

就这样，我们辛辛苦苦制作的十余棵辣白菜，只让我们吃了两小碟，就作罢了。梨呢？苹果呢？统统不见了。

白菜土豆就只好还照原样吃下去，吃来吃去，我和先生都吃出"毛病"来了，只要一看见白菜土豆，胃里就开始往上泛酸水，食管就感觉发胀。冬天才刚刚开始，我们的胃就已经开始对白菜土豆"过敏"了。

白菜土豆于是趁机速度更快地把模样变下去，年轻的白菜土豆们统统变老了，干的菜叶，绿的土豆，不断挤着皱纹，我们看到的是一天天不再占大空间的菜。我们婚后最初的冬天的节约计划是彻底破产了。

一个春天没来的日子，我和先生从邻居家借来筐，把白菜土豆一筐筐抬出去，心疼地把它们倒在垃圾箱里。有暮冬的薄雪飘下来，把我们的白菜土豆轻轻盖上，于是它们的模样，跟天地一色了。

瓜熟才能蒂落

1997年1月18日那天是星期六，儿子的预产期。一早醒来，我就对先生说：是不是该准备准备去医院了？先生在床上伸个舒适的懒腰，很自然地回答：对呀，儿子要出生了嘛。

然后两人就拎个小包打车去医院了，全然不顾从老家赶来照看我的妈妈的阻拦：这叫什么事儿？这叫什么事儿？哪能就生呢？

的确，这一天我感觉和平常没什么两样，肚子有些痛，可是不很规律，也不剧烈，这样的痛法早在一个月前就有了。

然而，这一天是预产期，和平时是不一样的。

我和先生坚持着到医院做了检查，门诊人很多，头发花白的老大夫粗略地听了听，就应我们的要求开出了住院单。

住上院，心就稳下来了。18日这天就过得很愉快。先往家里打个电话，告诉妈妈晚上不回去住了，大夫不允许。接着就和先生找了家干净的餐馆美美地吃了一顿。先生一边给我夹菜一边说：多吃点儿，等会儿疼起来就顾不上吃了。

病房里有四张床，对面床的孕妇似乎要生了，在地上来来回回地走，皱着眉头，看来疼得挺厉害，走着走着就把脑袋抵在了墙上。我还在和人有说有笑，斜对床陪护的大姨就逗我：还笑呢，待会儿你就笑不出来了。

18 日这天晚上是在病房里睡的，和先生挤一张床。他睡得很香，我却在睁着眼睛犯嘀咕：怎么还没有要生的迹象呢？于是就开始全力以赴地关注肚子的动静，主要是痛感的频率，盯着手表查看阵痛的间隔时间，或许是心理作用，看着看着，竟觉得就是书上写的那种有规律的阵痛了。忙喊醒先生，让他去叫医生，先生翻个身，说一句：天亮再说吧，好好睡觉。

天亮了，先生去叫大夫，大夫没有来，却来了位护士给我挂吊瓶，打的是"催产素"，我的痛苦就从那一刻真正地开始了。

要生的孕妇必须得在地上不断地走，不能躺着。先生举着吊瓶陪我在医院的走廊里来来回回地走，实在疼得走不动了就蹲一会儿，汗水哗哗地在额上淌着。对面床的孕妇昨天下午已经生了，是女儿，一家人高兴得不得了，陪护的阿姨说，还行，进产房俩小时就生下来了。然后看看我，回头接着说：咱一针"催产素"没打，多好。做了妈妈的小妇人开始变得安详，瞅着孩子的小脸，笑笑的。

而我，是无论如何也笑不出来了。

"催产素"一滴一滴进入我的体内，我感觉五脏六腑都痛得绞了起来，那种温和的阵痛不见了。妈妈急急从家里赶过来，看我痛苦的样子，心疼地抱怨：哪有生孩子还打点滴的？我生了四个也没打过针。不到时候孩子哪能下来呢。

疼痛不堪的我开始觉得妈妈的话有道理，也许，我真的还应该等些日子再来医院。可是这会儿，我已经身不由己了。

星期日的医院只有一两位值班大夫，其中一位年轻的女医生是山区医院来此进修的，很负责，一会儿给我检查一次。可同时也很没经验。19日上午的时候，她给我做B超，说孩子很大，不一定能正常生，要我同时做好剖宫产的准备，告诉我不要吃太多东西，鸡蛋不要吃，肉也不要吃，最好只喝点儿稀粥。

所以，在别的孕妇都大吃特吃以补充体力的时候，19日整整一天,我只喝了两小碗稀粥,弄得妈妈在旁边干着急却没办法：哪有这样生孩子的？哪有这样生孩子的？

"催产素"一瓶接一瓶地打着，可是直到晚上九点我躺上产床，子宫口还是只开了一指，年轻的女进修医生也着急起来：怎么回事呢？接着，疼痛得有些昏迷的我就听见她对护士说：再加大些药量试试。

山崩地裂的感觉来了，我觉得自己是在两座大山的夹缝里，被挤压着、撕扯着，本来我想，无论如何我生孩子的时候是不要喊叫的，可是那一刻，我已经是什么都顾不上了。我感到有声音从我的嘴里喷涌了出去，不知道说的什么，只是觉得，死也要好过这个滋味吧，刀割也应该是比较舒服的吧。

产床的床头是铁的，因为疼痛，我的两手伸过头顶，紧紧攥住两根铁棍，脑袋无意识地一下下朝铁的床头撞过去，觉不到疼，只听得一旁的母亲一声声急切地劝着：孩子，别这样撞啊，不行的。然后就有手来把住我的头（生完孩子许多天以后，一次梳头，头上稀里哗啦地掉下很多"血饼"，起初不知道怎么回事，经母亲提醒，才想起当时的那种绝望和挣扎）。

医院负责接生的护士陆续赶来了，四个，她们是这个晚上这所医院所有负责接生的人。值得庆幸的是，我是那天晚上唯一生孩子的孕妇，她们齐齐地围聚在我的产床旁。想尽招数帮助我的孩子离开母体。

可是，孩子却稳稳地趴在我腹部的左上边，一点要出去的意思都没有。夜深了，护士们在用尽各种招数都不管用以后，困乏地坐到了旁边的床上，一位老护士嘴里不忘一遍遍地对我喊着：用劲儿，用劲儿。

可是，我哪里还有劲儿呢？一天只喝了两小碗稀粥，哪里还有劲儿呢？老护士到外边屋里找我的母亲要了一袋巧克力，一块儿一块儿地往我的嘴里塞，边塞边说：吃一块儿，用一个劲儿。我不知道巧克力是不是进到肚子里就会立刻转化为能量，可迷迷糊糊的我却还是认认真真地照她的话去做了，我想让孩子快点出来，我怕这样下去孩子会受不了。

那位白天不让我吃饭的年轻的女进修医生，看我迟迟生不下来。似乎有些害怕了，一遍遍来听孩子的心跳，帮着护士们给我插氧、换点滴瓶，让我用劲儿、用劲儿、再用劲儿。

我听话地用劲儿，从已经模糊的意识里分辨她们焦急的声音，告诉自己千万不能睡过去，睡过去孩子就完了。我努力把眼睛睁大，看屋里昏黄的灯影和困倦焦急的医生护士们，甚至还咧开嘴对她们笑，不知为什么，我很害怕她们因为过分的劳累和倦怠而不管我了，那一刻，我突然在心理上变得对她们很依赖。我想，我和我的孩子都需要她们，我的孩子不能在这样的状态下在肚子里时间太长，否则要缺氧的。我已经忘了仍在顽强进行着的疼痛。

突然，我感觉什么东西从鼻孔里喷了出去，把氧气管都给冲掉了，年轻的进修医生失态地喊出了声：出血了，很多，怎么办?

手忙脚乱了一阵子，鼻血止住了，接着插上了氧气管子。

凌晨3点40分，在医生护士和我共同的努力下，儿子出世了，儿子离开母体的那一瞬间我并没有感觉到，我的感觉神经已近乎麻木。听到儿子响亮的哭声，我的脑子里飘过三个字:胜利了。似乎还有些幽默的味道。

而母亲，却是心疼地说了一句：孩子哪能硬拽下来呢? 瓜熟才能蒂落呀。

瓜熟才能蒂落，这句话很对，可惜我知道的太晚了些，否则，就用不着遭那么多罪了。

倾听此刻

《朗读者》第二季中,姚明有一段话讲到"声音"。篮球场上,万众喧嚣中,他听到的是,飞跑时耳边的风声,鞋底擦地的吱吱声,投球入篮时特有的摩擦声……这些声音进到他的耳里,细微却铮铮,为此他深深陶醉。那一刻,他体会到了无以比拟的幸福。

没有得失,不思成败,无关呐喊。只有生命最真切的倾情与相融。

只有,此刻。

专注。滤去了一切杂质。唯余纯粹。

谁说过,当下许多人,都把生活寄希望于未来。此刻的一切行经与奋斗,似乎都与此刻无关,所有的美好与期冀,所有的动力与付出,都是为了明天,为了一个模糊依稀不知在哪里何时何处是终点的未来。而因而,粗糙着现在,对付着当下。也由此,毁损了身心。

此刻与当下,在匆匆的漠视与忽略中,如车外风景,匆匆复匆匆。没有味道，没有特别，没有意义。

"没有'现在'的生活，未来同样不会有。"

有些拗口。细想，却深深认同。

此刻，应该是从前的未来吧。四十岁五十岁或者多少岁的现在，是不是年少时"等我到了四十岁五十岁或者多少岁时，怎么怎么样……"的憧憬呢？纵然，此刻没有抵达曾经期望的高度或层面，可是再怎么样，都是曾经被许以"未来"的节点啊。经过多少年的拼搏与努力，无论此刻是否对应得起当年的期待与渴望，它都是从前的"未来"的真正的样子。

接受此刻。善待此刻。便是善待从前的自己，在遥远的过去向着此刻，款款殷殷，深切瞩望。

专注此刻。倾听此刻。

就像，谁讲过的，一个人，如果总是把孝心放到以后，"以后如何如何……"，那么便可以认定，这个人，一辈子都不会去尽这个孝心。

以后无了期。以后是何年。

而生命，又是谁能真正等着谁。

这一刻，呼吸。这一刻，新绿密匝。这一刻，游云拂远塔。

这一刻。再怎么样瑕疵斑驳，都是去了不再来。此刻用心，才会有用心的明天。

这刻的世界，或许有疼痛，有挂念，有努力想要释放的不安，有尚且没有理顺的关系，有需要付出的生活。可是同样，有相较任何下一刻都要更年轻的生命，有正安稳静好的日出月落，有虽然年迈却拨过电话就能听到的老母亲的声音，有虽然需要用心付出却付出得甘心情愿的各样温暖情谊。

这样的此刻。芬芳。生发。饱满丰盈。

如何可以不用心。

五角枫的叶子，还嫩绿。松柏的细针，正柔软。蒲公英的小花帽，正毛茸成娇嘟嘟的明黄。

一切，都正恰好。生命最本质的样子，就在此刻，好好入怀。

身体迷路了

七月过完了，马上八月了。又能开口清清爽爽地说话了。早晨起来的时候，双手又活动自如了。一连串的不适，莫名其妙地来，又莫名其妙地走了。

只是这来去之间，身体就像个迷路的孩子，经历了太多曲里拐弯，跌跌撞撞。

一

完全说不明白为什么。过完了 2018 年春节没多久，某天早晨醒来，双手突然地特别难握上。尤其是右手，手指下弯到九十度直角后，再往下弯便相当吃力也相当痛苦。右手指与掌心相连的根部，像有什么东西梗着，手指骨中间，似乎有什么东西在使劲儿地抻拽后拉。要醒后半天，慢慢活动，双手互相掰搓，才开始慢慢恢复正常。有时候甚至严重到半夜醒来，整个手都没了感觉，又麻又胀不听指挥。

就是白天，可以如常活动了，相比从前，也是滞涩钝闷了许多。

很恐惧。真的很恐惧。我想不懂这是怎么了。

先是百度。各种说法，弄得一脑门子糨糊也没归类明白。

于是开始不断地往医院跑。

先是骨科。几百元抽血化验，风湿排除了。再是一百八十元测骨密度，骨质疏松也排除了。再是挂最贵的号去看内分泌专家，想着问问见多识广的资深老医生，是不是见到过我这样的病症。那医生病历都没有写，既没开药也没有让我去做任何检查，很肯定地说没有遇到过我这样的病例，让我去看脑神经科。事已至此，我真的有些绝望。满以为医术高深的资深专家或许能给我一个答案，结果却仍然如此。

这时候，双手在白天的时候，也开始断续地麻了起来。

于是听话地去看神经科，做脑核磁。虽然直觉上自己的脑神经没有任何问题。

结果如料。

逐一排除各种可能性，方法虽然笨拙，却似乎唯此方能让心稍稍地踏实下来。

……

各种检查无果后，决定去看朋友推荐的老中医。已经年近八十的老中医很瘦，讲话很慢。摸我脉搏，看我舌苔舌根，然后开了药。然后温和地跟我说，不怕，没事，能好。让我心安一些的是，老中医说以前看过一例跟我差不多的病人，不同的是我手向内弯曲困难，那人却是握了拳无法伸直。那个病人吃过七服药就好了。

老中医同样给我开了七服药。

当天晚上就开始服用。第一服药下肚，大约一个多小时后，喷嚏连天，就像感冒或过敏时出现的症状一样，我没有害怕。想着应该是药性所致。

这天晚上十点钟睡下，半夜十二点左右突然醒来，晃晃左右手，突然欣喜不已。一点麻痛都没有，很灵活，像从前正常时候一样。半天半天，睁眼躺着，内心充满喜悦和感恩。想着到底是国宝级老中医啊。

再次睡着。然后是清晨醒来，沮丧地发现，双手又被打回了原形。可是希望仍在。老中医的笃定和安详给我的信心托了底。开始按时吃药。身心内外的剑拔弩张，也稍稍卸去。这才想起，有些日子没给千里外的老家打电话了。

电话拨过去，就听母亲那边急切地说：没事吧？这些日子你没来电话，心里正惦记呢。

之前一直没跟母亲说手的事，怕她担心。快八十的人了，真的是越来越心疼她，只想她好好在着，健康无虑地在着，不要再操心，不要再有任何难过。这一生，她经历的波折实在已经足够多。

现在因为吃上了药，心情明朗许多，一顺嘴忍不住就说了出来。只是先把前提加重了分量，就是现在没事了，吃完药就好了，药效已经显出来了。

母亲果然一下子着急起来。我再三安抚保证确实没什么大问题后，母亲才连连叮嘱着放下电话。

却是第二天一早电话就打过来，问我怎么样，好些了吗？然后吞吞吐吐地小声说，昨天晚上为我跪下来不断地向上天祷告。说我这个孩子从小到大是多么不容易。又说，夜里为我磕了一百个头。

我的眼泪顿时涌上来。想着年近八十自己亦一身病痛瘦弱单薄的老母亲，夜深时分跪下来，用一个垂暮老人所能想到的最诚挚的方式，一边叩头一边祈求，求上天医治她的女儿，怜恤她女儿一路走来的辛苦和不容易。我的心里，霎时百味杂陈，潮涌浪卷。

我紧着用清晰又坚定的语气保证说：好了，真的好了。完完全全地好了！那一刻，我对自己前一日的不慎出言后悔万分。

真的吗？是真的吗？母亲再三追问。

真的真的，保证是真的！我语气清朗舒松。眼中泪水滚如雨下。

七服药过去了。双手依然如故。

西药，中药，针灸，热敷，理疗。等等。

二

然后，2018 年就过去了 5 个月。接着就到了 5 月 18 日。

这天，嗓子突然嘶哑，咳嗽不止。以为是感冒，就拼命喝水。第二天星期六，还去爬了山。一路上哑着喉咙跟人打招呼。玩得很开心。

嗓子越来越哑，后来干脆出不来声音。心里觉得异样，开始不安。却还是没有去医院，只是不断喝水。喝大量的水。

可是到了第三天晚上，咽喉并没有在大量清水的浸泡中缓过神来，反而像沉在水底的石头，越来越安静了。

这才意识到必须去看医生。光等着，想让它在清水的不断荡涤中缓过神来，看来希望不大。

然后就是接下来，中医，西医，喉镜，雾化，微波，吃药，针灸。一周接一周。医生换了一个又一个。说不出话，就提前把病况打印出来，直接给医生看。心情过山车一样起伏和忐忑。想不通一个喉咙哑的问题怎么就翻来覆去好不了。

转眼声哑两个月。时紧时松地遵着医嘱噤声不说话。衣兜里放张小纸片，见有人过来打招呼就拿出，上面写着"喉炎正噤声"。

这时候，每一个能亮着声音想开口便开口的人，在我眼里，都是奇迹的存在。我的目光总是在人们说话时，不自觉地盯向人家喉结处。内心渴羡不已：多了不起啊。可以发音这么清亮！

某天单位开会。轮到发言，试着放大声音说话，一次、两次、三次……却每一次，都只有破碎的声片，穿过扭曲的音门，断断续续嘶哑吃力地挤出来。几次之后，停止了努力。

反复纠缠的病程里，我一直想5月18日那天到底发生了什么。好像也没什么。不过是手头有些活儿赶时间，不过是跟久未谋面的老朋友多说了点话，不过几件事攒到了一块儿心里有些急，不过走路快点儿。好像也就这些了。

就想，如果那几件赶在一起的事不挤在一块儿做多好。如果那天刚发现声音不对就赶紧去医院，多好。如果急性期不是首先选择了中医院多好,中医温和的黄药水雾化,足够绵软,却也将最宝贵的初期治疗时机给化掉了。那个时候需要的,是斩钉截铁,是力断乱麻。

又如果,即使去了中医院,严格遵照医生的叮嘱,坚决不说话,连耳语一样的嚓嚓声都不说又该多好。又如果,即使开头儿不注意说话了,后面严格照着一个医生的治疗思路持续地看下来,不换来换去,又多好。可是没有,都没有。

如果,也就只能是想象中的如果。

万般无奈中网上百度再百度,有帖子说,喉炎三个月为一时间点,若过了这个节点还没有治好,转为慢性,以后就非常不好办了。

不知道这说法有多少科学依据,心情却跟着更紧地悬吊起来。

因为眼看,我这期限马上就要到了。

三

然后是很平常的某天。事先没有任何征兆。

似乎突然间,嗓子就清亮了,无挂无碍了。就又能说话了。

那一刻,晨曦破晓,万物复萌。

两个多月以前的人生里,我从来没有觉得,张口说话是个什么事儿,就像空气,就像水。自自然然地就在那里,想说,张口就是。现在我知道,它不是。

也似乎突然间才发现,5月18日前一直让我四处求医不得治的手的问题，不知什么时候竟然自己就好了。

　　早晨醒来，一遍遍地握手，打开。再握手，再打开。

　　内心欢喜狂涌。

　　没有任何拥有，是理所当然。

　　我是深深地体会了。

陪外祖母看戏

那年夏天，外祖母来到我家小住。外祖母当时已经七十多岁了，瘦瘦的，患着严重的气管炎。睡熟的时候，呼气吸气间，有着长长的隔断。和外祖母同住一屋的我，常常停下手头正读的什么书，久久地看着外祖母胸部高高低低的起伏，说不出为什么，心里怕到了极点。生怕稍不注意，那起伏就再也看不到了。

那年我大约十四五岁的样子，在读初中，正是多愁善感的年龄。

外祖母只有母亲一个女儿，自小很宝贵的，却不料几个孩子中只有母亲命运最为多艰。外祖母来了，母亲仍是终日忙碌，她没有办法停下为着一家老小奔波不止的脚步。母亲的眼中心里，有着太多无奈和愧疚。

看在眼里，我的心中感到隐隐的疼痛。为母亲，更为外祖母。

暑假来临的时候，离家很远的铁路俱乐部来了一个外地京剧团，大张旗鼓地做宣传，我们家门外就挂起了长长的红色条幅，上面贴着花花绿绿的宣传画。外祖母时常踮着小脚，默不作声地凑上前去，一看就是很久。

我在家里温功课，学校虽已放假，可是课业仍然很重，马上就要升高中了，各种学习资料分门别类地堆满了我小小的书桌。我的暑期学习计划隆重地制订出来张贴在了书桌前面的墙上。我给自己的分分秒秒都上足了"发条"。

某个黄昏吧。我到隔壁同学家问功课，刚走出不远，就看到了外祖母，确切地说是看到了外祖母的背影。瘦瘦的肩胛骨挑着白色衬衫的两端，衣服架空了一样在晚风中鼓荡着，斜斜的夕阳扑打过来，将外祖母单薄的身影长长地拉了过去，远望就像秋日一片脆黄的落叶，风稍吹就会碎掉的样子。

我突然感到心酸酸地揪痛在一起，眼睛瞬间潮湿起来。

外祖母听到我要陪她去看戏，脸上现出一种近于腼腆的慌张：那怎么行。你学习要紧。我只是看着玩，哪能就去呢。不去不去。

我的坚持下，我和外祖母还是在第二天"上路"了。说是"上路"，是因为外祖母说什么也不舍得花那几角车票钱。外祖母说：走着去好，就当练练腿脚。

我手里拎着一只薄薄的棉垫子，以备外祖母走累的时候，可以坐下来歇歇。

去往铁路俱乐部的公路上，灰尘很厚，来往车辆掀起一阵又一阵土雾，我眼看着外祖母白白的发丝变得灰黄起来。可是外祖母兴致却极高，嘴里不停地对周围的房屋树木发着议论。我天天经过感觉那么平淡无奇的东西，到了外祖母眼中，都附着了鲜活的生命力。我突然意识到，作客在异乡的女儿家，一天天连个说话的人都找不到的外祖母，是多么的寂寞啊。

外祖母踮着两只小小的锥形脚，一步不停地走着，我让她歇歇再走，外祖母连说"不累不累"……

演员甩着长长的衣袖在台上舞来舞去，嘴里"咿咿呀呀"地拉着长声不紧不慢地唱……我的双眼慢慢合了起来。突然"咚"一声，我痛醒过来，原来额头重重地磕在了前排座椅的边角上……

演出结束了，外祖母意犹未尽地说着剧中情节，以及哪个演员的唱功、舞功是如何如何好，很满足的样子。我摸着额头上渐渐突鼓起来的包块，心中是满足的幸福。

之后很长时间，外祖母都沉浸在对看戏的回忆中。外祖母不止一次对人说：这是我这辈子看过的最好的戏了。不知为什么，每一次看着外祖母说这话时孩子样的满足神情，我的心里都酸酸的。

就在以后的日子，用我尚且年幼的心，体察外祖母的晚年世界，并尝试着为那世界添抹一丝鲜艳的色彩。我明显地觉得，外祖母眼中曾经那样深的落寞，一点点地淡去了。

外祖母离开我家时，是带着满足的笑意挥手的。

远心无怯

当那个多年前忙碌的早晨，我瞅着空隙对先生说出我的想法时，他没有我预想中的惊讶，而是很平静地说了句："想去就去吧，只是路上当心。"仅此而已。

这多少有些出乎我的意料，我以为他会反对，会阻止，或者至少会说出一些让我犹豫的理由。可是没有。就只那么简单而平静地说了一句极简单的话。

这，反而使我在心里反复自问了很久。

作为先生的妻子，孩子的母亲，多年来我已习惯了家里的定位，工作以外，洗衣做饭，照顾孩子，精心侍弄家中琐琐碎碎的一切。我不在，这些谁来做？

所以，在我对先生说出那个想法的时候，是预备着遭受一点小小的"挫折"和"打击"的，甚至为自己预备了某些可能的态度和语气。却没有想到结果是这样的风平浪静。

利用休假做一次长途旅行，便是萌生于我脑中的多少有些"自私"的念头。

那段日子或者说长久以来,先生就一直很忙,他的时间表中,几乎没有休息日。记得很多次,带着病重年幼的孩子到医院打点滴,排了长队排短队,做了试敏又忙着去领药,怀里抱着孩子,手里拎着大包零碎物品……忙前忙后的,都只是我一个人。看着别人家前呼后拥的陪伴人群,我孤单焦灼得常是连伤心都来不及。偶尔先生过来陪一次,也多是点滴刚挂上便急急走掉了……所以,当我心中有了那个要远行的想法后,着实是经过了几次三番的掂量复掂量。

可是,内心深处,我清楚地知道自己有多么渴望。在我还是个小初中生的时候,家乡暗仄的小屋里,就绕满了一个女孩子绵延不绝的通向遥远的长长思绪。那时候,我沉默少言,穿素衣淡衫,学习用心而刻苦。我忧郁的目光常常望过远山流云,穿过层层叠叠的林木,走出很远很远。那蜿蜒于山崖四壁的火车笛声,如同物化的丝线,带着我梦想的风筝远远飞驰……整整一个中学时代,我迷恋上了那种声音。常常一个人,坐在学校后面的山坡上,听着远远荡来的那种悠长悠长让我迷醉的声音,努力再努力地,一字一字用心攻读捧在手里的那么单调而无趣的书本。

我不知道将来要沿着那声音去到哪里,只固执地认为它会带给我一个全新的世界。

初中开了地理课,我和别的同学一样,刚开始无论如何都听不懂经度纬度还有北回归线,可是,我却近乎偏执地爱上了它。教授这门课的,是位脑门光光的四川籍男老师,声腔婉转充满了阴柔,很多同学不喜欢。可是我,却从中听出了和谐的韵致。

透过老师近于袅袅的讲述，我看到了远远处的无限风光。美丽的大理、优雅的西双版纳、天高云淡的西藏，以及我想象不来的天空彼端的日与月……

梦想的脚步越走越远，我在时光的挪移中变得日益成熟。日益成熟的我，开始渐渐发现生活中很多真实的无奈。我本来想到一座离家很远很远的城市去读大学，可是因为估低了分数，只能在离家只有一夜火车路程的城市过完我的四年；我本来想研究生毕业后到远远的地方生活工作，可是因为后来的先生当时的男朋友已经提前毕业留了下来，而使我再一次别无选择；然后是结婚，然后是孩子，然后是……

然后就成了这刻的样子，一个只能把梦想浓缩在心灵一角的平常女子……

夜里，照样是很晚很晚的时候，先生回来，递给我一个他中午抽空买来的做工精良的旅行包：收拾东西一定要注意少而精，但是该带的一定要带上。

"我们是一家人。人一生真的很短，想做的时候就去做吧，不要留下遗憾。"这是他的原话，当时真就是这么说的。朴实，同时带着一点点哲理。

很简单的一句话。却在后来温暖了我很久很久。

"出发"的那个晚上，先生没有去送。说"再见"的时候，他正陪儿子玩，两人用积木搭起了一座高高的有着尖尖房顶的楼厦，儿子的笑声正洪亮。

我知道我将旅途愉快，我知道从此后对着曾经的梦想我不再会心生怯意，因为身后，是可供我享用一生的长长温情。

没有任何时光没有意义

一

我一直对家里的两位男士说，等有一天，我带你们回我出生地，看我老家院子里的石榴树、枣树还有桑葚树。还有村子边上的那条小河。还有跟我同一个夜里出生的小小和二林。

说第一遍第二遍到第十几遍的时候，那二位还假装热情地应着，好啊，好啊。哪天去。等到又第多少遍的时候，已经听不到回应。偶尔，儿子会头都不抬地回一句：您这个哪天是哪天啊。而孩儿他爸，则专注于他正专注的什么，连一丝动静都不肯再给。

我就安静下来。连我自己，已经都不知道哪天在哪天了。只是，在让气流裹着渴望冲出喉咙的那一刻，让心小小地释怀一下。就像美食，经由唇边舌尖抵至喉咙，那魅力无限的一截。然后，然后，就没有然后了。

黄泥墙、盐碱地、麦田、梨园、茅草、童年……在那里，就在那里。却无论如何，下不了决心去真的惊动。

它们，真的，还在那里吗？

年龄的拾级而上，岁月的顾自前行，曾经真实中苍白单薄的一切，在如今的回首里，越来越浓的隔空缱绻中，感觉温暖无比心醉无比。

连试着再次走进的勇气都无法攒积。

没有任何时光没有意义。

二

工作二十多年来，所在行业的社会地位斗转星移，翻转跌宕，心境回旋反复，无数个人对我说起无数次的"如果"。如果当初，我将选择的重心稍稍地弯上那么一弯。生命的轨迹是不是会有很大不同？

二十多年前，我研究生毕业，可以不用考试就直接读博，可以在大学里边教书边读书。可以有很多的可以。我却率性又简单地决定"出走"。到因为陌生而魅力指数大增的"外边"闯荡人生。

江湖多风雨。

而我，或许自身秉性特质真的更适合校园里的四季流转。许多年里，许多的场合，许多个初次见面的人对我说："老师吧？"

是的。我没有做成大学里的先生，没有享受到随着大学老师职业的受捧而可以享受到的各样相跟美好。我的书生意气在世事的丛林里被撞刮得面目全非。我从事职业的现今"市值"相比二十多年前大相泾渭，整个行业发展日较一日地江河日下。我的职称早已经跟大学教授一个级别，我的工资数目却远远地驻足在岁月从前。

物物相较，我似乎真的失去了很多。我似乎真的该为当初的冲动悔青肝肠。

事实是，如今的我，云淡风轻。

淡了执拗，少了纠结，平了心性。涉过岁月河川，校园以外的风雨雷电，让我的生命味蕾，历尝百味，而不再动辄龇口。我已经能够，于万千姹紫嫣红中，自然地，就嗅抚到生命的本真芬芳。

不经繁缛，何来至简。

怎么能说，这二十多年的时光没有意义。

三

很长的时间里，我对自己说，我没有少年。家庭突然遭变，衣食顿然无着，离乡背井，寒凉尝尽。十岁刚过，生命便冷冽冽甩给我两个字，叫"长大"。

成长的时光硬生生被斩成两截。

弟妹更小，身为长女，我成了母亲开解心事的唯一对象。母亲的眼泪与无助，岁月的艰辛无奈，五块钱学费的纠结……我开始成为"大人"。我知道了怎么把一根木棍放进炉子里，再把"锯末子"放进周围砸实，怎么点燃取暖。我知道怎么接电线，怎么擀面条，怎么抢着高过我头的大斧子劈木柴。知道怎么努力去往前奔……知道了很多很多。

真正的玲珑时光，我却已经距离很远。

当我已经长到很大，我还会羡慕，羡慕那有着透明少年时光的人，不负累的生命，多好。我早早地学会了承担，早早地懂得了责任。

我曾经想，如果，这一些"学会"与"懂得"，晚一点来该多好。我的缺失，永无弥补。少年永远不再。

而当时光纵深开来，我历经在异乡的单打独斗，结婚生子育子，工作生活一应事物纷纷齐扑。我游刃有余，举重若轻，遇事择断明晰，自然从容。

我知道，一切时光的经由，都有出处。

没有任何时光没有意义。

再见已是永远

他是我们大学班级里，第一个离开世界的。他病，他走，班级里没有一个人知道。也就自然地，没有一个人去送行。知道他离世的消息，已经是在他灵魂远行二十多天以后了。

看到微信里朋友转来的关于他的追忆文章，起初是非常的不确定。给同学们打电话，大家的第一反应几乎都是：真的吗？不是玩笑吧？

知道没有人会开这样的玩笑。于是接下来都是沉默。沉默里隐约着钝涩滞闷的难过、遗憾，还有不安。

他离去的态度，就像他活着的方式，孤野，脆裂，决绝自我。

一骑绝尘。连背影都不留，更不要说挥手。

他一直是同学们中的异类存在。还在大学期间，他就因为过度无节的抽烟喝酒，而胃被切去了三分之二，疼痛上来满地打滚。毕业二十年聚会，大家围桌畅谈，情意融融。他猛地站起来，怒着脸寒目四射，用力抢起一瓶啤酒照着桌子砸去，碎裂的玻璃尖碴儿深深扎进木质饭桌。所有人都惊骇。没谁再有心情去听他昂扬痛说的辛苦来路。跟同学吃饭，他轻易不带钱，却常常豪迈地把自己摆成主人模样，张罗着喝酒唱歌。然后喝着唱着就会横出意外枝杈……渐渐地，他成了同学们再聚会时自觉被遗忘和疏离的存在。这种疏离，与金钱无关。

这中间，关于他的消息断断续续传来，却每一样都叠加着隔斥淡漠的篱栅。在家里跟妻子吵架，将妻子胳膊用刀砍得鲜血直流；岳父去世，他连殡葬场都不肯去，身为独女的妻子一个人给父亲办理后事；反复更换工作，五十不到竟然退休在家。拿着每月三千元的退休金闲散度日……凡此种种，进到正努力奔忙于家里家外的同学们耳里，除了不屑，还是不屑。不屑到后来，对他连谈论都不再谈论。也就自然没有了了解的兴趣和欲望。

这中间，也包括我。

大学期间，我与他并没有太多交集。他不是我欣赏的类型，他身上的很多特质只想让我保持远远的距离。所以某天，当他突然在校园外的甬道上，以很认真的语气把想要深入交往的想法表达出来时，我唯一生出的情绪竟是诧异和莫名其妙。然后便是更远地远离。此后投向他的目光或话语，自觉不自觉地，锲进了更多挑剔与苛刻。大学毕业后偶尔的碰面，只要他开口，不管说的是什么，话锋如何，我给出的神情态度大多是疏淡漠然，毫无遮饰。

更遑谈去了解其言行背后的其他。

一直觉得，是他"破罐子破摔"式的人生态度毁了自己，是他自己的错。不是我和我的同学们不够包容。

　　直到这一刻，在他完全沉默下来以后，我才终于有耐心，来把这篇不知道他什么时候认识的朋友写的追忆文章读完。也才知道，这些年，在打架摔酒瓶子之外，他还读书，还思考，还正正经经写了许多文字。同时把孩子教育得出类拔萃，读了很棒的大学，找到了很好的工作。他自己多年来一直笔耕不辍，《人民日报》《光明日报》《南方周末》《中国记者》等诸多知名报刊，都曾留下他思想的痕迹。某种程度上，他已经赢得了相当数量的认同。

　　而所有这些，对已经相识三十余年的我和我们这班同学，竟是如此陌生。里面提及他创作文章千余篇，而我们却几乎没听谁说读过哪怕一篇。文章里说到他一路披荆斩棘，不断奋发着为自己寻找更大的发展空间，并通过努力将喜欢的事情做到极致。对此，我们更是不曾有丝毫了解。而他综合了自己和妻儿名姓的情意深切的笔名，我们更是闻所未闻。

　　至今能够清晰记起的"阳面"记忆，是他逝前最后的一次小规模同学聚会上，他与以往不同的安静和家常。这一次，是他大学同寝的"兄弟"从外地过来，两人久未谋面，当年关系很好。他特别地被邀请。这一次，他不吵嚷，不喧哗，也不再"苦大仇深"。聊起过往，谈到当下。他说，对目前的日子，很满足。妻子没有工作，可是善良至纯。儿子上进，一路挺拔努力。他自己，每天清晨起来的第一件事，是到早市买了油条豆浆或者豆腐脑去看老父亲。老父亲八十有余，被他从千里之外的老家接了过来，住进自家附近的养老院。他每天都要过去陪老父亲吃饭，聊天。这一天，他说了很多。我们也听了很多。分别的时候，我们说"再见"，是想着，这么"向好"的氛围，以后也许真的可以经常再见。

却不想，此别已是永远。

我们青春的藤蔓曾有幸彼此缠绕，不幸的却是正因此，我们自认为在相识的最初，看到了对方最真实的生命版本，而在以后的岁月中，成了认知底片，不断地被叠加代入，本能地将其所有言行，都盖上最初印象的戳记，而未能分出目光，接受他生命树上不断簇长的崭新筋脉。

于是这中间，大篇幅的未知段落自觉跌出在我们认知以外。

是他刻意避遮，还是我们忽略不计。烟云缕缕，已经源无可溯。

静看生命的花开花落

从 1987 年来长春读书至今，朝阳沟殡葬馆我一共去过两次，一次是送我的老师，一次还是送我的老师。站在殡葬馆多少有些寂寥苍阔的院子里，看着老师们的音容化作薄烟缕缕，我的眼睛心里，总是安静得没了感觉。他们在生命最后阶段表现出的从容和坦然，使我近乎执拗地认为，老师们只是出了趟再也不回头的远门儿，那个远远的地方，他们一样可以安心地做学问，好好地生活，一样可以把自己的精神和理念，认认真真地延伸开去。

送别屈老师是在 1991 年。屈老师是教当代文学的，人很干练，对学问研究得很透。一头齐耳短发总是梳理得规规整整，讲起课来总是言语精辟，从不拖泥带水，常在看似不经意的轻轻点拨中，便使学生们豁然开朗。

5 月的时候，我们还和屈老师一起，批"自考"卷，屈老师还在休息时间声音朗朗地给我们讲笑话，逗得我们前仰后合；7 月的时候，我们研究生和老师们一起，被封闭在学校的大图书馆里批高考卷，没有见到屈老师的踪影，有消息传来，说屈老师到北京看病去了；而等到9月，我放假回来，和师姐一起到老师家看望的时候。老师则神色坦然地告诉我们：胰腺癌晚期，好像没有什么办法了。

直到现在，我都没法忘记，老师家住宅楼后面的小小花圃旁，暖暖秋阳下，老师把那三个可怕的字眼轻轻说出来时极为淡然的神色，好像说的不是她自己。老师把裤管挽起来给我们看，腿上的皮肤已经是绿色的了。我们难过得泪湿双眼，老师却一味静静地笑着。老师说她唯一觉得有些遗憾的，是没有把我们这些弟子教出去。老师关心地问询着我们导师方面的交接情况，嘱咐我们不管跟着哪位老师，都要注意把学问做精做深做透……

9月的"串儿红"正火一样绽放，我们老师的生命却开始进入另外一种燃烧状态……月余后，屈老师永远地离开了我们。

送别张老师是在七年后。屈老师离去后，张老师便成了我真正意义上的导师。张老师不仅教我们做学问，更教我们做人。他把他的每一个门下弟子，都看成自己的孩子。曾有一师兄，身染难缠疾病，每次病发，老师都焦急万分，四处奔波，安排就医。他常嘱我们做学问的同时，不要忘了身体。而他自己，却常是几颗花生米、一点白酒，便在教研室里把晚饭打发掉了，而后继续埋头工作到很晚。

那个老师离世前的最后一个元旦前夕，我下班后到系里看望老师。正逢节日，楼道里弥漫着浓厚的喜庆味道。老师的脸上也挂着兴奋的笑，他刚和系里其他领导到各班看望回来。和老师聊了一会儿后，老师突然笑着问：你能看出我脸上有什么异常吗？细望之下，才发现老师的嘴型似乎同原来不大一样了。老师说，他也是在别的老师提醒下，才觉着不对劲儿的。到医院查，说是脑子里长了胶质瘤，还挺难弄的。看着老师谈笑如常的自然神态，我突然感觉有什么东西哽住了喉咙，酸酸的、涩涩的，还有一抹咸咸的味道……

然后就是数月后，一个细雨漫飘的日子，我含泪送走了自己将铭记一生的永远的恩师。

不能说我的老师们有多么伟大，可他们身上的确有一种东西，令我永远回味和感念！

天山共色

每个人都拥有自己的"后院福利"，关键是是否拥有一颗敏锐的心，一双"看见"的眼，一个敞开的旷达胸怀。

看一看身边，望一望"后院"，诸般"福利"，正丰丰厚厚，静待相拥。

珍惜"后院福利"

忘了在哪里看到这样一句话，大意是，珍惜你的"后院福利"，也就是珍重了幸福。简单地说，就是家附近的公园、学校，便利的交通、购物，喧闹中的静谧小街、热心互助的邻里……这些都是可值得用心体味的"后院福利"。无意而"偏得"，幸福因此增值。

每个人都拥有自己的"后院福利"，关键是是否拥有一颗敏锐的心，一双"看见"的眼，一个敞开的旷达胸怀。

小时候，我生活在小兴安岭绵延的山峦间。风吟林啸，鸟唱泉鸣，风景壮美如画。暖风吹醉林野的日子，山花烂漫，恣肆汪洋。一坡一坡的野百合，美得令人炫目。一坡一样色彩，一坡一样妖娆。可在当时，除了面对美景时的刹那欢喜，似乎并体味不到多少幸福。我近于急切地想要逃离，逃离山的褶皱，逃离贫穷，去到更广阔的天地。那个时候，我喜欢收集带有风景图画的明信片，粗糙的质地，却因为印了意境淡远的景致，而成了我爱不释手的宝贝。盛景当前，我却看不到。

那时的我不知道，我正拥有的，是怎样一种饱浸着天地精华的"后院福利"。淳朴的人情，野性的大美。倘或能够更深地珍惜懂得，那我的年少时光，是不是会过得更具幸福感？

所以当我长大，越过无数岁月的林岗，开始越来越知道，并不是只有可以点数的某种个人意义上的获得才算拥有。生活的城市里，一座又一座可以随意进出的精致公园，新建的让通行更便捷的一条又一条快速路，让购物更具享受感的无数大型超市、商场，乃至多彩丰富的文化娱乐精神供给……无不是我们的"后院福利"。虽然形式上没有"圈"进个人的"属权"范围，可同样为我们每一个人尽情地拥有和享用。

城市里住久了，又忍不住渴望着逃离，就像当年急切地努力挣脱群山的簇拥，一次又一次。向往着人迹罕至、天高云淡，以及陌生的安静。生命进入新一轮的循环辗转，并近于无意识地再次陷入与从前似无二致的"幸福盲区"。

直到某次十一长假。

那个假日，因为某些原因未能远行，而在人们纷纷离开的时候选择了留下。明媚的秋阳下，突然空旷下来的城市里，慢慢走，静静地看。身边很多平日里被忙碌和喧嚣覆遮的美好，以近乎陌生的姿态与样貌进入视野，直扑心灵。

深巷的尽头、小街的拐角处、长路的浓荫下，一间又一间书舍读屋，如同驿站渡口，安然端立。可以品茗捧阅，可以约赏经典老片，可以诵读辩议。相似的灵魂在此聚合交错，静由摆渡。似乎只有在遥远江南才能寻到的悠淡温香，竟然，就在居所不远处，如同有约的花蕾，不分冬夏，悠悠地散溢芬芳。

那条离家不远的河流，日日穿城而过，也去散步，也经常路过，却似乎从未细细打量。河水清澈深幽，岸边摆石艺术立体，步行路、骑行道各自明丽蜿蜒……记忆中似乎一直飘散着的河水异味不知何时不见了，印象里一向凹凸不平的路面不知什么时候变得宽敞时尚。堤岸旁燕子正衔泥做屋，花木扶疏绕舞清风。遥远的天的尽头，泛着银光的机翼正轻掠薄云而来。

而视野不远处，以优美科学的曲线构筑起的立体交通，如同强韧润泽的管脉，承载着不同的运行功能，畅达往复。空中轻轨、汽车、地铁……层层叠叠，穿梭有序。想起多少年前，一则音乐 MV 画面里，一列伴着优美音乐疾驰而去的空中列车曾让我思绪翻飞，充满无尽遐想。彼时的我不懂铁轨何以架设空中，只觉得那样的画面浪漫空灵而又遥不可触。内心懵懂困惑，又无限憧憬。后来我知道了，可以空中疾驰的列车叫轻轨。而现在，此刻，它正以多彩美丽的身姿划过我的视线。

似乎只有在陌生与远方才能找到的情境意绪，毫无违和感地，齐齐而来。刹那间惊觉，这许多年里，常常千里迢迢出行追寻的、那一种初始的守望与回归，是不是，一直就在身边？原本可以让幸福指数大增的种种"后院福利"，因为太过轻易地得来，而被融进纷杂的思绪，裹带上了车声笛声市井喧闹声。渐变的美好，就被如此熟视无睹地忽略掉了。一如年少时，对雄山峻峰的寡淡疏离。

行走在曾经的梦想里，却忘了最初出发时的渴望。以幸福的名义不停追逐，总是认为美好在远方，幸福在他处，却忘了，幸福和美好，其实一直就在这里。需要的，仅仅是一颗真正懂得感恩的心。

看一看身边，望一望"后院"，诸般"福利"，正丰丰厚厚，静待相拥。

让我们好好珍重收藏我们的"后院福利"，以更加豁达开阔的视野与襟怀。如此，我们的幸福感，定会加倍激增！

交错的瞬间

事情已经过去很多年了。

那个深夜，我因为急事匆忙中买张站票便往家赶。火车从南边很远的地方开来，一路上"捡"着人，茶几旁、过道里，都挤得满满登登。紧闭了窗户的车厢内，拥塞着酸腐的难闻味道。

上车已是深夜，长途旅行的人们都或趴或靠地睡着了，甚至连座位下面，也有人钻了进去躺着。疲劳和辛苦已经使人无所顾忌。找个能放脚的地方站了，我便安心地听火车隆隆着一路前驶。不安心不行，前面还有近十个小时的路程呢。

开始，还偶尔能听到三三两两的说话声，慢慢地，随着夜越来越深，车厢里便越来越安静了。只听到火车粗糙有力的"呼吸"声，"哐当哐当"有节奏地荡来荡去。

起初还强撑着，想想学校，想想家里，想想新近发生在身边的一些新鲜事……想借此来提提精神，使自己能尽量清醒地一路站下去。

突然，睡意越来越浓的我身子一歪，直向正扶着的旁边座位下面倒去，脑袋"砰"地砸在另一个人的脑袋上，就听得"呀"一声，那被砸的人醒了。我也醒了。忍着疼痛赶忙道歉，被我砸的人戴着军帽，穿着军装，严严实实的"武装"下，是一张稚气的脸。

"哦，车厢里这么多人了。"他说。声音轻轻地，还透着迷蒙。接下来知道，他是个新兵，从我国的最北边去了最南边，这次因事北返，已经在路上辗转好多天了。问年龄，竟然比我还小两岁。说话时，他的脸上时不时浮起一抹羞涩。"来，你坐会儿吧。"说着便站了起来。我坚决不肯。他也是前两站刚刚有个座位，已经在路上过了那么久，实在比我更需要坐一会儿。"那这样吧，我们两个轮着坐。"看我实在不肯，他提出了一个折中的办法。

火车一路轰鸣向前。我们两人开始断断续续地聊天，你坐一会儿我坐一会儿的，路上时光似乎一下子好过了很多。

可毕竟夜太深了，而他又在路上颠簸了太长时间，所以当他再次坐下时，没过多大会儿，声音便微弱下去，睡着了。

"哎，小姑娘。哪儿去啊？"模模糊糊地，一个声音在我面前响起。睁开眼，就见一个块头很大的陌生人不知什么时候站在了面前。他一手把着行李架，一手扶着我正靠的椅背，脑袋低低地俯过来。一顶边沿阔大的帽子，直压到眼睛上方，一道长长深深的刀疤，从眼角直歪到嘴边。

我不搭腔。将头扭向一边，窗外仍然漆黑一片。"怎么，害怕了？别呀，我是好人。帮人发财过好日子的。一看你就觉得面善有缘。"他声音很低，说着一些让人不明就里的话，高壮的身影将本就黯淡的灯光挡住了，我被罩在一片昏暗里。虽然知道车厢里这么多人他不会把我怎么样，可还是忍不住地害怕，心怦怦直跳。

"唉，这里多闷，连个座也没有。走，我帮你拿包，到那边儿车厢去，替你找个座儿。"说着就抬头看行李架，不知怎么就恰好把我那个黑包给拽下来了。"是这个吧？"说着就来拉我。我不动，并从他手里往回拽包。"拽什么拽？别不识好歹。快跟我走。"声音不高却透着凶狠。

旁边紧挨着的旅客听到动静探过头来。"瞅什么瞅！这是我老乡。我要帮老乡找座儿去。"听他这么低低一吼，旁边的旅客立马缩回脖子没动静了。我心狂跳着，感觉真就是快跳出嗓子眼儿了。脑子里空空一片。

"姐，干啥呢？累了吧？你来坐会儿。"就在这时，小战士站了起来，把我拉向座位。交错的瞬间，小战士用近于耳语的声音说："千万别跟他走。"然后将我和那人同时拉着的包很自然地拿了过去："姐，你取东西了？咋不告诉我一声，我帮你拿呀。"顺势将包放回行李架上。

从始至终，小战士都没有跟那人说一句话，甚至看都没看一眼，可平静的语气里，却透着对我不容置疑的关心。

那人呆愣片刻，终于怏怏离开了。

"谢谢。"我轻声对小战士说。这才发现，小战士的脸上，竟沁出了细细的汗水。想必刚才，比我还小两岁的他，心里有着和我一样的怯意啊。可是，他却如此镇定地向我伸出了援手。

迄今，我早已经忘记了小战士的眉眼模样，可是却一直清晰记得，曾经的旅途上，交错的瞬间，那一份真实涌来的安全感，和满满的暖意。

生 命

一

想起她，脑子里总会出现一株荷花，细细的那种，盛开的不是很饱满，淡淡的粉，被阳光晒褪了色的样子。顺摆的枝叶里，筛着飘忽的阳光，若有若无。

她是个山里的孩子，和我做过半年的同窗。

我从遥远异地转学到她所在的班级时，说话的口音跟他们完全不同。很多孩子都笑我，一起开心地毫无遮拦地笑，笑时候用他们的眼睛看着我的眼睛，看得我心里很疼。

而就在那疼痛的瞬间，我看到了她的眼睛。单薄而干净，里面没有笑，却有着让我感觉安慰的什么东西，闪闪烁烁。

我们成了朋友。

她的家在一座山的后面。篱笆围成的院子，泥草盖成的房子。院子里一条黄毛的小狗。院子的左边种着玉米和豆角，右边种着茄子和柿子，中间的墙根儿底下，种着一丛茂茂盛盛的扫帚梅。

她领着我在院子里七绕八绕，然后停下来说："在这里呢。"是两棵菇娘儿秧。刚刚打着绿芽。"记着啊，熟了的时候我们来摘。"细声细气地叮嘱我。

可是，菇娘儿还没熟呢，她却突然连着很多天不来上课了。跑去问老师。老师说，她病了，很重，去省城了。

再过些日子，老师在班上说，她回来了，住在镇上的医院里。想去看她的同学就去吧。

我以为她要好了。去的时候，才知道她已经快不行了。她的妈妈在病房外面哭。

她弯细的眉毛因为疼痛微微地紧成一蹙，努力撑开的笑无力地滑过眼角。她耳语着示意：马上就好了，妈妈说过两天我就可以上学去了。

然而没过多久，她就没了。

她们家前面正对的山坡上，便有了一个小小的新鲜的土包。她睡在里面了。

菇娘儿长成的时候，我一个人轻轻绕过菜园，把熟得最好的菇娘儿摘下，用手绢小心兜了，去她的坟前。

坟上长出了细绒绒的草，软软的，像极了她单薄的发。

我把菇娘儿一颗颗放下。我不知道，她还能不能吃得到。

二

他刚刚毕业工作。很活泼，电脑很精通。他的家在遥远的高原。娱乐时候，他喜欢亮开喉咙，扯着脖子唱。那会儿，额上的青筋会鼓起老高，脑门上会有细细的汗。

他工作和玩耍一样认真。他说，要不是老师帮忙，我不会找到这么好的工作。我得珍惜。

他实在年轻，还不懂隐藏。他时常说，我知道找工作难，得花钱，可我只给老师买了两瓶酒。工作好不容易办成后，老师把我叫到家里，把酒打开，我们师生俩一口口、一杯杯地喝。

老师不擅酒，我更不行。这个晚上，我们双双醉得地老天荒。

说这些时候，他的眼里滚着亮亮的水珠。

他随身带着的手工缝制的钱夹子里，有张发黄的黑白照片。上面一色头上包着头巾的 5 个女子，其中一位怀里，搂着个虎实实的小毛头。

那是我。他说。手指点着小毛头。

这是我妈，这是我姐姐们。指指，又说。

爸爸呢？

没了。他的声音低下去：我生下没几年，爸就没了。妈说，爸是累死的，一口窑一口窑地帮人家挖，为了家里能吃上饱饭。有一天，正挖着，坍方了，别人都跑出来，他被闷在了下面。妈说，他要是能再跑快那么几步，就没事了。可是，他没能跑得那么快。他总是半饿着肚子去干活儿，劲儿用没了。

高高大大的一个小伙子，竟然哽咽。

这个钱夹，是我爸早年当兵时候用过的。后来一直不舍得再用，说留着，等我考上大学给我。可惜，我爸没等到这一天。爸没了后，姐姐们都不再上学，全力供我。我们那儿特别重男轻女。妈和姐姐们都说，我是全家的指望。

他诚实单纯，心里装着心事。老师、妈、姐姐们……他很热爱自己的工作。加班加点地干，盼着有一天，自己能长些本事和力量，好回头温暖亲人的生活。

大约一年，他感冒了，普通的小感冒。起初没在意，到医务室开点儿药吃了，不见好。咳嗽，发烧。大家就劝，到医院看看吧，离单位近，来去方便，骑车也就十来分钟。

他想想，就去了，担心感冒严重了会影响到工作。他是骑着那辆从大学时候一直骑过来的自行车去的。

出门前，还沙哑着嗓子调皮地冲同事们说了句"bye-bye"。轻松地抬腿跨车。刚刚理过的发，阳光下散着明晃晃的光泽。老同志们隔窗见了，都感慨，年轻多好，怎么看都舒服。

却再没回来。

医生简单地检查，说，感冒。点滴吧，两个就好。这么棒的体格。

接着随口问：以前打过青霉素吗？

没有。

长这么大就没打过针。头疼脑热的，根本没当回事儿过。赶上烧厉害了，吃片解热药，喝碗姜水，蒙上被子捂捂，出出汗，也就好了。

穷人家的孩子，皮实。

试敏去。医生很忙。开完处方就接待下一个病人了。

试敏，15分钟。看不出异样，就点滴。

却一会儿工夫，嘴唇青紫，呼吸衰竭。

任医生护士怎么抢救，人还是飞快离去。像他一贯的风格，青春，利落，干脆，不拖泥带水。

他的办公桌，很长时间一直空着。后来的某天，不知谁在上面放了一只带竖纹的长颈阔沿无色瓶，灌上水，插满大抱碧绿碧绿富贵竹。晒不到阳光，却蓬勃浓郁，茂茂盛盛。

大家看了，心渐渐安宁。

咫尺处的生命，还在。

三

他是隔壁的朋友，在报社做记者。很有为的青年。

他的父母都是有学识的人，父亲在这座城市的文化系统担过很大的职务，睿智，通透，文章写得很好。母亲在大学里做教授。上面有个大他3岁的哥哥，家里刚刚添了小侄女。嫂子婚前就是他和哥哥的好朋友。

一家人的生活，美满得真就像一幅画。

父母很好的家教下，他朴素诚实上进，有颗善良的心。报社里，规律地做月评，上稿量和优稿量那栏里，排在最前面的，常常是他的名字。

一只宽大牛仔包，洗褪了色，泛了白，长长的带子有些松散地搭在肩上，里面装着他喜欢的笔和本。

他奔走在城市的大街小巷，用犀利畅达的笔锋，抒写着他眼见心知的世界。一篇又一篇文章，见报，获奖，好评如潮。

时间在他那里，被分配成真正的分分秒秒。

可是，他行走在朋友们眼中的脚步，却永远的不紧不慢，舒缓有度。就如他的谈吐，淡定，沉着，随意，甚至悠然。没谁看到过他惊慌失措。

源自心底的澄静和清明。

才刚刚 25 岁，已经被报社领导列为重点培养对象。并把名字报到了市里。

他那里，却看不到任何骄矜和狂妄。疏朗的五官，一米八几的身高，配着长长睫毛的漂亮的眼，走路时喜欢略略前倾的上身……隐约里，常给人看到孩子气的单纯和柔软。

就如他的漫画，简简单单的勾勒，却透着毛茸茸的暖意。

都说，哪个女孩子要是跟了他，那可真是福气。

他恋爱了，很幸福。然后又要结婚了，仍然很幸福。只是幸福里有点小小的忙乱。虽然他的脚步给人感觉不到，可事情本身，却透着婉转和曲折。

他在我们这座城市，那女孩子却在北京。一夜火车的距离。两人的缘分搭在一起，需要对空间做个小小的调和。

不久，他调到了北京某报驻我们这座城市的记者站。想着，不久的将来，可以跟爱人团聚。为了爱情，他放弃了已经打拼几近成熟的事业。

一切从头开始。

事实证明，他确是块真金，无论在哪里，都闪着一样的光。他很快成了记者站的站长。很忙，却也愉快。

这年春天的时候，"非典"肆虐。他忙碌着工作，也忙碌着布置才在北京买来的新家。和爱着的女孩子领了结婚证，感受着触手可及的幸福，朴素真诚的脸上，便总漾着孩子样干净的笑。

6月开头儿的一个晚上,他从北京坐上了回返的火车。第二天全国高考,多少年来第一次改了考试时间,是个大事。他要回来采访。上火车时,给这边的朋友打了电话,详细询问相关事宜。想着,下了火车,先不回家,直接就去工作,时间似乎刚好来得及。

跟北京的爱人挥手再见的时候,身体的某个部位似乎隐隐不适。却也没在意。从小到大,身体一直是好的。精力一直充充沛沛。

火车行驶在夜间,午夜过后吧,呼吸开始急促,很难受。有人来救,却找不出原因。"非典"正波涛汹涌,就有人揣测,这个年轻人急促的呼吸,会不会跟它有关。

黎明在忙乱和恐惧中到来。目的地终于是快看得见了。急救车已经早早地开到了站台。同时站在那里的,还有父母兄嫂,朋友们。

他却没能将呼吸延缓到见他们的面。被转抬到救护车上时,他已经不再属于这个世界。

最终的病因,竟是心梗,大面积的心梗。没谁会想到这个,他还这么年轻,身体又是这么强壮。

一个优秀的青年,从此永远消失在人们的视野以外。

整理遗物。竟发现了他的两张献血证,还有捐献"希望工程"的数张证书。那些薄薄的纸张,被他随意放在抽屉角落里。从来没谁听他提过,做了,就是做了,说都不说一句。

他的离去,使所有唯心不唯心的亲人朋友,都相信,另一个世界,有天堂。

勇 气

多年前瑶瑶大学毕业说要去北京找工作时，我很不以为然，感觉这个从来没有离开过家乡省份的孩子，想法很有些天方夜谭。当时心里对她的执着唯一能给出的解释是——无知者无畏。

瑶瑶是我的外甥女，大学读的是财会专业，学校普通得不能再普通，一般人听都没听过。自身条件也极乏可圈点之处，身高不足一米六，一头浓发又粗又硬，眉眼宽阔奔放，缺少女孩子的柔媚温婉。性情如发，倔强直线。大学期间零星做过兼职，却也没有什么特别出彩的地方。

瑶瑶对北京的所有印象，都从书本或电影电视等影像上得来。从上大学起，无论谁问，瑶瑶都非常坚定地说，毕业了要去北京。

北京繁华美好不消说，可是却不是金银遍地任由捡取。机会纵然多多，可是，是不是也要自身有足够抓取的资本才可以？

瑶瑶，你有什么呢？

这些话自然不忍心对瑶瑶说出口。更何况，家境普通得不能再普通的我们一干亲人，在找工作上，完全帮不上丁点儿忙。

大学毕业后，瑶瑶带着薄薄的几张钞票和浓郁的梦想去了北京。

二三十人一间的出租屋，方便面，四处投简历，不断面试，不断被拒。瑶瑶打回来的电话里，陈述平铺客观，没有起伏。可是听到耳朵里，却是各种想得到的脸色，以及翻滚的百般思绪。

终于半个多月后，好消息传来，瑶瑶被一家全国大型连锁店的北京总部录用了，做财务。电话里，瑶瑶的声音兴奋热烈，一一描述公司所在大楼多么高，办公环境多么现代，进出大楼的人看上去都多么白领。月薪虽然只有区区三千元，瑶瑶却已经相当满足。

瑶瑶说，她选择投递简历的公司都很大，就是想进到电影电视里那些时尚白领出入的大楼里去，看看里面究竟什么样。

瑶瑶的话让我陡然觉得，海市蜃楼原来也是可以真实触摸，并走进去的。

真正地做起来，瑶瑶的工作是日复一日白天连着黑夜的忙碌和辛苦，薪水和劳动强度远远达不成正比。可是瑶瑶投身其中，乐此不疲。瑶瑶说，既然在哪里做都会辛苦，为什么不找一个最接近自己梦想的地方呢？瑶瑶没有告诉她的梦想是什么，她只是在深夜下班的路上，偶尔会发信息过来，说北京深夜的地铁很有情致，楼下隔壁的店面设计实在很小资，说王府井的书店很有格调，周日去逛的老北京胡同散溢着说不出的皇城根气息……

一个个关于北京的话题从瑶瑶嘴里绵绵轻吐，越来越自然。

初到北京的生涩渐去渐远，瑶瑶和北京，不再只是距离遥远的面对面，而是无论身心，都有了日益深浓的真正交融。

从当年的第一份工作起，迄今瑶瑶又换了几家单位，都是全国知名的大公司。月薪也分别从三千到六千再到九千然后过万。

这样的工资放到北京或许并不算高，可是以瑶瑶的学历背景与自身条件，短短几年时间，可以这样越站越稳，并节节攀高，感觉真的就是个奇迹。

因为我眼见着，身边很多学历背景各方面都比瑶瑶霸气很多的年轻人，工作十余年后，拿着三四千元的工资，已经斗志全无，唯一的念想就是琢磨如何保住这虽然有限却仍然岌岌可危的几张钞票。即或不满意现状，亦已无力无心改变，意志在弛缓的陈年节奏中，日日消怠。温暾水的日子，如同暖阳下的泥沼，将尚且年轻的双脚，向下越拉越深。而身心也随之，慢慢沉寂。

瑶瑶当初的义无反顾，不仅让她真正走进北京并好好地生活了下来，而且让她，同时收获了宝贵的爱情。

小伙子早瑶瑶几年来京，历经数年辗转，如今在一家跨国公司工作，经常到各地办展，出国洽谈业务，收入颇丰。如今，两人结了婚，有了孩子，在北京远郊贷款买了房子，虽然面积不大，可是足以盛装爱情。

就在上个月，瑶瑶兴高采烈地打来电话说，全国会计专业技术资格证考下来了。这下子好了，梦想又进一步了。

又是震惊。我不知道一个那么普通的学校毕业的瑶瑶，怎么就能把连我身边很多"大侠"都视作畏途的会计证给考下来。我不知道这中间她用了多少心，费了多少力。过程里的种种，瑶瑶从来没有说起过，我看见的只是偶尔见面的瑶瑶肿胀的手腕，和她零星上传的午夜时分天上皎洁的月光美拍。

瑶瑶仍然没有说她的梦想到底是什么。原来我以为是单纯的到北京工作，可以看到天安门，看到故宫，看到从前只在传说中的一处处景致风物。后来发现不是。后来我又想，应该是有不错的收入，有一个知心爱人。后来发现好像也不全是。再到现在，她又给了我们一大意外和惊喜，考取了会计证，竟还在说，还要努力。究竟，瑶瑶的梦想终点将落笔何处，我想不出，却也并不想追问。

这些已经都不再重要。重要的是，瑶瑶的脚步和勇气，如此充满力量，一步一步，又一步。

而生活美丽璀璨的花苞，就这样，一层一层，在瑶瑶坚定的行走中，比肩盛开，直抵未来。

精致生活

读研究生时候，朋友的寝室里有一个从黄土高原来的青年。据说，他要是回一次家，得先坐火车，再坐汽车，之后是马车，之后是背包步行……然后、然后才是他那筑在窑洞里的家。总而言之，他的家是常人无法想象的僻远和简陋。自然，还有贫穷。可是我们从这个青年身上，却是一点儿苦难的迹象都看不到。

他的西装永远都是那么笔挺，皮鞋永远都擦得那么亮，头发永远都梳得一丝不乱……一米七五的个头，配上方正的脸和直直的腰板，绝对看不出，他是那个远远的贫寒的窑洞里走出来的青年。

他有钱吗？答案自然是否定的。他只有两件可替换的衣服，应季的鞋子总是只有一双，他轻易不吃稍贵些的菜，他甚至连个装衣服的几十块钱的箱子都买不起……可是，他却总是那么有条不紊、干干净净，把自己收拾得有模有样。

一个散淡的黄昏，他给我们讲他母亲的故事。透过他的讲述，我们看到了一个在困窘环境中生活着的瘦削美丽的母亲。她经常给孩子们说的一句话是：生活可以简陋却不可以粗糙。她给孩子做白衬衫白边儿鞋，让穿着粗布衣服的孩子们在艰辛中明白什么是整洁与有序。他说，母亲的言行让他和他的手足们知道，粗劣的土地上一样可以长出美丽的花。

他的讲述里，我终于明白，为什么那个养育他成人的窑洞里，会走出那么多有出息的孩子。他的哥哥已经早早地去美国读书了，他的弟弟妹妹也都已经在不同的城市读大学。我想，这是不是该归功于他母亲的生活方式呢？

和这青年同一寝室的我的那位朋友，是一个富裕家庭里的"宝贝"，他的父母生了五个孩子，却只有他一个男孩，他来上大学，他的母亲一下子给他买了十套衣服，有中山装，有西服，也有夹克……可是，却没有一件给他穿出点模样来。他总是随随便便往哪儿一扔，想穿了就皱皱巴巴地套上，他的头发总是在早晨起来的时候变得"张牙舞爪"，怎么梳都梳不顺。他最习惯说的一句话是：一切都乱了套，真没劲。他总也弄不明白，和他住对床的那位室友，怎么就可以把每一天的日子都过得那么有滋有味。他的床上，横看竖看都是乱，而对面那张床，洗得发白的床单总是铺得整整齐齐……那个窑洞里走出的青年，就这样在大家赞叹的眼神中读完了研究生，然后携着爱他的美丽的城市姑娘，到北京工作去了。听说，在他有了家庭的生活里，他和他的母亲一样，把日子过得精致而又美丽。

过精致生活，真的无须太多刻意，只要心情在，一切便都会不同了。

九叔的天空

九叔是我爷爷一个拜把兄弟的儿子，没有血亲关系，可是因为走动得近，感觉上似乎比亲叔叔还要亲上许多。

九叔有着圆胖胖的脸，笑眯眯的眼，高高壮实的身板，路上见了，老远就会先把笑声送过来，哈哈的，爽朗里透着远天大地，开阔和不拘。

九叔的职业是开着辆大卡车周游四方，通俗点说就是给人家送货的，天南地北，人家指好了起始地，他就开着他那辆贷款买来的大卡车出发了，驾驶室的副驾上，坐着雇来的一个小伙计。小伙计人老实，技术不错，九叔开累的时候，他就过来倒倒手，嘴里吹着婉转的口哨，听得九叔头一点一点的，然后常常就点着点着，便迷糊进万里云天了。

九叔喜欢路上的生活，妻子好多年前就跟着另外一个男人走了。九叔也不怨她，逢到有人说那曾是我九婶的女人坏话，九叔就岔住：咱不说那，不说那。人都有难处。有几个女人过得了一年到头家里没个男人的日子？然后就拐过头挺昂扬地来上一句什么唱词，声调明快、利落，不带分毫哀怨。

九叔心里唯一的惦记，就是他的儿子小宝。小宝被曾经的九婶带走了。偶尔停下来的时候，九叔会来和父亲喝上一盅，边喝边唠，我就坐在旁边听。九叔说海南的天空是怎么怎么蓝，空气多么多么好，大海起浪的时候有多么威武壮观，又说在云南看到的那些穿过马路飞翔而去的大鸟，尾巴多么长，颜色又是多么美，又讲……讲着讲着，九叔有时便会顿住，扭头看看我：小宝现在要是也能坐在旁边听就好了。可是感慨只一瞬，九叔很快又恢复成原样，有声有色了。

九叔的小宝中专毕业后工作没两年就下岗了，在一家市场里卖猪肉，九叔曾经去找过他，想让他跟着自己一块儿去跑车。可是曾经的九婶坚决不同意。"你自己也就那样了，还要带着孩子过提心吊胆的不安分日子？"

九叔也不勉强，笑着甩甩头，然后就接着上路了。

九叔辛苦，可是靠辛苦挣来的钱倒也不少。只是九叔不懂得攒钱，每一趟出远门回来，都大包小裹地给亲友们带东西。南方的新奇水果，西边古色古香的小玩意儿，东面的鱼虾海鲜……钱大把大把地花出去，花得让人心疼。可是九叔说：钱赚来不就是让人花的吗？不花赚它干啥？

小宝跟爸爸不亲，可是九叔每次回来，都无一例外地给小宝带上一大堆好吃的好用的，也不多说，只往那猪肉案子后一放，打个招呼就走了。望着父亲的背影，小宝有时会愣上片刻，却也只是片刻，很快就又招呼客人卖猪肉去了。

九叔每次出车的时候，都不忘带上那把已经磨脱了漆的旧口琴。口琴已经很有年头了。打我刚记事，就记得九叔吹它，一晃许多许多年了。九叔说，大侄女，你不知道在夕阳照得整个大地都红通通的傍晚时吹它,是一种多么好的享受。要是你啊，眼泪非得流出来不可。我呆呆地点头，想象着那一片无遮无拦的红，还有那一天一地无遮无拦的静。更想象着在那红和静中吹出一袭清亮琴音的我的高大憨实快快乐乐的九叔。我真的要流泪了。

这一年的春天，迎春花刚刚探头的时候，九叔平静而快乐的生活被打乱了。小宝在一个黄昏跌跌撞撞地跑来，告诉九叔说他妈妈在医院里，就要死了。然后就低着头掉眼泪，搓着那双和九叔一样大小的被猪油浸得发亮的手。

九叔于是就紧着去救我曾经的九婶，不计一切地去救。而我曾经的九婶，竟就真的被救活了。她的已经坏死的肾被换了新的，功能良好地接着运转起来。

而九叔，此时却已几近一无所有。他的贷款已经还得差不多的漂漂亮亮的大卡车被卖掉了，他存折上所有的数字都没有了，他的兜里，只剩下了那只脱了漆的旧口琴，紧紧贴着主人的衣襟。

有人说他傻得让人心疼，已经不属于你的人，操那心干啥?九叔笑着摇头：此话差矣，她是我小宝的妈呀。

九叔的脸上看不到沮丧，接着又上路了。只不过，这一次他坐在驾驶室的副座上，等着车主人开累的时候，过去替替手。

小宝曾经来找过九叔，想和父亲一起上路。九叔拍拍儿子的肩，哈哈一笑：等着吧，儿子。等老爸再开上自己的大卡车的时候。

　　黄昏的原野上，依然会传来清亮明快的琴音，里面铺展着九叔天高地阔的心情。

寂寞水手

认识他，是在由大连开往烟台的轮船甲板上。那是我第一次海上旅行，感觉一切陌生而新奇。只是天不作美，雾大风凉，只只海鸥破雾穿梭，掠着黑黑灰灰的羽翅。视线尽头，是成了斑点的什么东西，在海面上缓缓移动。有人说，那是渔船。天气晴好的日子，海鸥翩翩，渔帆点点，景致很美。听了，更觉遗憾。心情莫名地萧瑟起来。

运动的船上，风是动的，雾是动的，甚至连春末尾寒，也变得流动起来。开始有三三两两的旅客耐不住凉意，掩起衣服回到舱中。我兀自凭栏远眺，看波涛汹涌，望雾色苍茫。垂在胸前的相机，因为没有明朗的景致相配，也似乎变得孤单起来。

那个叫远的水手，就是这时候出现的。他穿着随意的夹克，脸上挂着随意的笑，很自然地走到我旁边，说：这样的天气其实一样可以拍出好照片的，不想照两张做纪念？

于是，便有了整个航程的相识。

他说他叫远，19岁入伍即在船上，后来退役了还在船上，船上生涯已经整整过去了二十年，如今是这艘客轮上的主驾驶。远至欧洲、美洲，近至附近的船湾渔港，都去过了。漂在海上的青春，是看不到痕迹的，就像海里的浪花，打个旋儿便不见了。他的嗓音很好听，一点粗糙，一点浑厚，还有一点点雾气。裹着潮湿与迷蒙的那种。

我似笑非笑地听他说话，知道旅途中的故事，听听也就罢了，真真假假，不必用心揣度的。他的眼中，我知道他看出了我的心思，可是却并不打住。而是换了方式以主人的热情陪我游起船来。

我一直是站在一楼甲板上的，并不知道还可以沿梯而上，登高远望。他的引领下，我站在了雾更浓、风更重的顶层甲板上，虽然凉气逼人，可是，视野却也是真的不同。雾这么大，船如何辨别方向？船下边的那个大铁柱子是做什么用的？远处一闪一闪的东西是什么……像个饶舌的孩子，我的好奇层层叠叠地涌了出来。他极有耐心地逐个回答下去，没有遗漏和减省……"谢谢。"我真诚地道一句。"谢什么呢？是你给了我说话的机会。认识你我真的非常高兴。"他的眼中，是岁月打磨出的很远很远的一种寂寞。

家有妻女，都在大连。妻子没有文化，曾在一家粮站上班的，现在下岗了，很琐碎很妇女的那种人。女儿很乖，很聪明，已经上到初中一年级。他自己呢？驾着海上的客轮，日日在夜里开。白天随船到烟台，晚上由他掌舵开回大连。日日穿梭往复，他的生命也就如此一点点融进海底不见了……

听一个尚且陌生的男人用略带感伤的语调述说他的生活，

我多少感到有些不自在。借口天气凉，就要回船舱。

"再待会儿吧，舱里空气不好。猜猜看，我脚上这双鞋子是什么材料做成的？"显然是不想结束这场"谈话"，远又转换了个轻松的话题。

鞋子有些旧，褐红色，看不出质地。远有些得意地笑了：猜不到吧？铁的啊。几吨重的东西砸到上面都不疼呢。

真的吗？这倒是头一回听说。

"可是，我真的有些累了。想休息休息，回头见。"说着我就往楼梯口走去。

"这样吧。我给你找个条件好些的房间。二等舱有空的，怎么样？说好了，就这样。"然后不由分说前面先下去了。坚决的口气里，透着一个水手的执拗和不容更改。

我的铺位在四等舱，上船时已经看过，一个房间十张床，人员很杂。但是想着旅途的大半都将在甲板上度过，也就没有很在意。却没有想到船上会遇到远，更没有想到远会"免费"为我"升舱"一个只有两张床位的干净整洁的单人房间。

远关上门出去了。留下我一个人在静静的屋子里感受着船体平稳的滑动。一时间我不知所措。远临出门时的那句"好好休息"，以及那双沧桑里隐着纯净的眼睛，告诉我他可以信任。可是不知为什么，我心深处，仍存着隐隐的不安。一个人在路上，还是小心为好。临出门时朋友们的叮嘱，渐次掠过心头……

再次看到远，已经是我在四等舱自己的铺位上睡醒一觉之后了。当远帮我把滑落到地上的被子捡起来的时候，我醒了。望着远依然沉稳却明显有些恼意的眼睛，我不知说什么才好。

所幸的是，远什么也没有问。我心里清楚地知道，当远再次回到那个二等舱的房间，却发现我已经"逃走"，心中涌过的，该是怎样不被人信任的落寞感觉。

远坐在我空出来的床边上，很黯然地说了句:你怕什么呢？我只是觉得和你说话很有意思。你跟我生活圈里的人不一样。知道吗？我已经很久很久没有说过今天这么多话了……

接下来是沉默，远不再像在甲板上时那样侃侃而谈。其他床铺上的人问些船上的事情,远也是一问一答,再没有多余的话。

船到烟台,已是万家灯火。那个站在甲板上向我挥手"再见"的人，也许今生再也见不到，可是我记住了他的寂寞，那么深那么深的寂寞……

随光生长

入冬了。东北的天气肃杀得急，往南还是一派花红柳绿，这边已经早早枝叶枯干，寒意四起了。走在路上，大团大团的风裹着晚落的叶片四下翻滚，遮捂厚实的脸不时交错进路旁肆意飘摇的枝群中，稍不留神，便是一番小小的纠绕与缠裹。

日日的两相流连中，就有一天，看着眼前已经全无生命迹象的细柳枝，突发奇想，如果折几根拿回室内，有了合宜的温度和水分，它们会不会在冬季吐蕊放绿，就像其他的室内花草一样？

这么想着，就顺手折下了几根各长约十几厘米的细柳梢。回到办公室，找了只空玻璃瓶注水插了进去。

外面有雪下来，纷纷扬扬。办公室西向窗台上的小小瓶子里，几根细细干干灰褐色表皮的秃树枝，顶着越窗而来的暖暖光线，安详地对视着远处风雪中的母树和干硬的土地。打眼望过去，有些空寥，有些静谧。有那么几刻，莫名地产生一些恍惚。

有同事进来站到它们面前，认真地研究。却任谁，也猜不出个究竟。说西想东，但却少有人将其跟窗外呼啦啦风雪中摇动的柳树联系起来。有善于钻研的，就打开手机，拍照扫描进去，然后煞有介事地说出一个很高大上很典雅的什么花的名字来。然后求证一样问询地看我，我安静地笑，不置可否。

于是这几根细细的梢头柳枝，就无端地莫测高深起来。

我的心里，隐约着期待。每一天上班推开门，总要先走到它们面前，看看那些似乎早已经进入冬眠期的小小扁扁的芽苞一样的东西，是不是有了新的生命迹象。反倒是室内其他几盆娇艳丰美的盆花，被无端地忽略了。

这几株遍野举目皆是的小小干柳枝，日进一日中，带动着我本能的关注，以及不断递增的暖贴。这一份心情，想来也只有自己能懂。不雕琢的，泥土的，随性的，却又顽强坚韧的。

几十年的时光，一晃。越来越明白，有些流连，即使穷尽一生，也走不脱。就像树，像花，再怎么开枝散叶，总有根在土里，茎连着茎，脉脉交错。人和植物一样，再怎么生长，总是蒸腾着属于自己的那一抹气息。

就像吃食。就像味觉。就像思念。就像亲切。就像某一种环境里莫名其妙的舒展和自由。与时长无关，跟受的教育无关，跟素质修养无关。有关的，只是来自那一捧土壤。那最初萦绕过生命的一汪山水天空。

我的童年在田野里，在山川中，在各种各样的鸟唱泉鸣高天阔地中。曾经跟着爷爷，因为没有听到开山放炮人发出的喊话声，而在瞬间飞落如雨的石阵里，迅奔疾跑。逃出石雨阵，祖孙俩惊骇地互看，竟然都毫发无伤。而说给谁听谁都觉得不可思议的是，当时的爷孙俩，非但没有惊惧，还看着看着就同时开怀起来。老老小小的两个人，站在密林丰茂的大地上，内心稳妥得如同身边千年老树，而刚刚的石雨阵，也不过就像划林而过的细淡微风，只是轻轻带了几下梢头罢了。

一直喜欢大山大野。一直钟情原始样貌未加工。从吃食到风景，到许多。很小的时候，去山里，满山满山的野百合，满坡满坡的灿烂摇曳。和当时也才刚二十出头的姑姑两个人，采啊采啊，直到怀抱里再也插不进一株花枝才肯住手。出山的路上，岗峦弯回，清涧潺潺。然后就在折过某个山垛花溪时，不经意的偶然扭头侧目间，看到了数百上千条各样长蛇，在旁边凹下去的洼兜里，翻搅揪扭，欢戏逗舞。站在距离坑边不足一米的花草地上，和姑姑两个人，竟然同时驻了足，看得尽兴尽意，酣畅欢喜。后来的许多年岁，想起那一幕，竟也从来没有生出后怕，更未冒过寒意。那样的天人尽欢，信任合处，若是戒备了，错过了，想来才是真的遗憾。

长大了常听说，女儿要娇养。作为父母的女儿，在需要被养的年月，能吃饱顺当长大已经不易，哪里还会有被宠溺一说。单只是往自己身上想想这个词，整个的毛孔就会陡地扑棱起大片冰凉。

三四月的时候，刚刚几岁的自己跟着邻居姐姐，上才开了冻的地里挖隔年冬葱，呼呼冒着春气的大地上，隐约哪里看到一点绿尖尖，总是兴奋得小小心脏怦怦跳个不停。细细的芽尖，肥实的根茎。用小小的铲子沿着这一兜绿的四围轻挖下去，一点点靠近，那种庄严和郑重，就像发现了什么了不得的宝贝。每一次完整地连根须都挖出来后，站起来欢喜四望，内心那份饱满丰溢的成就感，真的是好到无法形容。

到现在也不会游泳，而其实，差一点就会了。十岁以前，住的地方山脚下有一汪宽阔的泉水汇聚成的池塘，冬天以外的所有季节，泉眼都欢快地奔流。冬天来临的时候，泉眼处就成了摆幅巨大的凝固的白瀑布，衬着阳光，晶莹剔透。山野苏醒的季节，泉水不知道从哪里走了长长的路过来，日日叮咚，唱着歌扭动着灵活的腰肢，纷纷扬扬地扑进池塘里，供大人孩子灌溉戏要。塘的四围是起伏的芦苇和农田，不远处是幢幢飞檐屋脊的草房茅舍。

夏天时候，不会游泳的孩子们常常拿了家里玉米秆串成的圆盖帘，双手捧着在塘里扑腾。大人们各自忙着活计，任由孩子去戏要。而常常就这么随性地玩着，孩子们就一个个地丢开盖帘，会游了。忘了是哪一个夏天，只要得空，我也拎着盖帘去池塘。眼瞅着就要学会了，却不想某天，一个当时并没有觉到过多异样的"小事件"，竟让我从此跟游泳无缘。

那是个午后，和妹妹两人到池塘边玩。也真就是眨眼工夫，我扭了下头，就听到后面大声喊"姐"。回头看，就见刚刚还跟在一旁的妹妹竟然泡在水里，只冒出个脑袋，拼命地上下蹿动。也才十岁不到的我，想都没想，硬生生一下子扎了过去。然后的结果就是，还没有学会游泳的我，扯着妹妹一起，在水里扑腾挣扎起来。紧跟着，一个正在塘边洗衣服的姐姐猛地跳进来，努力想把我们两个给拖上去。却不想被我们死死拽住，任她怎么喊都不肯松开。眼睁睁着都要沉下去了，一个恰好来担水的大伯，迅速跳下来将我们救了上去。

前后也就几分钟。却真的是生死时速，环环惊心。

妹妹落水的地方是个十几米深的坑井，早先挖沙时留下的。我们这些总来玩的孩子，大都会自觉地避开。妹妹太小，又不常来，就掉了下去。

那以后，坑边被立了警示牌，再也没有出过事。而我却是，从那以后，对于游泳，再也提不起兴致了。甚至对任何阔大的水面，都有了莫名的本能畏惧与疏离。

那天带妹妹回家，母亲知道后，惊恐后怕中对我一顿狠狠训斥。我似乎也并没有感到特别委屈，觉得自己确实有错，不该大意，差点让妹妹出了事。那会儿，母亲和我都没有意识到，我也不过才是个小小的孩子。而且刚刚，我曾经那么英勇地，毫不犹豫地跳进水里去。

似乎成长到如今的几十年，一直是这样，噼哩扑噜地长着，像石头一样任由风雨刮扯着，像山林一样黄了绿了，像季节一样来来去去着。从泥里拔出双脚，从石罅中拧出身子，植物一样，迎着风，一路"唰拉唰拉"地努力往直里长。声音微茫，可是进到耳中，投入心里，却也就成了环系相生不绝的力量源头。

过了那么一些日子，折来的柳梢根根吐蕊结穗，然后，就像遇到春天一样，细茸茸的毛毛狗嘟噜噜地蹿，再然后随着娇嫩叶片的欢颜堆簇，而自在撒落。它们在充足的光里，在三九寒天，最早开始了绽放。

　　再有谁进来，看到它们真正的模样，最多的反应是不以为然的——"哦,柳树枝啊",很是见惯不奇的声调。可是在我眼里，它们是多么美啊，细软的腰肢，斜垂的茎蔓，每一个小小叶片上阳光里稠密精致的纹路。便是随便的简单的生长，竟也长得如此这般齐齐整整，眉眼俱全，活色生香。

　　生命可以绽放在任何季节。

　　只要一点点的水，阳光，以及等待和懂得。

你成长的样子

我望见巨龙飞旋，看到华彩万千，感受着幸福的呼啸穿门越窗扑打灵魂四壁。总是，情难自抑。因为我，一次又一次，看到你繁华背后，努力成长的样子。

就在眼前，就在身边。

——题记

我家北侧有一条路。

刚搬进来的时候，小区的北侧没有路，由西向东，半截土路勉强通到门前，供小区居民进出。过了门往东不远，就是高高矮矮的山丘土岗，上面长满了枝杈纵横的灌木丛。要往东去那条站在楼上就能清晰望到的大河边散步，说不上是"穿山越岭"，却也颇有些"披荆斩棘"的味道，是个"大工程"，所以若非双休日，是轻易动不了这个念头的。

虽然如此，还是常常觉得很知足。当时，"两横三纵"快速路正在紧锣密鼓地开工建设，搬进来不久，小区西侧紧邻的"中纵"路段便已部分率先通车，无论上班还是去市中心，都正好可以借上力。每次驾车，从允许通行的路段出来，再折向其他道路行驶时，都能清晰地感受到畅阻"两重天"的强烈反差。

因为有了对比，一边深感知足和幸运，一边对全线通车的期待也相应地变得越来越浓。

只是，对小区北门一侧的半截路，从来没有放过任何心思。毕竟，"两横三纵"等重大工程正亟须倾力投入，我家门前这样的隐匿边角，怎么会顾得上。单是想想就已觉得奢侈。

可是有一天，我正在家里临北的厨房做饭时，突然听到外面一片轰鸣，探头外望，就见大批人马正在斩棘"劈山"。

有都不敢有的"梦想"，竟然就这样，直接照进了现实。

挖掘、填灌、层层浇铸、结结实实地用钢筋网住墙基……我不懂建筑，可是那些日子，我着了迷一样地关注"研究"着工程的每一个细微进展与操作。每一天都心生期待，每一天，都欣喜不已。

机器有力的轰鸣进到耳里，变成了激越昂扬的音符，曼妙动听，不带丝毫嘈杂。连飞进室内的灰尘，都感觉，挂满了幸福的味道。

然后是某一天，工程竣工。路北侧超级宽广的人行道上，植上了大棵大棵阔叶浓荫的树。挺拔笔直，春夏满黄花，秋冬垂长荚，洒脱俊逸。横贯东西的双向行车道上，一辆辆轻盈闪亮的车子，阳光下往来穿梭，像极了银亮的海面上，畅快游弋的飞鱼。

这条路在我眼中，清美无比。透过便捷畅通、绿树摇曳，我更真切感受到了，被看到和善待体恤的殷殷脉温与深情。

沿着这条美丽的路，去那条从前更多时候只能在窗前眺望的大河，仅需几分钟。

我家东边有一条河。

沿着这条路向东，快走的话，几分钟后便可看到一条大河。

从当年来长春读书至今，这条河我不知道已经来了多少次。最初时候，是和同学们在星期日走了长长的路过来。聊天，唱歌，游戏，看天望地，青春烂漫恣肆。这条河让我们许多来自山间乡野的孩子，仿佛刹那回了故乡。未经过多打理的景致，如同我们尚未被更多规范和开垦的人生，自由质朴，却也为未来，预留出了足够的空间。

然后是接下来许多年，在这座城市，工作结婚，生子育子，青年中年。这期间，一次又一次过来，亲眼看着这条河，不断地被瞩目、被构想、被深情地踏查和创造。看到岸边岛上的花朵，如同一路纵深璀璨的人生，日益饱满芬芳。看到许多的亭台廊榭，次第蜿蜒林间水上，簇生出一轮又一轮波晕环荡的岁月华光……

很多时候，我以为我看到的已经足够完美，已经"很是可以"。然而，这座城市永远鲜活不竭的创造力，以及绵密阔远的专注用心，总是给我的"以为"，以猝然一击。只是这样的"撞击"，带给我的，除了惊喜，还是惊喜。

某天，就在我再次以为"一切已经可以"时，这条河又开始了新一轮的全面治理改造。这一次，更深入，更彻底。不只有花草芳径、廊柱亭榭，更建起了隐于地下深达六七层楼高的一座座巨型调蓄池，可以让河水更清幽，让美丽更有保障；建起了充满历史感的工业轨迹公园，色彩明丽而又凝重。老旧的铁轨枕木、绿色的老摩电、古铜色的站台……将人们的目光和心灵，一步步导引进这座老工业城市的岁月腹地；叠浪重重的瀑布，错落林间、意蕴百般的厚重雕塑……过去与现在，历史与未来，就这样，在无数丰广文化元素的交织互映中，纷纷扑入视野，令人目不暇接。

多少年一直相互偎依，以为已经熟悉到无须再刻意了解，以为已经看到并拥抱了它全部的美。今天才发现，我的懂，远远不够。真正的芳华，永远不老。因为它，一直行走在成长的路上。

我家对面有一所大学。

站在窗前，对面横幅巨大的墙体上竖排的遒劲校名，连同题款的撇捺，都一一清晰入目。这是一所老年大学。这所大学，也是在我搬进这所房子后，在我的视线里，一点点坚实地拔高耸立起来的。

最初获知建大学的消息，是从隔壁七十多岁的刘阿姨嘴里。刘阿姨老伴去世早，唯一的儿子在外地。除了偶尔去看望同城的老姐姐，更多时候是一个人。日子过得很是寂寥。

某天，刘阿姨兴冲冲地来敲我的门："听外甥说，咱对面要建大学了呢。原来的改建，地址选到咱家附近，这可太好了。"

然后接下来的每一次见面，刘阿姨和我的聊天主题就只剩下一个，那就是对面的大学。大学未来的样子，会有哪些课程，甚至连大学会不会有食堂，能不能偶尔解决一下自己的吃饭问题……刘阿姨都满怀憧憬地想到了。跟着她难耐的兴奋，我对这所即将成为邻居的大学，也随之充满了越来越浓的期待。

我们一起透过窗子，密切关注着大学的建设进展。挖掘机深入地表作业了，巨轮轧路机进来了，区划成田字格一样的地面被逐块夯实了，楼体开始挡上围幕进行内部施工了……再没有听刘阿姨说过寂寞。刘阿姨的日子，开始像门前路上沐着阳光尽意舞蹈的叶片，在盼望中闪闪发光。

然后便是某天，刘阿姨背着皮质柔软的小双肩包，像个即将踏上征程去远方读书的孩子，郑重其事地前来告诉我，自己要去上学了。说的时候，刘阿姨脸色绯红，青春洋溢。

上了学的刘阿姨再不寂寞，她结识了很多伙伴，开始学很多很多新鲜有趣的课程，开始梳妆打扮，穿上漂亮的衣服和伙伴们一起唱歌舞蹈……从前想偶尔偷偷懒的吃饭问题，亦早已不再是问题。刘阿姨常常在上完课后，和已经成为闺蜜的伙伴们，坐在大厅雅座上，喝咖啡聊生活。刘阿姨的日子，开始越来越精致丰盈。

刘阿姨光芒四射的幸福时时诱惑着我，让目前仍在工作状态中的我，对未来充满了期待和盼望。对如梭的时光滑翔，不再存任何忧惧。

因为我亲眼看到了,生活和希望手挽着手时,那迷人的样子。

……

我家西侧紧邻的快速路，随着"两横三纵"的全线开通，而日日风驰电掣。彼时期待早已成真；我家旁边优雅来去的轻轨列车，湛蓝的天空下，如同色泽明丽的彩带，时时轻舞；我家南面不远处的湿地公园，阔朗明澈，气象万千……我的家，虽居一隅，竟拥锦绣如画。

就在去年，距我家步行仅需十分钟的水文化生态园亦已华彩尽放。已经无数次，我满心欢喜地深入到这座早在建设时就让我充满期待憧憬的碧透"翡翠"中，看历史怎么样地被守护又被创造，看这座年代久远的城市老水厂，怎么样在完成旧有的使命后，开始生命的，新一轮华丽蜕变。

看艺术之花，如何在这座城市中的"森林氧吧"，朵朵盛开。

一切都吻合着希望，却又远远超越了期待。

我在我的每一次期待里，都听到了这座城市坚定成长的声音，铿锵有力。

门边的"幸福"

推了一购物车的东西，站在商店出口处等爱人来接。电话中说，路上堵车，可能时间要晚些。就定下心来，看门帘裹着寒意在空调暖风的吹拂下里里外外翻卷。

这天是星期六。腊月。外面大雪横飞。

天色渐晚，超市里陆续走出的人开始增多。

"哎，你腾只手出来，拎这两袋。"声音就在旁边。回头，一个头发梳得溜光的五十岁左右的男人。旁边被他叫的，不难看也说不上漂亮但却绝对能比那男人小上二十来岁的女子，怀里抱个两岁左右的娃。再看购物车，里面放着三只装了东西的塑料袋。

听了男人的话，女子顺从地给孩子的衣服围巾帽子裹好，把左臂伸出来，男人把看着不重却鼓囊囊的两只塑料袋套到女子手上，然后自己拎起剩下的一袋。"司机到了，车就在门外，咱冻不着。"声音不大，语气里却透着明显的优越感。头挺挺地昂着。又道，"儿子，回家吃大樱桃喽。"时逢深冬，樱桃稀缺，价格有些贵。

然后，那女人在前，右手抱着孩子，左手拎着鼓囊囊两只塑料袋。穿过棉帘往外走的时候，下巴紧紧抵住孩子头顶，脑袋尽力往前抻。这样，孩子的头就不至于被棉帘兜住。"快点儿！出个门这么磨磨蹭蹭。"男人声音有些大，腔调亦粗起来。仅拎一只装了樱桃还有些什么的塑料袋的右手松松吊着，空的左手插进衣兜。听了男人的呵斥，女人也不搭话，更用力地耸着肩膀顶起门帘，让紧随其后的丈夫也可以顺势出去。

然后很快，这一家三口就消失在门帘后面了。

"不用，不用，你领好孩子就行。我拿得动。"声音又在旁边。不大，却有些急。扭头。又是一家三口。丈夫妻子孩子都穿得普通。购物车里看上去也都是些居家用的实惠物品。主要是米和面，装了满满两大塑料袋，再是一瓶油和某些零碎物品。妻子瘦弱，笑着说话时候，眼角皱纹堆积很多。丈夫也不高，戴着眼镜，像个书生。孩子四五岁，扯着妈妈的手。

妻子要去拎装米的袋子，丈夫无论如何不肯。两人都羞涩，扯来拽去都在购物车里悄悄进行，暗里用着劲儿。嘴上偶尔有话，声音却低。丈夫憋红了脸要妻子松手。"孩子得有人领着，天黑了，你领好孩子就行。"翻来覆去的，丈夫就这一句话。看实在拗不过妻子，就把几样轻盈物件倒换进一只塑料袋，交给妻子。"行了，你拎这个。"回头自己把装着米面油啊什么的塑料袋统统归拢进两只手中。

"哎，你先别拎。我到门前看看咱要坐的公交车来没来，看见车影儿，我就进来喊你们。别都一块儿出去挨冻。东西拎着还沉。"然后不待同意，就把孩子推到丈夫身边，自己裹裹围巾，出去了。

约莫十多分钟后，妻子气喘吁吁进来。"走，走，车来了。"左手牵过孩子，右手就去拎塑料袋。却没拎到。丈夫把它们统统都勾到自己手上去了。"好了，别抢了，快走吧。领好孩子。"大概怕误了车，妻子这回没再争，顺从地领过孩子往外走。丈夫在后面紧跟着，大包小袋拖坠着两只肩膀，个头似乎更矮了些。往外走时，妻子把棉帘撩起，让丈夫顺顺当当过去。

然后，这一家三口，也从我的视线中消失。

说不出为什么，看着这一切，"幸福"两字突然就颠来倒去地在脑子里翻腾起来。

留着，还是交出去。好像不过是只塑料袋。

可是，真的只是只塑料袋吗？

我突然有些莫名的盼望和好奇。前来帮我拿东西的爱人，也应该快到了。

时光深沉

晨起洗漱，无可避免地，又看到了右脸颊上显眼的那块褐色圆斑，相比六七年前刚出现时，明显大了几个年轮。还有鼻梁两侧凹兜处鼓起的小点点，以及脸上星罗棋布着的各式纹理、斑点……一层层地抹水擦液搽粉，却是怎么弄都掩不住皮肤的粗糙和纵横的岁月叠擦。

都说"相由心生"，做过内心解剖，也进行过自我清理打扫，深觉即便距离圣人尚遥遥，可是拿在凡俗世间，说句不大谦虚的话，亦已足够清白与良善。却是为什么，没有如渴望中的一样，历经岁月而依旧有张干净温暖的面容？

不止一次，我这样问自己，问上苍，问永远静笃的天空和大地。

都说，人过四十，无论是谁，都该对自己的面容负责。我一直在努力着辽阔美好。可是，又怎么能够绕得过漫漫征途上，命运的雨雪风霜？

少年时家庭的突然遭变，陡生的寒凉冷暖，流落异乡的生活跌宕，从此不知安全感在哪里的自我摸索与探寻，没有任何抓手的努力向前……以及，脆弱无助的成长环境中，种种突然而至的电闪雷鸣，飘摇鹤唳，裂地震天。心灵无数次地开合闭启，神情样态努力着坚定再坚定。两相撕扯，血流狰狞。长此相往，又如何持守得日日"恒温"，云淡风轻？

能够好好地长出来已经实属不易，哪里分得出心智来自我舒展与调和？

如此走出青春的生命，有对生活斑驳情状深刻的了悟与洞悉，却也自然地，带上了风清气暖的少年人所没有的幽茫与闭锁。

纵然如人所讲，出生无从选择，长大后的生命，却可以自我定义与开解。

没错。真正独立起来的生命，可以选择正确的价值观，可以择取更高远辽阔的目光投向，可以选择更包容和宽厚……却是，再怎么样努力正确的选择，有一些深深烙刻在生命里的印痕，总会时隐时现，并在后来的成长中，积淀成水墨背景，为此刻的生命，映衬出特有的纹理质地。

从来没有任何磨石，可以将时光带来的坑洼凹凸，打磨得了痕皆无。

怎么会。

就像，沙漠中的胡杨，"千年不死，死后千年不倒，倒下千年不烂"。每一根小小的皮刺，都饱浸千年风霜。人们从它的身上，读到了坚硬，读到了意志，读到了什么是真正的倔强和挺拔。

没有枝叶飘摇，却一样风情万种。

谁会异议，胡杨的美不恰好就在那无枝无叶更无芬芳的光秃干硬上？

就像，之前凭借《三块广告牌》获得奥斯卡最佳女主角的美国影星弗兰西斯·麦克多蒙德，几乎跟任何通常意义上的影视明星都毫不搭界，突嘴长脸颧骨硬阔，脾气硬倔，屏幕上偏执倔拗一根筋，也温情也善良，只是这些本该柔软绵细的质素经过了她坚硬的演绎，而同时"弗兰西斯化"，挺括坚实并且"刺啦"作响。据说，生活中她的性情同样如此，坦白，刚性，不羁。

她的面容，也便相应地，有了高山大川一样率性起伏的豪迈与壮阔。与传统界面上的优雅高贵相隔着的，何止是十万八千里。

的确，照世人的目光，她一点都不美。出生没多久即被生母抛弃的弗兰西斯非但不美，而且太过粗糙倔强。可是，从另一个角度看过去，她也真是为自己的生命负了责，那就是，不违心，不迎合，不做作。"像烧不尽的野草，不靠美貌照样超能打。"

正是靠着连骨头缝都散发出的"冲"和无所谓，"科恩嫂"（她嫁给了好莱坞著名的科恩兄弟中的哥哥乔尔·科恩）在美貌如云华彩万千的好莱坞，做成了气场惊人再无第二的她自己。

面相不好看，声音不好听，不懂商业规则，不请造型师化妆师，不动用公关。这所有一切，都妨碍不了弗兰西斯在人们眼中愈来愈魅力无限——虎虎生风，帅气逼人。

弗兰西斯坦然接受着岁月的一路向前，她不是完全没有形象资本，早些时候的"科恩嫂"虽然眉眼不够精致细腻，却也五官凌厉，气质飒爽。倘若在脸面上多用些心思，整个脸部姿容定会与如今大不相同。

可是弗兰西斯就是弗兰西斯，她打心眼里不想人为扭转粉饰这张人生的原始版图，任由褶子和棱角，照其当有的样式自由来去。

"没人想成年。我们的文化就是这样：人到了 45 岁就不能任由自己变老了。大家都穿得像青少年，都去染头发，大家都希望有一张平整光滑的脸。"

"衰老的外貌，应该是值得自豪的。那意味着漫长的岁月里，你积累了人生智慧和经验。在苍苍白发下，你生而为人，已经手握有分量的信息了，这应该是胜利啊。"

鲜有的一次接受采访中，弗兰西斯直接说出了许多女性心知肚明却欲躲欲闪的话。

……

想到胡杨，想到弗兰西斯。突然如此惭愧。同时如此骄傲。骄傲过去的时光里，自己面对艰难时的坚韧，面对孤独时的勇气；骄傲自己在一次又一次的跋山涉水中，一次又一次滚烫起来的血液，一波又一波的气贯如虹。

是的，我没有温暖的少年，没有无虑无波的青年，亦没有坦途无边的中年。一路磕磕绊绊，一路背负着家庭内外的各样责任，付出付出再付出，努力努力再努力，隐忍隐忍再隐忍。无暇顾及自己的心情平和不平和，没有更多的精力来打理自己的面容娇美不娇美。

于是，它成了如今镜中的样子。有斑点，有纹缕，有皱褶。却也有，透过所有这些岁月山河，而有的意蕴悠远的从容和坚韧，丰足与坚定。

　　从此，接纳每一个当下真实的自己。爱她，欣赏她，祝福她。

　　面容上的点点滴滴丝丝缕缕，都在说明，来路，自己一直在好好地认真走过。

当你老了

很喜欢听那首《当你老了》。"当你老了，走不动了，炉火旁打盹，回忆青春……"松软的时光，缓慢嘀嗒的表针，闪烁的光晕中远近飘忽的人生，帧帧迭错的成熟与稚纯。历经岁月而未被风化的爱情。

就觉得，老去，实在不需要费心忧虑，历经腾越激奔，涉过高山低谷，最后优雅而有格调地汇入苍茫，将小小自我的溪流泯然于浩渺，在沉静中完成生命四季最后的圈画，不叹不悲，是练达，更是智慧。

所以，每当身边距离"老"还有着长长距离的朋友们，想着各种招数抵御岁月衰萎时，我总是很不以为然。

直到那天，再那天。相隔不久我接连遇到那两位老人。

一

这第一位老人，我叫她阎阿姨，是其儿子身边的"隐形人"。

阎阿姨现在跟儿子同时生活在我们这座城市。两人的住处坐公交车也就二十来分钟距离。可是儿子从来不知道母亲平时就住在这里。从来不知道，每次离开时说回老家并坚决不让他去送的母亲，"再见"后，并没有去火车站。而是拐过墙角，穿过马路，坐上公交车，去往这座城市另一方向的某个角落。那个她已经连着居住了几年的，已经被阎阿姨称为"家"的地方。

这个"家"属于阎阿姨的，仅仅是紧靠着门口，出出入入最没有隐私感，价格也相应最便宜的一张床。床旁堆放着的一个编织袋里，放着阎阿姨全部的四季衣服，所有家当。

这是一间住了十几个外地人的出租屋。屋里除了阎阿姨，其他都是外来打工的女孩子。几年间，女孩子们来来去去，唯有阎阿姨，贪着床位便宜，感觉上又离儿子不远。就一直一直住了下来。

而其实，远与不远，对下定决心要将这个天大的秘密进行到底的阎阿姨，又有什么区别呢？可阎阿姨就是觉得不一样，觉得这里离儿子更近，也更安全。至于安全感在哪里，远点儿近点儿真正的不同，阎阿姨不想，或者说努力克制着不让自己往更清晰处去想，近于自欺地，就这么一直"糊涂"下去。

阎阿姨的儿子从来不知道，他的母亲，已经连着几年，一直一个人，就在这座城市的这个角落，跟他呼吸着同样的空气。

儿子那里，74岁的母亲，如其说的那样，不习惯城里忙乱的生活节奏，已经回到老家，轮流住在三舅四姨或者哪位姑姑大爷家里，聊着天，过着平静散淡的日子。

从来不知道，母亲从来就没有再回去。她就在这座城市。

两个人只要谁花上一块钱，坐上二十来分钟公交车，就可以见到面。而不用一隔就是半年一载。

儿子从来就不知道。

二

阎阿姨老家位于长白山脉的一座山间小镇，坐普快列车需要一夜车程。她和丈夫曾在那里，一起勤勤恳恳地工作生活，将儿子养大成人，一直到他考上大学走出大山。

有很长一些年头，阎阿姨的生活幸福而满足。老伴早先在镇上一家街办工厂上班，后来厂子黄了，老伴买断工龄，跟朋友合伙做些小买卖。因为肯动脑子，人又勤快，收入还说得过去。阎阿姨呢，镇上小学退休后，就在还算繁华的临街路段开了家书店，主卖各种教辅书籍，重视教育的阎阿姨知道不同年龄段孩子的需求，隔三岔五就出外亲自挑选进货。不大的书店成了小镇的知识集散地。生意红红火火，一家人的日子踏实而欢愉。

对未来，阎阿姨和老伴有过无限憧憬和期冀。儿子上大学后，两人就琢磨着，趁身子还硬朗，再忙活几年，多攒些钱，到时候帮着儿子结婚买房。等儿子在城里站稳脚跟了，两人岁数也大了，就把老家房子卖掉，书店盘出去，到儿子跟前买间房子，哪怕旧的小的呢，都不怕，只要离儿子近。一家人就可以好好团聚享受天伦之乐了。

谁料天有不测风云。用那句流行的话来形容再合适不过，"明天和意外，谁也不知道哪个先来"。

　　儿子马上大学毕业那年，老伴突然病倒了，肺癌。病情来势汹汹，诊断下来就已是中晚期。一向遇事冷静理智的老伴面对刹那横冲而来的生死，慌乱得不知所措。强烈的求生欲望从他的每一个毛孔每一缕气息中涌出来，任谁都不忍放弃。

　　老伴没有医保，看病的所有花销都是自费。家中积蓄很快花光，然后是房子卖了，然后是书店盘出去了，再然后是能借到钱的地方都借到了……老伴儿还是走了。走的那一刻，老伴儿好像突然醒了，清清楚楚慢慢地长叹着说了句：对不起，以后你可怎么活啊。

　　阎阿姨彻彻底底没了家。先是寄住在小镇亲戚家，每月退休金发下来，除去给自己和儿子留下点儿生活费，剩下的全部用来还债。随着儿子大学毕业工作，生活费不用给了，可是儿子已经处了一年多的女朋友也分手了，原因自然跟家境分不开。阎阿姨为此深深内疚。坚决不肯要儿子的一分钱，家里贴补不上，以后一切都得靠自己，决不能再让这个家拖累儿子了。

　　所以，当儿子终于又谈了女朋友，靠着自己一点点攒下的工资贷款买了间几十平方米的小房子，并商定结婚时，阎阿姨爽快地替儿子做了决定，那就是答应同样独居的准亲家母的要求，以后和独生女儿一起生活。

　　儿子几番欲言又止，沉默难过。阎阿姨撑起精神努力笑呵呵地劝：妈没事，妈有退休金。不像你岳母，一辈子没工作。老了不靠闺女还能靠谁。别多想，把你们的小日子过好就行了。妈不用你操心。

　　后来，儿子也试着让阎阿姨搬进去共同生活过一段时间，可随着孙子越长越大，需要相对更安静独立的学习环境，盛载着四姓三代五口人的小房子，空间就显得愈发局促了。矛盾也就从不同角落缝隙横七竖八地冒出来。本身就四处打工收入微薄的儿媳妇的脸色便越来越沉。

于是，阎阿姨就收拾起行李，回了"老家"。

而实际上，到此时，阎阿姨已无"老家"可回。兄弟姐妹们也已经变得越来越老，有的离世，有的身体出现各种状况，自顾不暇。很多方面都开始越来越依赖子女。阎阿姨已经不可能再长久安心地住在谁的家里。

于是，在紧挨着儿子的异乡，阎阿姨给自己安了一个移动的家。

三

阎阿姨的故事说给谁听谁都会大摇其头。无论如何都不肯相信。不肯相信这样的事情就在身边，真真实实地存在。

说实话，最初阎阿姨面对面跟我说这些时，我也不相信。即使明明眼见了，事实摆在眼前了，也仍然顺着"应该不应该"的思维惯性，执拗着不肯相信。

而到我真正相信了，并试探着按照我的理解质询她的儿子，想要从某个角度帮她理理思绪时，阎阿姨就从我的世界消失了。

就像当初进入我的世界一样，迅捷，干脆，毫不犹豫。

四

初次见到阎阿姨，是暮春。正是上班早高峰。路上熙熙攘攘，没有红绿灯的广场环形路口人车夹杂，都在瞅着空隙争先往前挪。离得还很远，我就注意到了正站在路边准备过到对面去的这位老人。头发花白稀疏，背影瘦弱单薄。身子略略前倾着，右手上下轻轻摇摆，似乎想让车让一让。她一次次试探着将脚伸出又缩回，抖翘的双肩透露着内心的紧瑟与惶恐。

我快走几步上前，扶她穿过了路口。

不过举手之劳，老人却感动不已。到达对面后，一遍遍抱住我说"谢谢"，弄得一向疏于跟人身体接触的我很是不知所措。老人告诉我她姓阎，就住在不远处。刚刚是到公园晨练去了。阎阿姨坚持陪着我往前走，直到不得不分开，又坚持互留电话。然后又上来再一次紧紧地抱住，踮起脚尖用脸颊贴住我的脸。

我把电话留给了老人。但说句实在话，那一刻，我只想快快离开。脸贴脸的举动，怎么都让我觉得怪异并难以理解。

北方暮春时节的蔷薇花，正路边密匝匝开得绚烂浓郁。"再见"时候，横过路口回头，就见繁花簇拥下刚刚结识的阎阿姨，挥起的手，摇了再摇，摇了再摇。老友故亲一样依依不舍。

直至弯吞进高高的墙角壁影。

让我没有想到的是，接下来的日子，阎阿姨开始几次三番打电话给我。每一次通话都非常简短局促，仿佛生怕打扰了我，小心翼翼地问上几句"顺利吗？""还好吧？""记得注意身体啊。"等等家常话，然后就迅速把电话挂掉。那种惦记的语气，很像家中长辈。可再怎么说，我们终究不过是一起过了个小小路口而已的陌生人啊。

最初的印象里，阎阿姨戴着眼镜，言谈条理清晰。虽然瘦弱可走起路来还很利落，说话清清爽爽，抱住我时双臂很有力量。眼神看上去也很清澈通透。除了最初看到背影时的单薄无助，整体看上去并无仓皇悲戚。

当时就想，应该是晚年幸福的老人吧？

投身于繁复冗杂的工作生活，对阎阿姨隔三岔五不间断的电话关心问候，除了偶尔感到莫名其妙，不再过多思想。

日子一天天过去，阎阿姨的声音越来越熟悉，模样却在不断叠加的日升月落里渐渐模糊。

然后是数月后，不记得哪天开始，问候突然中断了。开始不大习惯，可很快就释怀并放下了。想来随着时间，老人自己也对我这个在她口中一直感觉温暖的陌生人有些印象寥寥了吧。

五

路边蔷薇早已茂密得只剩丛丛浓绿，瓜果梨桃争先恐后地成熟。转眼连山楂树都悬满了红彤彤的圆润果粒。秋天来了。天空澄澈高远，空气芬芳馨香。

某天，正吃过午饭在单位门前的林荫道上散步，手机突然响起。是那个我已经很熟悉的阎阿姨的电话号码。

老人的声音激动欣喜。说前阵子回老家了，住在亲戚家没法跟我联系。非常非常想念我。

听着老人近于急切的表达，我突然产生了强烈的去见见老人的想法。不料，听说我要去见她，老人却意外地支吾起来。不过很快，老人的语调再次充满了热情：太好了，我老早就想见你了。咱俩就在商场门前见吧。

离得还很远，就看到了老人。老人更瘦了，斜挎着一只大布兜，四下用力张望着。看到我，一踮一踮小跑着过来。

又是紧紧地拥抱贴脸，就像见到久别的亲人。

老人说，她的家就在商场后边，自己一个人住。在听我说想去认认门，方便以后来看她时，不知为什么，老人神色顿时紧张起来，一副本能想拒绝却又不知如何开口的样子，和之前的热情形成了强烈反差。我的心里，不由起了大大的问号。

犹豫再三，似乎下了很大的决心，阎阿姨还是带我去了她所说的一个人住着的家。

然后就在那里。坐在暂时属于她的，那张窄窄的床边上，听到了怎么听都感觉离真实隔着十万八千里的阎阿姨和他儿子的故事。从床里边摆着的一长溜儿空药盒知道，前些日子之所以没跟我联系，是阎阿姨病了，一个人在这张床上躺了一个来月。

终于明白了，为什么自己一个小小的善意举动，阎阿姨会如获至宝，对我这个陌生人又搂又抱并随之问候不断。明白了这一系列让人惊诧不解的举止背后，让人心酸无比的种种意味。

衬着小小门厅里昏黄的光线，呼吸着门口处杂乱堆放的各式鞋子散发出的异味刺鼻的空气，我一时百感交集，无言以对。

沉默许久，我试探着说，再怎么样，这好几年下来，您儿子就真没怀疑过吗？就从来没有认真确定过没有自己家的妈妈，究竟住在什么地方，生活得好不好？还是说，他只是假装让自己相信你的话？

对于我的质询，老人并没有表现出很明显的情绪。只是游离着声音慢慢说：唉！他也不容易。挣得少，一家人都靠他，还要还房贷。单位也不景气。够难了，帮不上忙就别添乱了。

可是再怎么难，也得知道自己妈妈在哪里生活，过得怎么样啊。这也太不正常了。

听到这句话，阎阿姨突然紧张起来。她已经在交谈中知道了我在媒体工作，仿佛生怕儿子的事被曝光，她努力直了直身子：我有退休金，一个月两千来块呢。这不挺好吗？债马上要还完了。再说我一个人也花不了多少钱。这离公园近，我每天都锻炼身体，努力别得病。挺好的，真的挺好的。只要他们不吵不闹安稳过日子我就满足了。

从那以后，阎阿姨再没有给我打过电话。我曾试着拨过去，不知道是没有听到还是害怕什么，电话再没有被接起。

某天，我试着前去敲那扇出租屋的门。门开了，阎阿姨曾经住过的小床上，已经换了别人。

为此我深感自责。自责为什么一定要去阎阿姨租住的小屋，为什么要听阎阿姨讲出她的故事。自责即便听了，又为什么要提出质疑，让她产生误解。如若不然，至少，她可以循着这点偶然得来的善意，暖一暖自己晚年漂泊中的寒凉与孤单。

爱从来没有对错。即使旁边人看来，心酸到让人不肯相信面对。但那是一个母亲对孩子至终不渝的守护。即使他已经长到足够大，即使她已经老到无力，只能选择退出，也要努力以自己能有的方式，让孩子幸福。

从此走在街上，我总在张望，希望在熙来攘往的人潮中，再次见到那个孤单彷徨的老人。

如果再见到，我将伸开双臂迎上前去。像她喜欢的那样，紧紧拥抱，同时用我的脸贴住她苍老的面颊。

六

这第二位老人，只打过短短的照面，做过短暂的倾听。连她姓什么我都不知道。

那是个晚冬薄春的傍晚，下班后我在公交站台等车。

天有些黑了，等待的车迟迟没有来。乍暖还寒的时节，地面上的冰雪，白天化了，到傍晚，再度结成了冰。每个人走路都小心翼翼。

一辆车，再一辆车……开往不同方向的车子，来了，走了。站台上的人越来越零星。

"孩子，282 是在这等吗？"问询轻缓低慢，将我的目光从眺望中拉回来。

是位老人。不高，拄着拐杖，头发花白，戴着眼镜，站在马路边上。

得到肯定的答复后。老人开始往站台上挪拐杖，老人站的位置与站台相隔着半块砖的高度。可是显然，这个高度对她来说是一个不小的障碍，尤其是脚下若隐若现着陈雪暗冰。

我紧着上前，扶她上来。

谢过去，老人叹息着说了句："人老了，日子难过啊。"

然后没等我接话，就顾自讲起来。老人今年 78 岁，患有脑血栓后遗症。没退休前，做了一辈子教师。老伴早些年就去世了。三个孩子，两儿一女，都在这座城市生活。女儿电话拉黑了她，儿子近半年几次打了她。眼下三个孩子她一个也联系不到。

"不应该啊。再怎么说女儿也是心疼妈妈的呀。"我插了一句。是真的不理解。

"唉。"老人一声叹息。然后停顿半晌，说了句，"其实我也不求啥。我有退休金，就是希望谁能一周来看我一次，哪怕就是打个电话呢。可是没有。"

实在没办法了。老人说，今天去电视台了，想着谁能帮着说道说道，让儿女们能时不时过来一下。

"电视台怎么说？"我问。

老人摇摇头。到了电视台门前，犹豫了一下午，终究还是没有迈进去。"他们还得要脸儿啊。"

282 路公交车来了。扶老人上了车。

很快，车子便消失在我的视野以外。

再难过的生活，再艰辛的处境，都抵不过已经长大成人的孩子们的"脸面"。于是，退了再退，缩了再缩。

只是这份退缩，是不是能有哪怕一丝一毫，被已经长到足够大的孩子们看到呢？

何来焦虑

　　都说，焦虑是个时代病。没钱的焦虑，有钱的也焦虑。没钱的各种担心，有钱的也各种忧惶忡忡。没有的，不知道怎么样才可以有。有的，一边琢磨着怎么才可以更有，一边害怕着已经有的哪天突然失去。家里的无论谁无论哪个方面，健康或者工作学业，稍微有个风吹草动，就惊悚胆战，心情起伏难宁。

　　于是，焦虑成风。四处吹刮，无孔不入。

　　不管孩子已经长到多大，许多人都觉得累，都很怀念自己小时候。甚至羡慕那个时候的父母。然后把因由归于那个年代的贫寒与多子。因为家家都一样的困窘，因为孩子一大把，都随便地养着，顺当活着就好，不惹事就好。天地间一放，迎着风，沐着雨，和遍野的花草树木一样，好像不怎么费劲儿，孩子们就都好好地壮实地长大了。该懂事的时候懂事，该干活的时候干活，该养活自己的时候养活自己。该成家的时候就成家。一切自然得像日出月落。

　　有个什么难呢？

从前的父母值得羡慕，因为家家都一样的清贫和多子，都不管，都随便地长。现在的父母觉得自己累，因为富足了，因为孩子少了。岂不是很怪异的比对？

说到底，还是一个比，一个不相信。

大家都"放养"的时候，谁也不跟谁比，没有养法儿科不科学，没有谁比谁早长晚长了两厘米，谁比谁多上少上了两个课外班，也没有比出没出国、考的大学名不名牌……都没有。顶多是对考上大学的孩子赞叹一番，却也并不强求自家孩子一定要如何如何。毕竟，考不上的是大多数，也没啥。自家日子自家过。大人不急迫，孩子长得也放松。

却突然，大学生铺天盖地，成了寻常事。也突然，身边出国深造的孩子一个接一个。似乎突然，大家都浑身一激灵，绷紧了神经。然后就是开跑。先是慢跑小跑，速度上来了，就速度节奏越来越快。然后是奔跑中的各种担心，似乎无论怎么个姿势状态节奏，总是哪里不对。因为左右前后，都是嗖嗖的各种腾跃向前。

跟从前父母时代的各种层面水平比，连人们眼中最后的那一名或许都已经上了不知几个档次。可是参照物不同，人人心里不再是这么个比法。即便这样的比可以带来真正的静好与心安。幸福和满足感，在与同时代的相较攀望中，被不甘和奔逐取代。

更隐性的焦虑来源，是觉得似乎无论怎么拥有都不够。总想给孩子一个此刻到永久的安然无忧。想着方方面面为孩子安排妥当，无论这个孩子如今已经多么大，需不需要。

每一个人都有自足的能力和自生的愿望。而当下的很多父母，却一边叹着累，一边做着永无止境的包办打算。并不管，时光流转，风移物迁，自己的手又究竟能够伸得上多远。

以爱的名义，以对"无私"的偏狭理解，而对孩子施以动能的圈禁与铐链。

然后，在孩子已经长到很大很大却还"啃老"不立世的时候，再来感叹"如今的孩子怎么这么不懂事不知感恩"。忘了因果源头，自己的行动作为。

世间事，兜兜转转，都有着自己的靶向。

放下比较，完全相信。就像相信春天来了，树会发绿，叶子会来。就像相信春种和秋收，相信天亮了太阳会照，月半了月儿会圆。

不过这么个简单的道理。

草原感觉

从郭尔罗斯回来，一位老编辑说，写篇稿吧，写写你的草原感觉。他是诗人，没有诗的地方在他的激情里亦会给酝酿出诗来，我一直如此认为，所以对着他的激情我开始颇有些不以为然。这次去看的草原，与我想象的实在相差太远，没有一望无际，没有帐篷，没有牧人长调。有的只是一群文人与一小片牧场间三十分钟浅浅的面对。什么感觉呢？数次开笔又封合，仿佛头一次写稿如此困难。

说实话，下决心在七月骄阳下去那片没有任何遮拦的土地，都是因为我实在太爱我梦中的那片草原：辽阔、无边无际，静谧的自然的箫音里，是心与自然的相契互合。我想我会流泪，在与草原直面的那一刻，自然地为自然的美与壮阔流泪。这个梦，已在我心中沉卧了许多年。

然而，由于种种原因，我们没能看到真正的草原。热情的主人为不使我们留下遗憾，驱车载我们到了附近一处牧场。应该说，这片牧场也是美的，浓碧的翠草，偶尔的黄的蓝的花，远远处缓缓游走的羊群，头上深深高高的城市里见不到的荡着白云的天……我们一样欢呼着、兴奋着，可是内心深处，我知道我没有感动。

没有走到草原深处，没有探到牧人的小路，没有嗅到帐包里诱人奶香……草原什么感觉？这样想着的时候，老编辑把一盘由著名蒙古族诗人苏赫巴鲁先生作词的盒带递给我，连同他的小单放机。插上耳塞，跌宕绵长的蒙古族长调便在周身回旋开来。查干花的草、查干湖的水、科尔沁草原旋舞的巨鹰、郭尔罗斯的人民和历史……找到了，那一瞬间，我找到了在我直面那片小小牧场时所没有找到的感动。苏赫巴鲁先生，从草原深处走来的诗人，再一次以他蕴含丰厚的歌感动了我。就像在郭尔罗斯时，不断被他的酒他的笑他的歌声感动着一样。

草原感觉来了，裹挟着夏日草原浓炙热风，簇拥着苏赫巴鲁先生和他的朋友们给我的清爽醉人的记忆——

我们到达郭尔罗斯后的首次欢聚宴席上，第一个醉倒的人就是已年逾花甲的苏赫巴鲁先生。这位曾以《大漠神雕——成吉思汗传》获得首届世界蒙古文学作家大会特等奖的"世界游牧民族最尊贵的作家"，对着一群有的曾相识有的却是初次谋面的远方客人，没有任何遮饰，不顾劝阻，不停地举起杯，饮下一杯又一杯浓烈芬芳的科尔沁白酒……酒到深处，苏赫巴鲁先生唱起了由他自己作词的《美丽的查干湖》，众人有节奏地击掌相和。小小餐室里，漾满了一波又一波醉人的热情……

首宴聚罢，主客皆欢。可是第二天有消息传来，苏赫巴鲁先生昨夜突发急病，现正在打点滴，原因是昨晚喝了太多的酒。

刚刚前去看过苏赫巴鲁先生的一位当地作家对我们说：先生希望每一位为草原而来的朋友都能尽欢,他说稍好些便来相陪……

这所有一切,都使我们陷入长久的感动。

苏赫巴鲁先生暂不能来,他的弟子们便纷纷代师而至。为我们导游,为我们讲解郭尔罗斯的民俗和历史,同时也诵诗与歌唱。包莲子,年近四十的蒙古族女诗人,性情是我没有见到过的爽朗。她唱歌,不必别人屡屡相请,一次次自己站起,说:"我再来给朋友们唱一首。"直使得高潮连连……后与苏赫巴鲁先生谈起这位热情女诗人的歌声,他风趣地说:她唱歌是要跑调的哟,你们没有听出来吗? 我们故做回忆状,却终想不出。而事实上是,当时我们都一起随着她高亢激昂的歌声自觉自愿地跑到她的热情里去了,哪里还分得出心来辨那调子是不是"正宗"的呢? 还记得写诗的包莲子在一次小小餐宴上祝酒举杯时说的话:"人们都说诗人能喝多少酒就能写出多少诗,来,我们喝吧!"这句话,让我们再一次深深领略到了草原诗人的豪放与旷达。包莲子是善饮的,相信她的诗定也会如她的酒一样,浓香漫飘,久溢不绝。

在郭尔罗斯的查干花镇,我们遇上了又一位让我们感动的草原人,那就是该镇年轻的蒙古族镇长。他不无骄傲地给我们讲他的牧场他的牛群,他领导下的富裕的村镇和他衷心热爱的查干花草原诱人的未来……他年轻的双眸里,跳动起的是一团又一团灼人的炽火,牵着希望,燃着憧憬……

数天行程里,我们不断地被打动。

归期将近的那个上午,我们被邀至苏赫巴鲁先生的方厅,他的为他生育了九个女儿的妻子其木格对我们热情相待。大家闲闲尽叙。在这里，我们知道了乐观豁达的苏赫巴鲁先生曾有过十七年受屈遭贬的过去，也知道了在那样的年月里，他是怎样徘徊在无际草原的深处，默默研探着他们民族深远广博的历史和文化……这些，都为他后来的创作提供了丰厚的滋养。中午了，其木格和她的女儿们为我们安排了丰盛的家宴。一杯杯美酒举过后，苏赫巴鲁先生去到钢琴前，抚琴放歌，颂扬蒙古族英雄的《嘎达梅林》便词调舒展地响彻开来，苏赫巴鲁先生唱得动情而投入，我们中亦有人相跟而歌。初听此歌的我屏息侧立……琴停了，歌止了，众人却都久久未动。而我，则感到有什么东西涌上来，潮潮地湿了双眼……

草原的人，草原的情，交叠复现的一幕幕，让我倏然间懂得了，和我一样仅仅看了一块小小牧场的老编辑何以能写出激情澎湃的《郭尔罗斯三唱》，那同样是一种草原感觉，只是更深邃，超离了草原风景本身的一种深邃。同时也由此懂得了，诗人的激情皆有源头。

有人说，没有走进草原深处的人没法悟到草原的灵魂，可是我想此行我已悟到了，虽然我并没有进到草原深处。

小品文（二则）

虎皮兰开花啦

虎皮兰又开花了。香气很浓。汁液晶莹。

已经连着几年开花了。一直以为虎皮兰开花是件寻常事。百度了才知道，能够开花的虎皮兰很少，十之八九不开花。有的养了十几年都是绿剑一捧。

这盆虎皮兰进家已经十年有余。没有换过盆，没有松过土，更没有加过任何肥料营养液。就连水，也是偶尔想起来的时候，才咕嘟嘟随着心情多少不等地浇上一浇。

甚至有一年冬天搬家，就那么随便罩了点东西，放在敞了盖的后备厢运。之后就全受了冻。叶子一律蔫巴巴地往下垂。以为冻死了，一度想扔掉。

却最终还是留了下来。因为没过几天，在蔫软的叶子中间，长出了挺实的根片。用剪刀将冻伤的叶片陆续剪掉，新生的叶子，于是又剑一样嗖嗖长了出来。

我养绿萝，养吊兰，养虎皮兰。却很少，或者说几乎从来不养开花的花。凡是需要小心侍弄的，一概爱而远之。

而说到底，就是绿萝吊兰虎皮兰，我的所谓养，也不过就是偶尔浇浇水而已。甚至连这点水，也常常忘掉。

可是它们，却都个顶个长得绿意蒸腾，蔚为有势。

吊兰的长穗一串接一串，柔细的白花瓣开了一朵又一朵。

就连虎皮兰，也一年接一年地开起花来。

有话说，虎皮兰开花佳意济济，锦簇生辉。虚实不论，只收得满心欢喜。

一直听说，散养的鸡鸭最营养，撒欢儿的牛羊最欢实。现在又知道了，随兴的花更恣肆。取予不计，桃李自来。

看来无论什么，能散养，就散养吧。

看见迪拜　遇到幸福

有朋友要去迪拜，临行前来问我，到了迪拜，有限的时间里，最该看的是什么。

我说，有很多可以看。但最该看也最不能漏掉的，是迪拜的花和迪拜的草。

朋友大惑不解。

我没有做更多解释。只是说，去吧。去了就知道为什么了。

时间距离我去迪拜已经三年又半。很多的具体感受都渐渐模糊。唯有迪拜的花草，在每一个平常得不能再平常的日子，一次又一次提醒我，我有多幸福，又有多富足。

不错，迪拜有众所周知世界最高的塔——哈利法塔（也就是迪拜塔），哈利法塔的夜晚灯光音乐秀华美震撼；迪拜有世界最大型的购物中心。迪拜金融中心通体闪烁的玻璃幕墙，在总是亮得耀眼的阳光下，冷峻倨傲。"富豪"两字格外显得莫测神秘。迪拜的七星帆船酒店泊在浩渺阔远的海岸线上，飘逸安静，盛载着常人难以想象的奢华……

在迪拜短短的几天，充耳入目的，是各种关于财富的传说一样的现实。

迪拜的街头，各种想象不到的豪车比比皆是，出租车是奔驰。迪拜的人民出来工作绝对不是因为生活所需。

而我，在这所有以外，同时看到了迪拜的花和迪拜的草。这里的每一株草每一朵花都是进口。路边每一根甘蔗的幼苗都有"身份"编号，每一株草都被精心培植，每一朵花的下面都有专门的水管小心供养。

迪拜不缺富人。迪拜的别墅当地人人有份。在迪拜看谁家更富有，最直接的评判标准是，看谁家的院子里花草更多绿意更浓。

站在世界第一塔上，我看到繁华的有限积聚与圈围，看到繁华以外，隔着短短的距离，漫卷的黄沙正在虎视眈眈，时刻睥睨。看到了我们眼中司空见惯毫不足惜的事物，是怎么样被郑重认真地宝贝。看到丰足与匮乏，竟然可以如此亲密地对接转换。

几乎是瞬间，我感到了深深的饱满的知足与幸福。为我生活的土地上，房前屋后，触目皆是的盎然绿意。

生平第一次，只是，单单只是因为这绿，而感到了满足、幸福与安全。

出门去观看人家的富足，回头却发现，原来自己，同样是了不得的富人。

这，应该也是旅行的意义吧。在对陌生与远方的惊叹与拥抱里，回身发现，自己熟悉而庸常的生活中，一直被埋没和忽略的美好。

从而，深感幸福。

海

海对我有着一种奇异的吸引。

第一次看海，是二十多年前的深秋。北戴河。去时，旺季已过，海边是近于刺骨的风，有些空旷地刮着。海水呼啸着涨落，游人已经是几乎看不到了。曾经繁华喧闹过的海边楼厦，有些寂寥地安静着，很久很久，偌大的沙滩望不到一个人影。我和同行的朋友，站在空寂无人的沙滩上，对着深秋的大海，望了又望，直到多年渴念随着浪花的翻涌迭迭远去。

那年是学校提供了资金去访学，实在惦着海的无涯和深博，而打个弯过来，住都没有住，就在将海的影姿装满整个心灵后，安安静静地去了。心间回荡的，是秋日深海呼啸中回响巨大的轰鸣。

然后就是数年后，大连、烟台、蓬莱、威海、青岛……

车抵蓬莱，雨已经下来了。一路浓黑浓黑的天空，渐有亮色，雨却是越下越大。

蓬莱阁的建筑在高处，几层楼高的墙体，数米宽的回转通道,高低错落有致的庙宇楼厦,排插其间的开着奇异花朵的林木,都在飘飘摇摇的斜雨中,尽现无穷风味。拾级而上,许许多多细致的风景就隐在了脚下,随之而出的,是无边无际的浩渺海景。站在蓬莱阁的高墙上,极目远望,收进眼中的海极具气势,雨自天"唰唰"而来,海万马奔腾一样地咆哮着,疾速拍打着沙滩,然后又急急后退。那个时候,海与天一起昏蒙着,雾气着,遥不可测着。风也借势而来,撑在高处的伞是拿都拿不住了,却是,仍有那么多的游人,坚持在风雨中,静沐那刻天地一体混沌中的冽冽清明……

青岛的天空一样是欲雨的。车子徐徐驶上崂山。飘带一样的白色雾气徐徐荡来荡去,时卷时舒,浓浓地罩住高高的崂山顶,以及山下激昂澎湃的大海。一旁的游客说,若是天色晴好,翠山碧海红房,实在是很美很美的景致,可惜了。而我,听着山下隐隐传来的海水撞击山体的轰鸣,看着穿梭身旁的飘飘浓雾,竟恍然若在仙境。那种"可惜了"的心情,想来是体会不到了。

在威海,当驶向刘公岛的游船疾行在翻来迭去的海面上时,我惊奇地发现,海水是墨绿的,并非我们通常认为的湛蓝。我不知道是不是自己的见识过于浅陋,就试着问身边人,得到的回答却一律是微笑地摇头。多是平日不能够亲近大海的人,心里正感受着和我一样的新奇。自然是给不出答案的。

带着探询的心,望过一片又一片海,我的心里,渐渐堆积起很多无法解读的感受。海在我的眼中,不再单单是一种悦目的风景。

烟台去往青岛的长途客车上,旁边坐了位中年男子。高高的个子，黧黑的面容，端正诚实的五官。说是在远洋客轮上工作的，逢着休假，去烟台看了在那里生活的年迈的父母。已经两年没有回家了，这次月余的假期又要结束。"真是有些放心不下，父母岁数大了，妻子身体也不好……""为什么不换份工作？""哪能？全家都靠我呢。再说，在海上漂惯了，真要回到陆地工作，我会很难受的。已经离不开了……"话语简单质朴，却蕴含了很多东西。

当我看着渔民们瘦削粗糙的脸，当我看着在疾雨斜风中飘摇颠荡的捕鱼小船，当我看着打捞鱼苗的男人在齐肩深的海水中兜着网缓缓地走来走去……我知道，海在他们眼中，绝对不是风景，就像农民的田畦，耕作和收获。只是更加险象环生，更加莫测。

仍然喜欢海，却明白任何一种优美中，都有着充满艰辛的劳作。做别人眼中的风景容易，真的要在那风景中活出如画的诗意来，却需要相当的付出和无尽的汗水。也许终其一生，都感觉不到自己已入了别人的画。

海无休无眠地澎湃着，沉在我的记忆中，激越在我的灵魂深处，一堆一堆不停翻卷的浪花，拍击着我时时寂寞起来的心灵四壁，使之洁白而纯粹。

哪天思想的灰尘渐积渐重时，当再次携起我简单的行囊，向着那片湛蓝或浓绿走过去，一如回我的梦里故乡……

季节的温度

这年秋天，我采访了一个家庭。说不上多不幸，可是情况有些特殊，了解后，心里很疼。

这家的成员现在有 3 个，孩子，妈妈，孩子妈妈的妈妈。孩子 14 岁。孩子出生 96 天的时候，父亲抓坏人死了。情节很简单。一家三口回郊区看奶奶，看过后回城，坐公交车，车上人多，出现了小偷。此起彼伏的混乱里，孩子父亲抓住了小偷。可是很快，就被混杂在人群里的小偷同伙用刀刺中了心脏。然后迅速气绝。

那会儿，这做妻子的还不知道。孩子由丈夫抱着，隔了几排座位。混乱里，惦着孩子，起身去找。人多，又挤，费了点劲儿。孩子找到了，却发现在别人怀里。当时心里就"咯噔"一下。下车找丈夫，却已经躺在地上，无论如何叫不醒了。

瞬间的事。却从此，这家人的生活，天上地下。做妻子的，当时年仅 21 岁。跟丈夫从认识到出事，前后满打满算，也就一年。

我去采访的时候，这妻子满脸浮肿，浑身是病，几近卧床。

意志很消沉。她说，她、孩子和孩子的姥姥，常常一天天不说话。不知道怎么了。孩子已经在读初三，学习不是很好，特别不爱说话。她很担心，怕孩子万一将来走岔了路怎么办。一个男孩是要养家的。这个才三十多岁的女人，很真实地为孩子担着忧。

出来，心里很难过。反复琢磨后，我从对这女人极为关键的几个字眼儿"一年、一瞬、一生"入笔，写下了她和她家人的生活。并在文尾呼吁，希望有爱心的医院，能够帮帮她。

我想着，她身上的病痛少了，精神便可以振作一点，而精神振作一点，家里的气氛也便会好一些。这样，对正在成长中的孩子会有益。

文章见报后，热心人很多。除了医院，还有个人。他们辗转以各种方式表达着对那做妻子的问候和关心。我在其中，切实传递着一份份不带任何功利的爱，很感动。

文章见报转眼已月余。时间在走，工作也跟着往前走。我开始进入新的忙碌，那一家人的生活，虽然还在心里系着，却已不再是全部。

这天，在外面忙，手机响。打进电话的，是个南方口音的先生，缓慢、儒雅。他说，自己姓杨，是临时客居这里的。读了报纸，心里难过，想过去看看，尤其想跟孩子见见面。又说，他想了好久，觉得这个家庭，孩子如果不能挺拔着长出来，问题会更大。而如果孩子成才了，那么，整个家庭就会有希望。

他讲得很有道理，可当时我正忙着，实在抽不出时间陪着过去。便约好隔天再联系。

这一隔就是数日。他再未打电话来。倒也不足为怪，这样的读者，很多，看过文章，起了热心，可时间稍久，便淡下来。眼下的环境中，要拿心去照顾的事情很多。

却在一切渐渐安静下来的时候，手机再次响起。还是那位先生，他说抱歉，最近在忙着研究一个项目，封闭，跟外面没法联系。又客气地问：明天有空吗？周末，孩子可能在家。

这样的热心，我没理由不一口应承。

然而，手机合上没多久，又响了起来。一个听上去年轻的男人，声音硬硬地说：是你给杨先生打电话吗？不要再打。如果你要钱，我们可以考虑从公司出。

我听着莫名其妙。我耐着性子告诉他，我没有给杨先生打电话，是一位杨先生自己打过来的。又告诉他，我不需要谁给钱，你想必弄错了。请把事情弄弄清楚再说话。

他那边却火起来。近于吼着说：你怎么听不懂话呢。叫你别再跟姓杨的联系就别再联系。你知道他是谁吗？上网查查去。专家、有名，世界顶尖儿的。来我们这里，是带着项目的。万一泄露秘密怎么办？万一都来管他要钱怎么办？他照顾得过来吗？

我听着不解又气愤，都哪儿对哪儿啊。从始至终，对这杨先生，我除了姓，其他一概不知。因为有个规律，很多帮助别人的人，都不希望自己的姓名和单位被人知道。这点，我一向表示尊重。

而现在，电话那端这个不知哪里冒出的人，竟冲我大声吼叫着要我"打住"。那语气就好像我死拉硬拽着要从别人衣袋里掏钱，被人警告了却还不知耻一样。

我将电话安静却果断地放下。哪里来的逻辑，哪里来的这样怪异的思维。

第二天，我和杨先生如约见面。竟是年近七旬的老人。宁静、儒雅、深邃。见了面，一再向我道歉，说是周末，打扰了。又说，后来才知，我电话里受了委屈。

依着惯例，我不多问对方身份。却是他自己，在车上，慢慢地一点点告诉我。

原来，老人回国刚刚三个多月。少小时，随家人去了台湾，然后美国读书、定居。一直从事科学研究。在国外，他的倡议下，成立了中国少年教育基金会，定期对中国贫困地区的孩子在读书教育上施以援助。

长期离国，却一直深爱着这片土地。老人说，他始终有个观点，就是孩子有希望了，一切就都有希望了。

然后告诉我，他不同意昨天给我打电话的那人的观点。那人的本意似乎是要保护他，一再跟他说，报纸上有虚假的东西，不要轻信，否则会上当受骗。又讲，那文章中的孩子本身就是失败的。不要管，这样的事管不了，太多……

我听着，默默听着。不再愤怒。只觉得心痛。这样病态的推理，放到一个出国几十年的老人耳中，是不是过于残忍？而且听老人说，那个我电话中听来感觉很没文化很没素质的人，竟然是个所谓见过世面的成功人士。

不过还好，老人有自己的判断力。他将用自己的心，来感受每一个在祖国的日子。日子里的每一季温度，老人都将自己慢慢体会。

背出来的人生

    姑姑 37 岁那年，终于怀了孕。全家人高兴得不知怎么好，连一向刻薄的婆婆也换了颜面，说话脸上带起笑来。

    盼星星盼月亮地盼到了孩子降生。却是真难，孩子无论如何不肯出来。接生婆端着两只血污的手，没头没尾地忙，忙到最后跑到院子里，催促正急得来回乱走的姑父："赶紧套车吧，送公社。我弄不好了。"

    于是那个漆黑的夜里，姑姑躺在垫了干草的马车上，被送往公社卫生院。一路上，姑姑连哼哼的力气都没了，鼓鼓的肚子跟着马车一颠一颠。等到后来很久以后，姑姑最喜欢说的一句话是：我和孩子的命，是捡回来的呢。想想，也是。

    在卫生院又过了一天一夜后，姑姑才苏醒过来。那会儿，差点儿要了她命的儿子，正好好躺在旁边。大出血后的姑姑，脸白如纸，可还是笑了，并透着相当的满足：好啊，孩子，咱娘俩都活着。

    孩子被取名叫大壮，意思是经历了这么大劫难，希望以后孩子要壮壮实实地长起来。

大壮三四岁了，走路还磕磕绊绊。走路不是走，而是跑，或者说是向前扑，两条小腿一拐一拐的，通常拐着拐着就倒了。倒也不哭，咧着沾满沙土的嘴接着跑。倒是一旁的姑姑不忍了，眼里带了泪，暗暗握了拳头对自己说，再怎么着也得攒钱给孩子看病。

姑姑一向敬重的那个村里老郎中说了，大壮得的是软骨病，得动手术，要不将来会越来越厉害，长大了说媳妇都成问题。

姑姑不知道啥叫软骨病，却记住了一条，那就是大壮这病得治，治了才会好。

而治病得花钱，家里没钱，那就得想办法去挣。那年月不让个人做买卖，姑姑的挣钱道儿不多。

姑父是个老实疙瘩，想不出招儿，只会唉声叹气。姑姑眉头拧拧，一挺脖颈儿：砍柳条，编柳筐。卖了钱给儿子治病。

说干就干，白天出工，晚上就偷着到山涧河边砍柳条，回来编筐，一宿一宿地干。然后再瞅准机会偷偷卖出去。

就这么一点点挣着，竟也挣够给儿子治病的钱了。于是领着大壮到县里做了手术，盼着儿子能像老郎中说的那样，做完手术就跟别的孩子一样，能蹦能跳，长大后干活娶媳妇就都没问题了。

可是，手术却出了意外，说是碰到了什么筋脉，大壮这一辈子，都再也不能站起来了。

姑姑的头发几乎是一夜间白起来的。可是她没有哭。姑姑说：哭有啥用？要是有用我就天天哭。哭能帮我的孩子站起来吗？

老实的姑父是越发地委顿了。起初一些日子，天天喝闷酒，弄二两劣质老白干，找个墙角一蹲，闷闷地喝，不说话，也撑不起劲儿干活。原来那个虽然老实可却勤快的姑父不见了。

姑姑看着着急，孩子站不起来了，大人再有个好歹可咋办？于是"逼"着姑父起来去干活，把他手里的酒瓶子摔掉，大着声一遍遍跟他说：干活儿去呀，孩子还等着吃饭呢。你看啊，孩子正看你呢。姑父不能不在姑姑的怒喊里去看儿子，他已经很久不看儿子了，不是不想，是不敢，他觉得要是看了，就连活着的最后一点心劲儿都没了。

可是姑姑逼着，他就看了。就在那一瞬间，他看到了儿子同从前一样纯澈的水汪汪的眼神。大壮虽然腿不能动了，心却还是灵动的。看着爸爸，就眨巴眨巴眼睛顽皮地笑了。

姑父的泪唰唰地流了下来。也就从那一刻，姑父又"站"起来了。

一晃几年过去，某天姑姑地里干活回来，隔窗看到了大壮，大壮正眼巴巴往外瞅着，里面透着羡慕和向往。姑姑顺着孩子的目光望过去，就见几个背着书包的孩子正蹦蹦跳跳地放学回来，嘴里咿咿呀呀哼着歌。

姑姑恍然，一转眼大壮也到上学的年龄了。在几乎所有人的反对下，姑姑到学校求了又求，最后总算将大壮送进了学校……背着孩子走在上学放学的路上，姑姑说她最大的心愿就是，自己的身体尽量能好点儿、再好点儿，能背着孩子多走一段路。

时光荏苒，转眼许多许多年过去了，姑姑是真的再也背不动大壮了。所幸，姑姑为大壮背来了一个虽说不上辉煌但却扎实的将来，读了书有了些文化的大壮，在姑姑姑父的帮衬下，家门口开了报刊亭，兼着卖些零七八碎的文化用品，收入说不上高，养活自己却是没什么问题了。

　　大壮可以自己挣碗饭吃了。姑姑苍老的脸上，常因此而浮现欣慰笑容。

期待后面的麦穗儿

　　一个流传很广的寓言故事。一个人，要穿过长长的麦垄，摘取他认为最好的一颗麦穗，但是不能回头，摘取的机会只有一次。这个人开始了选择，才一踏进麦地，便看到又肥又大的麦穗儿，刚想摘取，却赶紧缩回了手：机会只有一次啊，麦垄还有那么长，说不定，后面还有更大更好的呢。怀着渴望的心继续前行，大大小小的麦穗儿又看到了很多，每一次伸手，都赶紧缩回来，想着那后面说不定会出现更好的一个，而一步一步地挪向前去。结果，麦垄尽头到了，当他不得不摘取的时候，却只剩下一些平平常常、远没有前面的那些那么大而饱满的麦穗儿。

　　一个条件很不错的朋友，青春韶华时，遇到了一位又一位走上前来欲与其牵手一生的年轻人，可是她都坚决地甩开，觉得对方都不是自己理想中的那一个。"更好的在后面呢。"她这么想。春去春来，燕儿翩翩飞，花蝴蝶一样的日子盈盈飘远，她变得越来越成熟，越来越庄重。眼看着昔日追求自己的男孩子们陆陆续续都变成了孩子他爸，这才真实地着起急来。身边的朋友劝，不要心气太高，感觉还好的，就耐下性子好好相处啊。只有她心里明白，自己已走到了麦垄尽头，现在的她，已经没有异性赶着来追了。感觉还可以的男人，目光已开始越过她这一年龄梯队，投向那些更加年轻娇媚的小姑娘。偶尔有主动搭讪的，却是家里养着媳妇，抱着明显不纯的动机。她自然不想把所剩不多的青春，搭给一份莫名其妙的感情，于是就更加慎重。知道她心思的亲友，就含含蓄蓄地介绍"干干净净"的男孩子，她硬着头皮去看，结果却是摇头。她的眼里，那些男孩子也真是孩子啊，懵懂天真，一个个都还稚气未脱。

没有爱情没有家的她，寂寞时候，不止一次，想到曾经认识的那些年轻人。那时，她总是能指出人家这样那样的缺点，现在回头想，那些人中，其实有很多真是相当不错。譬如对她格外细心的那个，过马路总是孩子一样地护住她，喝茶总是依着季节给她搭配不同的样式，看她脸色不好就紧着催她去医院……当时觉得，一个男人这么婆婆妈妈，将来能有什么出息啊。于是果断地甩开了他牵过来的手。如今回头，看到这个当时自己不屑的男人，正在好好地过着平凡的幸福日子，给着另一个成为他妻子的女人暖心的呵护，她的心里，也真是有些不是滋味啊。还有那另一个长相虽然普通可是却有着执着事业心的年轻人……

只因期待的心太重，而把幸福的丝线越扯越远了。

后悔已经是太迟，就好好地看住这以后的时光吧。青春渐远，人生的"麦垄"却尚长。前方，仍有许多"麦穗儿"摇曳枝头、迎风摆荡……

爱

大山深处的家乡，流传着这样一个故事。

父子三人进山打猎，迷路了，赶上深冬，锐利的风裹着雪，扑打着饥寒交迫的人。年迈的父亲坚持不住了，牙齿"嘚嘚"地对两个儿子说：你们还年轻，走得动，快些找路出去吧，这样下去都会倒下的。把我的衣服脱下来你们穿上。然后他就昏迷了。孝顺的儿子们泪流满面。大儿子伸出手，试试父亲的鼻息，已经很微弱了。本就衣着单薄的他没有听从父亲的话，却把身上仅有的一件棉袄也脱下来，捂在父亲身上，试图把父亲暖过来。寒风肆虐，仅穿一件单衫的大儿子眼看也要顶不住了，对弟弟说：父亲已经去了，我马上也要不行了。你把我们两个的衣服都脱下来穿上，找条路去吧。然后也昏过去了。手足无措的弟弟吓得眼泪都没了，摸着哥哥还有一些温度的身体，赶紧从自己身上往下扒衣服，然后统统穿到哥哥身上，盼着哥哥能够睁开眼，跟他一块儿活命去。

可是，哥哥没有醒过来，他自己却也随着去了。去的时候，身上只有一件薄薄的贴身内衣。

村里人发现他们的时候，都忍不住掩面大哭，觉得那雕塑一样的三条人影实在让人感动。他们危难时刻想的都是另一个，父亲身上套着大儿子的衣服，大儿子身上又套着小儿子的衣裤，小儿子只穿一件内衣躺在那里。于是，村人们回去，对家人说起，都"啧啧"连声：看人家那父子，真是父子。只有一位老者，深深地叹气，惋惜地说：其实可以活两条命的。儿子们只要把父亲的衣服穿上，保持住足够的体温，再走过两个山头，就是一个村子了。可惜了，他们没有舍得。

一个没有舍得另一个，于是，所有的生命就都没了。

而他们那留在家中老屋里的唯一女人，父亲的妻子，儿子们的母亲，亦因受不了这过于沉重的打击，很快郁郁而终。

如果，如果两个儿子舍了父亲，穿了父亲的衣服，或者弟弟舍了父亲和哥哥，穿了他们的衣服，故事是不是就会是另一个结局了呢?

有时候，爱也需要舍弃，那不是爱与不爱的问题。

"视点"聚焦的时光
——《文化思维》自序

游客流水，山川依旧。

总有一些东西，历经岁月，而仍然"我在"。

冬至第二天的气温凛冽清冷，满世界的雪白隐淡了喧嚣。自然变得简单直接。寒冷的深度包拥里，思想开始格外辽阔并走向色彩斑斓。

一直都怕冷。一直憧憬着四季如春，暖阳常照。直到在某个深冬，由东北去到远远的西南，在一天里感受季节翻转，并在接下来的数天里，尽享阳光妩媚、花木妖娆。冬天的定义，在完全脱离了个体经验"实相"的季节簇拥里，变得遥远缥缈。

模糊的时令，不真实的魔幻感，在新奇终归于新奇之后，而让我明白，我整个的生命，终属于分明，分明的风景，分明的四季。分明的落叶与新芽。当我重回冰雪彻骨，穿行深冬大野，我突然感觉如此幸福。春种秋收，夏生冬藏。应该才更是世界该有的模样吧。

于是也更加释然，对自己性情中历经打磨却依然倔强孑立的棱角，对自己穿过岁月山河仍努力持有的那抹生命原貌。

出行不为寻找答案，答案却在归来后自觉对位。

该"是"的，总归会"是"。

就像收录于书中的这些文字，五年前的启程，五年间的断续行走，五年后的这样一次聚集，想来并非偶然。这些文字中的大部分，在过去五年里，断续出现在我为之服务的报纸"文化视点"栏目中。虽然鉴于版面大小等种种原因，文字的长短和内容宽窄，与理想中可以表达的尽兴相去甚远。可是这并不重要，重要的是，这个看去并不宽敞的空间，让我的思维，在一次次收放中，而有了具象呈现的可能。

所以，我深深感谢。

如果说，五年前的开始只是开始，那么当五年后，我看着自己在时光跋涉中累积起来的大摞文字，看着文字中纹理分明的筋脉，我从中看到了另一个不同于"散文""故事"的"我"，更理性，更泾渭。

一种视角，一种态度。一种思考。

里面，有"我在"。

当年去丽江，映衬着玉龙雪山巍巍巨峰，蓝得不可思议的天空，亮得透明的阳光，演绎"印象丽江"的小伙子们，在节目的最后，用高亢有力的声音，表达"我在"："太阳升起来了，我在；太阳落下了，我在；下雪了，我在；天晴了，我在；朋友来了，我在；朋友走了，我还在……"不知为什么，一直觉得节目乏善可陈的我，竟突然间在这声声"我在"里，泪盈双眼。心被深深震动。

游客流水，山川依旧。

总有一些东西，历经岁月，而仍然"我在"。

独属的人生体验，特别的心灵成长，岁月潮汐的涨落冲刷，让每一个生命体，在拥有了明确分别的遗传的 DNA 以外，又有了思维的不同。

我相信，是不同让这世界丰饶多姿。也是不同，让我们面对纷繁与喧嚣，而有了选择的能力与自由。

过去五年里，因为工作的关系，我对文化领域的林林总总，进行了不间断的关注。文化与市场，文化与利益，文化产业化……很多时候我看到，文化二字就像时尚华丽的流苏服饰，披挂在不同的物件上，色彩缤纷，却感受不到重量。文化远在"文化"以外。文化被根据现实的需要而随心所欲地定义与分野。无数亮晶晶的泡泡闪耀一时，又瞬间碎裂。各样文化"大师"纷纷出现，又迅速消失。电影票房注水，收视率造假，"天价"演出成常态，书未面世已"好评"如潮，各样名人故里被竞相争夺，连"西门庆"竟然都有地方抢着要。怪诞，奇葩，荒唐。却煞有介事。

我不能说自己有多大的责任感，只是心痛的感觉阵阵袭来。我一直想，真正的文化不该是这个样子，不是什么样的文化都要跟钱挂钩、都要迅速"变现"的。指标化、数字化的考量杠杆，也不是处处适用的。文化不该被如此拖曳，更不应如此被动。文化不是舞台上暖场的小丑，而是贯穿始终的真正的主角。

灵魂需要支撑，精神需要成长。真正的文化，该有其独立的步伐和风骨，远离浮躁与喧嚣，为人生定锚指向。

可是现实中，文化在很多时候成了利益追逐中的道具和幌子，尊崇与亵慢，跷跷板式的比例配置，支离失衡。

我看到。辗转。我知道自己力不足以扛鼎，可是冷暖"分明"的性情，让我在参差的温度触抚中，无论如何无法模糊最切肤的真实感受。我近于理想地想，再微不足道的声音，总好过言不由衷的附和，以及冷漠的旁观。

于是陆陆续续，就有了一篇又一篇"视点"文字。视角颂赞或批判，笔锋犀利或和缓，都源自不同的季节时段，我最真实的行走体验。一个个章节片段，一次次凝眸驻足。里面，有温度，有"我在"。

五年以前，没有想过有一天，会写下大量言论性的文字。即便今天，我也仍然认为，我的身上，感性远大于理性。我相信每一件事物都有生命，我崇尚"器物精神"，我坚定地相信，每一朵花每一片叶都有感情，能感知。每一张桌椅都有特别的呼吸，都需要被尊重和善待。

只是岁月，也让我更加懂得，感性与理性，从来就不相悖。就像河流的从前与以后，泉眼的冰冽与滴答，万千穿越后波涛汹涌的激昂与澎湃，从来就是一脉相承。

只要，心怀爱意，不忘初衷。

那么，任何一种向着阳光的成长，无论以何种角度与形式，便都带着在日后的回首中，让人心醉的温暖和信心。

都是不负时光。

这一刻。近傍晚时分了。远远处的夕阳斜铺进室内。汁液饱满的芦荟，盎然的吊兰，蓬勃的绿萝……生命簇拥互映。世界美好而安静。

我真心地希望，一双双急匆匆向前向前再向前的脚步，能够稍稍地慢下来，留点心情，嗅闻花香。就像某个流传甚广的小故事里说的那样，"等一等你的灵魂"。

别说文化走了样，不合"胃口"。也别说现实太复杂，无暇分心关顾其他。更别说精神荒芜太久，再难勃发绿意。

真的文化，其实，一直就在那里。在等待，呼唤。等待为生命加油助力，洞开天地。呼唤迷途打转的脚步，说，方向在这里。

"我在"。关键是，你肯不肯来。

就近，需要智慧，更需要勇气。重塑自我的全新破立。

我一直很庆幸。庆幸自己纵然看过无数弯曲，历经万般嘈杂，仍然相信。相信弯的会直，尘埃会落下。相信缺少灰色地带的黑白人生，一样可以有滋有味，美丽斑斓。

仍然相信，大道至简，万物有序。

因为相信，而不急促。而更珍惜和感谢。感谢天地寰宇，自然四季，如此丰盛而蕴含无穷。感谢每一片叶子的翠碧，每一朵花的绽放，感谢隐在平凡平常中的无数奇妙与奇迹。给我惊叹，无止境。

感谢所有经历。促我成长，教我淡定。感谢生命路上的所有相遇，一切音符。让我的人生饱满而律动翩然。

愿世界安好。一切，尽皆平安。

手足情深

　　花雨烂漫的日子里，她总会想起伯父。可惜伯父已经不在。

　　伯父比父亲大两岁，很有才华，填词作赋，韵味十足。内心又浪漫，繁花如雨的日子，常会在闲暇时，端把椅子，坐在院里的石榴树下，就着星星石榴红，眉目舒展地阅读，手里捧着的，是不断变换的一册又一册线装书。那刻的伯父，闲散淡定，优雅绅士，全然不是平素的谨小慎微，忧郁索然。

　　那时候她还小，常常隔着油了白漆的栅栏看伯父，心里充满着神秘的说不清楚的崇敬。伯父偶尔抬头，冲她微微颔首。少血色的脸挂着下垂的老式花镜，目光从镜框上方递过来，显出无法形容的那么一种落寞。那一刻，她眼中的伯父，又回归了常人，甚至是比常人还略低一点，卑怯的，慌乱的。

　　"没事儿少往那儿跑。"父亲不止一次这么教导她。

　　父亲同伯父不和，这是她打记事起就知道的。模糊地听大人们说起过原因，似乎伯父"作风"不大好，男女关系上有些不清不楚，曾因此影响了同在一个单位上班的父亲的升迁。父亲年纪轻轻就入党提干，一生要求进步，将"面子"看得比什么都重要。巴掌大小的镇子，有点事便风吹草动，伯父不合时宜的"浪漫"，成了人们街头巷尾的谈资。父亲觉得脸面全在伯父的"爱情"里丢尽了。

数次吵闹后，兄弟俩绝了往来。

许多年后，两人相继退休。父亲仍然倔强，路上碰了面将脸扭向一边，眉毛一抖一抖。伯父识趣，紧着走开，脸上表情讪讪的。

这期间，她和姐妹们陆续远走高飞，落脚四面八方。静寂的老屋里，只剩下了一对老夫妻。曾劝父母出来一起住，可父亲执拗地说：哪里会住得惯。

伯父的生活一直都是老样子。曾经风风雨雨的爱情不知道为什么没有结果，始终都是一个人，在圈了白漆栅栏的小院里，养花种草，栽植果树，或者在花香漫飘的黄昏，端把小凳，坐在桃树、梨树或者就是石榴树下，看看线装书。脸上表情平静，没有喜悦或沮丧，就那么在线装书一页页地翻卷中，任由夕阳缓缓滑落。

偶尔她探家，看到伯父的生活状态，觉得不错。讲给父亲听，父亲照旧不言语，间或嗓子眼儿里"哼"一下，表达的仍然是不屑。

被忙碌的生活工作牵绊着，一晃半年多没有回去看父母了。往家打电话，常常没人接。偶尔一次母亲接了，问家里好吗？回答总是"好、好"。可不知为什么，心里觉得不踏实。于是暮春的一天，她请过假后回家了。

家里住的是老楼,楼道很黑,窄窄的水泥台阶有很多破损了,稍不小心脚就会扭一下，很疼。这座楼有些年头了，总说要拆，可一直也没有动静。有门路的人都搬出去住了，将这里的房子租了出去。儿女们也曾劝过父亲，可父亲坚持说住习惯了，哪里楼梯坏了，哪里需要拐弯，哪里新垫了块儿砖，心里都清清楚楚，一点儿问题不会有的……

摸黑到了四楼家门口，连着敲门没人应。就站在外面等。很久后，邻居家的叔叔回来，告诉她：你父母搬到你伯父家去住了。你母亲偶尔白天过来晾晾东西。

心里诧异着赶到伯父家。就在漂亮的白漆栅栏圈起的小院里，看到了从没有想到过的美丽一幕。

鲜花翠草中，腿上打了石膏的父亲坐在一把老藤椅上，眯着眼睛晒太阳。母亲坐在小凳上择菜。伯父呢，正从屋里出来，手里拿只小垫，到了父亲跟前蹲下，小心翼翼地将垫放到父亲打了石膏的腿下面去。父亲眼睛已睁开，温和地看着伯父做这一切。末了，两人面色柔和地微笑着，轻轻说着什么……

很快她就知道了其中原委。父亲怎样在黑黑的楼道里扭伤了腿，知道后的伯父怎样找人背了父亲去求医，又怎样费力说服父亲搬来这小院……背地里，母亲小声对她说：你父亲，那个犟啊，说啥不来。你伯父后来眼泪都下来了，大声问你父亲，再怎么说我们不都是亲兄弟吗？咋就那么大的怨恨，还要带到棺材里去？

你父亲其实就是抹不下那个脸儿来，心里软着呢。看你伯父掉泪，也撑不住了，就这么着来了。其实细想想，你伯父当

年那些事，放到现在看都算个啥事啊。不就是想找个真正对心
思的人嘛。唉，不说了不说了……

　　自此后，父母就和伯父一起住在那个小院里了。花红草绿，
蝶飞鸟鸣，父母的生活一下子因了这院落而变得阳光明媚起来。
三位老人彼此照应着，将快乐洒满了晚年时光。

　　伯父去时，父母亲给了他最细微贴心的照顾。伯父是含笑
去的。母亲说，伯父临闭眼的那刻，紧紧握住了父亲的手，眼
睛里没有一丝遗憾。

重返"无车"时代

已经有很久，不再开车上下班。办了公交 IC 卡，琢磨出了几条上下班线路。上班赶时间走哪条，乘几路公交，哪一站下最恰好。下班后如何走法，哪条路最匹配当天的心情。都一清二楚。

哪怕下班时碎雨斜风，照样雷打不动。

甚至即使，寒流席裹，车子就在单位楼下停着，一派冷冽中频频忽闪着柔光暖意。或者住同一小区的好友同事，再三热劝：来吧，上车吧，载你回去。今天别走了。

却是一概微笑挥手。更大的诱惑在脚下，在接下来可以自由踏出的一步又一步，在迫不及待扑面入目的一帧又一帧世象流景。

植物们滋滋簇生的时日，通常下班后，我会走那条穿公园有大湖的路。花草繁茂，高壮的树木接冠搭臂，密荫叠摞。曲径婉转，毛茸茸的长尾巴松鼠欢跃梢头，成帮结队的花喜鹊戏舞穿梭。湖面银光翻卷，金色夕阳徐徐环晕……宽敞平阔的湖边广场上，活力四射的少年踏着滑板旋转腾跳，长裙招展的大妈端着麦克傲首高歌，身背大包的摄影爱好者俯在湖岸斜壁上，定格瞬间……

悠悠穿行，步伐张弛自取，心境缓淡安然。感觉被整个世界拥抱着，围簇着，同时又孑然完全地安静独立着。白日的喧嚣疲惫，林林总总，一点一点卸去，同着夕阳余晖，愈行愈远。

最后走过长长的湖边大堤，再斜越一段蔷薇花路，就出了公园角门。角门斜对面，有一家西北泡馍店。店面门脸不大，可是味道正宗香郁。偶尔会停下来，进去歇歇脚。一只肉夹馍，一份酸甜微辣凉皮，顺带着就把晚饭解决了。

出来小店，两三分钟街路后，进入一所工业大学。又是绿树浓荫，又是百花争艳。跟公园不同的，是这里更多青春洋溢的面容。自打几年前儿子去了外地读大学，只要下班后不自己开车回家，那么这一截路程，我便无论如何都不会错过。它让我感到儿子仍然在身边，感到自己跟同样读工科的儿子一样，呼吸吐纳着校园里特有的年轻气息。心中因而充满了无比的笃定与安稳。

北方冬季漫长，下班时天已经早早黑下来。这时候通常不再选择穿越公园和大湖。而是在单位旁边乘上某辆公交，或者公交都不坐，直接越大街过小巷，走上几站距离后，开始横穿两所大学校园。这第一所，是很多年前我就读的学校，满目都是温暖和记忆。宿舍食堂，操场湖泊，虽然中间大多经过了数轮改建，早已旧貌不见新颜簇生，可是看到眼中，仍然是昨天一样的亲近切己。正是晚饭时光，跟儿子一样大的学弟学妹们往来穿梭。行走其间，感觉又回到了从前，好像从未曾远离。每一次，内心都充满了深深的感恩，感恩自己可以有这样机缘，可以如此这般地一次再一次，暮色里走回曾经的青春，被焕发，被打动，被远近叠合的时光密密环拥。

这所大学之后，隔着一条细窄小路，便是"公园线路"上的那所工业大学，"两线"就此汇并……穿过它，家便相距不远了。

自打"发明"了这样充满诱惑和期待的回家路线，车，更是轻易不开了。

十年前因为方便接送孩子上学买来的车子，于是便常常，十天半月，动都不动一下。实在怕这样放着有损性能，便寻上个中午，勉为其难地发动一下，出去沿着单位四周跑上一小圈，心里也还老大不情愿。

对开车上路，是越来越没有兴趣。对于谁谁又换了新车，哪种车又出了新款等一干话题，更是涌不出任何聊的欲望。而几年前曾一度产生过的对某些剽悍狂野车型的渴望，也早在不知不觉间，跑得无影无踪。

偶尔细想原因，囊中羞涩？或许。可是倘若，我说倘若，突然发了笔大财，是不是就会立马更新换代再度焕发开车热情呢？最直接本能的回答是否定。因为对眼下这部归属自己十年的"座驾"，感情尚且深笃。虽然它样式老旧，内饰低档憨拙。可是十年来，我们两两相伴，早已经彼此信任，互为知己。

车技？恐惧驾车上路？更是谈不上。十年来遵纪守法，稳行路上，几乎从没有因为自己的责任出过任何事故。

归结下来，那么理由就只有一个，为了更自由。更自由地走路，更自由地思想，更自由地望天看地，更自由地揽怀日月流年。

从前刚刚开上车的时候，内心煞是欢喜。路宽车稀，感觉到的是自由，真正扩大的行动半径。却是随着私家车越来越多，而越来越举"车"维艰。不止一次，坐在堵于路中间的车中，半天不能挪动一下，看着旁边之前超越的行人，或走路或骑车，悠悠嗖嗖自在前往，内心羡慕的波潮总是涌了再涌。

不记得哪天起，毅然决定重返"无车"时代，回启步行加公交的出行模式。若非必需，轻易不再自己开车。

于是开车时无法领略的桩桩件件，宝藏一样，争先恐后纷至沓来，不断地抢目入心。

如果公交。或站或坐，心思弛缓，不用考虑躲让，无须调紧神经，不必琢磨哪里停车。只管放眼街景，任由思绪东东西西。或许车厢内嘈杂拥挤，但却漾满了暖意蒸腾的烟火气。

或是步行。边走边看，曾经被忽略的深街小店，创意的花苞一朵又一朵。隐于巷陌边尾的市井人家，斜窗抹出的花香流影，静静筛剪出岁月安详。曾经车轮一带而过的流年四季，亦"突然"地在一步又一步中，有了质地清晰的节奏版印。

不开车的日子，生命被自然地丰厚和拉长。不再只有纯粹的方位和目的，而更叠加了过程里的花开次第，云路蜿蜒。

不开车，真好。

考研途中

一个读了研究生并已经毕业的学妹给我讲了下面这个故事。说是当年发生在她们寝室里的。虽然当时的伙伴们现已都开始了不同人生，可备战考研时的情景，几年来却一直在她的记忆中挥之不去。其中隐蕴的人生况味，如时光，静静绵延。

研究生招生简章贴出来的时候，寝室里的老二、老三、老五和老六都动了心。老二学习一般，可是家在偏远农村，眼瞅着要毕业了，却还不知道找工作的门儿朝哪开，寻思着再往上念念或许出路会好些；老三学习一向不错，盼着更上层楼，再深造深造；老五、老六的情况都和老二差不多，只是成绩更一般些，尤其老五，因为底子薄，英语再怎么用劲儿也赶不上来。英语差可是考研大忌，众所周知，研究生考试，英语是最难过的一关。

所以打开头儿，知道老五也动了考研心思的时候，大家就都好意劝她：别费那劲儿了，还是琢磨琢磨上哪儿找工作去吧。

可是老五不听，别着小脑袋翻出所有英语书，又到图书批发城，搬回一堆打折的英语辅导教材。姐妹们见了，笑她：净买些过时的东西。就靠这个考研？老五执拗地晃晃小脑瓜：语言的东西有啥新旧？再旧能旧到哪去？中国话啥时候还不都这么说？英语也一样。

大家就都夸老五聪明了。可仍百分之百地觉得她考研是费力不讨好。

"我就想试试。"老五说话一字一顿。

报名开始了。老二、老三报的是本系同一专业，老六报的是另一座城市稍微差些的一所学校，估摸着好考些。只有老五，竟大爆冷门儿，上海复旦。

这回，大家劝也不劝了，都当老五在做梦，梦做高点儿就高点儿吧。反正结果是想得到的一样。

然后，就各归各路，攒足劲儿向前冲。

老三的学习好在系里是出了名的，英语早早高分过了六级。家乡大学里做教授的妈妈，抽时间来了趟，主要是想着孩子在备考，紧张，带点儿好吃好喝的，给孩子营养营养。既然来了，就不能不跟从前做过同窗的孩子的系主任见见面，聊一聊。纯粹的同学情谊，不掺杂任何功利。老三的妈妈，对自己孩子，一直很放心。考不考研，在她自己。怎么去考，也在她自己。做妈妈的，从不插手。

没有谁会想到，老三母亲这趟普普通通的来去，却在另一个人心里投下了涟漪，而且圈圈越荡越大。

那就是老二。老二本来心里就打着鼓，对自己的成绩，不是很自信。她是在暗地里做过无数次比较权衡后，才准备跟老三报同一专业的。这个专业，老二一直比较感兴趣，平时读的书也多，成绩在各科里也相对较好。与此同时，她也暗中比较了老三的。老三虽说各科成绩都不错，可这个专业，却似乎跟自己不相上下。这么仔细比较后，老二的心里就添了勇气。深深吸气，然后报了名。

却没想到老三还有那样一个母亲，可以做盾牌的。这个节骨眼儿上来，还跟系主任聊了天，吃了饭。中间随便起个话头儿，老三的事儿不就是"没事儿"？

招收名额少得可怜的专业，如果铁板钉钉了一个，自己还有"戏"吗？那么多报名的人，必是藏龙卧虎，"分子"越来越小，自己又何苦去给"分母"壮大声势？

认认真真地犹豫思量，勇气随之一点点泄去。却又不甘心，书还捧在手上，也日日三更半夜地读，只是心神常飘忽。"分子""分母"的简单算式，一直在脑子里颠来倒去。

再说老六，最乐观也最放松。那个学校，高考录取分数线比自己的学校差下一大截，里面读书的学生，从开头儿就是后面的。有担心的必要吗？没有。老六自问自答。

只抓外语好了，专业课看看就能过关。老六信心十足，神态笃定。里外奔忙的脚步里，也便有了少见的几分悠然。

老五却是把命都拼上的架势。列了大大的时间表，贴在床头上，早早晚晚，连缝隙里都插满了单词和听力。偶尔累极了，啃个廉价买来的什么水果，抻着手臂大喊一嗓子：同志们，冲啊！

大家看她，苦笑，然后摇头：何苦？明知不可为而硬为之，傻啊。

上海那么远，复旦那么有名，老五连复旦的门朝哪儿开都不知道，却硬着头皮要走进去，不是傻吗？

都是好姐妹，不忍心看她梦一场哭一场。老二抽着一分一秒挤出来的时间，拉住她：五儿，想想，做分母有意义吗？就是咱这学校，我还琢磨着要不要退出呢。

什么？为啥？老五瞪大那双单纯得可爱的眼，万分地不解。

不为啥。就是我一直在想，如果注定是一场空，这么累来累去，值不值得？

可是，不试试你怎么知道结果？

唉，你怎么大学都快念完了还这么单纯啊。老二摇摇头，叹气。

老五也摇摇头，却是简单的笑。然后回头，继续往前走。

距离研究生考试还有半个多月的时候，老二把所有的复习用书收进箱子，回家过寒假去了。谁劝也没用。走的时候，腿打着飘。"不行，我太累了。坚持不住了。"学习累，心却更累。老二用自己拴上的"秤砣"，把勇气彻底拖没了。

隔年春天，成绩下来了。老三榜上有名。没人惊讶，尽在预料中。

让人惊讶的，却是老五和老六。

她们拿到的结果，跟大家的预想，南辕北辙。

想当然认为没问题的老六，外语过了关，专业课却有一门不及格。这在研究生考试中，似乎罕见。尤其她报考的，是那样一所学校。一直不屑的，低等级的。感觉随随便便一抬脚就能迈进去的。却绊倒了。而且摔下来，在门外。这一跤，把老六摔得很疼。也把很多知道的人一起摔得懵懵懂懂。

而更让人把呼吸都吊起来的，却是老五。她竟然考上了。是复旦啊，想想，老三都没敢碰边儿的，老五却把梦做成了。

所有的人，除了老五，所有知道的人，都晕没了魂儿！

老五却在所有人张大的嘴巴里，躺到床上，美美美美地睡着了。对床的老二，看着老五酣畅的睡姿，一时丢了思维。到头来，所有的喜悦和悲伤，又哪一样和自己搭得上边儿呢？

赢取尊严

那个很多年前秋季的午后，我小心翼翼地走进了对我来说完全陌生的异乡的校门。内心充满了兴奋和不安，这时候我离开校园已经长达半年之久。家庭的横遭变故，全家不得已的突然北迁、半年来跌跌撞撞的生活……都像梦一样，截留在校园门外。我的心里，简简单单地鼓胀着一个执着的念头：终于，又可以读书了。

我被安插在五年三班。班主任老师姓李，个子高高的，肤色白白的，眼睛和额头亮亮的，烫过的头发在脑后利落地编成一根独辫，让人觉得高贵而不可攀。

带我去的阿姨介绍说：这是大李老师。

大李老师没有丝毫笑容地看看我，连最基本的自然情况都没有问，就接着整理教案去了。我尴尬地站在那里，不知道如何是好，心里有一些难过。说不上过了多久，上课铃声响了，大李老师站起来，冷冷地说了句：走吧。

办公室距教室有一段距离，大李老师夹着教案走在前面，仍是一言不发。我抱着厚厚重重的书包，在后面紧跟着。秋季午后的阳光柔和煦暖，我的心里却充满了忐忑和瑟缩凉意。

我的座位在教室最后边，靠窗。同座位的男生胖胖的，笑嘻嘻的，嘴角淌着口水，站起来给我让座的时候，只扁着身子留出一条缝。我试着想从那道缝隙中挤过去，却给卡住了。

"阿满！站到旁边去，让开！"大李老师的声音脆脆亮亮，我终于进去了。谁知刚一落座，身子却猛然一歪，差点跌倒，原来椅子少了一条腿……

异乡的求学生涯，就这样开始了。

我从很远很远的地方来，我说话的腔调带着浓浓乡音，就是我试着用本地话发音，也仍是与周围人显得格格不入。于是本来话就不多的我，更加很少说话。每一天，我尽力保持平衡地坐在缺了一条腿的椅子上，埋头苦读。常常是下课了，别人都出去玩了，偌大的教室里，就只剩下了后面靠窗的角落里的我自己。

孩子们都是有好奇心的。越是离群索居，他们越是对我这个说话跟他们不一样的新同学充满了好奇。我的座位靠窗，下课时候，这面窗上就会贴上很多张脸，有这个班级的，也有别的班级的，他们笑着，嘴里大声议论着，有时候还"啪啪"地拍窗户。我把头深深地埋进书本，下课的时光分秒如年。

刚到新班级不久的某天语文课上，提问前一天留的要求背诵的作业，大李老师叫到了我，内容是关于大象到河边喝水的。要求背诵的部分很长，不少同学背得吭吭哧哧，我站起来，用带着浓重方言的口音流利地大声背了出来，同学们为我大篇幅的方言笑得前仰后合，大李老师也头一次给了我笑意，却是带着赞许。

因为离家太远，中午我是带饭的。起初时候，每到中午，家住附近的同学们回去吃饭了，教室门就锁上了，我无处可去，也不敢跟老师说，就在教室后面的树荫里，把带去的玉米面大饼子吃完，然后就温课，温课累了就看异乡起伏连绵的山峦，看天上的流云和衬着流云的蓝蓝的天。

我用心珍惜着这来之不易的学习机会，以一个孩子的认知方式，认认真真地努力着。

我写的作文开始一篇不落地被大李老师在班级宣读，我的考试成绩开始雷打不动地稳居全班乃至全学年的第一，我开始被大李老师夸奖了一遍又一遍。

淌着鼻涕口水的阿满在上课的时候，不再敢把他的胳膊架满整个桌面；中午时候，我不再无处可去，大李老师把教室的门钥匙给了我。大李老师不止一次地对着全班同学说：看看人家吃着大饼子考的成绩，看看……结果，很多家就在附近的同学也开始把中午饭带到学校来吃，并争先恐后地拿她们的包子馒头花卷来换我的大饼子，并连嚷"好吃"。

冬天来的时候，我已经是这个仅来不到半年的班级的班长，我可以很大声地用我带方言的普通话给围在身边的同学们讲故事和说笑话，我已经有了很多的朋友。

我知道，一个孩子的尊严已经被自己赢了回来。

男人的方式

他不是他们的生身父亲。妈妈带着他们来到他身边的时候，他们已经是"七八岁讨狗嫌"的年龄了。

第一次见面，兄弟俩梗着脖子把门一站，嘴巴闭成铁板，任凭妈妈如何威逼利诱，就是不开口吐一个字。盘腿坐在炕梢的那个人，不开口，也不笑，刮得青青的下巴，有些生硬地拖拽着脸上松弛的肌肉。

有些难看，有些可怖。兄弟俩同时把头扭到门板上。干脆看也不看。

妈妈站在两头三个男人中间，嗫嚅着，声音越来越低。

他那里，并不喜欢凭空多出来两个小子。隔着血肉，怎么着都是远。甭存啥指望。要不是一个人太冷清，要不是这女人是他打小就存的心思，他才不会给自己找麻烦。

他们那里，更是觉得这个倔生生的男人跟自己的生活根本就不该搭上边儿。他哪里有一点比得上自己的父亲。父亲就是最后病得不行了，当着孩子面儿，还要弄出笑容来，支起身子说话。父亲总说,孩子是父母的风铃,父母是带动风铃的风。父母如果总是吵闹不休或者沉默不语,风铃就会坏掉或锈蚀。这两种,都不好。

又说,父亲生来就是要带儿子的,排头兵一样,往哪里走,怎么迈步,怎么一个节奏。关键着呢。

可是父亲死了。生活把他们带上另一条路,他们不喜欢。

他们还小,满肚子只知道怨。

他不说话。盯了他们一会儿就不再盯。想必有那么片刻,他对自己的决定有些后悔。

兄弟俩彼此望望,几乎不约而同地,悄悄伸出手来紧紧握住。

就像两军对垒。

然后是,长达近十年的时光,几乎一直是沉默。赶上妈妈不在家,整个屋子静得就像没人。兄弟俩的交流,全在眼神。

他开始喜欢抽烟,蹲在屋外,一支接一支。全是自晒自卷的老旱烟。很呛,总是发出一声接一声的干咳。在屋里做作业的兄弟俩听了,就会皱眉,就会撕下一块儿纸,团成四个蛋蛋儿,一人俩,把耳朵堵上。

妈妈回来见了,会过来拍拍两人的肩。摇摇头。轻轻重重的话,妈妈对他们说了几十箩筐,可是心里没进去一个字。兄弟俩都很倔,两人握着小拳头起誓。要尽早长大,自己养自己,不吃别人饭。

他是个泥瓦匠。活儿累,也脏。每天回来,身上鞋上,泥斑成片。

一次他进门，他们出门，交错而过，他身上的泥贴了他们半身。兄弟俩看看，没说话，也没表情。却到吃晚饭还没回家。他和孩子妈妈转着圈找。最后在城外河边找到了他们。正蹲在那里洗被蹭脏的外衣。两双小手各扯个衣袖，一下又一下地揉搓，脚下的河泥，又稀又软。不远处的岸边，不起眼地立块儿小木牌：此处挖过河沙，小心！

兄弟俩都不识水性。他的心顿时后怕得悬到半空。

从此，他不再穿带泥的衣服进屋。总是在院里脱了，前后左右看看干净了，再往里迈。

非不得已，他们仍不说话。妈说：你们的嘴是不是让铁焊上了。看看没效果，回头又劝他：别跟孩子一般见识，你试着讲个故事给他们，也许就好了。

他抽烟，半天一句：这么多年，我不说话习惯了。再说，我肚子里哪有故事。

一晃是十年。十年的头儿上，妈妈得了癌，治了又治，还是"走"了。走的时候，妈妈把他和他们的手拉到一块儿，又把自己的另一只手盖上，摁了再摁，然后闭了眼。

这个时候，他们兄弟俩，一个高二，一个高三。

晚上，他们十年来第一次主动坐到他面前，说，你养了我们十年，现在，该我们自己养自己了。完全决定的样子，没有商量余地。

兄弟俩把所有带字的东西都锁进一只木箱，然后上床，预备第二天，到学校去跟老师辞行。预备之后，到外面打工。累也好，苦也好，都要自己养自己。

这个晚上,他们不知道他去了哪里,屋里除了兄弟俩的呼吸,再感觉不到任何生命。

第二天,兄弟俩去学校,预备着跟老师说再见。老师是值得爱的,学校是值得爱的。自打当年兄弟两个将小手紧紧握起的刹那,就注定了他们在学校是一等一的好学生。

读书、学校,本是兄弟俩的命。未及进屋,两人的眼睛都早已湿透。

想不到的却是,老师把兄弟俩要丢掉的"命",又好好地还给了他们。老师说,傻孩子,打什么工,辍什么学。有困难大家帮啊。看你俩运气多好,咱学校现在正有两个"希望工程"结对子的名额呢。从现在直到大学毕业,你们的学费,全有人包了。

兄弟俩不相信天上会掉下这好事,直劲儿问,哪里的好人?做什么的? 从现在读到大学毕业,要好多钱呢。

老师只笑不说话。被逼问得没招了,才说,人家做好事不图报,没留真姓名的。人家图的,就是你们能好好学习,有出息。你们呀,只管好好用功去吧,别辜负了人家一片好心。

兄弟俩复杂着心情出门,然后在门外紧紧拥在一起。那远方不知姓名的好心人,成了心中遥远却实在的温暖。

一切复归平静。他和他们,除了不得不说的话,仍无任何交流。

转眼又是数年,中间,兄弟俩相继考到外地读大学。他们的学费,总是按时由那中学的老师处转寄过来。问过一次又一次,地址是哪里? 有没有恩人线索? 老师每一次都是笑着摇头又摇头。

大学四年，无论寒暑，他们都没有回去过。那中学的老师曾经来电话，让他们方便的时候回家去过个年。他们回答得很简单：早在很久以前，我们就没家了。逢着春节，总是兄弟两个凑到一起过。偶尔，也会想起他来，心里却没有任何涟漪。只说，那十年的养育，咱们记着。将来挣钱的时候，一并还给他。他和我们，不搭界。

没有仇恨，可是也没有感激。中间隔着江河湖海，万水千山。

大学毕业了。兄弟俩都在大城市找到了不错的工作。

一天，那中学的老师打来电话，说，你们一直寻找的恩人找到了，如果想见，就速回。兄弟俩连夜往回赶。

熟悉又陌生的街巷，冷涩又弯曲的记忆，跟着老师在县城郊外的泥泞土路上拐来拐去，心里疑惑，我们的恩人就住在这样的地方吗？他（她）怎么会有能力资助我们？没弄错吧？

老师坚定地在前面带路，坚定地说：不会。一百个不会。跟我来吧。

然后，他们就在一扇推开的破旧的门里，看到了他。他正躺在炕上，似乎睡得正熟。身上搭着床失了颜色的破棉被，暗灰的墙壁衬着暗灰的脸，萧瑟、寥落。

悄悄退到门外。他们于是从老师简短的讲述里，看到了一条路，那路穿越江河湖海，万水千山，一直将他们和他们认为不搭界的他，紧紧相连。

多年前的那个夜里，他找到老师，提出了那样一个看似合乎情理的方式。他倔强，知道他们更倔强。他不习惯语言表达，知道他们也听不进。三个男人间没了共同爱着的那个女人，便断了链。

可他是那么希望他们把书读下去。他知道这也是那去了的女人最大的心愿。

于是，一个美丽的谎言就此构成。

为了多挣钱，他不再做泥瓦匠，改去远处的煤窑挖煤，加班加点儿地干。吃最差的，干最累的。然后把攒下的钱一次次送到老师那儿，再由老师转寄给他们。他知道他们是倔强的孩子，就像他知道自己是个倔强的男人。爱了一个女人，从头儿就爱，直爱得彻彻底底。哪怕她死了，爱还在。

后来，挖煤挣来的钱不够用了，他就卖了当初接女人和这俩小子进门时的那幢砖房子，住到这里来，谁劝也不听。他已经早就忘了自己最初时候心里偶尔有过的悔意。

再后来，煤挖完了，他就回来接着做泥瓦匠。没活儿的时候，怕空着，就去帮人搬家，扛最重最沉的物件。结果，几天前，扛着柜子下楼时，一没吃住劲儿，整个人被顶在了墙上，然后滚了下去。站都站不起来了。又舍不得去医院，就在家里这样干躺着……

他们听得发呆。

曾经的万水千山，江河湖海，终于日月同辉。

两年后的岁尾,雪下得最盛的一天,他走了。走得安安静静,了无牵挂。

兄弟两个泪雨滂沱。

错位的仰望

这是一个真实的故事。

23 岁那年，健康美丽的她执意要嫁给在一次事故中丢了左臂右腿的他。这样的爱注定要有个艰难的开端。她的家人动员了所有亲朋，一遍又一遍在她耳边"轰炸"，给她上怎么也上不完的"课"。他的家人也对她关上大门，他们拒绝的原因很简单，就是她太健康也太美丽，这不是他需要的。他需要的，是一个相貌平常甚至丑陋而只要心地善良的姑娘，哪怕也一样有些残疾。那样的女子，有望陪他一生。

而对她，他们信心不足。

她却显出了从未有过的执拗。他大她 3 岁，童年的玩伴，懂事起就开始的仰望。他曾经那么高，那么帅，站到学校主席台上讲话，总是那么神采飞扬。为他，她在自己锁起的小屋子里，释放过数不清的相思。

而那会儿，他常常就在隔壁，拿起箫来吹奏优美的曲子给他聪明智慧又俊美非凡的女朋友听。柔软清亮的曲音月光一样泻出来，铺满小小的院落和街巷，还有她的心。

她却不敢存任何奢望。她为自己的智力自卑。一样的背包上学，一样的努力勤勉，却不知道为什么，读书时，她考试的名次总是在后面。而他，似乎总是轻而易举便夺了头筹。

大学，研究生，在读博士。还有与他一样优秀的女朋友。天造地设。

她呢？初中毕业后，连考两年，才考取了一家规模很小的护士学校。然后在他仍与书本为伴时，就早早进了医院，做护士。仍然勤勉，仍然努力，心底下却也仍然存着卑微。好心人牵线无数，她却总是摇头再摇头。

在本市科研院读博士的他，仍时常回来，仍时常奏曲给他清丽俊美的女友听。

她在隔壁，守着孤灯，静听曲音缭绕。

也许，是该出去寻找自己的时候了。不止一次，她这样下着决心。

而就在某天，他突然出了事。博士要毕业了，到下面工厂实习，看到工人操作失误，他去纠正，不知道怎么，身体就被拐带了进去。然后，他的世界，天地大变。

再三要求，她调到了他住院的病区。认真细致地为他做着一点一滴，他却并不知情，绝望中只模糊知道，这是隔壁那个女孩子，小时候常玩的。

他清丽俊美的女友，起初总是泪眼婆娑地来去，数月后，不见了踪影。听说，女友出国了，而原本，他们是预备着一起走的。他开始不说话，一天天地不说话。眼神里全是颓废和萧瑟……

然后，在大约一年后，有了她和他的故事。再然后，经过千隔万阻，她终于牵到了他的手。他仅存的右手很凉，凉得感觉不到温度。很多记者去采访。主角是她。内容几乎无一例外，讲述她心地的高洁和意志的坚定。他在旁边坐着，一言不发，眼神淡远。

转眼十数年。她和他再次成为焦点。她憔悴着脸一遍遍往有关部门跑，为的是跟他分开，他却坚决不同意。他的推理很简单，他要孩子，孩子又不能没有母亲，那么自然，她就不能走。

而她要求分开的理由，却又似乎不是很经得起推敲。她说他有"外心"，从来没有把心思放到过她身上，说他从来没有跟她有过心的交流，却又拿不出任何证据。人们给没有左臂右腿的他，十足的同情和怜悯。只简单地想，她看够了他的残缺，是要出逃了。

她进退两难。

她怎么说得清，他和远在大洋那边的曾经的女友，十多年来，一直通过信件和网络卿卿我我，又怎么描述得出，他日日的情绪跌宕，都跟着一个摸不到的影子走。他从来没有在心理上接纳过她，从来就没有。

直到这时，她才恍然，优秀和幸福，并不对等。

回归树的挺拔

一

我在离他两三步远的地方停下来看他。他不动。我也不动。他的目光关注在自己的脚上。我的目光在他身上。不知道那一刻他的心里波动着什么样的思想和情绪，我只知道，那一刻，我的心里，不平静。很多的困惑和不解。还有矛盾，到底，该不该上前去帮他一把。

他左侧两三步不到的地方，是山崖，乱石杂陈。他走的是歪扭陡峭的细小山径。我在他的右边，相隔同样是两三步，脚下踩踏的是光洁齐整的石板台阶路。

我看着他。和他一样，一动不动。我的心里，一直没有停止犹豫，到底,该不该上前帮他一把。他这个样子，掉下去怎么办。可我又实在不能确定，他到底需不需要。

他的右手，套着厚厚的白线手套，搭在身侧。他的左手，五指弓起，僵僵地端在胸前。他歪起的左脚和右脚，正在和山径上隆起的一个小小土包无声地"争战"。硬硬偏斜的脚尖，费力抬起，试图往前放，却在空中停摆良久后，终又落回原处……接下来，他再次一动不动。

他站在那里，全神贯注地看着自己的脚。这会儿，我已经很清楚他脑子里的念头，那就是怎么样让自己的双脚好好地抬起再放下，然后带着身子往上走。

我仍然不清楚的是，他为什么要来登山。如果一定要登，又为什么放着好好的石板路不走，偏要让不听指挥的双脚走到那样的路上去。

可是我知道此刻我什么都不能说。除非有必要伸出手去搀拉他。不然，我便只能这样，一动不动，保持安静。任何细小的惊动都可能会使他失了平衡，歪到山的那边去。

山风呼啸，林音如涛。晚来的春意零星装扮着枯黄的山峦。高大挺拔的松树，成排成片，站满山坡。浓绿浅翠自然交融，连带着整座山体都有了深阔的呼吸。

这是"五一"假期。小兴安岭南麓某条实在算不上平坦的山路上。

二

终于，我长吁了一口气。当他的左脚再次抬起并在空中停摆数分钟后，终于放在了身体的前方。整个人也因此可以跟着往上挪一挪了。

接下来，他便一直这样奋力"拔"着自己往上去。一步，两步……紧挨山崖的路段终于过去了。现在他即便摔倒也不会有生命危险了。

我的掌心，那一刻，已经跟他的额头一样，满是汗水。

我终于忍不住轻轻跟他打了招呼，并道出了心中疑问。

应着我的声音，他抬起头，一张看不出年龄的脸："石板路用不上劲儿。这边地形复杂，用得上劲儿，对我有好处。我这已经是今天第三次登上来了。通常每天我都爬四次。"

声音温和，宽厚，低缓。目光安静坚毅。

我的心里，是说不出来由的凛然一惊……

当他"拔"着身子来到山顶时，我已经在上面的石凳上坐了半个多小时了。

"怎么样，从这里往下看漂亮吧？我每天都要来看几次，怎么看都看不够。"说着，跟我一样坐了下来。

远处泛着碎银光波的河流及四周如黛山峦，一时成了我们共同轻叹的话题。

"从四年前得病后，中间长达两年多的时间我再没上来过。我以为自己再也上不来了。"不记得说到哪里，他这样谈起了他自己。

那时候他很绝望。半夜时拖着身子往山下的湖里走，被一个钓鱼老伯发现了。老伯把他的脑袋搂到怀里，边哭边数落，说不该这么做的，想都不能想。再难都要活下去。像老伯自己，中年时老伴儿死了，老年时唯一的儿子又疯了，跑了，找不到了。老伯一辈子没个固定工作，老了干不动了就靠每月几百块低保钱过活。夜里睡不着，就自己做个钓鱼竿儿上这儿来坐着。

鱼是一条都没钓上来过，心却慢慢平静了。

"得活着，孩子，得活着。老伯一遍遍这么告诉我。活着就有明天，死了还有个啥？像他，只要活着，儿子就还有个老爹在。万一哪天儿子找回家来呢？老伯的话进到我心里去了，是啊，只要活着就有希望。"

思维绵密清晰，受过很好教育的样子。问过去，果然，20世纪80年代大专毕业。

三

"看到那边的大烟囱了吧？好几百米高呢。那里就是我原来干活儿的工厂。别看现在烟都不冒了，原来可是特别红火。上万人的大厂，木头源源不断地一火车一火车往里运，然后进行各种分解，生产出很多东西。我大专一毕业就进去了，以为能干一辈子呢。谁知没几年厂子就黄了，我就跟着下岗了。"

接下来他突然沉默。随后的交流断续艰涩：出外打工摔折了腰，伤好后家里已是一贫如洗；妻子跟人跑掉；16岁的儿子留张纸条说去找妈妈，转眼不见了踪影；老母亲一病不起……

"从小我就没有父亲。母亲总跟我说我是家里的顶梁柱，家都靠我来撑。我从小就很努力。没病前，每天天不亮就来爬山是我一天中的头等大事。你看到了，这山上全是挺拔的松树，每一棵都那么壮，那么直。我一直在心里对自己说，做人要像树，笔直地向上长。可是，一连串的打击还是把我击垮了。一次醉酒后醒来，就成了腿脚不听使唤的人。"

　　然后很久不再说话，抬眼去看远方。远方峦影交叠，柔软的光线穿过流云，静静剪切着山脊。

　　"那个夜里，那位老伯的话给我很大触动。我决心直起腰来救自己。我还有儿子，还有责任，还有很多心愿。我要站起来，重新活得像一棵树……"

　　这么说着，就再次趔趄着站起来。我伸手要去扶，他摆摆手拒绝了。

　　然后，我就看到他执拗歪斜的脚步，一下、一下、又一下地往山下挪去，很艰难，很缓慢。可是没有任何犹疑。

　　我于是知道，这样一个男人，已经完全不必要别人去为他担心。离山崖再近，他都会坚立安稳，直如一棵树。

从流飘荡

　　以为路断了，却没有看到，旁边以及旁边的旁边，还有那么多路可以走。不过是暂时让草遮了树挡了，或者就只是，头没有适时地转上一转。

峰回路转的人生

一

离散了很多年的初中同学，建起了微信群。许多人无论照片还是名字都已经勾连不起任何记忆，可是这挡不住里面仍旧一派热气腾腾。

纵然已经想不起谁对谁，可那三年的少年岁月，都在同一个教室同一个操场上度过。单只这一点，就够了。

有人在里面唤我，问在不在。回头应过去，是我当时最好的朋友乔。

当年我们两个，长得就像姐妹，包括神态。很多年少的寂寞与欢喜，都一起拥有分享。不同的只是，我的成绩一直在前面，她的成绩一直不温不火。她的父母一直把我当成让她学习与看齐的榜样。

我从来都没有想过她心里对此有多少难过。只是中考结束，成绩下来，她无缘我去的高中。她对我说，父亲气恼至极，扔了根绳子让她去后山上吊。现在，我已经完全忘记了她当时跟我转述这个场景时的表情，可这过去的日子，我却从来没有忘掉她跟我说的这句话，以及里面隐含的无奈与无助。

没有上成重点高中的乔，在一所普通高中毕了业。没有上大学，很快结了婚，成了家。并和爱人一起，在家乡小镇认真努力地生活起来。

先是租了柜台卖布，卖窗帘，同时学会了缝纫机，用零碎布头做枕套、围裙等小物件。和我一样曾经横针不知竖拿的乔，开始在真正的柴米油盐里，摸爬滚打起来。

起初的时候，放假回去，碰到乔的父亲，老人总是带着一脸羡慕对我说，看你多好，将来吃公家饭，乔就是挨累受穷的命，天天忙得脚打后脑勺。一旁忙前忙后的乔也不争辩，偶尔会说：谁叫我没那个脑子呢。

随着我毕业、工作，慢慢地联络就少起来。断断续续的消息传来：乔生意做大了，租下一整间门脸了，除了自用，还往外租柜台；乔买楼房了，两百来平呢；乔又开了一家店，代理品牌服装，雇了服务员……乔在小镇上的名气越来越响了。

每一次听到关于乔的消息，我都由衷地为她高兴。偶尔会想，现在乔的父亲，想起当年自己扔绳子给女儿的那一幕，会有着什么样的感慨呢？

以为路断了，却没有看到，旁边以及旁边的旁边，还有那么多路可以走。不过是暂时让草遮了树挡了，或者就只是，头没有适时地转上一转。

欣喜地在微信群里给乔回应过去，乔情谊浓烈地邀我哪天去青岛好好地聚一聚。说，咱有住的地方。

一聊，原来乔的事业已经又上层楼，离开小镇在青岛开起宾馆了。

二

小小是我的童年玩伴。我们同一个夜里出生。她前半夜，我后半夜。小小从小就漂亮大气，像极了她要强能干的母亲。

小小家的祖辈传下来一种病，就是但凡男孩子，只要长到一定年岁，本来笔直的腰就会必然地弯下去，走路时，整个上身与地面平行。小小的爷爷这样，爸爸这样。据说，小小的太爷爷、太太爷爷也这样。

我记事起，只看到小小的爸爸和大伯这样。小小的爷爷辈们都已经不在了。小小上面有三个哥哥，都才十多岁，却已经长得个顶个地挺拔、帅气，就好像要跟他们的将来赛跑一样。让人看了，又欢喜又心疼。

我的父母以及父母辈的叔叔伯伯婶婶大娘们，总是用非常复杂的心情谈论着小小一家。

才刚上小学的我，看到的却只是小小家院落的洁净，泥草房的齐整，小小母亲的大气飒爽，还有她家饭桌上哪怕粗茶淡饭也溢出来的不一样的诱人的香。

小小妈和哥哥们一到学校放假的日子就会离开好长时间，邻里们都知道，那是小小妈又带哥哥们去北京天津或者哪里的大医院找医生去了。

　　小小妈迫切地想把遗传的链条早早斩断，让儿子们都拥有一个挺拔笔直的人生。家里日子清苦，所能攒出的每一分钱都仔仔细细攒下，然后带着儿子们四处奔走求医。

　　作为家里唯一的女儿，小小没有被娇惯。很小就在妈妈的教导下，熟悉了能够担负起的家里的所有活计。妈妈告诉小小，这是一场赛跑，跟时间赛跑，妈妈要帮着哥哥们，抢在遗传病症显现的时间前，带哥哥们冲出去。但这期间，咱家的日子也得正常过，不能把这段时间给糟蹋了，也得像正常人家一样把日子好好过起来。小小，你要帮着妈。

　　小小郑重地点头。在妈妈带哥哥们出去的日子里，一样和爸爸一起，把家里收拾得清清爽爽。爸爸的腰虽然弯成了90度，可是每天都穿得干干净净，淡笑盈面。小小爸在村上管账，一笔一笔都弄得清清楚楚。每一次小小妈带哥哥们出门回来前，小小都和爸爸一起，把家里家外彻底打扫，本来就洁净的院落，更是一尘不染。

　　赶上春夏，院落贴着木杖的边角处，便开满了五颜六色的秀美花朵，单层双层的，大团小朵的，密匝匝地簇拥出一片浓郁芬芳。

　　而小小妈和哥哥们，无论出行有无收获，有多无助和疲惫，进入院落，看到家人，都只是团聚的欢喜和细叙。隔天小小出来找我们玩，扎起的小辫子上，总是鲜亮亮地换了新头绳或者额角别了一枚小小的彩发夹。

　　无论如何，日子都要好好地正常地往下过。小小妈带着全家，一边坚定地找办法，一边不忘过好当下的一朝一夕。

外人看来本该充满焦灼惶恐气息的小小家，在那个家家日子清寒的年代，反倒格外充满了秩序和安定。

虽然结果是，待到青春的某个节点，小小的三个哥哥的腰，仍是陆续地没有任何"意外"地慢慢弯了下去。可是小小的家，并没有透出任何悲怆与凄凉，更没有绝望。

努力过了，便是平静地接受。

然后，便是在长大后，小小的哥哥们在妈妈的带领下，开始了食用菌种植，并很快弄得像模像样起来。很多外面的销路，都是那些年小小妈带着哥哥们四处问医时建立起来的。

眼下，小小家的食用菌，已经早就远近闻名，批发零售，热气沸腾了。

小小的家，虽然不是童话中的圆满结尾，可是大家无一例外地，从中看到了不一样的平静坚忍，挺拔与笔直。

三

想起外祖父。

外祖父 66 岁那年，独自外出干活儿的我的父亲出了车祸，从此再无法站立。母亲一直是外祖父的掌上明珠，未出嫁前，再艰难的日子也没苦过母亲，什么累活都没让干过。事情发生时，父母已经有了我们四个孩子，肩挨着肩，最大的刚刚十岁多一点。母亲正带着我们，在距离父亲远远的老家的小村落，安详地生活。

消息传到外祖父耳里，无疑晴天霹雳。连着数天，外祖父再未合过眼，日夜在院子里转磨磨，嘴里不住地念叨：以后这日子可怎么过，可怎么过啊。

　　这个一辈子没有走出过村庄的老人，眼中心里彻底看不到了女儿以后的路。就觉得路断了，断了。

　　家里人怎么劝都不听，不吃不喝不睡，几天后，就在迈过门槛时倒下了。这一倒，就再没有站起来。从知道消息到外祖父离世，间隔了仅仅 39 天。

　　母亲痛不欲生。外祖父的死对母亲无疑是雪上加霜，母亲知道，从此，那个一直把自己捧在手心儿里怕化了的人，再也看不到了。

　　感觉天昏地暗的母亲，也转过好一阵的磨磨，可是转着转着就醒了，看看再也站不起来的父亲，看看我们几个眼神吧嗒吧嗒瞅着她的孩子，就紧着把冷了许多天的锅灶烧起来了。

　　这一烧，就把本来看去无光的日子又烘亮了。

　　母亲用尽可能短的时间让日子恢复了正常。劳动力没有了，无法再在农村生活，母亲毅然决定举家远迁，带着我们几个孩子去往父亲出事的地方；然后在陌生异乡，想着法儿寻找安身之处，给需要上学的孩子找能接收的学校；再是跟出院的父亲一起，费尽心思琢磨各种活路……尘烟弥漫，天野茫茫。可是生活，却也就在这不断的辗转往复拳打脚踢中，慢慢地，渐现微光。

　　我们几个本来顽皮的孩子，在事故发生后，突然就都懂了事，连最小的弟弟都知道在母亲烧火做饭时，把小板凳送过去。

　　而今，我们几个孩子都已经陆续长大成人。母亲早就做了奶奶姥姥。就在去年，侄女的孩子出生，年近八旬的母亲，升级做了太姥姥。父亲去世前，便是意识已经稀微，也还会偶尔哼唱几句他喜欢的京剧。祥和安稳。我们几个孩子，不论能力大小，都个顶个地比着劲儿孝顺。

　　母亲的晚年，恬适静好。嘴角时常抿出笑意。只是在想起外祖父的时候，神情黯然。

　　谁说一条路断了就再也没路可走了呢？

天天向上

放到四五年前，他们家还是挺穷的。身体残疾的男人在一家药厂上班，每月能拿回几百块钱，这几百块便成了全家人的整个收入。

一个80岁的老奶奶，两个上学的孩子，再加上两个大人，日子着实过得不易。

可是让人一直担心的事情还是发生了。五年前，在药厂上班的男人下岗了，连那本就不多的一点收入也没有了。最初的一些日子，男人就蹲在门前发呆，女人里里外外锁着眉头走，老的小的也全没了声气。我们这些邻居看在眼里，也都跟着发愁，想，这可怎么办呢？走路一跛一跛的男人能做些什么呢？从来就是家庭主妇的女人又能做些什么呢？

可是这样的局面没有维持多久，我们就听到了"叮叮当当"的敲打声，过去看，原来是跛腿男人正拿着斧头和女人一起把他那里外一室半的平房的中间墙打掉。墙打掉了，他们把本就不大的卧室又缩进去一块儿，这样靠胡同的半间房就变得大些了。然后男人到啤酒厂用自行车驮回一些酒，再用粉笔在一块儿小黑板上写上"屋内有啤酒"放到门外，"大功"就算暂时告成了。邻居中有想喝啤酒的，便就近到屋里拎两瓶，碰上主人在里屋，就大喊一声：钱放桌上了。然后顾自出门去了。这样随意的买卖，使大家感觉都很舒服。而这舒服的感觉又使跛腿男人家多卖出好多啤酒。

这个样子卖了一段时间，他们家门外的小黑板上又多出一行字：有雪糕。有馋嘴的孩子想吃，就进去买了。主人乐呵呵地从他们家的旧冰箱里把雪糕拿出来。这样没有多久，附近的人们就知道男人家有雪糕在卖了。

生意一天比一天红火。终于有一天，人们看到跛腿男人踩着凳子往门上方钉一块牌子，好奇地去看，就见上面用有些歪扭的字体写着"跛子小卖店"。问他这字是谁写的，跛腿男人的脸就有些红：不好意思，我自己写的。挂了牌子，屋里卖的东西就多起来。跛腿男人和他的媳妇再里里外外地走，脸上就多了很多光彩。

夏天到了，男人把一张吃饭桌子搬到屋门口来，上面铺一张彩色塑料布，再摆上一把茶壶、几只杯子，"不要钱、不要钱的。"碰上有人喝了茶要给钱，跛腿男人就紧着摆手。

摆了桌子、凳子，本是给人闲聊、休息的，可遇上想喝瓶酒的，跛腿夫妇便给干干净净地切上一盘香肠，再打开一袋花生米什么的，价钱也不贵……

眼见着，跛腿男人一家的笑声是越来越开怀了。虽然他们还远未达到人们印象里那种很有钱的程度，可是支付一家人的吃穿用度，已经是绰绰有余了。

幸福流年，天天向上。

一个意外

　　她从来都没有怀疑过,她和他,可以像所有平凡的夫妻一样,柴米油盐着,却也琐碎幸福着,好好地一季一季往前走,直到年轮圆满,烟火香凝。

　　却哪里想得到。

　　他是早晨下楼时跌倒的。那会儿,他正胳膊里夹着包,准备上班去。刚好出来放垃圾的对门儿王先生说,听到门响,正往楼下走的他扭了下头,似乎还笑了一下。然后接着走。没走两个台阶呢,就听到"扑通"一声。王先生再探头,就看到他整个人倒扑在台阶上。一动不动。

　　突发性脑出血。医院都没来得及送,就彻底断了声息。

　　她顶着一头白沫沫冲出来,小心地叫、歇斯底里地喊,叫了再叫,喊了再喊,洗发水弄了他一头一脸,糊得她眼睛怎么也睁不开,却已经无论如何终是唤不回。

　　"为什么才是一晚,你就要这样? 为什么? "摇着他僵硬的失了温度的身体，她喊了一遍又一遍。

前一天晚些时候，他和她吵了架。因为什么吵起来的，有些记不大清了。是他下班进屋后没有立刻到卫生间洗脚，屋里味道重了些，还是他洗完脚后地上的水没有立刻拿拖布拖干净……具体是什么，已经想不起来。

反正是吵了起来，你一句我一句。不过倒也没有妨碍做饭，也没有妨碍两人饭后到楼下散步，只是散步时分了方向，一个东，一个西。

心里却也并未存太多芥蒂。各自照平常的速度走了会儿，就在差不多相同的时间推开了家门。快七点了，他和她都要看新闻联播，雷打不动。

她换了衣服去泡茶，泡的是菊花，她喜欢的。拿茶的时候，她本来照例是把手伸向普洱的，却又缩了回来。哼，给他点儿小惩罚。男人太顺着，就会成小孩子，找不着北。

他却浑然不觉，梗着脖子，开电视，倒白水，哼小曲。

"吭、吭，"她佯装干咳，然后悠着声音对着茶杯叹息，"噪音啊……"

小曲声停。她暗喜。想到底是"知了天命"，一把年纪，不再从前小孩子样跟她掰拗到底。

手机响。是女儿："妈，到底啥时候过来呀？我下礼拜就预产期了。你不来，我这心里没底。还有啊，妈，到底给孩子取啥名好啊？大名小名都得要。我爸愿意读古书，让他从那些诗词赋啊什么的里面找点儿有典故的，叫着上口的。别忘了啊，妈。"

扭头看看坐在沙发那头儿的他，正神色肃穆地对着电视看中东局势，一脸的正义凛然。本来想叫他来听女儿电话的念头，刚冒上来，就压了回去。

嘴里应着："知道了，知道了。"然后东东西西地聊。"妈，我爸呢？"女儿问。扭了下头。就看到他迅速地掉回刚刚转过来的头。呵，原来耳朵一直在听呢。

哼，偏要惩罚惩罚你。不是特想听女儿说话吗？偏不给你接。让你跟我吵架。

女儿离家好几千里，是他的命根子。从前女儿读书时，每次放假回来，两个人都嘻嘻哈哈地闹个没完，她嘴里说着嫉妒，心里却幸福得不得了。女儿工作了，忙，他也忙，一年难得见上次面。尤其现在，女儿怀孕了，来去更不方便，煲电话粥，便成了父女俩的开心事。

放下电话，偷偷看他神情，显然比之前要显得有些心不在焉。哼，还顾着面子不开口，我偏不说。想知道，明天自己打过电话去吧。

她知道，他顾着女儿，只要时间晚了点儿，就不会打电话，说那会影响女儿休息。现在，女儿是两个人的身子了呢。

她怡然喝茶。纯白好看的花朵，写意地飘浮。缕缕雾气，裹着说不出的淡香。

睡前，突然想起放在背包里的请柬。他从前的老朋友让捎来的。那朋友是他知青时睡一个炕头的兄弟。当年，俩人一块儿下乡，一块儿返城，又一块儿读了大学，一块儿找了工作。然后，几乎在差不多前后脚，下了岗。

之后的运气，他似乎比那兄弟要好些。在一家私人小厂谋到了技术活儿，钱挣得说不上高，可糊口却没问题。倒是那兄弟，东东西西地做，却似乎一直朝不保夕。每次说起，他都要皱眉，自己嘀咕，怎么能帮他一把？俩孩子呢，而且那大小子，精神又不大好。

这兄弟成了他的心病。时不时弄得他心潮起伏。

而现在，她的包里，就装着一个喜讯。他这兄弟，自己盘下了一家店面，开了间公司，下礼拜天就要开张了。店面，就在她单位的对面。送请柬时，那兄弟喜悦地告诉她：就为了给他一个惊喜呢。嫂子，这公司我们哥俩一起来做，自己来做老板。这些年，他也不容易呢。而且还有，自己那精神有些问题的大小子，现在状况也稳定了，能自己做不少事呢。

听着那兄弟讲起让人喜悦的林林总总，她是真心地高兴。同时也鼓起希望。真的啊，这兄弟为他预备的职位，真的很合适呢。更主要的是从此，他对兄弟牵挂的那块心病该就可以卸掉了。

揣着请柬，兴冲冲地回家，本来想见面就告诉他的，谁知两个人吵了嘴，有了不愉快。就想，明天吧，气氛好点儿再告诉他。谁让他进屋不先洗脚呢，谁让他不把地上的水收拾干净呢。

……

可是却突然有了意外。

他永远不再可能给外孙起名字，永远不再可能听到兄弟的喜讯，也永远不再可能喝到她泡的他最喜欢喝的普洱……而原本，她只是跟他赌一把小小的气。想着，日子像流水，偶尔地打个旋儿，接着会一样好好地流。她就那么想的，谁知道，河水会突然打住，就此断流。

所有在场的人都安慰她，说他跌倒不是她的错，只是一个意外。连赶来抢救的医生们也都权威肯定地这么说。

她不再哭喊。抿着沉默坚硬的双唇，牢牢地抱住他，坐在地上，一言不发。

婚姻如鞋

　　都说婚姻如鞋。一双不合脚的鞋子是走不了远路的，坚持很痛苦，于是很多人便干脆甩掉了它。期待着甩掉后，能够寻到一双舒适耐用的新鞋，靠它去走以后长长的路。

　　却没有想到，丢掉鞋子的脚，走在路上常常会被硌得很痛。而新的鞋子，尺码却总也不对。

　　于是，"前不着村后不着店"的感觉，就这么没有预想地、一节一节地冲击过来了。

　　"我非常害怕回家，害怕推开门时那种扑面而来的黑暗，和令人窒息的静。"这样说的，是晔。

　　转眼晔离婚已十年。晔没有想到会一个人独自过这么久，原以为凭自己的条件，怎么也会在离婚后寻到一个不错的归宿。可是事实并非如此。

　　不是没有人肯对她好，只是，肯带她一路走去的，她大都没有看中，而她喜欢的人给出的，却又往往都是短程车票。这期间，晔频频受伤，渐渐地，伤痕结成了厚厚的痂，最终成了盾，护着柔软脆弱的心，不再轻易给予和付出。

晔是个编剧。晔的文字很好。可是晔说，她一个人走了太久，真的累了。

晔曾经有过一个很寡言的丈夫，对她孩子一样宠着，几乎"包办"了她生活中的一切。晔事业做得风生水起，东西南北地跑，认识很多人，结交各路的朋友。相比之下，在企业做技术员的丈夫就显得逊色了很多。许多次，当晔需要带"家属"出席一些必要场合时，丈夫的无措和木讷都使晔觉得丢了很大面子。回来后，晔便会在相当长的时间内，变得和丈夫一样寡言。脑中翻腾着那个回闪了无数遍的念头：我们不合适，不合适……

终于有一天，下定决心的晔走出了原来的家门。她想她会有新的爱情，会有与从前截然不同的生活。即使暂时找寻不到，她还有事业。一个人的傲然要比两个人的混沌来得明白和适意。

却没有想到，孤单的日子一下子延续了这样长。无数个月光柔薄的深夜，迟迟不能入睡的晔想着曾经的丈夫和曾经的家，以及现在奔来忙去却孤单至极的生活，心里都会黯然良久。可是却已经不能回头。曾经的港湾，已经永远地成了曾经。

彤的情形却是另一样。当彤带着六岁的女儿走出原来的家门时，心情是落寞而无助的。一直爱着的那个人，心里不再有她的位置。离婚只能是无奈却也唯一的选择。

回到打童年起就住着的那个小房间，格局依旧，摆设依旧，味道却是隔了远远的岁月，而带上了重重的衰萎气息。和女儿挤在老式木制床上，看暮春的风缕缕打响有些模糊的玻璃窗，知道很多东西，就像那扇已经永远擦不亮的窗子，再也还原不到从前了。

带着希望和期冀，去见一张张陌生的脸，却从那一张张陌生的脸上，无论如何也找不到一丝一毫可以称之为缘分的痕迹。

秋叶淡卷的午后，和女儿到公园小坐。如画的林荫道上，走来数对着白色婚纱的新人。想是哪家影楼，在给即将踏上婚姻殿堂的新人们拍外景。背景选好了，他们停下来，一对一对地上前，微笑，相偎，彼此给予着自觉可以享用一生的脉脉温情。

突然，彤的目光顿住了。那个站在叶子红成一片的墙下，正搂着新人微笑的，是他吗？那个一起走过近十年时光的人？

已经读书读到博士的彤，突然对两个普通的字眼感觉到了陌生，如何也想不来它的含义。那两个让彤困惑的字眼是——"幸福"。

执手之初，嘴里说的心里想的，都是永远，谁会想到有一天，爱情真的会鸟一样飞走，栖落在新的枝头？

鞋子就是鞋子,或许开头并不舒服,可是穿着穿着就舒服了。或许开头舒服着,可是穿着穿着就不跟脚了。都是不一定的事。

婚姻如鞋，还真的有点道理。

被剪辑的人生

从前时候，看无论是否首播的电视剧，只要想看，都必须一集一集地慢慢跟，好奇心再强再着急都没办法。一集结束，心吊吊着。也就只能吊吊着。

后来有了网络，就不同了。电视上哪部剧看对了眼，想接着往下看，只要不是首播，网上早就完整版地在那里现成等着了，随时可以痛痛快快地来顿"饱餐"。

于是就常会有这样的情景出现，电视上偶然对某剧上了心，就忙不迭地到网上搜来看。一集一集，马不停蹄，速速翻页。畅快是够畅快了，可是那种慢慢咂摸回味的感觉是一点都没有了。没有悬念，没有预测。连悲喜的情绪跟进，都很少出现了。

更有时候，遇上集数特别多的，加上手头又忙，没有耐心一点点地跟着剧情往下走，就干脆中间"哗"地二十三十集统统略过，直接跳到倒数两三集上开看，人物命运一下子完全了然。"这样啊，原来。"好奇心是满足了，可是心情也跟着顿时索然。剧中每个角色的命运去处既已明了，再提不起任何兴趣回看之前。再好的电视剧，遇到这么个看法，都成了白开水。

说到人生，又岂不是一样。兴致勃勃地为着更好的明天努力，向着前方行走。如果一个人很早以前就知道，许多许多年后，所为之日日倾心竭力的目标到头来仍然只是零的推进，历经无数弯曲依旧方向迷离。那么这个人，是不是还有勇气，在过去的这许多年里，如同打不死的"小强"，一遍一遍舔舐伤口，义无反顾地往前走？

因为不知道，因为没有提前"预见"，所以，才在"未知"的信心里，怀揣着对光明的期待，走向"更好"。这"更好"，不知道在哪一天，不知道等在哪里，不知道最终的模样，却正因为这种种"不知道"，而勇气莫名，去承受当下的许多在后来的岁月回首中，感觉不可能会承受的磨砺与辛劳。而且，这"不知道"里的希望，让汗水，也濡染了明透的彩光。

即或许多年后，知道了之前的某些期望是多么虚空稚嫩，其间大量时间与精力的投入是多么不值，知道春种未必一定等来秋收。知道了很多很多。可是一切都不能阻碍，生命充满希望的前行。生命还在继续，脚步还在续写，未知，让生命的进程一如从前一样饱满，幸福。即便是浸沐着岁月的累累伤痕。

明暗隐约。生命各自蜿蜒，而成特别。

现在很多父母，喜欢为孩子安排。几十年生命流转、波波折折之后，自以为明了了因果。不想孩子走弯路，想以自己的因果结局，来直接校正孩子的生命走向。这个不可以，那个不行。应该这样、这样、这样……大包大揽，武断干涉。将人生看成连续剧，自以为参透了所有剧情，试图用自己的人生经验，来截去孩子自我探索行走中可能遭遇的沟坎。

　　可是如果真的，孩子的人生步步如期，一切如料想的般风平浪静、和煦日丽、天碧水清，那么是不是，孩子的人生就会无憾了呢？就会真正满足了呢？

　　一步到结局。

　　被剪辑的人生，还是真的有味道的人生吗？

爱要"醒一醒"

一

两盆吊兰,同样土质,同时幼苗插扦,同样花盆。不同的只是,放置时,一盆恰好放在了大厅里,常常目力所及;一盆则被放到了隔壁小室窗台上。

眼前的这盆,因为常常入眼,想起来便去抚弄一下,时不时就浇上点水,高兴起来就把它端到阳光下,想着让它和窗外植物一样,可以多接受点明亮阳光的抚慰和照耀。

隔壁小室的那盆,则因为一扇门一道墙,而与目光就有了距离,如果不是特别想起,甚至半月二十天都不会浇上一次水。

然后许多个日子就过去了。

然后就是某一天,家里来了小朋友。小朋友看到厅里的吊兰,高兴地喊"韭菜"。大人们跟着一阵大笑。细看过去,自己也忍不住莞尔。的确啊,过了这么多日子,当初插进去的齐整整的幼苗似乎愈发细嫩了,每一张叶片都软薄细绿,没有长出挺实的根茎，可不就像栽在盆里的一簇韭菜嘛。

碰巧去旁边房间取东西，顺势往窗台上看去，内心暗笑着："这里还有一盆'韭菜'呢。"

不想一望之下，竟是呆住。这盆当时一同扦插的吊兰，郁郁葱葱，根根叶片挺括有力，像是正攒足了劲抻筋长骨的少年。相比厅里仍然幼儿园级别的"韭菜"同门，真是天壤之别。

喊过来客，道出始末原委，让众人比较。没有人相信这两盆吊兰有着同样的起点。大家逗问小朋友，这盆是不是韭菜？小朋友边笑边咬手指，脑袋摇成拨浪鼓。

一盆精心侍养呵护有加，一盆鲜有顾看任性生长。然后结果便是，如此径庭分明。

二

忘了什么时候在哪里看到过这么一篇文章，标题和作者都不记得了，大意论一个"醒"字。不是清晨醒来的醒，是发了面蒸了包子馒头要放一放的"醒"。不光包子馒头，任何事物都一样，需要一个静置自融的过程，不需要外界过多的参与关注，只是任其本身，慢慢调拢，联合血肉，筋脉贯穿。任何事、物、人，莫不如此。

一个淘宝上卖小倭瓜的店主，每次购物后，都不忘再次三番地反复叮嘱：倭瓜收到先别吃，放上个三五天，醒醒，口感会更好。

万事万物，都希望按照自己的节奏，不疾不徐，一下一下地，走向生命的"炉火纯青"。便是一只刚刚离了母体的小倭瓜，也有自己的步调。

而现实中，很多时候我们却是，一边理智地明白着，一边却往往忍不住本着爱的名义，去做不断打乱他人他物节奏的工作。

就譬如，我对这盆"韭菜"吊兰的用心。

反而是，隔壁小室窗台上的那盆，因为离得远，少关注，而可以独自茁壮、任性生长，从而长出了其独有的筋骨当有的模样。

三

二十世纪六七十年代出生的人，常常感叹自己小时候生长的随意，家长哪里管过吃喝够不够营养，心理是不是健康，更不要说去关心孩子的师生关系朋友情谊……好像真就是旷野大川的花草树木，任由天气凉暖，风吹雨淋，都茂茂盛盛地长出来。直长得天高地阔，沟壑万仞，自成风光。

然后回过头来，比照着自己的成长经历强健筋骨，对下一代怎么看都觉得劲道不足，力度不够。

像后楼老张，就不止一次这么说他的儿子小张，"肥没少下，力没少用，这地咋就没劲儿呢？"

老张和老张媳妇对小张，可以说打小用心良苦。还在娘胎里呢，俩人就天天隔着肚皮跟小张说话，给他背"天对地，雨对风。大陆对长空"。给他讲春日百花开秋来果飘香，絮叨着对彼时的小张来说尚是"未来"的此界风物……小张出生了，更是猛劲儿堆肥加料，营养配比，心理建设，代际沟通，素质培养……

可是小张，却在读到大学二年级时，抑郁了。老张和老张媳妇惊骇不已，一下子失去了主张。不知道哪里出了问题，不知道一向好端端的儿子怎么会抑郁。

小张休学回家，情绪低落，不跟人讲话，不读书不交往，天天拉紧窗帘把自己关在房间里。老张媳妇和老张为了小张的康复绞尽脑汁。再不敢对小张说任何其他人的成功范例，也不敢再用微信给小张发任何被其深恶痛绝的鸡汤哲理文。每天小心翼翼，说话必先揣想轻重，神情必先反复端量预设。

养孩子养成了"二月冰"，欲化没化，不能走不想走却又不得不走。那滋味儿，真是够难受。

四

这个时候，教育学博士毕业的老张，就格外地羡慕起胡同口开小卖铺的老孙来。老孙家儿子小孙比小张大三四岁，老孙媳妇在小孙很小的时候就得病去世了，从小到大散养着。离家上大学前，只要得空，就帮老孙看店。店里有台旧电脑，经常放着流行歌营造气氛，小孙常常就在这歌声里，把书本摊在角落里的一截玻璃柜台上，写写画画，读读记记，来客人了就起来招呼。也没见上过什么课外班特长班。中学毕业前，不止一次，老张和老张媳妇在家里当着小张面，聊起老孙家的小孙，比较起自家小张的学养丰富，才艺双全，忍不住对小孙的"先天不足"

生出同情来。倒是一旁的小张，常常神情漠然，一言不发。

小张学吉他学架子鼓学奥数学诸般才艺的时候，小孙常常正乐呵呵地或扛或拎地给打电话购物的人家送货去。小孙性格和老孙一样，善良热心，遇上谁家有事，能帮就帮。老张就不止一次，看到小孙把楼上腿脚不便的老人家搀到社区诊所去打针，估摸打完了，再去连扶带背地帮着弄上楼。

曾经许多次，老张心里为小孙叹息：唉，挺好的孩子，可惜了。跟自家小张比，小孙差出的才艺技能，可真就不是一般般啊。

不出所料，小孙中学毕业后，考上了非常普通的一所学校。

可是大出所料的是，四年后，小孙竟然被保送上了北京的一所重点 985 读硕士，第二年将去英国交流半年。

消息传来，整个胡同的老邻旧居都跟着震惊。谁也不知道发生了什么。那么普通的老孙家的，一直那么普通地成长着的小孙，怎么会一下子上了这么大一个台面？

老张和老张媳妇，一边震惊着，一边也为小孙高兴。同时也更对自家小张充满了无与伦比的信心。根基若此的小孙都能上到这么高，咱家厚基沃土长出来的小张，前程还能限量？

高考如期所愿，小张顺利进入外地一所著名 985 高校，读的还是热门专业。

至此，老张和老张媳妇觉得，自己终于可以稍稍松口气了。接下来，就靠小张自己了。

他们期待着，小张的好消息能像小孙一样，捷报频传，佳音嘹亮。

五

可等来的却是，小张的抑郁。离开了父母捧护，大学校园里的小张，从人际关系到心理调适，从学业到活动，处处履冰，步步维艰。

终于，精雕细琢的瓷宝瓶，碎纹四绽。

而从来没有被人隆重在意和期待过的小孙，一路自在长大，没有负担，也不背负"家族使命"，反而在心智不断的自我打磨和淬炼中，逐渐坚实厚重，进而成就了人们眼中的"异军突起"。

抑郁后的小张对老张和老张媳妇说得最多的话是，"不用你们管""你们不管我就最好了"。

博学的老张一脸茫然：是自己和媳妇管错了吗？

不过回头想想自己从前的成长，自己这一代人的成长，好像也是，谁管过呢？

爱要"醒一醒"，放一放。"醒"大了劲儿固然不妥，可是一味地紧追慢赶，目不转睛，只能事与愿违，根浅苗疏。毕竟，漫漫长路最后只能靠孩子一个人去走。而没有一副抗得起摔打的硬身板，又怎么能栉风沐雨呢？

那年九月

一直记着那年的那个 9 月。

记忆中的那个 9 月,天空蓝得透明,叶子红得醉人,倒映着山峦挺峻的小溪,潺潺滴淌着清澈明亮的纯粹。

那一年的 9 月,我是个"女兵"。

一直觉得,那一年走入大学的我们,是幸运的。还没有来得及彼此熟悉,还没有来得及惶惑困顿,便在火车的轰鸣里,乘着"专列",向着真正的军营一路昂扬而去。

下了火车上卡车,夜尚朦胧星星尚在闪烁。周围万物皆在沉睡,一切都安静极了。数不清是多少辆军用卡车,悄无声息地向前疾驶。站在后车厢里,仰望四周模糊飘闪的城市,及稍后唰唰掠过的峭壁山峦,看看身边着军衣扎腰带头戴军帽的我的同伴们,脑中忽然闪过两个字,就是"豪迈"。

军营是一座座石头垒砌的小房子,棱角分明,质地坚硬,贴近自然的原色里,透着干净的飒爽。我被分在了三排七班。班长是个瘦瘦的说话带着浓浓方言的湖北人,表情严肃,惜"话"

如金。

随后，我们班七个"女兵"，很快领教了他的严厉。

"看！这个被子，叠成什么样了！"然后，费了我们半天劲儿的"方块被"，便在班长手中迅速被重抖成乱乱的一团。却并不示范，而是接着"破坏"下一个去了。

"重新叠！什么时候叠好什么时候出去！"吃饭的号声已经响了，不远处的食堂门前，已传来嘹亮的歌声。唱得最好的那一列，很快就踏着齐齐的步子，走进去了。歌声在继续，唰唰迈向食堂的脚步声也在继续，而我们七个小兵，还在这里继续着叠被子的工作……

"哎，你们说，咱们班长是不是冷血啊？人家别的班长都帮着叠，他可好，只知道挑刺儿。""是吧。要不，干吗整天凶巴巴？"抽着间隙，忍不住发上几句牢骚。

能够对班长的行为有所了解，是从那个深夜开始。

那个深夜，嘹亮的军号声响起，突然的拉练开始了。睡梦中的我们急急爬起，穿衣叠被，数日的严格训练，叠起被子来已经俨然有棱有角，很快背包便打成了。等到我们齐齐站在星空下，才近乎喜悦地发现，我们竟然是第一。

站在队列前面的班长，语调爽快地说了句：没有苦练，哪来这会儿的行动自如？

翻山越岭、射击瞄准、艳阳高照下翻来覆去的正步走……共同的摸爬滚打中，我们和这位湖北籍的战士班长慢慢熟悉了。休息日里，我们开始一起到深山里捡核桃，到隔壁树林中摘野果，起个大早到很远的山峰上看日出。这个时候，班长一向绷紧的嘴角有了笑意，班长说：当兵就要有个当兵的样儿，该紧的时候紧，该松的时候松。

阳光下泛着波光的小溪里，看班长熟练地捶打他的衣服，听他有滋有味儿地唱好听的民歌，这个场景，对我们来说，真是新鲜又迷人。"军人"两个字，在我们头脑中，一点点变得丰满深刻。

9月的山峦，色彩斑斓，绿绿红红汇成美丽的一片，滋润着我们的眼睛和心灵。那一日，紧张的训练过后，因为总走"顺拐"而被班长训哭的宁宁情绪低落，一个人坐在树下石头上，望着远方发呆。

班长走过去，坐在宁宁对面。宁宁起初倔强着想走开，却在班长开口后自动坐下了。班长说：你们多好，真羡慕你们啊，有知识，又有这么好的到军营里训练的机会。这么一点苦算得了什么呢？我过些日子就要离开部队了，真是舍不得啊……

这个时候我们才知道，班长马上就要退伍了，跟我们在一起的日子，也是他在部队里最后的日子。班长马上就要回湖北了，他说他的家乡很穷，他计划着退伍后，多读些书，带着乡人一起干，争取过上好一些的生活。

听着班长说他的"秘密"，我们这些大学生们，忽然就都觉得心灵深处哪里陡地沉了一下。我们从来没有想过，这个日日与我们相对的神情严肃的班长，内心深处竟还藏着许多这样的想法。他的身后，还有那样一个需要他用心思想的世界。

似乎就是从那一天起，我们开始真正地珍惜起在军营里的日子，包括这原色的石头房子，包括那不远处潺潺奔流的小溪，包括食堂里站着进餐时的四碟小菜和大大箩筐里盛装的馒头……当然，更包括与我们相处一日少一日的可敬可爱的班长。

当军训结束，我们一个个带着晒黑的脸庞、健康的身心与这大山深处的军营告别时，挥起的手臂都感到格外的缠绵而沉重。虽仅短短一个月，可我们都感到自己长大了，成熟了，与一个月前的自己，已经有了真的不同！

明白的决定

35 年的婚姻，要在人生的第 67 个年头结束，这是老人没有选择的选择。

忍受了长长的一辈子，终于决定不再忍了。

一

见到老人，是在一个春日的下午。天气还凉，清澈的风兜着最后一抹冬季尾寒，回旋裹绕。悄而凌厉的冷，在不错的阳光里，近于肆虐地贴刮着人的肌肤。

我便是在这样的天气里，抚着刚刚被冰红的脸，站在某区妇联临街的窗前，看那位我要采访的老人，顶着满头白发，在门前踯躅。数番犹豫再犹豫后，才慢慢地向楼里走过来。

老人的不幸，我已深有耳闻。只是没有想到，这位一生受尽屈辱和磨难的老人，生活中竟是如此的儒雅和秀美。虽然白皙的脸上叠满皱纹，柔和的目光里藏尽了痛苦，可是，这并不妨碍老人将优雅和美丽带往岁月的终端。只是，这份带往是不刻意的，甚至也许是老人并不愿意的。

因为，它只能将老人的痛苦衬映得更加绵长刻骨，直刺心灵最深处。

二

老人读过大学，有文化。结婚的那时候，知识分子很"臭"。于是，为了"改造思想"，就和做工人的老黄结了婚。认识很简单，结合很简单，两个并不了解的人就那样简简单单地牵了手。

老人的一生，几乎一直断断续续地做领导，不同的单位，大小不等的职务，做起事来拿得起放得下，认真又廉洁，朋友同事都说好。老人退休时的职称是政工师，一辈子帮着人家解决思想生活上的难题。

可是轮到自己，却是一点"辙儿"都没有。

老黄好喝酒，喝了酒拽过媳妇就打。那年的那个深夜，老黄喝酒回来，进门的第一句话就是逼着刚刚 5 岁的小女儿骂妈妈。孩子不骂，老黄就四处找家什儿。那会儿她还没有老，壮着胆子说了句：你干啥让孩子骂我，我做错啥了？话音未落，半寸粗的胶皮管子狠狠地就抡到了身上，接着，满满一缸子的开水也猛地浇了下来，裸露的胳膊立时红肿一片。

没隔多久，下班归来，用钥匙开门，左开右开就是打不开，正纳闷着，门突然开了，老黄从里面狠狠跳出来，照着妻子就打。这一次暴打的结果是，她右眼严重出血，红肿，头上大鼓青包，视力不清，看东西模模糊糊，脑震荡……

而这一次，老黄并没有喝酒。谁也不知道他为什么要发怒。

老黄一辈子打妻无数次，似乎从来就不需要什么理由。

说不上是从哪年开始，老黄的床底下，就一直藏着铁锤和刀子。不是为了防卫坏人，是为了更尽兴地"招待"那个和他生活在同一屋檐下的至亲的人。

三

父亲的暴力使孩子们感到痛苦不堪。女儿早早将自己嫁了出去，嫁给了一个同当年的母亲一样对对方基本没什么了解的人。母亲曾经竭力劝阻，可是一点作用都没有。那缕游丝般的温情对女儿实在有着太大的吸引力。

而事实证明母亲是对的。那抹本就微弱的温情很快消失殆尽，女儿吃惊地发现自己犯了一个足以危及一生的错误，她找的丈夫，几乎是父亲的另一个翻版，他同样凶狠地对妻子挥起拳头。女儿终于对丈夫彻底灰心，带着孩子离开他，回到了自己的家。一个不愿意回却又不得不回的家。

去年的一个晚上，小外孙在灯下写作业。老黄满脸不耐烦地在旁边谩骂不停，继而凑上前去。孩子抬头，调皮地冲姥爷一笑，同时扮了个鬼脸儿。谁也想不到的是，紧接着，患有肺结核的老黄照着孩子的小脸儿便狠狠吐去，一口浓痰挂在了孩子脸上，孩子的眼睛都被糊住了。孩子"哇"的一声大哭起来。

四

一辈子又打又骂，一辈子从不往家里交一次工资，一辈子筲帚倒了都不扶……为什么要忍受他几乎整整一生？

老人擦擦从进来便一直没有停过的泪水：还不是怕丢人，在外面做领导，教育开导别人，自己家里却是这样，要是让别人知道了，还怎么工作怎么做人？

可是为了面子，难道就要搭进自己人生的所有好年华吗？

老人嘴巴张了张，要说什么，可是没有说。

我再一次看到了老人嘴里下面一排牙齿中那个显眼的豁口，和旁边半个残缺的牙齿。

岁月的伤痕一道又一道，老人终于在她夕阳将尽的人生暮年，有了明白的决定。

命运不解释

跟在老家的母亲通电话。母亲正晚饭后在门前空地上遛弯儿。聊了家常，问了身体，说了天气。然后母亲说，从前的邻居你刘姐来串门了。你说你刘姐家这是怎么了。

刘姐早就做奶奶了，比我大很多比母亲小一些。依着当年做邻居时母亲辈的称呼管我母亲叫婶。

老胡同拆迁后邻居们就四散了。只有刘姐，心里憋屈的时候就来找母亲唠唠。母亲也给不出啥好主意，就只是听，陪着叹气。对刘姐来说，这些就够了。心里的难过有人肯听，听了还能懂。所以隔些日子刘姐就会走过半个小镇来找母亲。

刘姐家的事断断续续听母亲讲起过，汇拢起来是，身心正常的刘姐和刘姐夫，生了一儿一女。女儿生来聋哑，嫁了个半哑丈夫，生了两个孩子也跟着哑。儿子挺正常，结果生的孩子却脑子有问题。小时候领着四处看，谁说孩子傻刘姐就跟谁急，说孩子得的不过是多动症。多动症没啥大不了，能治好的。

因为孙子的事，一向勤劳能干对家人体贴入微的刘姐夫几年前得了抑郁症，天天想着死。就在去年，一个没照顾到，半夜时候偷偷溜出去，跑火车道上卧了轨。

以后的好多好多个日子，夜深人静时候，刘姐一个人去到丈夫卧轨的铁道旁路基上坐着，往往一坐就坐到犬吠鸡鸣阳光破晓。

现在孙子已经 9 岁。母亲说，你刘姐现在也不避讳说孙子傻了。孩子现在折腾得越来越厉害。到处砸摔，满屋大小便，臭气熏天。孩子姥姥昨儿来看到了，气不过，照着孩子胳膊大腿一顿掐拧。心疼得你刘姐这当奶奶的跟着噼里啪啦地掉眼泪。气他姥姥，一个傻孩子，你跟他较啥真儿啊。

母亲说，你刘姐大老远过来，还背了个挺大的西葫芦，足有十多斤。说自己园子里种的，吃不了。你刘姐这人，心眼儿好，又能干肯吃苦，咋就这么个命呢？

想起很多很多年前读过的余华的《活着》，里面主人公福贵沼泽一样越陷越深的生命遭逢。想起当时读过后满心的凝闷无绪。想起福贵人生的最后，与一头老牛的相依为伴。

生命或许可以梳理，却常常没有办法解释。

年近八十的母亲真切地为着刘姐的命运忧愁叹息，努力想在叹息中为刘姐的风雨遭逢琢磨出个头尾，可是却也清楚地知道，无论怎么琢磨，唯一能做的，就是顺着年轮，拔着双脚一步一步往前走。就像母亲自己这九曲十八弯的人生，哪一道关口，不是雨嘶风吼中咬紧牙关走过来的呢？

这个夏天，家乡的雨水很大。洪水肆虐。一些承包了池塘的人家，大量的鱼跑出来，满世界撒欢儿。母亲电话里说，东院你大强哥承包的三口池塘也损失惨重，一大半鱼都跑没了。邻居们都跑去帮忙，连他那离婚几年的媳妇也赶过来忙前忙后呢。鱼跑没了，可你大强哥脸上却挂着笑。背地里说，跑掉鱼回来个媳妇儿，值呢。要真复合了，这鱼还真没白跑。

母亲刚才因为说到刘姐而一直低愁的声调有了轻微的上扬。

问母亲晚饭吃的什么。母亲说用刘姐拿来的西葫芦蒸了包子。

放肉了吗？放鸡蛋了吗？费一回事，把馅儿调弄得香点儿。

放那些干啥，吃素的。买了根麻花剁碎放里了。滴几滴香油，洒点儿豆油，放点儿盐。够好了。

西葫芦跟麻花拌馅儿，是从吃不上肉的年代里走过来的母亲的"专利发明"。

母亲很知足。

末了，母亲叮嘱我，啥事儿别着急。好好的就好。

是的，好好的就好。相信刘姐也会好好的，只要依着季节，清晰地，一锹一锄地，点籽，育苗，坚持耕作下去，总会不断地结出西葫芦玉米豆角或者其他的什么。总不会荒芜。

收成总是会有的。

惠姨的晚年

现在，惠姨的焦虑是愈发地深了。孙子家佑越来越拧，不爱学习，写点作业特别费劲儿，催紧了就脸红筋胀地直瞪眼。这可怎么办。全班 33 个孩子，家佑考试成绩排第 33。

惠姨很不安，却想不出任何办法。现在她越来越知道，带个孩子绝对不同于养只小猫小狗。猫狗喂饱了就行，人却不光要吃喝，还要想着让他长知识，想着他将来怎么能更好地生活。

惠姨明白却无能为力。惠姨属猪，古稀了。患着高血压、糖尿病，还有眩晕、关节炎，等等。照理早到该要人照顾的时候了，却还操心着一家老小里外。偶尔跟老姐妹们唠叨唠叨，却是除了心疼，任谁也想不出更好的招数。

家佑今年 10 岁，小学三年级。家佑一岁多父母离的婚。离婚的时候，家佑妈决绝地甩手走了，说啥不要孩子。有人责备惠姨：怎么能说留就留下呢？不是咱狠心，孩子这么小，自家又这么个条件，理应他妈带着。再说，带个孩子就不好再找人，备不住哪天就复合了呢。现在这么一来，就全完了。

惠姨听了就争辩：人家不要嘛。再说了，我的孙子我干啥不要。

要是该要。可是"要"过以后怎么办呢？现年七十大几的惠姨父多年前就心脏病、脑梗、高血压各种病症一大堆。处处要人照顾，什么家务都帮不上。俩人没有退休金，没有劳保、医保，这两年才每月有了三四百块钱的低保。原来惠姨还能在把丈夫安顿好后出外找点活打打零工，后来也干不动了。惠姨三个孩子，都没正式工作，自顾不暇。怎么个养法呢？

家佑爸离婚后不久就去了远方打工。惠姨家地处偏僻乡镇，挣钱的道儿太窄，初中毕业的家佑爸左右冲突了一阵子后，决定去外面闯闯。临走时，老实憨厚的家佑爸"扑通"一声给惠姨跪下：妈，孩子就拜托您了。您受累了。然后就哽咽着说不出话来了。

惠姨也掉泪。紧紧地抱住孙子：放心吧，有妈呢。只是你自己，出门在外要处处小心。

惠姨就这么完完全全地接过了养育时年一岁多的孙子的重任。吃喝拉撒，头疼脑热，上火着急，又找不到任何帮手。家佑妈从离开后基本就"蒸发"了，起初偶尔还买点水果给孩子送来，渐渐地，就越来越稀疏终至音讯皆无。后来听说，已经早就去了外地，再婚了，只是一直瞒着这边。

惠姨惯孩子，对家佑尤甚。都三四岁了，还端着饭碗追着往家佑嘴里送，自己碗里的饭早凉了。家佑哭闹，惠姨忙得团团转，赶上谁来了看不下去，忍不住数落家佑两句，惠姨就很不高兴，过来搂着千哄百劝。家佑就愈发地号啕。小小的平房院落里，充满阻滞闷堵的气息。

"人家没孩子的还都养猫养狗呢。养个小孩怎么不比养猫养狗强。"后来再有谁批评当年留下孩子的"不应该"，惠姨就这么自我开解。

初中毕业并无一技之长的家佑爸先是到了湖北，后又去了山东，再后来去了江西。四处飘零打着散工。当后来无意间听说不会游泳的儿子，曾在山东海边码头踏着窄窄的搭板往船上扛运重重货物的时候，惠姨睡不着觉了，满眼晃动的都是家佑爸不慎失足掉进海里去的镜头。想着三个孩子里最小的儿子一个人不知在哪里闯荡着，安不安全，有没有饭吃，病了没有……各种念头杂绕着，惠姨心如刀绞。

家佑爸没有大本事，却肯吃苦耐劳对自己节俭到近乎苛刻。除去维持最低生活水准，其他的钱都邮回给惠姨。或多或少，惠姨一分不动地给存起来，舍不得动用分毫。全不听家佑爸电话里对惠姨"要花不要存"的叮嘱。

想着小儿子前路不明的人生，惠姨一边担着忧，一边对家佑愈发地疼惜。

家佑高了，壮了，眉眼越来越好看了。惠姨看着高兴，觉得辛苦没有白费。接着上幼儿园了，上小学了。惠姨的问题也一个跟着一个地来了。先是家佑在学校坐不住板凳，再是回来怎么都不肯写作业，再是太爱看电视，谁说都不听……都是鸡毛蒜皮的小事，惠姨却开始怎么都掰扯不明白了。体力不济，精神萎顿，放手不得，让暮年的惠姨，无论如何都拥有不了安详的心境。

家佑三年级开始上英语课，担心中国话还弄不太明白的家佑跟不上，惠姨就在暑假时带他去上课外班。小地方，收费低。教室不大，前面坐着学生，后面是家长。惠姨听不懂，头几节课的时候，还做笔记，在本子上把老师写在黑板上的单词依葫芦画瓢抄了，再根据发音在旁边写上相应的汉字，回来再带着家佑复习。这个方式头两节课还凑合，很快就行不通了。"我这脑子是不中用了。听着听着就乱了，成粥了。人家年轻妈妈都会，唉！"惠姨深深地叹气。

这边操心着孙子，那边惦着没了媳妇的儿子。"那个老耿家的二丫头不知道行不行，也离了。带个闺女，现在娘家住着。两家都有孩子，不知道能不能处一块儿。"八字没一撇的事，惠姨认认真真地往长远里考虑着。过几天再唠，惠姨黯然地说，托人打听了，人家有对象了。

而让惠姨尤为上火着急的，还是孙子家佑。一点习都学不进去，每天为了让他做个作业都要喊破嗓子。"怎么都要往下念啊，没知识哪行？再说又还这么小。"惠姨的声音越来越低。

远方有多远

一

还是小时候，她就喜欢把思绪垂上树梢，让风吹拂，蜿蜒远去，隐隐脆响缥缈直如驼铃。就常常想，草原什么样沙漠什么样海又是什么样？说给谁听谁都回她一句真是小孩子。妈更说，草原有什么看头沙漠有什么看头海又有什么看头。这孩子，念头就是怪。那会儿，她穿蓝衣绿衫，眼睛大大的，没有言语。妈扭头，看她没声没响的小模样，叹叹气，摇摇头。说，傻孩子，长大了往大城市奔吧，有楼房有花园有车水马龙，多好，有出息的孩子该去那儿。

那时候，女孩子和她的妈妈生活很辛苦。出门左走是山，右走是山，前前后后都是山。眼睛远远望过去，是黑的影和变淡了的阳光。

女孩子想，草原在山那边吧沙漠在山那边吧海也是吧。女孩子喜欢一个人，坐在给风吹绿吹黄的山坡上，想象没有山的地方会是什么样,平平直直的地方太阳从哪儿升起。山里的太阳,每天可是从东山里钻出来的呀。

女孩子的童年和少年,就在山风幽幽的歌唱里滑跑了。

二

长大了,长大了的女孩子到省城大学念了美术,念了美术的女孩子开始背起画夹,到旷漠大野中追寻昔日的心情。风里飘着曾经同样热爱流浪的三毛的歌:远方有多远,请你告诉我……

一个人出发,一个人走,流浪的感觉缘于一份自由。常常在楼厦分割出的城市方井里迷路的女孩子,竟着一袭平常衣裳,头都不回地奔赴自然之约了。

有层次的色彩,有韵味的山水,朴素未经雕琢的苍阔……一寸寸,延展里透现出撼人的感动。投影于画面,便是行云流水样的心情。

长大了的女孩子走进了她曾经的向往,戴一顶大大的破草帽,穿一双随随便便的鞋,唱着一首与遥远共和的歌。女孩子说,一人无束走荒原,滋味实在好,不用想自己是不是苗条是不是美丽是不是动人是不是风韵千种,就那么坦坦荡荡走下去,看夕阳给沙漠融化,看天地浓成一体,看夜的胎儿怎样在母体内蠕动,看宇宙的血滴怎样染红东边的天……没有同伴没有城市没有一切文明的路标,老鸦唱着情歌汇进云海,绝对不要想它的歌凄楚又悲凉,你怎么知道那不是它心中最伟丽动人的歌……

女孩子梦呓样描着她的感觉，咀嚼着一路风尘，醉了。

三

女孩子用青春丈量着羁旅，一如流浪艺人，背着画夹，画着画。所不同的，只是她心中有份仿佛前世带来的对生命本体的追逐，于自然中寻求旷达、觅索祥和，让心于其中，熨抚得平平展展，没有纹褶。

岁月随着云彩飘，女孩子的心情在时光流转中一圈圈地圆着年轮，浓淡如烟的世事穿越渐渐低迷的天空，环绕着早已成为妇人的昔日女孩儿。常常，坐在夕阳环照的舒适楼宇里，隔着远远的岁月看曾经的青春，感觉竟是恍然如梦。

潜然的心情跌跌宕宕地起伏，起伏的波浪里潜隐着无以述表的焦灼与渴望，盘着漂亮发髻衣着讲究的妇人，静静走在已经清楚辨得东西的城市里，常常会没有理由地觉得丢失了重要的物件，认真地找寻，结果却是一无所获。

哪家的窗子里，飘出曾经熟悉的旋律：远方有多远，请你告诉我……

已经是很老很老的老歌。

看不见自己

一

小时候。

姐很漂亮很聪明，妈妈爸爸亲戚邻居都喜欢姐，姐刚十五岁，就有一位阿姨抚着姐长长秀发和妈开玩笑：把楠楠给我们做儿媳吧，舍不舍得？妈只是笑，眼中满是要溢出的爱，那都是给姐的，妹妹知道。那年妹妹九岁，梳着翘翘辫缩在角落里翻一本不知翻了多少遍的连环画，没人注意妹妹，妹妹是个无足轻重的小东西。

偶尔会有人说：老丫头要是像她姐那样该多好。充满遗憾。妹妹就知道自己不是个很讨人喜欢的孩子，妹妹不好看也不聪明。读《丑小鸭》，妹妹就想，会不会有一天自己也能变成天鹅？不敢对任何人说，小小心里一份小小心愿。

快快乐乐长到十八岁，姐要考大学了。那段日子家中像食杂店，一袋袋一瓶瓶，妈妈小心翼翼一次又一次问姐：想吃点啥？

姐惨白着脸什么也不说，姐心思很重，姐已好久不动口红、眉笔和眼影。姐知道，考不取学校，就会走不了多远，就只能在有限的方圆里打转。于是，姐就很发愁。妈只会拼命给姐加营养，每望姐吃进一口，妈的额就舒展一点，不知为什么妹妹就很伤心。那一年，妹妹中考。

苦苦等了七月和八月，什么也没有等到。姐伤心到哭得不知怎样再哭，爸妈失望到不知怎样再安慰又抱怨。

一个平常天，妹妹接到通知，全市中考冠军。爸妈大惊，姐大惊，亲戚邻居大惊。

妹妹也大惊。是不是发错了通知，自己怎么会在姐失败的时候等来成功。姐可是聪明又智慧。

读通知读了许久，直到确实明白了那真是给自己的通行证，妹妹才在所有人的困惑里，困惑地走进那所闻名全省的重点中学，读高中。

就有许许多多人知道妹妹的存在，发现新大陆似的惊呼：哟，老丫头真是越来越聪明，越来越漂亮，她姐都赶不上了。

背地里去照镜子，镜子里依旧是张如从前一样的脸，就不明白，是不是自己真的变美丽了。可是，为什么自己看不出来呢？

二

读书读到第十一个年头，也没想到将来去做先生，却在选择命运的关键一刻，在那所标有"师范"字样的学校上画了红钩，于是，这一生就被决定。想来实在并不明白，是不是真的那么想做"人类灵魂工程师"。收到通知，老师遗憾地大摇其头：可惜，可惜，干吗要选这一行。接着又道:还好，还好，专业尚可，将来改职业容易些。

望着老师满头霜样白发，妹妹忽然满眼泪水：老师，我真的喜欢做老师，真的。

莫名其妙的老师莫名其妙地望妹妹，慢慢摇头：真是个傻里傻气的小女孩儿。

看不见自己，只在那一刻，抛掉所有梦想，傻傻地说了一句让老师感觉傻傻的话。

妹妹一直都不能，明明确确地给自己一个定义。

三

偷偷摸摸爱上一个帅气男孩，为他写诗为他微笑为他流泪，自以为很可以被爱，每日穿上最好看的衣服，走进他的视线，渴望一束光的凝聚，却终在一个夕阳很美美得叫人禁不住溢出大滴大滴眼泪的黄昏，发现他的臂上挽了一个漂亮女孩儿。那一刻，妹妹想不起自己都想了些什么，只默默背对了夕阳走去，心中，一份血样夕阳红。

妹妹问自己：是不是，我仍是九岁时的那个丑女孩儿?

不再刻意打扮刻意微笑，不再刻意为谁而装扮成美丽。读许许多多的书写许许多多的文字，或者在周末，一个人感觉颇潇洒地走上那条通往郊外的路，直到夜已深。

不知道是为了忘却什么，因妹妹并不很明白，自己究竟有什么可以记得。

有一天，收到一个潇洒男孩儿的一份浓浓炽情，那样迫切地问妹妹：一起去看夕阳，可不可以。

突然地妹妹哭了，哭得泪雨淋淋，莫名其妙的妹妹恨他，恨到最后给他五个字：黄昏没有诗。

无辜的男孩儿很是伤心，独自把幽怨写在脸上给夕阳读。

知道不会有人明白，包括妹妹自己。于是，就常常不知问什么人地问：为什么我看不见我自己？

四

偶尔妹妹会幻想，除了自己，还有另外一个，像别人一样去看自己，到底是怎样个女孩，总是喜欢照镜子，却又总不很相信里面的那个傻丫头就是自己，多希望自己美丽又漂亮，镜中的脸却平常又平常。

于是想哭，就不时摔碎一面小镜子，小镜子分成许许多多小片，许许多多小片里也就有了许许多多张平平常常的脸。

妹妹没有办法，妹妹不再哭，坐在随便一个什么地方发呆。

有一天，出嫁的姐姐对妹妹说：小妹，你实在不是个漂亮女孩儿，可是你很美。

回头细想了半天，仍是又懂又不懂，拿出小镜子，里面依旧一张平平常常的脸。

邂　逅

　　他第二次把手伸向我的时候，我确信他没有认出我来。犹豫了也就两三秒的工夫，我第二次把手伸进包里，拿出两枚一元硬币。

　　他说的理由跟上次一样充分，来北方找打工的孩子，孩子没找到，钱丢了，回不去家了。要去城郊的老乡那里借路费，可是现在，连坐公共汽车的钱都没有了。实在累了，走不动了，讨个车票钱。要到城郊，得倒一次车。那么，就需要两个一块钱。

　　两枚硬币还在我手里。我突然有了比刚才更深一些的犹豫。给，还是不给？面前这个说着外地话衣着破烂的男人，很明显在说谎。上月的什么时候，在离这条路不远的另一条路上，我就遇到过他一次。不过那次，跟他在一块儿的，还有个女人。围巾遮着脸，离他两三米的样子。他前来说话，讲的也是差不多类似的理由。他说话的时候，那女人就在两三米外低头站着。

　　看看不远处的女人，他说：我媳妇，要脸儿。不愿朝人伸手。往常要强着呢。这是实在没招儿了，唉。说着，男人的眼圈儿竟然红了。

我信了他。拿出 5 元钱递过去,男人千恩万谢。不远处的女人低着头鞠躬,一个又一个,鸡啄米一样。弄得我心里半天不好受。

以为是真的,却没想到被骗了。

"你媳妇儿呢?这么多天了还没走到老乡家?不是就倒一次公交车吗?"实在忍不住,心里的话便带着刺冒出来。

他愣了愣。混沌的眼神里闪过怯意和慌乱。"她,她……死了。"喃喃地扔下这么一句,扭头就走。转身的刹那,我看到,他的眼圈竟然又红了。

真的?假的?……假的?真的?……看着他踉跄的背影,一时没有了判断力。两枚一元硬币,还好好握在我的掌心。

接下来的日子,我一如既往地生活、工作。这件实在不值一提的小事,很快被抛到脑后。

万万没想到还会再一次看到他。

那天风很大,细碎的雪粒夹着雨水斜斜扑打。早晨出门时穿少了,从那所位于郊外的大学采访出来,浑身是透骨的凉。看看表,已近中午,便裹裹大衣,顺势进了校门前的一家小吃部。

进门就惊讶地看见了那用同样理由两次向我要钱的男人。一个学生模样的女孩子坐在他对面,慢慢地吃着一碗面。男人不吃,也不说话,眼神专注地看着女孩儿。挺慈爱。

我在离他们不远的餐桌旁坐下。

"爸爸,你又找到活儿了吗?"女孩开口了。爸爸?不是打工的儿子吗?这么想着,好奇心就被父女俩的对话牵了过去。

"找到了。在你杨大爷那里看工地。活儿不累给的工资又高，一个地方出来的，还能亏了咱？你不要管这些，安心读书就行了。"男人挺有信心的语气，"我女儿吃了这碗面，又长一岁喽。"原来，这天是女孩生日。

"又骗我。前些日子没见到你，我给杨大爷打电话，他说他离开那里了。新接手的人早不用你了……"

男人半天没话。

"该给我妈烧五七了。正好这礼拜五我没课，咱俩一块儿去。顺便再去问问肇事司机找没找到。"

男人点着头，从兜里掏出些角角毛毛的零票，一张张整理了，递给女儿。女孩不接："你又没找到活儿，留着吃饭吧。我前几天又找到了份家教。"男人还是执意要给，女孩还是推让。两人一时僵持不下。

我突然有些看不下去。叫来服务员，把刚刚吃过的麻辣烫钱交了。然后额外拿出一些钱，对她做了另外的交代。

走出来，雨住了，风也小了。我的脑子里，突然什么思想都没有了……

更"美"的风景

志伟和老家的妻子离婚了，知道的朋友都很震惊。他们都还清楚记得志伟才上研究生的那个寒假，妻子女儿来探望时的情景。妻子不是很美可是耐看，女儿很活泼。志伟幸福地领着妻儿到师兄弟的房间坐，把妻子背来的美味大堆大堆地往外拿。师兄弟的羡叹声中，志伟亲密地搂着妻儿，美满得就像一幅画。

转眼才过两年，一向以实在本分著称的志伟的身旁却多了个日本女子。志伟研究中国古代汉语，研究得很深很透，导师便把他介绍到学校的留学生部去教外国人。就有个日本来的纤细的女子爱上了这位面貌忠厚的教汉语的老师。

事情说起来就这么简单。

志伟依旧年轻的结发妻子在离婚前领着女儿又来过一次学校，上回是团聚，这次是分别。女儿8岁了，是个懂礼貌的好孩子，在爸爸宿舍，看着那位温顺地扯着爸爸衣襟的说外国话的阿姨，头一回没有扑上去叫爸爸。爸爸的手给别人牵住了。

这个时候正是志伟读研究生最后一年的冬季，若按正常发展轨道，志伟该是考虑明年分配去向的时候了，自己的，还有妻儿的。志伟的来处是中原一座规模很小很小的城，四周皆丘陵。念研究生前，他和妻子一起在中学里教书。刚读研究生时，他说过，毕业时要找个好点的去处，带上妻儿。并说，这是一道阶梯，只有自己先上来了，才能拽着妻儿往上迈。就有已毕业的师兄以亲身体验告诉他，那样做挺难，就是成了，工作单位也不会很理想。说这话的老兄在校时蛮红火，发表了一堆论文，头上还顶了个校研究生会主席的头衔。毕业时许多单位抢着要。可一听还要帮着给家人转户口，找工作，人家就退却了。后来好歹在海边的一座小城落了脚，工作、房子都不太顺心。当时志伟听了，并不很以为然。只是想，这道阶梯要迈上去肯定是有点费劲，可一点儿没有抛妻别子的念头。

然而，这日本女子来了，很漂亮、很温柔、很有文化，也很爱他。这女子在日本有着很不普通的家族背景。这女子可以渡他到海的那边去。

"关键的问题是，我也很爱她，处在一起，觉得挺合拍。"志伟依旧谦和地肯定着他和他的日本恋人间的感情因素。

于是，在那个发妻和女儿赶来跟他作别的冬季，志伟就很安详，没有躁动，没有忙碌。他已经联系好了本市的一所综合大学，毕业后先去做老师，过不多久就会东渡而去。志伟的日本恋人小鸟一样地偎着他，睁着一双纯净得近乎天真的大眼睛看着志伟的发妻。志伟善良的妻子一时间竟觉得自己做错了事，贸贸然闯进了别人的屋子，搅扰了人家的安宁。

于是就拽了女儿下楼，拐出楼门时候，听到楼上有人在叫女儿的名字。朝上看，见是志伟的头从七层楼的窗户里伸出来，挥着手，张大嘴，要说什么，可是没有说，然后就把头缩回去，关上了"呼呼"往外冒着白汽的窗。冬日雪后的阳光很刺眼，才一会儿，仰着头的眼睛就被刺得很痛，辣辣地流出清泪来。

志伟的妻儿没有任何吵闹地很有修养地回去了。回到那座四周围满丘陵的小城，继续她们从前一样的生活。

志伟呢，则在毕业后就租了房子，和那热爱他的日本女子结了婚。婚后的志伟没有就立刻渡海东去，而是努力用功又念了博士，因为他乖巧的新婚妻子说，她们家族的男人，几乎全都有着博士文凭。否则，是要被轻看的。

志伟于是就又埋头攻读，他的婚后回了日本的妻子不时飞来，捎给他许多日产的精美小礼品，使他的小屋缀满了淡淡的异国情调。

读着中国古书，品着味道淡淡的日本清酒，志伟的心性是越来越不俗了。

一次朋友聚会，志伟说了这样一句话，意味深长：我这么做，实在不能叫错。谁叫我上了这道阶梯后，看见了更美的风景呢？

朋友无语，志伟亦不再有话。

转眼许多年。

谁也不清楚中间发生了什么。大家知道的只是，志伟一直没有东渡。跟那乖巧可人的日本女子，结了婚又离了婚，一双漂漂亮亮的混血小儿女，由妈妈带走。不久志伟又迎娶了他的第三任妻子。据说很年轻，是一家婚庆公司的客串小主持。

后来的某个时候，有同学在商场见到过陪娇妻买衣服的志伟，穿着磨脱边的旧夹克，推着婴儿车，拎着大包小裹。

背脊微弯。须发已斑白。

从《芳华》到《无问西东》

《芳华》渐走渐远。滚烫波潮晕成平镜，余温亦不再氤氲。好看不好看，自有不同视角与说辞。对冯小刚和严歌苓，以及和他们有着同时代文工团记忆的伙伴们，无疑是一次酣畅淋漓的记忆盘点与起仓，角角落落都戳肺动心。局外人看来再微不足道的戏码，对他们，都带着砰訇巨响，如细蝶纤羽，轻轻拂振，掀动的便是整个青春。

渐披一身霜花的冯小刚们纷纷走进影院，带着历经岁月漂洗的心怀。感动，流泪，不能自已。在瞬间闪回的帧帧稚涩里，看到了当年激情饱满勇往直前的自己，且不管这个"自己"，是在时光的碎屑扬尘里一遍遍被扑打与凌掠的"何小萍"和"刘峰"，还是悠然转换于芒刺与温润间的"林丁丁"。

穿过隐匿的时代密码，冯小刚们重回"芳华"岁月。而同样为14亿票房做了贡献的诸多非冯小刚们，却有相当数量对让冯小刚们深感潜然的桥段不以为意，甚感费解纳罕：情节单薄，冲突稚嫩，望不见层峦叠嶂，嗅不到盈溢暗香，怎么就戳中了历经世事打磨久奔沙场的冯小刚们的泪点？

无独有偶，紧随《芳华》之后，《无问西东》穿空而来。意蕴迥然，判语同样泾渭分明。许多个嗤议过《芳华》的非冯小刚们，如遇老友故交，深觉此片时脉纵接四代，意蕴丰实饱满。没有虚笔，每一个人物架设情节勾连都在唤醒共振着内心最深处。里面有理想，有纯粹，有画面化了的爱与道义与同情。这样一部影片，需要足够的知识浸润与绵密丰广的思维，更需要一颗深察世事仍然笃定坚守的心。从吴岭澜到沈光耀，再到陈鹏和张果果，不是否定者口中零乱无章的存在，不是散点勾勒随性铺陈，同样拥有的是，坚实的纹理偾张的筋脉，以及恒久弥浸充满质感的底温。

影院的暗色包裹里，许多个通达敏感的灵魂，卸去云淡风轻，而任由泪水滂沱。

《无问西东》里走出来，不再妄议《芳华》。

深邃与稚薄，不过是你涉过了哪一条河流，翻越了哪些道山梁。

寻找屋檐

真正开始意识到房子的重要性，是二十多年前的那个七月。和爱人都才研究生刚刚毕业，还蹭住在学校的宿舍。每一次进出，把门的老阿姨都看贼一样地盯着我们，一遍又一遍警告：毕业了，该离校了，寝室要封了，再不走要罚款了。弄得我们灰溜溜的，感觉也真是做贼一样。

新婚的两个人家都在千里之外，这座生活了七年的城市，没有亲人。爱人工作的单位说，五年内别指望分房子。我的单位说，女同志没有分房权。

于是那年的七月，如火骄阳下，和爱人一起，抛掉所有痴想，在这个忽然变得陌生起来的城市，努力为自己寻找一个栖身安家的巢。

才毕业，没有钱，兜里揣的是可怜巴巴的一点钞票。只好一趟趟往城边儿上跑，那里有郊区农民搭建的专供出租的简易房。简易房都是要自己弄柴、弄煤，自己烧炕的。房子很多是新盖的偏厦，有的连窗户都没有，通风设施普遍不好。可是它却有最适合我们的一点，就是价钱比较便宜。看了一处又一处，就在想定下一间来住的时候，千里之外的母亲急急来信了，说：你们没有做过这些事，可别煤气中毒了，还是找个不用烧炕的吧。想着母亲的焦急和担忧，终于放弃了租简易房的打算。接着开始新的奔波。

十数日后，终于在城市的东南角租到了一间不用烧炕的平房，12平方米，临着郊区土路。

家安下来，日子过下去，问题也就来了。先是被褥整天湿乎乎的，隔三岔五就要抱出去晒，可用不上两日又是潮潮的了。赶上休息日把床也抬到门外，就发现屋里床下的地上竟汪着亮晶晶的一洼水。阳光总也不肯光顾，偶或傍晚时分斜进一抹夕阳，也是晃一下就不见了。邻人说，这房子所在的位置从前是个大池塘，填后建的房，地势又低，所以就是这个样子了。屋子阴湿，就滋生出许多新生命。新生命喜欢夜间活动，于是就常常在夜里读书写字的时候，抬头看到许多各式各样的虫在墙上从容地爬来爬去。肥头大耳的老鼠，则在我炒菜做饭的时候，高高地蹲在厨房窗户上，自自然然地做着俯视。晚上我们上床的时候，老鼠就在床箱子里"喀哧、喀哧"地咬。

用了很多药，可是这些生灵们却照样无畏无惧地壮大着自己的队伍，让我们彻底觉到自己的无能为力。

深秋的某天夜里，两点左右时候，睡得很熟的我突然醒了，直觉感到有什么地方不对劲，黑漆漆的空间里响着"呼啦呼啦"的声音，震得我脑袋都要发蒙了。先生在旁边好好地睡着，这让我心烦意乱的声音来自哪里呢？

突然，我猛地从床上跳了起来，光着脚跑到了地上，嘴里不由自主地大喊着：不好了，不好了，虫子进我耳朵里去了。

是的，那种震得我脑袋发蒙的"呼啦呼啦"的声音就来自我的耳朵里，我能感觉到它使劲儿往里钻的动作，很顽强，很有力。我的心瞬间被恐惧占满了，它万一钻进我的脑子里怎么办？已经起床的同样惊惧不已的丈夫，从厨房里拿来了豆油瓶，不管三七二十一，揪着我的一只耳朵就往里倒，虫子在我的左耳朵里，可是他却往右耳朵里倒，当时我吓蒙了，不知道应该往哪只耳朵里倒才是对的，我已经失去了正常思维的能力。我的耳膜是那么清晰地感觉着虫子带来的震颤，"呼啦""呼啦"……

拨开丈夫的手，我大喊着冲出门去，心里想着，必须赶快去医院，必须赶快……

还算有惊无险，当虫子被大夫用镊子夹出来的时候，我已经可以定下心来看它沾满血迹的翅膀和脚爪了。黑黑的硬盖，长长的身子，我叫不出它的名字，因为我们这间租来的屋里，此类生物实在是太多了。

这样惊惧的日子过了一年多，房东来了，说房租要涨价，说原来讲好的价格太便宜了，然后就说出了一个很大气的数字，并扬言我们若不接受这数字的话，她就在下个月把房子租给来做买卖的外地人了。

我和先生于是就去寻找新的屋檐。

经过努力，靠着热心的朋友相帮，我们又租到了新巢。这回高升了，在 3 层楼上，房子是 50 多年前盖的，很保暖很干燥。想是年代久远的缘故吧，房子的上下水都没有了。吃喝用水都要到马路对面的建筑工地去拎。楼里住户不多，大都已经搬走。每次下班，赶上爱人没回来，一个人走在"哐哐哐"响声极大的木质楼道里，心都提得高高的，大气都不敢喘一下。

而不巧的是，住进这幢楼里没有多久，我便怀孕了。

不能说孩子"来不逢时"，我们都已年近三十，父母们都已经信里电话中催促过好多回，也是真该要个孩子了。只是，这样的居住环境，怎么个要法？

原来一直是两个人一起去抬水的，现在我怀了孕，自然不能再去抬，爱人便每次大半桶大半桶地往回拎，楼梯很陡，为了不把辛辛苦苦拎回的水都洒掉，便只好一阶一阶地往上"蹭"。有一次，爱人正往上"蹭"水，稍没留意，水桶便"叽里咕噜"地滚了下去，衣服裤子都湿了，水洒得一滴不剩。

日子又这样过去了数月，我的肚子越来越大，为了将出世的孩子，我们花"高价"另租了一处好房屋，干燥也有水。只是，主人家充塞得满满的各式物件再加进我们原来的床啊桌的，感觉真是连由窗中吹进的风，也要拐着弯"走"了……

然后、然后……便是在孩子一岁半的时候，我们等来了属于自己的一本房证，虽然里面标着的房子面积只有13.25平方米，可当时那种万分知足的心情，直到现在，仍然清晰记得。"有家了。"一遍一遍地，我重复着这句梦想中的话。

转眼二十余年。中间几经辗转，小房大房，买房卖房，贷款还款……回头望去，走过的路竟是阶梯式的，虽然波折多多，可确是一步好似一步。"只要努力，就会有希望。"这句多年前一位涉世很深的朋友的话，频频在耳边响起，浑厚而有力。

那年遇到一个小男孩

事情过去很久了。可是那个小男孩的话语音容,始终萦绕在记忆里,挥之不去。

那是个"六一"儿童节。

六一,走到哪里都是孩子。一团团一簇簇的笑声,新绿一样,铺天盖地覆满世界。轻盈,鲜嫩,脆亮。

这一天的家长对孩子,很多都纵容得近于铺张。平常舍不得的时间,"挤"出来了。平日严格约束的花销,放开了。

心里怜惜着孩子平常时时高于成人的紧张和忙碌,而都在这一天,大大放宽了他们的行为尺度。

一家大型儿童游乐厅。

上百台机器同时轰鸣。数百名孩子和家长,迎合着这天心里心外翻腾飞溢的热浪,而在其中川流不息。

十来岁的儿子握着大把换来的硬币,"开"了赛车"骑"摩托,打完游戏扔"保龄球"……忙得不亦乐乎。

我注意到小男孩，是在儿子玩"拍乌龟"游戏的时候。儿子对这个游戏很感兴趣。高约一米的机器，上下四排轨道，四只电动小乌龟，来回"奔跑"，玩的人精神要高度集中，只要看到"乌龟"露头，就要不停拍击，拍的次数越多，那么最后得到的可以拿来换小礼品的纸票也就越多。

很多孩子围着，争着往里投币，拍击。儿子常常要等上很长时间，才能争取到投币的机会。

这期间，男孩儿一直站在机器靠边的地方，帮着拍击最上面那排的小乌龟。拍了一次又一次，从不见他买币和投币，只看他站在那里拍，而且是很卖力地拍。偶尔会有投币的孩子看见最后出来的纸票很长，高兴了，向他说声"谢谢"。他的眼睛就会一亮。很开心地告诉人家，攒得够数了可以去那边领礼品。

又一个孩子投币。投币的孩子后面跟着爸爸妈妈还有姑姑阿姨许多个大人。开始拍击了，男孩子照常伸过手去。却被人一把拨开。"去！去！想玩自己买币去。从头儿就没见你投过币，小小年纪净想占便宜了。"话很刺耳。男孩子的手立时缩回，脑袋耷拉下去。想着男孩子的家长应该会来，可是没有。孩子呆立了一小会儿，就去别的游戏机前看。小小的身形，在忙碌的人群里，显得格外萧瑟孤单。

在他又一次慢慢转回到"乌龟"前的时候，我拿出已经买好的几枚一元币，轻轻把他招呼到儿子旁边：来，你们一起玩。他自己忙不过来。

然后把币放到男孩儿手里。有些犹豫，可还是接了。然后跟儿子两个一起拍击起来。到底是孩子，脸上很快恢复了兴奋和笑容。

下午四点左右。游戏厅楼下的肯德基餐厅。儿子要了"六一"大礼包套餐。男孩子却无论如何都不要，我的坚持下，才勉强要了杯可乐。

很懂礼貌，很懂事。比儿子才大一岁，却要成熟很多。

叫洋洋，读四年级。

"爸爸妈妈呢？"

"爸爸在工厂里加班。妈妈去南方打工了。"再问爷爷奶奶姥姥什么的，就是摇头。

"他们都不在这里，在山西那边儿，离这里老远了。他们身体都特别不好。来不了。"

很大人的语气。

"我爸厂子特忙。总值夜班。本来说'六一'能陪我玩半天的，可是又加班了。反正没事儿，我一个人也习惯了。晚上我经常一个人在家。有时候连着好多天都看不到我爸，晚上我放学回来他上班去了，早晨我上学了他还在睡觉。

我自己能热饭。我还会炒菜呢。有时候我爸不舒服了，我就给他熬粥。等他醒了喝。"

一字一句都让人吃惊。我不能设想这样大小的孩子，一个人上学放学一个人做饭吃饭，晚上一个人在家。怎么可能？

"我也上课外班。还上了好几个呢。我爸跟我说，别看他总值夜班，好像能挣很多钱。可是生产的东西特难卖，挣的钱不多。我妈上南方打工，也挣不了多少钱。不过他们说，这么努力干都是为我。让我好好学，该上的课外班都上。"

"谁送你去呢？"孩子的话在我这里，似乎无论怎么想都想不出它的可行性。

"我自己呀，没人送。这些课外班里，我最喜欢英语了。主要是我们那老师特逗，总让玩游戏，从来不考试。"

"你英语成绩肯定挺好吧？"随口问了一句。

不想孩子的声音却低下去。

"不好。我也不知道为啥，总是考不了高分儿。我们老师说我不用心，还说家长不管。总给我爸打电话，我爸就说我。可是我也不知道咋回事，在学校里总是挨批。我就喜欢看漫画，看动画片。还喜欢上这里看人家打游戏。老有意思了。"

说着说着，话题竟拐了弯。

"我也最喜欢了。"儿子一旁接过去。

看一眼洋洋，望一眼儿子。心里轻轻叹了气。这般大的孩子，能有多大自制力。正是修枝剪杈的时候，不归拢着往上引，怎么能保证以后的茁壮成长？

"我爸总骂我，说我不上进。说他们那么累死累活的，都是为我。可是，人家干啥都有爸妈，我有吗？"

说着说着稚嫩的语气里夹进了不满和气愤。到底是孩子，刚刚还说自己一个人能行，才不过瞬间，反复的心情就已经出现。

"我最想我妈了。可她一年才回来一次，就过年待十来天。每次我都不让她走，可她还是走了。说给我挣钱去，给我念书用。"

杯子里的可乐喝没了。把塑料盖子拿开，用吸管拨着里面的冰块玩。

"阿姨，你干啥工作呀？"突然抬起头，很专注地看着我问。

我告诉他。他的眼睛里流露出羡慕。"多好啊。你都不用走那么远打工。"孩子的语气让我再次震惊。有妈妈在身边，想看的时候就能看到，多简单的一件事。可对洋洋，却成了奢侈的盼望。

"我家就在这跟前儿，不远。有时候放学了我就自己过来。看别人打游戏。我不打，没钱。我爸不给，怕我乱花。可看别人玩也挺有意思的。就是不能让我爸知道，知道了准得揍我。不过他也知道不了，他看不着我。还寻思我在家好好看书呢。"

说着，脸上竟露出得意的笑来。

"我就是想我妈。她要是在家多好。其实，我晚上自己在家有时候也挺害怕的。我家屋子不大。可一个人在屋里，还是觉得特别大。有时候下雨打雷，我就把窗帘拉紧，把门从里面反锁上。这样外面的人就进不来了。可有时候我睡觉时就忘了把反锁打开了，结果爸爸回来就进不了屋。"

才不过十岁多点儿的孩子，语言思维却顺畅得出奇。应该是长期一个人"锻炼"的结果吧。

儿子吃完了，在摆弄"大礼包"里的玩具。洋洋扭头看看，不屑地说："太幼稚了，小孩子才玩那个呢。楼上的游戏才好玩，看着都过瘾。"

没有对这孩子说太多劝告的话。人的成长是一个相当漫长细致的过程，需要至亲的人好好引领。

我们离开的时候，洋洋再次转身上了楼。

转眼许多年过去了。每逢六一，我总会想起当年遇到的那个小男孩，以及和小男孩间的那番对话。彼时孤单的男孩子，如今是不是挺拔地成长起来了呢？

记忆中的女孩子

她不妩媚，不好看，也没有多少才华。可是，她是他记忆中第一个留有印记的女孩子，和他的感情牵过一段手。于是，夜深时候，酒醉时候，他就常常要没来由地想到她，想到那个如今已在远远的小城里做了妻子和母亲的人。

她叫连儿，是他高中时的同桌。他们就读的那所高中，是省重点学校。很多同学来自附近农村，连儿就是其中之一，住校。

最初注意连儿，是因为她的贫穷和节俭。有许多次，他要把用完的练习本扔掉的时候，连儿在旁边细声细气地说："能给我吗？"那会儿，男生女生不兴说话，连儿说这话的时候，小脸儿憋得通红通红，眼睛不看他。他不知道她要他用完的练习本做什么，好奇却不好意思问，就只是递过去，以后再有用完的，不待她开口，他就假装不在意地顺手推到她那边，连儿就会感激地小声说"谢谢"。时间久了，他就发现了连儿的"秘密"：她把旧练习本重新用线订一下，在背面写字，如果正面是用铅笔写的，她会用橡皮一点点擦掉，再写。这个发现让他感动，于是他就时不时送她两个新本子，连儿的小脸儿就总是彩霞一样红润润。而他的课桌每天在他来时，都已被连儿擦得纤尘不染。

那种很微妙很微妙的感情，就是在这时候产生的，等到有一天，他们两个小人儿壮起胆子在学校后边的树林子里拉起手的时候，已经是高三的下学期，离高考不远了。

"连儿，你为什么叫连儿呢？""我妈妈接连生了三个女孩子，爸爸妈妈就希望我能给他们连带出一个儿子来。""哦。""你说，咱们的事儿要是老师知道了怎么办？""没事儿，咱俩拼命读书，功课不落后，就没有事的，咱俩争取考上同一所大学。""好的。"……这样的对话，轻轻地由两个小心翼翼牵着手的少年嘴里说出，飘到空气里，不见了。

没有多久，妈妈就发现了他的"不同寻常"，她不说他什么，却去找了那个女孩子，妈妈说："你们要谈可以，不过得等到长大以后。"后来连儿说，他妈妈说这话时态度非常坚决，不容人再作任何他想。至于长到多大才可以，妈妈没有说。而妈妈对他，则是从此以后，晚上只能在家里温习功课，不准再去学校了。

高考的日子一晃而过，9月来临，他要去离家很远的一座城市读大学了，只考上本省一所中专的连儿托人给他捎来一张纸条，上面只有一句话："给我写信，好吗？"

大学的生活丰富多彩，他参加各种各样的活动，学弹吉他，学画国画，主持辩论赛……连儿在他记忆中，渐渐远了。他忘记了连儿的盼望。

直到两年后一个寒假。放假前，连儿写信来告诉他，她要来他在的这座城市，看看，玩玩，然后两人一起回老家。

该玩的地方他都领她玩了，可是连儿的精神头儿却一直上不来，他知道她想要什么，可是他却给不了她。两年后的他，已经不一样了。面对连儿，他不再心动，年少时的心情没有了。他知道他们今后只能是两条平行线。

回家的列车上，他睡着了，醒来的时候，面前的茶几上放着一个白酒瓶，里面只剩一丁点儿酒了，醉了的连儿细泪满脸。

他知道这个时候他已经不可以说任何话。

初恋的故事就这样声音一样转瞬即逝了，对他，好似并不存什么遗憾。可对那个如今在他记忆中正愈走愈远的女孩子呢？

这样想着的时候，儿子跑来喊"爸爸"，他抱起他轻轻地亲了一下。脑子中突然滑过这样一句话："生活就是那样开始的。"

他开始给偎在怀中的儿子讲故事："从前的时候啊……"

老魏的讣告

上班路上，微信里收到一则朋友发来的图片信息，点开，竟是老魏的讣告。上面说，四月一日，老魏因病在外地去世了。就是说，老魏离开已经二十多天了。震惊。回了一个字："啊？"

朋友没再回话。想必他也震惊得厉害。可是心里又纳闷，朋友和老魏一个单位，前不久我还受人之托向他打听过老魏，朋友回说老魏好像病了，好像肝的问题。具体到什么程度他也不大清楚。

可是回头看讣告信息，落款明明是朋友单位，贴出来二十多天了。天天去单位上班的朋友怎么会不知道？

瞅着空隙，电话拨过去。聊起老魏，也顺带说出了疑惑。朋友语气平平："谁说不是呢。贴出来这么多天了，单位里却没几个人知道。这还是他本部门人刚刚看到发过来的。讣告贴在单位公告栏里，夹在一大堆各种信息中间。平常也没谁注意去看。唉，也没去送送。"朋友叹息。

放下电话，内心一顿寥然。老魏竟然就这么走了。说话一向大声大气一顿能喝下二十来瓶啤酒的老魏，离开世界的时候，却是这个样子。老魏会有遗憾不会呢？

跟老魏并不是很熟。因为朋友的关系见过几次面。印象里，老魏是典型的东北大汉模样，高大粗壮，喝起酒就停不下来。喜欢写点杂文，抨击一下时弊。性情也豪放。

静了静心回头再看讣告，就从短短的百十来字里，看到了老魏的一生。十九岁工作，然后是不断地换工作，换城市，再换工作。看得出老魏一直很上进，不断努力着往彼时认为更好的方向上走。有那么十多年，光是做中学语文老师就换了三四个学校，做老师，做语文组长，做学年组长。然后在某一年，应该是在新闻出版势头最强劲、该行业最被看好的那个时间段，老魏使劲儿跃出教师行列，投入到这个对他来说崭新的领域里。然后在这个领域中，随时势辗转着不同身份，做记者，做经营。城市也是不断地变换。

老魏应该是一直充满着梦想的吧。老魏的终极梦想是什么呢？如果老魏没有患病，没有离开，接下来的履历又将添上哪些呢？

没有任何人能够想到自己的人生在何处戛然而止。于是划着人生的船桨，照着自认为更能通向幸福光明的方向义无反顾地划去。可是那个方向，究竟是不是真的通向渴望中的幸福呢？是不是呢？

就像老魏，如果许多许多年前，他没有那么费力地频频腾转挪移，仍然做着中学的语文老师，且不管哪个学校，生活与人生，会不会就比后来差到哪里去呢？

心态安宁，教书育人，纵然波澜不惊，却是不是，也凭空少费了许多的力气与周折？

又或者，在从前的城市做新闻做经营，熟人熟地，心意宽广舒泰，是不是，也少了很多进入省城后的种种困顿与烦扰？老魏的酒，是不是也就不用越喝越多，老魏的肝是不是也就仍然会好好的，老魏也就现在仍然能看天望地哈哈大笑呢？是不是呢？

又或者……

可是，世上真的没有"或者"。风来风去，没有谁会知道下一刻的风，又将何起何往。

老魏，累了，好好歇歇吧。

晚日醉春光

"快乐，是真快乐。"岁尾回首，元老的脸上溢满了由内而外的欢喜满足。

这一年，元老和他的孩子们，不仅像以往一样，读书作文，聊天说心得，更难忘的，是去了北京，走进了钓鱼台，去了中国科技馆，参加了"神舟五号"飞船展览开幕式，见到了杨利伟……

孩子们快乐。元老更是开心得不得了。

老人年近七旬，叫元日。春城的孩子们间，元老有很高的"知名度"。从14年前将自己的生活跟孩子们搭上边儿起，就再没断过。

现在，他是多所学校的校外辅导员。每一周的每一天，不间断地给孩子们讲作文，谈人生，同时积极关注外面的世界，然后抓住每一个机遇，将孩子们推上"舞台"。他辅导过的孩子，文章见报率、获奖数多得惊人。

"跟孩子们在一起，会让人心情快乐，感觉又回到了童年。"元老一遍遍地说。

这年 5 月初，"中国首届小作家代表大会"在北京召开，元老带着 8 个孩子去了，住在东交民巷大酒店。孩子们切实感受到了被隆重善待的幸福，内心满是快乐自豪。小脸儿一个个乐开了花。

开会地点在钓鱼台国宾馆，那是个有些神秘的地方。据说外国总统来，常住那儿。里面很静，景色很美。很多很多的树，茂密，苍翠，站在院子任何一角，看到的风景都是一幅画，别致，有韵味。里面有很多野生动物，它们自由自在，或踱步，或飞翔，或在水中游。没有惊扰，没有畏惧，那种原生态，让人看了难忘。孩子们都看呆了，纯真的心灵里，装满了惊叹。从钓鱼台出来，一个个争先恐后地往家打电话，语气里是掩遮不住的骄傲。

元老说，这种荣誉和幸福感，对孩子的成长是有利的。他们知道努力上进会创造机会，会为自己的人生掀开新一页。梦想的风筝，因此也就放飞得更高，更远。眼界也就更开阔。

面前的桌子上，摆放着大摞获奖证书，很多是这一年的。每个里面都有很多故事。颁发证书的单位，大都"名头不小"。中国作协、《人民日报》、国务院侨务办公室、中国教育报，等等。很多证书上，都赋予老人"优秀辅导员"的荣誉称号。

老人自己创作作品，同时更努力地带着孩子们"冲锋陷阵"，为了培植出更好更美的花朵，老人将晚年时光完完全全地贡献了出来。

"好啊，跟孩子们在一起，形容不出的好和快乐。这是个无瑕的世界，只有美和纯真。"老人的眼里，一直闪耀着生动的光。

年轻时候，元老就喜欢写东西。20 世纪 60 年代，写的一篇文章登在了上海出版的《少年文艺》上。当时那个自豪啊。

然后断断续续，便一直没停下来。退休前，元老做经济工作，很忙，属于自己的时间很少。十几年前，一个偶然的机会，元老开始和孩子们有了联系。

然后就再没断过。元老爱孩子，孩子们也喜欢和他在一起。一晃，好多年了。

孩子的作文水平提高了，性格有了好变化，更懂事了，家长看着欣喜，会找到元老，说感谢。元老不敢"领功"。说，孩子们给我的快乐和感动，也很多啊。所谓"教学相长"吧。

像那次，一个男孩子在上学路上出了车祸，脑袋受了伤。在医院住着。二十来天的时候吧，待不住了，喊着要出院。家长问为啥，他说，想元老师了，跟元老师在一起高兴，快乐。然后，不等伤好利索，就来了。元老当时心里那个感动啊。都还是孩子，白白的纸啊，画什么，怎么画，都有赖成人的牵引和扶持。

前些日子,元老教的孩子里,出了这么一件事。几个小女孩，成绩不错，去帮助一个小男孩子，帮助完了，男孩子掏钱请她们吃小食品。买东西的时候，差了几角钱，女孩子把钱借给了他。还钱时，竟要一天加一块。这不是"高利贷"吗？家长们知道后也都震惊，甚至无措。不知道怎么办才好。这几个小女孩，平时表现都挺好。这是怎么了呢？

元老背后劝家长，告诉他们别急，自己来跟孩子聊聊，沟通沟通。就找来了其中一个女孩子，先不跟她讲"高利贷"的事。而是跟她聊她的爷爷。因为元老事先已经知道，这小女孩家里很贫困，她的爷爷曾经吃过糠咽过野菜，借地主一升苞米，秋后时要还两升，她的爷爷恨透了地主。

都是老掉牙的事儿，可是元老想，这或许能让孩子明白些道理。

元老跟孩子很亲切地聊着，说着，孩子清澈的眼里，渐渐有了悔意。于是元老知道，孩子听进去了。

孩子跟元老亲，家长们高兴，而且感激。

而元老对家长，也常怀着敬意。孩子们的家庭不一样，家长也各异，一些家长，身心都承受着很重的负荷，却相当坚强，常给元老带来很深感触。

有一个孩子，单亲家庭，父亲早早就抛下他们母子走了。母亲是个工人，很单薄很瘦弱，每天忙忙碌碌，生活相当艰辛。一次元老对那母亲说，上作文班的钱，就免了吧。这个主我做得了。可那母亲坚决不肯。最后她说了这么一句话：我要让我的痛苦变成孩子向上的动力，他看到，体会，懂了，他会上进。

现在，这个孩子真的很努力。也很懂事。

元老的话，真诚，坦白，清亮干净的目光里，看不到历经世事后的疲惫和浑浊。

孩子们很争气，很好学。文章越写越好，获的奖也越来越多。他们中很多被邀请到外地，参加颁奖仪式，游览名山大川、江河湖海。开阔了视野，同时也鼓舞了"干劲儿"，陶冶了心性。

像不久前去北京开会那次，一路所见所闻，就让孩子们懂得了很多东西，成熟了不少。

去时，元老和孩子们坐直达北京的特快列车。等车的人多，带着8个孩子，元老心里就有些着急，怕挤丢了，也担心上不去。就试探着跟车站值班人员说了情况。结果是意想不到的顺利，车站特意开了专口，元老和孩子们提前顺利地进了站。而回来时，在北京站，遇到了差不多同样的情况。当时人很多，可以说人山人海，元老和孩子们要坐的那班列车已经早在检票，可是他们却被拥挤的人流隔出很远。元老心里急，有些不知道怎么办好。毕竟是在北京啊，发往全国各地的列车那么多，每个列车员都忙得不得了。眼看着火车发出的时间越来越近，元老就抱着试试看的想法，挤上前去，跟检票员简单说明了一下情况。结果又是大出意料。那位同志听后点点头，轻声告诉他别着急。然后果断阻住不断前涌的人流，给元老和孩子们辟出一条通道，他们顺利进站了。

元老感动，孩子们也感动，他们稚嫩的心里，感觉到了温暖，也感觉到了爱。元老想，这些旅途上的见闻和感受，将印在他们的记忆里，给以后长长的人生，增添温暖的底色。

元老说，他的晚年，因为有了这样的选择，而变得生动多彩，快乐无比。他现在每一天的生命，都像节日。"一点暮气的感觉都没有，总有盼头，总有希望。我不怕老，也不怕死，那是自然规律。而眼下，有这么多蓬勃的生命簇拥着我，我感觉到的，只是幸福。"

逢到有人问，"少了时间创作，不遗憾吗？"因为熟悉的人都知道，写作，一直是老人生命里诚挚的渴望，那本忙里偷闲写就的《绿太阳》一书，几个月前刚刚在一次全国性的征文评选活动中获得报告文学类二等奖。老人一直没有放下过笔。

"不，一点儿都不。正相反，孩子们的生活为我提供了不少素材。还是那句话，教学相长吧。我喜欢他们，这里感觉到的，是春天，是希望，是快乐。"

"快乐"一词，总是在老人的嘴里频频出现，说的时候，老人的脸上一直漾着笑，开朗的，健康的，甚至是朝气的。

马上就是新的一年了。元老将带孩子们到孤儿院采访、联谊；寒假时候，已跟近郊村镇联系妥当，争取让孩子们到村里住几天，在农民的炕头上体验生活。那将给孩子的世界，增添更多内容……

这样忙碌丰富的晚年，真是想不快乐都难。

永远定格的十八岁

他真的还只是个孩子，到这一年的 9 月 2 日，才满 18 岁。他刚刚来到城里半年多，刚刚看到繁华与喧嚣中最单薄的那一层。他明澈纯净的眼神还没来得及穿过城市生活的里外。他俊朗挺拔的身影还未及跟这世界有最切实的触碰……

就已匆匆而去。

一个普通得不能再普通的夏日。很多人记忆中已想不起做过什么的平常一天。晚上 8 点左右，一个感觉上很松弛慵懒的时辰。

没谁会把它跟正义与邪恶、生与死、青春与鲜血这样壮大的主题联系起来。思想里，那是书里的情节，是生活以外的事，离普通百姓普通的日子很远。

相信赵克柱在闭上双眼以前，也没把自己的行为跟它们联系过。他只是觉得应该那么做，坏人做了坏事，就应该抓住，不能让他跑掉。18 年的人生，厚道为人，善良行事，坦荡走路，大人一直这么告诉，自己也一直就是这么做的。

只是瞬间的事。

网吧里，一个女孩子上网时手机被抢，身为网管的克柱奋力追赶抢匪，追上时被抢匪拔刀刺伤。抢匪仓皇逃窜，克柱不顾伤痛，仍大喊着奋力追赶，搏斗中，穷凶极恶的歹徒再次挥刀……

刚刚还鲜活蓬勃的生命，就此没了呼吸。

没有亲见那惨痛的一幕，却在事后涌入耳里的无数相关信息中，感受到了人们对克柱最朴素最真切也最刻骨的怀念。那个拄着拐杖的80岁老人，流着泪逢人就说，可惜了，多好的孩子。老人家在网吧附近，出来进去的，没少得着克柱的帮助和问候。得知消息，老人心痛不已。附近派出所的片警，处理事件的过程中，不止一次黯然泪下。而克柱生前工作的网吧同事，更是连着数天不能也不愿相信……一个普通的青年，一个不普通的壮举，将春城盛夏的空气，铺染得庄严而凝重。

于是，克柱离世一周后的这天，斜雨潇潇中，我们驱车来到赵克柱位于九台市城子街镇城子街村三社的家。

泥泞的村路，未及成熟的庄稼，刚刚借贷买来预备给克柱结婚用的一间老旧砖瓦房。炕上打着点滴的病弱的母亲，地上蹲蹲站站围成一圈的亲朋村邻。浓郁得化不开的思念和悲伤。

克柱爸爸到市里去了，这天赵克柱正式被评为"见义勇为先进个人"。

地桌上克柱的照片英俊帅气。人群里一位上了岁数的老人声音低低地说：这孩子，好着呢。长得好，为人也好。一米八六的大个子，顶天立地的。谁家啥事都帮着，就没见跟谁红过脸。

问过去，知道是克柱的大爷，叫赵云路。谈起侄子，话没说两句，泪就下来了——

"我这侄子，长这大，还没享过福呢。家里条件不好，自小就啥活都干，只要放了学，就没闲着的时候。这间砖房是今春刚买的，赊的钱，现在还欠着呢。原来那房子就在路对面儿，草房，可小了。来个人儿，连转身的地方都没有。就寻思着克柱往后大了，得琢磨媳妇了，才借钱买的这房。农村找媳妇，没房子没人跟。

克柱懂事呢。从来不跟人打仗闹别扭啥的，也不喝酒。对大人老孝敬了。旁人都羡慕克柱爸妈，说有这么个好儿子，将来说不定怎么享福呢。这一下子……"

再次哽咽。屋里原本安静蹲站的人群，顿时一片唏嘘。克柱的婶婶还是大娘，实在忍不住了，捂着脸走到屋外去。

已经知道，得知克柱离世的消息后，村里曾一片哭声，到了深夜，仍能听得到。

"这孩子，就没让大人操心过。要不是家里条件实在不好，克柱应该还在念书呢。这孩子喜欢读书，书也念得好。就是家里太穷了，孩子又懂事，怕爸妈为难，念完初中就主动说不念了。

说不念那会儿，老师找家里来好几次，舍不得呀。连着五六趟，老师让他回学校接着念去。他自己其实打心里也想念，可家里的情况摆在这儿，孩子也没办法。背地里，偷偷掉过好几次眼泪呢。

不念书了以后，就出去打工了。这是孩子头次进城，命还挺好。网吧老板挺喜欢他，孩子也知足，特别卖力地干。咱的孩子咱清楚，一点儿不会偷懒耍滑，特别老实厚道。工作期间，克柱曾捡到过一千多块钱和几部手机，都返还给失主了。克柱喜欢手机，看人家拿着打电话挺羡慕，可他到'走'也没有过。克柱是个好孩子，再喜欢的东西，不是自己的绝对不要。

克柱一直是家里的指望。今年雨水大，家里的七亩地能有两亩半收成就不错了，大半庄稼都绝收了。只盼着克柱爸妈能挺过这个坎儿啊。"

一边抹着眼泪，一边一口气说出这许多话的，是克柱的姨姥。她坐在炕沿上，照看着克柱妈妈正打的点滴。

自听到儿子的噩耗后，克柱妈妈就病倒了。不吃不喝，也不说话。跟众人谈话的间隙，我试着跟她交流，她的回答只是点头或摇头。两行清泪顺着多皱的眼角不断流淌，苍黄的脸上全是痛失爱子的悲伤。

"都说'少怕失母，老怕丧子'，是真话啊。克柱虽说才18岁，可已经是家里的顶梁柱了。孩子懂事，进城打工，每个月除留下二十来块钱买些洗漱的必备品外，别的啥都不花，全拿回来交给大人。

网吧老板特别喜欢他，还给他起了个网名叫赵子龙。克柱很喜欢这个名字，生前还跟朋友说，希望自己将来能像赵子龙一样英雄盖世，名扬天下。孩子肯学呢。进城打工前，从来就没摸过电脑，可去了没多长时间，好多东西就琢磨会了。出事儿前还跟家里说，想过些日子找个地方好好进修一下，把电脑好好学学，将来好干点儿大事。孩子有想法呢。"

是克柱的舅舅。他说，克柱这孩子勤奋好学，到网吧打工才俩月时候，就升为"大管儿"了。啥东西一教就会，还勤快，啥活儿都抢着干，不惜力。心眼儿又好，谁有啥难事，只要自己能帮得上的，肯定不会在旁边儿看着。

"克柱这孩子，能做出这样的举动，我们一点儿不吃惊。这孩子心地好，打小就善良。孩子爷爷是个老军人，参加过抗美援朝，人很正义，在村子里说话可有分量了，很有威望。克柱打小跟爷爷在一起，心地特别正派，看不得不平事。爷爷没了，孙子却把老人的品德完完好好地继承了下来。"说这话的是一位老邻居，戴着眼镜，很读过些书的样子。讲起克柱，就像说自己的孩子。他说，克柱去世的消息传来后，他和妻子连着好几个晚上睡不着觉，眼前晃动的全是克柱的形形状状，心里非常非常难过。

说不完的思念，道不尽的悲伤。克柱的好，克柱的举手投足，克柱的喜喜忧忧，还都清清楚楚在眼前。孩子怎么说没就没了呢？没有人能接受得了。眼泪随着忆述，一次次淌下来。那个蓬蓬勃勃带给他们很多快乐和希望的生命，从此竟然不在。他们无法接受这个现实。

说再见时，克柱妈妈抖着我近乎听不到的声音说：孩子刚走那会儿，我接受不了。说这孩子咋这狠心，做事前咋就不想想爸妈呢？这两天我躺着，慢慢也想通了，就想着，孩子这个走法儿，也是没白来世一回啊。咋死都是个死，孩子这么走的，心里应该没有遗憾吧。

克柱的奶奶没有见到，说是也在打点滴。老人失了她最爱的孙子，又该是如何的心境？

8月2日。又是细雨霏霏。朝阳沟殡仪馆颐安苑东厅。"见义勇为先进个人""优秀团员"赵克柱的遗体告别仪式正在举行。荣誉、奖励、表彰……隆重而又井然有序。英雄流血不能再流泪。

"见义勇为"车队、志愿者车队三十多台接送车，披挂着"向赵克柱学习""向赵克柱致敬"的大横条幅一大早就等候在接送地点，三百多干部群众自发前往，设在告别厅门前的捐款箱，不断有人走上前，将爱心连着崇敬投放进去……那个十岁的小男孩，在妈妈的带领下，一大早赶来，将握得紧紧的十元钱郑重地放到里面。几位五六十岁的老人，连夜赶制标语条幅，骑着自行车赶到殡仪馆……

英雄精神延绵成爱的滚滚洪流，绵绵细雨成为英雄和世间的再次握手。

痛惜和眼泪，鲜花与掌声。已经远远离尘而去的克柱，在去往天堂的路上，可否还能看得到？

18岁，世间永远的雨露和朝阳，人们心中永远的寄托和希望。克柱，因为你，这个年龄从此更有意义。

克柱，好弟弟，一路走好！

试着勇敢一点

已经有很久，晚上的时候不再出去，守着安静，守着心灵，听着词曲简单的歌，读写着深深浅浅的文字。感觉生活，应该就是这个样子。本真，纯粹，自我。没有复杂，远离喧嚣。身心的每一根筋脉，都自然地，照着它喜欢的样子舒展或蜿蜒。

一个人的天堂。一个人的孤单与狂欢。一个人的低语与呢喃。

这一种状态，与年龄无关，跟爱情无关，更与厌世弃世无关。关乎的只是心灵的静笃与丰盈。

所以当这一天，朋友邀我去酒吧小坐的时候，我的心里，本能地生出些微抗拒。

那个时候我没有想到，短短的一小截距离后面，等待我的，是另一段干净的时光，另一种简单的丰富，以及自然和音而来的感动。

歌声。是歌声。远离了激昂重金属音乐包围的歌声。纯净，素朴，真切，慰藉心灵。它们悄然滑过时光隧道，蹁跹于生命深处。记忆的花苞舒臂绽放。

由此，我知道了一个对我来说全新的音乐名词——"不插电"。由此，我认识了一群为梦想而执着的年轻人。他们感人的青春，就在这样踏歌而行的时光里，冰冽如甘泉。

华子是乐队的"头儿"。一个三十岁了却还腼腆真诚着的青年。眼神干净，面容素洁。头发理得很短。说话时候，眼睛对着眼睛，坦白通透得如同大漠孤烟，高高远远。

十年前，华子是个长头发的摇滚歌手。偏好狂烈，喜欢震耳欲聋。热衷于在激越得可以淹没所有的声浪中，将声音做近于歇斯底里的极致放逐。

那个时候，人生对他是永远浓艳的朝阳，是无休无止的波涛翻涌，是永不会减淡分毫的激情澎湃。

于是某一天，他离开家，背着吉他，踏上流浪的路。青春是武器，歌声是宝剑，劈斩着去路上团团丛丛的阻滞与荆棘。

转眼是十年。

十年里，华子去过贵州、湖南、湖北、广东、广西……很多很多地方。开头儿是有方向的，那就是一个更广阔的世界，一个更高远的天地。那时候，华子近于执拗地一遍遍告诉自己，一定要活出点儿特别来，一定要活出点儿轰轰烈烈来。

很长的时间里，华子一直这样豪情满怀着。直到一个深夜，很平常的一个深夜。华子从酒吧唱歌出来，走在无人的街头，走着走着，突然地就站住了，脚步再不能挪动分毫。一种突如其来的巨大哀伤和失落沉沉地包裹了他。

瞬间不知所以。

回头看，自己所谓的理想和执着，原来一直都在沿着别人的商业套路直行或回转。里面没有自己，没有沉淀。日复一日震天撼地的电子音响的"陪伴"下，对音乐已经渐渐没有了感觉。属于自己的声音呢？本真的那个"我"呢？突然涌来的，是说不出的惊骇与惶恐。

正是这"惊骇与惶恐"，使华子冷静下来，开始思考人生，思考自己。多年的浪迹天涯让他明白，浓艳与炽烈，并非人生常态，淡远、沉静与祥和，才是人生真正的隽永与怡然。

于是决定"回家"，决定真正做一回自己。去实现深埋心底的一个梦，那就是好好做一下"不插电"。

于是，一家每天定时做"不插电"的酒吧诞生了。

"不插电"，就是"Unplugged"，直译就是"拔掉电源插头"。就是尽量使用钢琴、木吉他、木贝斯等原声乐器来获得纯净音色，达到一种更原始朴实的"不插电"效果。

"不插电"在欧美很流行，它让人更真切地触及本真而纯粹的声音质感，将所有元素通过木吉他颗粒性地表现出来。声音调得比较松弛，使交流更亲切，观众也更容易进入音乐意境。

台上的乐队歌手，在以"不插电"的形式，唱着《爱的代价》《黄玫瑰》《有一种爱叫放手》……主唱、合唱、重唱、和声……高低错落，和谐有致。很多细节的东西，就在其间自然真切地表露了出来。杨敏的声音成熟深远，王子的歌声细腻甜美，九生的口琴悠扬婉转……

这种形式的演唱，对歌手来说，是一种挑战。音乐的和声，在失真吉他里，往往是配音墙，并没有比较细的音符。而"不插电"对于乐队成员的技术要求和现场控制能力却要求极高，没了重型音色的掩护，很多细节的东西近距离地呈现给了观众，这对于任何乐手来说，都是一种挑战。

不过，恰恰因为"不插电"的这些特点，华子和他的乐队成员，才更有信心去实践它。因为，这更接近目标和心灵。

然后是，华子上台，一首《勇敢一点》，以"不插电"的形式深情荡响。

"试着勇敢一点，即使你不在我身边……"阔远浑厚的音色，在氤氲迷离的灯光中，愈显纯粹清晰。

很好。"试着勇敢一点"。趁着花正艳，树正碧，趁着生命刚刚好。

转头，墙上一行大大的字映入眼帘：只要心向往，无处不天堂。

感恩庸常流程

她是个护士。急诊科。很勤勉，很敬业。十几年的时光仿佛只是挥了挥手，满眼的鲜嫩与鹅黄转眼便成了浓绿和深翠。

还不够老呢，才三十出一点点头。可是笑起来的时候，眼角唇边，已经是很多的纹褶了。睁大眼睛看看天啊世界的时候，额头上沉沉横伏的沟壑，已经是清清楚楚地在排着队了。

却不叹息，也不自怜。该笑的时候，大大方方地笑。该抬头看天看云的时候，就大大方方地看。纹啊褶啊，却也就在这一种没有掩饰的自然里，覆着上了柔软煦暖的美丽。家常的，亲近的，熨帖心灵的。

累吗？累。同一个科室做到退休吗？差不多。工作有意思吗？笑。笑意温和宽厚。于是知道，这个问题多少有些不够水准。

上了初中的女儿单薄得像个小学生。细细的胳膊、细细的腿。玲珑的小脸儿泛着近于脆弱的奶白。

气管、心脏、肠胃……女儿身上，好多好多"痛痒"。

这是她轻易不对人言及的一块"心病"。女儿的健康，自己的责任。没人的时候，她的眉头会蹙到一起。思想的涟漪一波波地荡。

这个样子，女儿没有机会看到。女儿看到的母亲，永远是勤劳的，微笑的，陀螺一样不知疲倦的。

逢上跟女儿一同休息，她会拉着孩子去公园，树木繁茂的公园。哪里听到的话：要想获得生命，就要到生命力旺盛的地方去。具体怎么说的不记得了，大概就是这个意思。

她希望女儿健康。非常非常地希望。

可很多时候，却也只是希望。能采取的行动，也就是那么有限的一点点。

归根结底，就是一个字，"忙"。很真实的那种忙。

十几年了，不记得哪天是自己的固定休息日。

工作串休。周六周日难得赶上一回。跟女儿的休息日很少碰在一块儿。

上夜班是经常的事。通常情况下，下午三点多就到单位了，做些准备工作，然后就交接班儿，直到第二天上午八点多才离开。回到家，往往脸都不洗倒头就睡。要是孩子不放假还好，如果赶上寒暑假，就会睡不安稳。顶多睡上两三个小时就得起来。

为什么？孩子在旁边眼巴巴地等着啊。等着妈妈跟她说说话，陪她玩一玩，或者就是希望你醒着。孩子的心理很奇怪的，觉得妈妈白天睡觉，整个家就都没有生机了。

女儿大概上小学三、四年级的时候吧，不止一次在她睡觉的时候，跑到旁边东摸摸、西碰碰，不敢弄出大动静，可那种渴望却是明显的。现在大些了，不再在她睡觉的时候上旁边鼓弄东西了，可偶尔中间醒来，看到女儿眼里的孤单和盼望，仍是再也无法安稳入睡。

而其实，就是没有这个因素，她的睡眠也不是很好。夜班白班的交替轮换，生物钟已经被弄乱了。有时候上一星期白班儿，刚恢复一点，又该夜班儿了。

所以，好多朋友见到她，总会说：你怎么总像睡不醒的样子啊。精神精神，别总没精打采的。

每次她都是笑。朋友们是好意，可身体不听指挥啊。

很安详地说，很沉静地笑，很自然地看着生命的年轮一圈儿又一圈儿。平缓的，少起伏的，循环往复的。

丈夫开出租。丈夫原来有单位，后来下岗了，就给人开出租。也是白班夜班地换。两个人常常好多好多天碰不到面。偶尔见到了，还很诧异。女儿就开玩笑说，这叫"黑白大碰撞"。

这样的生活，忙碌又平淡，很多人会觉得乏味。不止一次，有朋友劝她换个工作，替她发愁，说，这么个活法儿，啥时候是个头儿啊？

她还是笑。说实话，累归累，忙归忙，可从没想过离开。她一向重感情，做一件事，尤其一件已经做了十几年的事，是有很深的感情在里面的，怎么能说离就离得开。所以，这个，她是想都没想过。

而且这件工作，让她有意无意中体会到很多在平常生活中难得体会到的东西。

因为是急诊科，接待的病患常是突发的。许多事件，都让她从中体会到了生命的脆弱，并对庸常和琐碎的生活倍感珍惜。

比如那次，深夜十一点多吧，一个男的突发脑出血送来抢救。三十多岁，情况很不好。施行了很多抢救办法都没能救过来。男人的妻子在走廊上哭昏过去。醒来后捶打着头痛悔不已，不停地说，他不过开了句玩笑，自己干啥揪着不放，跟他吵个不停？

一句玩笑话，一起平常的争吵。可是一个生命，却就此逝去。

再比如那个车祸中变成植物人的女孩子。特别漂亮。听她的妈妈说，孩子多才多艺，有很高的目标和理想。这天晚饭后，背着小提琴去老师家，才走出家门不远，就……

全是没有预期的悲伤和打击。却突然地裹走了家里的欢乐和阳光。瞬间乌云遮日。

其他的，还有很多很多。

正是这些别人生活中的偶然事件，构成了她的生命流程。让她对自己平凡琐碎的生活，充满真挚的感激。

所以不管多忙多累，在家里，丈夫和孩子看到的，永远是她真心微笑的脸。从不抱怨，从不。

虽然忙，可她仍抽着缝隙，买了好多种子种在花盆里，让它们从嫩芽长起，一点点茂盛茁壮。她喜欢看生命的过程。多好啊。

慢慢地，女儿和丈夫也喜欢上了，并争着帮忙浇水照顾。女儿说，这叫"缝隙里的浪漫"。

女儿远远地走来了，细细窄窄的身形，脆弱奶白的面容，纤细单薄的眉眼。可是单薄以外，却让人看到了力量无限壮大的痕迹。

因为那女儿的笑容里,有自在通达的清透和纯澈,还有信心,
对未来和生命的信心。

且行且吟

　　姐姐伍青，妹妹伍梅。一对布依族姐妹。来自遥远的贵州黄果树。姐姐空灵，妹妹真纯。同样美丽玲珑得宛如来自世外。

　　白衣，红裙。吉他，歌声。家乡山泉水一样冰澈透明的声音，在遥远的异地，在每一个暮色低垂、清风渐起的夜晚，抑扬相和。

　　无数个喧嚣里染满尘埃的心灵，在歌声里，回归了安详与纯净。

　　这年夏天，她们守候在小街深处那间久为人知的音乐酒吧，为每一个行经的"旅人"吟唱。

　　低缓的"吊桥"、起伏的"船帆"、向"岸"渐去的温浅灯光……舒缓蜿蜒，悠远而又迷离。

　　梦幻与现实交织。此"岸"与彼"岸"相望。姐妹两人的空灵弹唱，阻隔了时空，缥缈如天籁。

　　姐姐很小就离开家了。然后一直在外面走。家乡的山水沉淀在心里，美丽而纯粹，是伍青内心永远的背景和依靠。她心中清楚地知道，因为它们在，不管走到哪里，自己都不会迷失。

姐姐的美令人震撼。小巧，精致，剔透。专注的眼神折射着幽深的蓝。长长的睫毛搭覆着神秘和激情。干净而高远。

很容易让人想起几米的画。童话一样的女子，长长的发，红白格随风飘起的围巾，小小的行囊……家乡的袅袅炊烟，渐去渐远。远方看不见的风景，成了梦想的方向……

十几岁时，伍青就离开家乡去了北京。工作的地方是民族博物院。当时是被选拔去的。同去的有 4 个女孩子。两个苗族，两个布依族。伍青是其中之一。

那以前，伍青没有去过远方，心里装满了家乡的山川风物。每天最喜欢做的，就是清晨早早起来，踏着家门前清凉凉的石板路，看云裹山峦，雾绕枝头。她的眼里，一切都是流动的，溪泉，云雾，远山近树，甚至各色各样的奇异花草，都大团大团地涌动着说不出的美丽。

姐妹俩从小就爱歌善舞。她们生活的地方大多是苗族和布依族，真正的歌舞之乡。生长在那样一个单纯可爱的环境里，姐妹俩感觉很幸福。懵懂的心中，曾经以为那就是整个世界。

姐姐善谈，普通话说得很好。红衣至纯的妹妹，在姐姐跟人聊天的时候，一直在旁边微笑倾听。纯美的眼目，阔远的音色，自由舒展的性情，妹妹和姐姐，相似，又各异。

"妈妈不让妹妹出来，因为家里就我们两个孩子。可是禁不住妹妹的左磨右泡，妈妈最后还是放手了。"

十年的"独闯天涯"，让姐姐伍青看到了一个与家乡如此不同的世界。也让她由此产生了更加强烈的渴望，那就是看得更多，走得更远。

　　来长春是一个偶然。在北京工作那段时间,伍青过得很开心。认识了很多人,经历了许多事。身边的女孩子,不少去了国外。伍青也有过机会,可是最终选择了放弃。她说,做人不可太贪。路要一步步走,风景要一点点看。

　　就在这期间,她认识了一对来自东北的新婚夫妇。他们后来成了伍青口中的"我哥"和"我嫂"。他们在这边经营着自己的公司。人很实在,很好。待伍青就像自家小妹。

　　他们的劝说下,伍青跟着来到长春。当时她的主要想法是,到不同的地方走走,看看。尤其这么北的北方,没有来过。很向往。

　　起初,伍青帮着哥嫂打理他们的公司。后来他们盘下了一间酒吧,交给伍青来做。那是她第一次接触酒吧。很新鲜,也很神秘。

　　就是在那里,伍青开始了歌唱。做歌手,是她一直的心愿。她实在太喜欢唱歌。伍青说,歌声里,似乎有着自己的前世故乡。温暖,亲切,包容。不管在哪里,不管外面刮着多么严寒的风。只要歌声起来,那么世界便是再没有冬天。

　　伍青的语言表达能力让人惊叹。诗一样,圆润,简洁,富有韵致。

　　后来,哥嫂因生意转向去了上海。走前,他们一直找伍青聊,劝跟他们走。她也动心,想到那边看看。票都买好了,马上就要上火车了。却又变了主意,票都没退就留了下来。

　　这里面,大半的原因,在于一个人。他弹琴,做音乐,开琴行。曾在长达数月的时间里,夜夜不落地来伍青工作的酒吧。

他不会喝酒，也不大会语言表达，只一杯可乐，安安静静坐在那里看她。一坐就是一晚。

伍青一直记得那个晚上。很热。她在酒吧门外跟人说话。突然感觉屋内一片安静，然后是《梁祝》的曲子飘出来。清透，空明，好听得不得了。她很疑惑，以为放的碟片。可是又想，不记得酒吧里有这样的碟啊。

进去看，就见到是他。怀抱吉他，闭着眼睛，入迷地弹奏。整个酒吧的人都被吸引了。听不到半点声响。那一种情形，突然地就让伍青有了心动。

就是这个人，将要跟哥嫂南下的伍青留了下来。弹琴、唱歌，做自己喜欢的事情。多么地幸福又浪漫啊。

而且，这座城市的更北面，很多地方都还没有去过。她还有很多渴望。

一个离开家乡十余年的女孩子，顺着梦想的方向，一步步地走去。没有迟疑，更少迷茫。未来在眼中，从没险不可触。而现在，则更是远离了寂寞和孤独，因为妹妹来了。乡音做伴、歌声相和。她们要做的，只是将脚步踏踏实实迈出去。

眼下工作的这间酒吧，是出歌手的地方。能在这里唱歌，姐妹俩感到很幸运。伍青说，它多年积聚起的成熟和从容，是很多别的酒吧赶不上的。来这里的客人，很多都是伴着它的歌声一路走来。他们大多有着很好的素质和职业，个人修养很高。这里是干净温暖的驿站，没有杂质，有品位和内涵。

姐妹两人在这里，唱新歌，也唱"老"歌。像罗大佑的歌，很多有些经历的客人喜欢听，她们就去唱。并努力把其中的味道唱出来。伍青说，这么多年在外面，自己始终坚持的就是，做一件事就专心地去做。不仅是对别人负责，也是对自己负责。

现在，很多客人都成了她们的朋友。尤其一些在长春的贵州老乡，更是把这里当成了家。晚上只要有空就过来。其中很多是公务员、大学老师。他们说，姐妹俩的歌声让他们感觉仿佛又回到了故乡的山水间。

这些老乡每次回老家前，都会过来问，有没有需要捎带的东西，有没有要传的口信。而每次回来，都会带来一大包家乡的土特产。那个样子，总是让姐妹俩特别感动。

而那个坚持每晚送花且一送就是数月的男孩子，同样给她们的生活增添了特别的色彩。那是个艺术学院男生，已经要大学毕业了，却单纯透明得像个孩子。现在，他已经去北京工作了，还经常发信息过来。

很多的感动，很多的感触。没有晦涩的记忆。生活里每一个飘闪的画面，都有着家乡山水的底色，明澈，清爽，自如写意。

一曲布依族民歌《好花红》，在姐妹两人洒脱的弹唱里回响开来，和着遥远乡寨清凉的山风，将夏日炎热，徐徐荡涤……

任意东西

做记者，让我有幸抵近一个又一个普通百姓的人生。千姿百态，虬根茂冠。倾听，记录，书写。同时不断被打动。

刀斧砍凿下的"艺术"人生

他的生活，给人感觉就像在生活以外。一截截木头，一个个形神各异的木头人儿。隐于喧嚣中的小屋，近于寂寥的安静。刀斧、木屑、老箱、旧书……然后是他，一斧斧，安静地砍凿。

这情景，很容易让人想到《木偶奇遇记》。一个老木匠，一截成了精的木头，一个能说话会思想的木头人儿，还有那接下来的长长一段童话。

不同的是，这里感觉不出滑稽。只有安静和郑重。每一个木头人，在他，都是朋友，是孩子，慰藉着他的灵魂和生命。而且，他也还不够老，距离须发皆白还间隔着长长的路。

他的名字叫赵兴安。自称"木头赵"。古玩城里一间我到现在也说不出方向的小屋子，暂时做着他的"工作室"。

我对他说"艺术"。他不同意。说，我从来没想过那个，太高，不合适。感觉喜欢，快乐，心里心外的安静，就一直做了下来。我想表达的只是一种宁静，现代社会越来越缺少的那种宁静。就这样，就这么简单。

简单，宁静。我们交谈里贯穿始终、使用频率也最高的四个字。

而那些木头人，我们交谈的过程里，就在四周，安静倾听。

一

"怎么想起来做这个？很多年了。我在林区长大。周围全是郁郁葱葱的林木。很深，很密。每一根树干都挺拔粗壮。在我眼里，它们从来就是有感情会思想的生灵……"

听他安静深情地讲述，忍不住问，老家哪里？回答是小兴安岭。再问下去，便听到了一个我虽然没有去过但却熟悉至极的名字。

我们竟然是某种意义上的老乡！

这是我做记者以来，第一次在采访中，不期而遇"老乡"。由此，对他忆述中流露出的感情，不再产生任何疑问。

陡峭山峦、苍翠林木、深潭浅溪……甚至风远远踏林而来的"脚步声"，都在记忆前沿，清晰可触。

那一种"山地情结"，我懂。

"我父亲是个木匠，手很巧，能做各种家具。赶上心情好，又空闲，就用剩下的木头，做木头人儿。一刀一斧，一下一下地，一个个形态逼真的'人儿'就出来了。我在一旁，常常看得入迷。"

于是，初中毕业那年，他也做了木匠。

他指给我看贴墙而"坐"的一个木头人儿。古朴，静寂。他说，那是父亲留下的。很多人看了喜欢。中央美院的一位教授，拿出五千元，诚意要买，没有卖。父亲去世了，这个木头人儿，留着太多记忆。

说起来，专心做木头人儿，是近几年的事。早先为了糊口，也是什么都做。做家具，用桦树皮做装饰画，东奔西跑地为"产品"找销路。很忙，很累，也很不安。总觉得心里有东西放不下。直到某天坐下来，专心凿砍一个木头人儿时，心才仿佛一下子有了着落，终于知道自己要什么了。

是宁静。来自内心深处的宁静。

当对着一块木头认真端详时，他的内心深处，感到了前所未有的恬适，还有快乐。那会儿，所有的烦恼都没了。一切的俗杂事都悄然远去。只有自己和木头，两两相对。简单，纯粹，心意相通。

一块完整的木头，一个完整的木头人儿。不粘，不接，不加任何现代的技术和材料，只是木头本身的再创造。他的心里，一直认为，只有真实能反映真实。"木头赵"的木头人儿，拒绝任何花哨和装饰。

二

接触过"木头赵"的人，几乎都不能相信他只读书到初中。有思想和见地的话，脱离凡俗的安静和淡定，一颗完全摒弃了浮躁和游离的心。

他的木头人儿，连表情都差不多。没有任何一个有张扬的动作或神态。"木头赵"的心里，唯简单最能感觉到安静。它们差不多都穿着厚棉袄，大靴子，两只手不是插着袖就是垂直放着。几乎没有夸张摆放的时候。

将它们这么做出来，"木头赵"有自己的想法。他一直记着从前时候的老照片，里面的人物几乎清一色肃静的表情，坐的人手搭在腿上，站的人手就垂直着。安静的感觉就从最简单的手脚摆放里散发了出来。

他想做一个东北木头人儿系列。远离精细，力求一个"拙"字，就像广袤的东北大地，粗犷，辽阔。但却让人感到在精雕细刻中体悟不到的东西……

说起这些，"木头赵"普通的眉眼里闪烁着神往和生动。说实话，他不是个有艺术气质的人。他真的就像个木匠，有些憨直，有些粗糙，有些接近凡俗。可是他的内心却是如此不同，丰富，饱满，灵动。

妻子做小买卖，孩子读大学。家是普通的同样需要柴米油盐来维持的家。家的大半是妻子在撑着，他不会做买卖，妻子也不指望。正因为如此，他才可以这么做下来，跟木头面对面。

其实，要是单纯地做和卖，好像问题不大。可很多时候，总是舍不得。每一个做出来的"木头人儿"，都是自己的孩子。把它们卖出去的时候，心里会难过，会不舍。

前阵子，哈师大有个教授，过来两次，诚恳地商量，说出了一个不低的价格，想要在他的木头人儿里挑选十个。他想想，没答应。照理说，那个价钱似乎很说得过了。可是万一，要是把自己最舍不得的那些都挑走怎么办？

光线黯淡的小屋子里，高矮不同的"孩子们"。没有动作，不说话。用最憨拙的神态，诠释着"木头赵"丰富而又安静的内心世界。

左手边的木案上，巴掌大小的一个木头人儿，微白的木茬，细致的斧印，同样棉鼓鼓的外形，感觉得到的东北的雪野和木屋，漫长的冬季和寒冷包裹下的单纯而宁静的心。独属于东北大地的格调和线条。这是"木头赵"不借用任何其他工具，单单用斧子砍出来的第一件作品。吉林大学一位老师，看到的第一眼就相中了，出价两千元。他再一次没有卖。不是价钱不合适，又是舍不得。这是第一件纯用斧子砍出的作品啊。

三

木案的旁边地上，放着大堆斧子。长长短短，大大小小，足有二十多把。

这些斧子，有些是买的，更多是"木头赵"自己制作的。以后，他打算所有木头人儿慢慢都改成只用斧子砍。斧子砍出来的东西，更拙，也更接近原生态。味道也更好。他打算有一天，搞一个自己的雕刻作品展览。

"东北文化有我们独特的地方,这点和南方很不同。比方说，南方雕刻讲究精细，一点点琢磨，细节处来不得半点马虎，很玲珑，很精巧。这跟南方的山清水秀、小桥流水的地域特点很有关系。东北不同，山野阔大，冬季漫长，雪卧千里。我想做一个东北木头人儿系列，在'拙'里表现东北人的纯和真，以及那种人们越来越缺乏却也越来越向往的'静'。"语气安详，思维绵密清晰。

然后，"木头赵"拿《中国汉代木雕艺术》和《红山文化》给我看。说，汉代雕塑自己最喜欢。作品传神，少虚张声势，更接近本真，人为后天趣味的东西少，精神上的东西多。很好，真的很好。红山文化，同样令人向往。造型简单，却意蕴深远……

有思想和见地。知识也真的很丰富。这时候，再看他的木头人儿，感觉又是另一种情形。简单的宁静里，旋溢着思想的馨香。

"我一直很同意这样一句话，真正好的艺术来自民间，来自平凡的人。这并不是说我对自己的作品看得有多高，而是从多年的实践中感觉到的，真正的好东西，不是艺术屋里想出来的。真实的世界，真实的山川和血肉，能真正地打动内心。也才能创作出真正反映心灵与情感的好作品。"说着，递给我一些暗绿竖开笔记本，很老旧的样子。让我想起二十多年前的岁月。果然，是他从旧书摊上"淘"来的。

"用它们记东西，感觉不一样。"他解释。

一页页，粗糙的纸张上画着线条简单硬气的各样男女。这些上面的许多画，后来都成了立体的木头人儿。边角处，漂亮的钢笔字，书写着长短不一类似格言的话。

"有些是看着好抄下来的，有些是自己临时想的。"数本笔记本的格言短句里，多有"宁静"二字。

"木头赵"说，这是他一直不变的追求，也是一直痴迷于制作木头人儿的主要动因。于其间，他找到了安宁，快乐，和幸福。

"木头赵"现在最大的梦想，是有一天，可以在乡间有个工作室。远离喧嚣，安静创作。又或者，回到曾经的林海，在苍茫中，听着涛音，感悟生命最阔远的底蕴。一点点，实现最初萌芽于那里的梦。

如果可以那样，该是多么幸福。

相信不久的将来，"木头赵"会梦想成真！

水润华年

这是个粗粗大大的男人。宽阔的眉眼，挺直的鼻梁，坦白的眼神，爽直利落的举止和谈吐。笑起来哈哈的，没遮没拦。就像一条正开化的河流，便是拖拽着冰块儿，也一样哗啦啦地往前奔。眼睛里，只有春天。冬天的寒冷和萧瑟在后面，已经无须回头。

不知道还是不是自己妻子的女人，在遥远的美国给人修指甲。他在这家偏僻的小吃店里蒸馒头。孩子在几百公里外的小镇上跟着奶奶生活。

家里的一大堆欠账，在等着他打工赚钱一点点还。

有些艰难，有些忧虑，可是没有消沉。

"没用。唉声叹气能解决啥？我儿子出生几个月他妈走的，一晃许多年了，再没见到。可是性格一样挺开朗，没啥毛病。这我就挺知足。人不就活一辈子嘛，弄得那么愁眉苦脸干啥？咋地不都是活着？"早晨的忙碌过去，离中午还有一段，可以稍稍坐下休息片刻了。

"我到这儿才十来天，老乡介绍的。劳务市场也去过，可是找不到活儿，没技术。蒸馒头有力气就行。老板答应一个月给几百，管吃住。要是能干下去的话，我就挺知足了。"

渴了，端过旁边桌上的一大碗水，咕咚咚喝起来。眨眼工夫，碗里就滴水不剩了。

"我这人，心宽。不然早就不是现在这体格了。你看啊，我结婚11年，媳妇却有9年不在跟前儿。尤其最近这些年，连点信儿都没了。"他说，自己原来也是有工作的。大集体，上山伐树。那会儿刚从部队退伍，干啥都有的是劲儿。大伙喊着号子一块儿干。那时候最大的愿望就是有一天能转正。

漫山遍野的绿，满林子的鸟叫。年轻，浑身是劲儿，感觉就像那树能砍一辈子似的，整天兴致勃勃。没多久，山就差不多秃了，树不让砍了。人就闲了下来。

似乎只是眨眼工夫，回忆里就已是上个世纪。叶子一样，泛黄的，打卷儿的，不可思议地隐匿在时光背后。

和妻子是别人介绍认识的。她很秀气，很文静，是自己喜欢的类型。从开头，就是奔着过一辈子去的。

结婚没多长时间，就没活干了。父亲在他很小的时候就已去世，家里只有一个老妈，身体还特别不好。一到冬天，腰腿就疼得厉害。妻子到处打听，问到啥好招儿，就回来照着给老妈做。他看着，心里一直暖乎乎的。

转身又去倒了满满一碗水。"呵呵，我特别能喝水。我儿子说我是大牛。原来我不这样的，自打她走后，不知怎么的，就喜欢上喝水了。一碗接一碗地喝。我妈说，别人有愁事抽烟喝酒，你这倒好，尽喝水了。我只管笑。说，那就说明我没啥愁事啊。一碗水下去，咕咚咚，全冲没了。不挺好？时间长了，就成习惯了。一会儿不喝就难受。"

没工作后，也试着干过很多的活儿，可都挣不着啥钱。孩子出生了，眼看花钱的地方越来越多。和妻子两个人就着急了。那会儿单个人还可以申请去美国的签证。旁边好些人都办走了。他就跟媳妇商量，要不咱也去试试？

刚开始，是计划着一块儿办的。东挪西借了十多万，好不容易钱才凑齐了。两人都没啥富亲戚，攒点钱挺难的。当时就商量好了，到那儿后，抓紧挣钱，赶紧把账还上。

可是，谁想得到呢？他愣就没通过。为了上沈阳办签证，每次都要倒好多回汽车，一趟趟的，那个磨人啊。到那里后，当天排不上队，又舍不得住旅店，就随便找个什么地方对付一宿。挺难。可当时一点儿都不觉得。就想着，马上能挣到钱了，一切的苦都算不上什么了。

哪想得到呢？最后就那么一个结果。她签上了，他没过。第二年这样的情况就不给办了。再说，也实在没钱了。媳妇连办签证加上走时带点儿，钱是一点儿没剩下。

她一个人去了美国。开头儿几年还邮钱过来。他都一点点攒着，舍不得花，准备还账。可是后来家里的房子拆迁了，没地方住了。要买个新房子，就得花她邮过来的钱。怎么办？当时也是真犯难。就有当初借给钱的亲戚说，先买房吧。怎么着也得有个住的地方啊。一番左思右想后，就把钱拿出来用了。不然怎么办？大人还好说，孩子那么小，没个固定住处哪行？

当时寻思，她在外面，还会寄钱过来。还账不是问题。

"可是……唉。"

第一次叹了气。虽然很轻，却仍然让人感觉到了沉重。转过身去，又把碗端起来，咕咚咚，碗马上见了底儿。

回过身，又是硬朗朗爽直的面容。

她再没邮钱过来，也再没跟家里联系过，整个人像消失了一样。心里明白，她肯定好好地在那里。从她娘家人的态度上就能感觉到。只是在对自己隐瞒着什么。他问过不止一次，可是都没有结果，后来也就不问了。

不知道她还能不能回来。也不知道就是有一天她回来了还能不能是自己的媳妇。现在，对这些他已经不太关心。太长了，想想，十年啊。像孩子，妈妈的概念根本就是一片模糊。

慢慢地，就想开了。毕竟，她出去后头两年是邮过钱回来的。时间能改变很多东西，何况人呢？

她是不能再指望了，那就全都指望自个儿吧。身体这么壮，有身有力，怎么就不能挣钱还账？

可惜的是，没技术，找不到啥好活儿。只能单纯靠力气。上个月，在一家工地帮人装沙子，挣了几百块。可是，没等捂热乎呢，儿子就感冒了，打吊瓶啥的一下子花去不少，加上刚开学，用钱的地方多。东一点儿西一点儿的，几百块就没了。

转身又去倒水。第一次看到一个人这样迷恋喝水。一碗水下去，咕咚咚，马上焕发出新的神采。

儿子争气，上进，只要爸爸回家，就围前围后的，特别懂事。在外面打工，偶尔不开心的时候，只要想想儿子，一切就全好了。

这几年，经常有人给介绍对象，劝说，也该重新处一个了，都这些年了，她不可能再回来了。他都谢绝了。不是还对她存着幻想。只是想着赶紧把账还上。背着一堆账去成新家，问题不更多了吗？

"做人得讲究个诚信。人家当初把钱借给咱，就是信得着。哪能总拖呢？天下无难事。这话上小学时候就知道了。只要踏踏实实地干，别走歪门邪道，有啥难的？"

宽大的手搓搓。端起水，又是一顿咕咚咚。

有服务员过来喊，说面粉来了，让帮着扛面粉去。他呵呵笑着去了。挺着硬朗宽阔的背脊。

父亲那个时代的童年

他是我相熟已久的朋友。四十多岁。很厚道,很憨直,很淳朴。人很好。他给人的感觉,不是阔山大野的雄奇和伟岸,而是另一种朴素的稳健与踏实,好比一棵树,常青的,枝繁叶茂的,体脉通畅的。虽未坐拥万千峰峦,却一样有着奇崛的世界与乾坤。

就像这会儿,他讲给我听的他的童年,隔了在我看来实在并不算遥远的时光,却一件件,深深触动着我的心。

我们本来是聊着他上小学五年级的儿子的:电子琴考过了七级,作文写得绝对漂亮,电脑方面的表现实在够得上天才……却不想,话题越聊越远,渐渐滑过三十多年的时空隧道,飞到了岁月那一端。

那里,他是个聪颖懂事的山里娃,是个被大山滋养被自然浓荫密密遮护着的天真孩童,是个坐在昏暗窑洞里读书学习叩问将来的小小少年……

路途曲折弯转,直至记忆最深处。

一个"父亲"的童年,于是就在这样并非刻意的追述与怀想中，和现如今"儿子"的童年，遥遥对接。

一

朋友老家在河南西部，秦岭余脉中的一个小小山村。小学最初的三年，朋友和身边的小伙伴们，都是在窑洞里度过的。

窑洞里很黑，没灯。任何灯都没有，不要说电灯蜡烛，就是煤油灯都没有。因为穷。那个时候，那地方实在是太穷了。直到1984年考上大学离开，那里都还没有通电。

窑洞里没光，每天直到上午九十点钟的时候，才会透进一点儿亮。窑洞是直的，两排桌子，学校里所有年级的学生都在里面。只有一个老师。

轮到哪个班级上课，这个班级就挪到靠近窑洞口儿的地方去，那里亮，能看得清楚些。别班的学生，就摸黑写作业。笔掉地上了，看也看不到，就用手划拉着找。

学校里就一个老师，赶上老师家有事，就捎话来，"今天不上课了，回家吧。"大家就都回家了。下雨了，披着麻袋和同学往学校赶，赶到半路，碰到老师了，老师扛着铁锹正要去通地垄沟的水。看到他们，往往很自然地就说，都回吧，今天不上课了。

他们就回家。这天就不上课了。

一年里，学校要放四次大假。麦假、暑假、秋假、寒假。放来放去的，一年就过去了，也弄不清这一年里学了多少东西，掌握了多少知识。四年级以后，他和小伙伴们就到另一个稍大点儿的村子念书了。要走许多里山路，翻过好几道山脊。可没谁叫过苦，上学是好事啊。

新学校的条件其实也很一般，不过不在窑洞里了，教室是借的农民家的房子，桌子是土垒的，凳子是开学时学生从家自己带过来的，学期结束的时候，再扛回去。

夏天时候，教室里闷热，不通风，就有同学很自然地问老师：今天去哪儿上课啊？老师呢，听了这话也不惊讶，拍拍脑门儿，反问一句：你们说呢？同学们七嘴八舌，很快达成共识，到后面山坡旁的那几棵大柿子树下去，树大，遮阳，下面的空地也大，树上还能挂黑板。

于是，一个现在想来实在有些奇特的场景就出现了。扛黑板的，搬凳子的，拿书包夹课本的……一起奔赴新课堂。

树上"知了"欢叫不已，树下书声朗朗。

外面上课的时候，是不用课桌的，书就放腿上。到练习写字的时候，老师就在前面的空地上，用脚把地面杂物踢走，划出几个大块块儿，给同学们一人分一块儿，大家自己捡根树枝去写。写完了老师过来批改，好的表扬，不合格的老师就用脚把字抹掉，重来。

这些现在的孩子想都想不到的场景，在朋友的回首中，却平常得像呼吸一样自然。

二

朋友说，自己很满足，满足当下的生活，满足目前所拥有的一切。即使尚有欠缺，可是相信一切都会变好，越来越好。

"真的。想想啊，前后才多少年，我的生活就已经发生了这样大的改变。还不该满足吗？"

就说"电"吧。到1984年考上吉林大学离开家时，自己生活的那个地方还是不通电的。就为了看一眼电灯，胳膊曾经摔折过。

大概是9岁那年。离村子挺远的地方来了唱戏的，小伙伴们相约着去看，翻了几座山，快到了，看到明晃晃灯照着的舞台了。就都大着嗓门儿惊呼：哟，这都啥灯啊，这么亮啊。

到现在朋友也想不通那电是哪来的。灯挂在高处，亮亮的。把习惯了黑暗和油灯的他们看呆了。他只顾着看那灯，看那亮，就忘了脚下。那是山路啊，到处都深沟暗涧的。

结果，在惊呼的时候，就掉下去了，掉到好几米深的山崖下去了。等家人赶来找到，已经昏了过去。可就那样，醒来的第一句话还是：我要去看灯，看戏。结果大人还真就抱着过去看了会儿，直到再次昏过去。

"看这疤，就是那会儿留下的。"撸起衣袖伸过来。手腕处仍然清晰的疤痕，微微隆起的接口，新旧岁月完全的弥合。

那时候，不要说电，就是一点点油灯的光亮，都是稀罕物。朋友一直记得，小伙伴们排成队去偷油的情景。

生产队里有台拖拉机，拖拉机烧的是柴油。到晚上了，和小伙伴们每人拿只墨水瓶，把盖拧下来，悄没声儿地躲在拖拉机后面，看没人了，就挨个儿地去接油。不敢多接，一人接小半瓶。然后做成小油灯，靠着那点儿亮读书写字。

柴油烧出的烟很黑，一个晚上下来，大家的鼻孔全是黑黑的了。

就这样，和伙伴们读完了小学。他们那个班，后来有好几个考上了大学。当年他考上吉大后，父亲买了二斤糖块儿分给村邻，让大伙儿跟着一块儿高兴高兴。

说到这里，朋友再次开心地笑起来。这样的笑容，在平常的生活里，经常可以看到。里面有温良，有宽厚，有舒展和从容。

而此刻，这笑容看在眼里，又有了更丰厚的内容，愈发地意味悠长起来。

路上日月

乍一见面，他便"呵呵"地笑。清晰，爽朗，不拖泥带水。

"我家兄弟四个，除我都读了大学，现在都好好上着班。只有我是个例外。我是家里最小的一个。前面接连生了仨小子，妈就盼着来个闺女。我生下后，妈心里遗憾，就拿来当闺女养。照通常的逻辑看，这么养挺危险，弄不好，就不男不女的了。没想到，最后我却成了我们家最男人的男人。"一番开怀。

一直在路上。他说，或许，这是宿命。逃不掉的。小时候晕车，马车坐着也吐。可还是喜欢，晕了跑到地上吐，吐完了再爬到车上。这么翻来覆去地折腾，愣把晕车的毛病给折腾好了。

然后就是，开着二十多吨的大卡车，南南北北地跑。昼夜兼程，披星戴月。转眼十多年了，可还没有腻。

而且现在看来，这辈子，好像都腻不了了。

很黑很瘦很高，也很精神。粗大的手卷着叶子烟，很熟练。看我好奇，就解释：这烟劲儿冲，抽着过瘾。提神。

然后又呵呵乐起来。看上去幽默快活的一个人。

"是啊，我爱逗。你想，整天在路上，几天几夜不落脚，再不想着法儿开心开心，那还不傻了？"宽阔的脑门衬着亮堂堂的眼，舒展通透。

一

刚跑长途时，结婚没多长时间。老妈说啥不同意。岳母也一样。岳母家就媳妇儿一个女儿，特宝贝。家里生活条件好，一向没受过苦。岳母家做生意早，挺富裕，有好几个门市，卖装潢材料。结婚前就透过风来，说要是愿意，就弄个门面让他打理，赔了算他们的，赢了归小夫妻。

好多人羡慕，说他命好。现成的好事儿，不用操心。他却不认同，想着不缺胳膊不少腿的，要人家东西干啥？平时玩笑归玩笑，可论到正事儿，心里却有自己的"一定之规"。

做男人，就要堂堂正正。吃"软饭"还能硬气得起来吗？为这，媳妇没少跟他闹别扭，说他就是榆木脑袋不开窍，啥"软饭"？都一家人，还掰扯得这么清。

他总想着出去闯一闯，干点儿自己真正喜欢的。结婚前，曾应聘到一家单位给领导开小车。照理说，这活儿不错。稳妥、舒服，偶尔还能跟着蹭蹭饭。可时间一长，就觉得没意思了。

"这活儿没点儿，领导随叫随到，有时候领导在里面待到半夜，你就得在车里等着，直等到把手指头都数腻了，还等不出来人。那滋味儿，啧啧！"眯上眼，缓慢地摇摇头，很感慨的样子。茂密的头发很黑，亮亮地泛着光泽。

"发质好吧？常有人夸呢。说能拿去做广告了。路上风尘大，很多人的头发都被弄得发焦发黄，不成样子。可我的头发却一直这么好，只要水一洗，嘿，特亮。可是你想象不到，刚开始琢磨这事儿那些日子，因为里外交困，真是焦虑透了。头发大把大把地掉，后来竟然露出圆乎乎一大块头皮，亮光光的。听老人说，那叫斑秃。当时我吓坏了，这要是都掉光了可怎么办？我才二十多岁啊。"浑身一激灵，时光重现一样。

那会儿弄得他寝食难安的原因挺多。主要的有两个，一是他坚持去跑长途搞运输，家里死活不同意；二是不愿意给人打工，想自己并车单干，却又没钱。心里那个上火啊。

一番"斗争"后，家里人让步了，包括结婚没多久的妻子。她是他的小学同学，同桌时总打嘴仗，没想到最后竟"打"一家来了。

说到底，她还是挺理解他的。看拗不过，就说，喜欢就去吧。乐呵就好。

他把家底都拿出来，又借了些钱，凑凑，买了辆大卡车。就上路了。说不清到底为啥，就是喜欢，喜欢在路上。他说那种感觉特好。

他给自己的车装了特别棒的音响，每次出车前，都要到音像店挑上一大堆各种各样的碟。甚至小品相声的，有了它们，这一路就不会寂寞了。

而他几乎也很少感到过寂寞。陌生的道路和山川，从南开到北时，路过的不同层次的深深浅浅的风景，应接不暇。真是好看极了。

这么说着时候，眼睛愈发地亮起来，清澈，纯粹，毫无杂质。

二

"我这卡车你也看到了，够长够大吧？一般技术不到位的人，想试巴都不敢呢。嘿，又吹了。不过，我开车技术真的挺高。从打买来，还没出过啥大事故呢。唯一的一次是我睡着了，自己把车开树上去了。多亏在省道上，又碰巧跟前儿没人，不然可就出大事了。"

那次是真累了。从海南往东北运瓜，为了赶节气，他和雇来的小伙子两人加班加点儿地开，休人不休车。猛劲儿抢时间。谁困了谁就睡会儿，另一个接着开。那小伙子还行，倒手时就真睡，他却睡不着，或者说不敢睡。好像是习惯了，自己的车，自己不把着方向盘，心里就不落底，闭了眼也不踏实。结果最后换班儿开时，就迷糊着了，顺着惯性开，开着开着，就开到树上去了。不过还好，因为没敢快开，车速慢，没出啥大事儿。

这以后的路，他就变"乖"了，实在累了就找个地儿歇下。

"寂不寂寞？习惯了。那份陌生里的充实，一般人体会不到的。只是苦了我妻子，她待我很好，一人里里外外地操持，非常辛苦。时间长了，偶尔也会有怨言。尤其一些关于跑长途司机的闲言碎语，有时也会拿来问我，不信任的样子。"语气缓淡起来，云一样，*丝丝缕缕*，悠悠聚合。

路上时间久了，一些线儿常跑，总在哪里落脚习惯了，慢慢大家就都熟了。有的就会成为朋友，甚至是很好很好的朋友。

却也仅止于此。他说，凡事都有边界，不能越的。

起初跑江西那边某条线的时候，高速还没修好，就总到国道旁的一家小饭馆歇脚，吃东西。店不大，可瞅着里外特干净，人也热乎，每次进去，都像到家一样。做的菜也尽量按着口味来。让人心里觉得很舒服。

这么一来二去的，就跟小店老板熟了。

她人谈不上漂亮，却有味道，不像一般的老板娘泼泼辣辣的，很文静，说话慢声细气。一句一句，挺柔软。丈夫也在外跑车，她一人在家，守着店。

一次，路上突然肚子疼得厉害。当时离她那儿刚好不远，就去了，想着歇歇就好，谁知道越疼越厉害。她"逼"着他去了附近的医院，结果是急性阑尾炎。从做手术一直到出院，她忙前忙后地照顾。在家里做好可口的饭送来……

某种说不清的情愫，似乎就是这个时候悄悄长出来的。那种情感的滋生是相互的，彼此都感觉得到。

可是一直到现在，谁也没有说破。每次他停下，两人都会半宿半宿地聊天，他说路上的，她说听来的，然后就是各自的人生。总是聊到很晚，却不觉困。

每次聊完，他和她都似乎很不舍，可却从未逾过雷池。不想破坏这份美好，更不想让对方背负上沉重。

现在，那段路已经通高速了，可每次路过，却还要拐个弯，就为了能见她一面。

自己仍然爱着妻子，对方也一如既往牵挂着她的丈夫。只是在心灵的某个层面上，他们拥有了共同的出口。

一直阔朗的声音，有了模糊的迷离。

三

"不说这些了，聊点别的吧。我不总跑长途吗？除高速外，国道、省道什么的，也常走。总能遇到想搭车的，啥人都有。经常碰到的是一些大学生，利用假期想各地转转，兜里钞票又不足，就想出搭车的办法，通常都是两三个人一起。只要可能，一般时候我都会捎他们一段儿，做好事，也当解解闷儿。听这些年轻人聊天说话，挺有意思的。"

有一个搭车的人，他至今记着。一个人，已经三十多了，离了婚，辞了一直干得挺好的工作，四处走。遇到的时候，她已经走过大半个中国了。她说，她们家族有一种遗传病，到一定年龄就会发作，浑身瘫软，动也动不了，在床上躺过几年就会死掉。她的亲人里有好多就是那么去的。

她恐惧，不甘心。世界这么大，啥都没来得及看就死掉，总是不甘心。所以要尽量多地走走，看看。就是死，也要装着一脑子的风景和世界，让自己不那么遗憾。

他说，她是呵呵笑着说这些的。他也是笑着听的。可分手后，看着她背包远去的孤单背影，眼睛却湿了。

接着是沉默，很长一段时间的沉默。

"路上生活挺丰富的，真的挺丰富。陌生，新鲜，有内容。不单调，一点都不。"他的眼睛很亮，很黑，配上黑亮亮的头发，感觉如此年轻而有朝气。

而沧桑和世事，却又在他身上同时奇妙地交融。

有歌声飘过来，动感的属于路上的歌声，裹着山山水水，霞光云雾，铺泻一天一地。

空旷里鼓荡着生命的风

天很冷，很冷。四九天，真正的滴水成冰。纷纷扬扬的雪下过了，剩下细碎的雪末，刀片一样，阳光下闪闪烁烁，凌厉地切割着硬结的空气。风来，打在仅露在外的方寸肌肤上，是硬生生不着痕迹的揪扭和刮掠，接下来是麻木的疼。和之前的很多"预言"不一样，这不是个暖冬。

"是啊，够冷的。背风地方还好点儿，像这，没遮没挡，别说有风，没风也够受的。我啊？冻出来了。不怕冻。干这活儿，怕冷哪行。我这命，结实着呢。"说着，就笑了。脸上的肌肤堆挤上去，红彤彤地弯扭成无数曲线。

老人姓傅，今年已经58岁了，在文化广场做保洁。冬天里，她的主要任务是扫雪和看草坪。广场上的人都喊她傅师傅。绕口，可是她说，听惯了，顺嘴儿。

"老多人都以为冬天草坪踩踩没事儿。你看，这边都出道儿了。一不留神，人就上去了，喊都喊不出来。别看是冬天，上面存雪，可要是老踩，草就毁了。春天时候就长不出来。这草可贵了呢，外国买的。"很认真，也挺善谈。

傅师傅的时间表是这样的，每天早5点来，晚6点走。这说的是冬天，要是夏天，早晨还要提前半小时。中午自己带饭，没有节假日。

"怎么都比待着强啊。我一待就浑身不得劲儿。忙活忙活，倒好了。我闺女今早还说，妈，别去干了，怪冷的，多遭罪。我不听，我身体好着呢。你看，你才待这么一会儿就受不了了吧？我没事儿。我这棉袄，自个儿做的，暖和着呢。"说着就从袖口处把棉袄边儿拽出来给我看。黑布面的，看不出多厚。可她说，暖和。自个儿做的，用好棉花，实在。不像外面卖的，花挺多钱，穿上啥用不顶。

"我家现在就剩我和老头儿了。儿子闺女都结婚了。他们也都没啥正式工作，打零工，不过也没啥，有吃有穿就行啊。关键得有个好身体。像我，一辈子没吃过药。啥饭都吃得下，没病没灾的，多好。我老头儿就不行，半身不遂后遗症，退休那点儿钱，尽买药了。草药一买一大堆，啥也干不了，现在还好呢，我不在家能自个儿对付着吃上饭了。你说，这要是没病，该多好。要不怎么说呢，有啥也顶不上有个好体格。"

聊着，就听她猛地冲前面大喊一声。两个正抬腿往草坪上迈的年轻人回头瞅瞅，嘀咕几句，然后不情愿地绕道走了。

"这算不错的呢，碰上一些人，你怎么招呼都没用，照样走。喊多了，跟你吵。还有一些在广场上放风筝的，风筝掉草坪上了，他去拿，慢腾腾的，你要是喊几句，有的就不高兴，跟你理直气壮地吵。我有时候就寻思，这人咋就不能都管好自个儿呢？

要是都往好里做做，不就啥事儿没有了吗？"像是困惑，神情里却看不到愤怒。寒风里的脸，依然明朗。

"我不愁，啥事儿都不愁。你看我这头发，一根白的都没有。我们周围老多人都奇怪，说，你也这把年纪了，怎么就没白头发呢？少琢磨事儿呗。啥难事儿能因为你发愁就变好？还不如乐呵呵的，该咋做咋做。愁没用。"

这么说着，就把头上的绒线帽子挪开个边儿，把头发拉出来给我看。没消多大会儿，嘴里呼出的热气，便在黑的发梢上凝成了浓霜。

"老多人说自己命不好。要论到这，我怕真是算不得好命吧。"说着"命不好"，可傅师傅的语气里，却听不出任何悲戚。

6岁的时候，妈就死了。妈死时，弟弟还不会走。奶奶半身不遂。爹带着全家人一块儿，磕磕绊绊地往前过。好不容易长大些，以为好日子就要来了。却没承想，家里又出了意外。

为了把日子过好点儿，爹和弟弟去了黑龙江克山，到那里找事儿做，借住在当地一间平房。冬天的一个夜里，炉子没压好，不知道怎么房子就着了。等到外人发现时，弟弟已经半个身子都烧没了。

知道后，心里那个难受啊。弟弟还没订婚呢。那么点儿大就没了妈，没等娶媳妇又没了命。这当姐的心里，是个什么滋味儿啊。

爹还算好，死里逃生，活下来了。

"要说我这一辈子，经历的事多着呢。我只是不喜欢总回头去想，我认准一个理儿，啥事儿往前看，别总想那不痛快的。"声调多少有些落寞。

"孩子们还好吧？"一个转移情绪的最好话题。

果然，傅师傅眉眼间的神情霎时欢畅起来。

"都好着呢。虽然拿不出钱来孝敬我们。可有啥事，总惦记着。我孩子的身体，也都好着呢，一个个活蹦乱跳的。打小没毛病。你说我这家庭的孩子能吃到啥？可都个顶个壮壮的。"傅师傅说，她对孩子从不娇惯，家里有个规定，饭只在该吃的时候吃，零食一概没有，吃饭时要是不好好吃，过了饭点儿就坚决不给吃的，饿着吧。

"小孩子心眼儿多着呢，这么时间长了，他就特别知道好歹，一上饭桌不管好赖都香喷喷地往饱里吃，不挑肥拣瘦。所以呀，这么吃下来，他们身体就都特别好。像现在的孩子，一整就不爱吃饭，说到底，还不都大人给惯出来的？"

想想身边一个个被"精养"出来的小胖墩、"细豆芽"们，傅师傅的话还真是有道理。

"我这人啥也不信，就知道活就好好活着，不糊弄人，不做亏心事，干活下真劲儿。你看天冷吧？尤其这广场上，四周没个挡风的。可我要干起活来，一整一身汗。怎么干都是干，力气还怕用？不管干啥，心都要摆正。"快花甲的人了，说起话来却力道十足。

傅师傅不识字，连自己的名姓都不会写。可是为人处世的道理，却明明白白。原来在市场卖过菜，卖菜时，把香菜什么的都摘得特别好，一根根干净地码放着，大伙儿都爱买。秤上更是从不短斤少两。后来市场黄了，就不干了。

心宽，乐呵，啥都吃得下。中午带点儿饭，带点儿咸菜，放炉子上热热，也吃得挺香。胃口好，从没闹过毛病。

对于现状，老人挺知足。"不管咋样，我有个好身体啊，这不比啥都强？好多人看到人家有钱的，就羡慕。我不。有钱不也一天三顿饭吗？有钱人过人家有钱的日子，咱没钱，也过得挺好。再有钱也是人家的，你羡慕顶啥用？我不瞅人家那个。该咋过咋过。心里一天到晚敞敞亮亮。我琢磨，这就是福气了吧。"

女儿总劝她别干了，夏天晒死，冬天冻死。傅师傅不听，说，在家干待着多难受啊。出来忙活忙活，反倒浑身舒坦。

有淘气的孩子来，将她扫码整齐的雪堆，踢弄得四散飞扬。也不去阻止，笑呵呵地看。嘴里说着："这没啥，孩子愿玩就玩吧。好不容易放假了，放松放松。这跟踩草坪不一样，这个我可以再扫啊。"这么说着，就去把散乱的雪又利落地堆起来。

"我现在，就是牙有些不大结实了，掉了好几颗。说来可能没人信，我掉的牙都是自己拔的。让人家拔，还得给钱，不划算。我是疼一颗拔一颗。我这人，别看不识字，可是胆儿大。我年轻那会儿，自个儿还去过黑龙江呢。"

一个人能去黑龙江，似乎是件大事。傅师傅一直记着。甚至还能清楚说起，那次返回时，哪里过了站，怎么找的警察，警察怎么帮了她。她运气好，没再买票，就顺利回了家……那些能够带来快乐回味的细节，都被她一一地印在心里。

"要过年了。一到过年，我们就忙得脚打后脑勺。原来让放鞭炮时，大家都来广场放。鞭炮纸屑啥的特别多。要不停地扫，还要顾着招呼大家不要进到草坪里。不过，再忙心里也高兴，我喜欢过年热热闹闹的那股劲儿。现在不让放了，轻松多了呢。"

　　傅师傅爽爽朗朗地说着，笑着。没有暮气，听不到荒凉，空旷寒冷的风中，夹裹鼓荡的，全是旺盛强健的生命力。

小院落里旋起的"大舞台"

这真的只是一个小院落。不知通向哪里的一道铁轨，嘈杂繁乱的一小片市井，一间间低矮局促的泥土房……里面夹裹着个它，同样普通不起眼儿的一座小院落。

不同的是，这里面有歌声。属于"二人转"的歌声。朴素，乡土，十足真味儿。

师娘说："我们只教最传统、最纯正的。也只唱最传统、最原味儿的。"师傅说："我们的宗旨是，把二人转好好地传下去。别让乱七八糟的东西给毁了。"

小院落，大目标。

出长春，穿九台，进兴隆镇。普通的院落，普通的一对老人。不普通的梦想和作为。

一

师娘叫石秀琴，师傅叫王金成。所以把师娘排师傅前面，是因为师娘已经把"二人转"唱得出神入化的时候，师傅的喉咙还在"山门"以外。

早年，师娘有个有名的"艺名"叫"石丫"，是师娘的师傅给叫开的。据说挺长一段时间，很大一个范围内，凡是喜欢"二人转"的，提起"石丫"，没有不竖大拇指的。那是一个响当当的名头，挂着老百姓最实在的喜欢和热爱。

转眼，当年"石丫"已经花甲。曾经娇容布满沟壑。而始终没有改变的，是对"二人转"的一腔痴情。

"变不了，这一辈子都变不了了。看见那小剧场了吧？是我和老王一砖一瓦垒起来的。别看不起眼儿，可乱七八糟加一块儿，算上音响啥的，也花去三万多呢。我们原来那点儿积蓄，差不多全搭进去了。图个啥？这把年纪了，也不想名也不想利，就寻思着能把二人转好好传下去。至于攒钱养老啥的，就顾不了了。"师娘的语气里浓情一片。

"小剧场"是借着院子围墙搭的，上面架起屋顶，铺上石棉瓦。里面装上煤炉，搭个戏台，摆上长板凳。地面还是原来泥土样，顺着地势微微地起伏……的确简陋。可是，一砖一瓦，一对老人的付出和投入，却是看得见的努力和用心。

"总有人问为啥这么做。还能为啥呀？就是热爱喜欢呗。别看我今年六十了，可我不服老，我相信自己照样唱得好。只是上了岁数，没人愿意看老太太表演了。我就想多教几个孩子，把东西传给他们，让他们去唱。'石丫'老了，可'石丫'的歌儿没老，孩子们会把原汁原味的二人转唱出去。"

想起某次演出，刚上台，还没开口呢，就听下面有人嘀咕上了："怎么上来个老太太？"老太太怎么了？二人转唱得更地道更有味儿。可人家不这么看，尤其年轻人。"市场"毕竟是"市场"啊。

失落是短暂的，毕竟还有徒弟们。十多个孩子，赛着劲儿聪明，灵动。板板眼眼，一招一式，都唱到了骨子里。

这些徒弟，最小的才14岁，大的都四十多了。都是农村孩子。家长送来，盼着孩子能学点东西，将来多个出路。师娘师傅自然是倾心尽力地教。他们中有好多都在这儿待好多年了。有的家里实在困难，别说学费，就是吃饭钱都拿不出。拿不出就拿不出吧。只要认认真真把二人转学好唱好就行。

有个叫小颖的，爸妈离婚了，没地方去，来学"二人转"。从头到尾，待了三年，一分钱没拿，后来学成了，出去唱了。师娘师傅都为她高兴。现在，小颖在赤峰的一家剧场压轴表演。唱得相当不错了。

<h2 style="text-align:center">二</h2>

师娘的目的，就是多培养出一些这样的学员，把"二人转"唱得越远越广越好。建这个小剧场，多半儿原因就是为了他们。可以有个机会把学到的东西摆到台面上，多锻炼，就越唱越好。现在，这些孩子没有怯场的，啥时候都大大方方。台下有时候看着蔫巴，可一上台，就完全两样了。生龙活虎的，特别带劲。

旁边的炕上，坐着一排女孩子，文静秀气。穿红衣服的这个，叫石岩。是师娘的亲侄女。十多岁就来了，是师娘硬劝来的。

开头儿不但自己不想学，爸妈也不支持。都觉得石岩不大有这方面的天赋。转眼三年过去，当年的小女孩已经成了"小剧场"的"台柱"。不但爸妈吃惊，连石岩自己，有时候想想，也觉得挺不可思议的。怎么就变成唱"二人转"的"行家里手"了呢？而且不是表面的"皮毛功夫"，是由内而外地跟"二人转"融到了一起。

"喜欢，特别喜欢。"好看的石岩内敛沉静。说到感受，就只这么简单的几个字。

那些个男孩子，在前面的小剧场里练唱，排演。脆亮的声音此起彼伏。

这会儿，一直在那边忙碌的师傅王金成进来了。师傅瘦高，干练，挺拔。眼神明亮清澈。67岁的人，却丝毫不见老态。

"徒弟们的功夫，都是老王教的呢。他这人啊，学啥像啥，学啥爱啥。意志特别坚强。""坚强"这个词，师娘在说到师傅时，不止一次地用到。也难怪，几次大病下来，师傅的胆切没了，肠子去了3米，胃切掉三分之二……

老王聪明，会好多样乐器，还会自己写词谱曲。跟师娘结婚以前，他不会唱"二人转"，后来看到师娘那么热爱，就坚决地支持上了，自己也开始练上唱上了。

三

话语中，师娘一再提起自己的师傅李青山。说，老王特别理解自己和师傅的感情，一直从行动上积极支持她完成师傅临终前的嘱托。

李青山是师娘的师傅，也是她的老团长。说起来，那是很多年前的事了。师娘十多岁就唱"二人转"，刚参加工作就加入了省民艺团东北地方戏队。李青山当时是团长。那会儿，团长对师娘特别看好，总夸她条件好，艺术接受能力强，有前途。只可惜，唱了没多长时间，师娘就受伤了，右腿不能弯。没办法，只好病退了。当时心里那个难过啊。团长也觉得特别遗憾，鼓励她，千万别放弃，好好养伤，以后的日子还长着呢。

老团长临终前，一再嘱咐，一定要把"二人转"唱好，教好，好好传下去。

师娘记下了。她和老王早想好了，要趁有生之年，多教几个孩子，能多教一点儿是一点儿，把"二人转"最本真的东西传下去。

"这是咱东北老百姓自己的东西啊。说啥也不能让它变了味儿。"师娘语气坚定。

"说的是啊。"师傅若有所思地接过去，"'二人转'本来就是咱老百姓自己的东西。可有时候，却离老百姓似乎越来越远了。城里的一些大剧院，是总有一些'二人转'表演。可门票动不动就上百块，真正的老百姓有几个去得起？我一直认为，真正懂'二人转'、需要'二人转'的，还真就咱普通人。像我们这小剧场，听一晚上就一块钱。说到底，我们的目的不是赚钱，就为了让大家能听到看到真正的'二人转'。乡亲们说好，我们这心里就满足了。"师傅的眼神睿智、深邃，很有文化的样子。聊下去知道，师傅确实是有真"功夫"的。不但腿脚招式，还有思想文化。据说，很久以前，师傅是十级木匠、工程师，领人做过很大的工程呢。

"老王别看年龄到这儿了。可思想啥的，一点儿不老。总看新闻，闲着时就爱读读写写啥的。不久前老王自己写的段子《红旗下的新吉林》，唱出去后大家那个夸啊。都不相信是老王自己弄的。老王这人，真正是干啥像啥。原来他不会唱'二人转'，可自打跟我结婚后，就琢磨上了，后来上台表演，几乎没人相信他是'半路出家'。吹拉弹唱，样样拿得起。现在学员们的一些腿脚功夫，都是他自己教。咋会的？'偷'来的。那些年，我们在胜利公园'开大棚'唱戏，隔壁是德州马戏团，人家天天早晨起来训练。老王就去偷偷跟着学，一来二去的，就把功夫'偷'来了。"说起老伴，师娘的语气神情，满满都是爱意自豪。

四

"我们爱唱。老百姓爱听。我们这心里，就觉得老大满足了。说起来，有件事，挺让人高兴的。"

师娘说的这件"让人高兴"的事，是指那个智力有问题的孩子。孩子二十多了，痴呆。原来啥啥不会说，问啥啥不知道。可就是爱听"二人转"，天天晚上来。大家就逗他，怎么总来？

他就冒出一个字儿："好。"慢慢地，竟然能开口交流了。问他话也知道说了。他妈妈打电话来表达感谢。他自己也说："妈说，我聪明了。"原来这孩子连自己多大属啥的都不知道，现在都知道了。

"你说有意思不？听'二人转'竟然把一个傻孩子的脑袋听活泛了。"师娘脸上洋溢着说不出的开心。

师娘和师傅，每年都带人去几次镇上的敬老院。那里的老人是吃穿不愁，可心里需要安慰啊。每次去，老人们都高兴得不得了。开开心心的。"为老人唱，我们分文不收，老人只要高兴，我们的目的就达到了。我们每年都要下乡演出。'二人转'本来就是老百姓的艺术，离老百姓越近越好。今年我们的目标是附近村子最少每村演 5 场戏。"师傅的话透着分量。

师娘一旁接着说，再下去，要记着带上纸笔，有些在老百姓中流传的好东西得记下来。不然，将来都失传了就太可惜了。

一对花甲老人，一个普通院落，一个实在梦想。

一个天地广阔的大舞台。

谁弄丢了昨天那个人

他是我中学时代朋友的朋友，我们曾经一起很多年。说不上友谊多深，却因为共同的朋友的缘故，很熟悉，很亲近。他很热心、很善良，也很腼腆，跟生人说话，常常脸红。那时候，他的头发总是顺服地趴在脑门上，圆圆大大的眼睛衬着红红的脸，透着天然的单纯和质朴。我们常打趣，说他像女生。他脸红，却不反驳。仍旧实实在在地尽着心，踏踏实实地做事。

我们就又说，他是真好。难得的骨子里没有一丝"狡猾"，是个真好人。

转眼许多年。中间隔开了山山水水，再没碰面。只有断断续续的信息辗转着过来，却每一样都让人听着惊悚，结了婚，离了婚，犯过罪，入了狱……放到是别人，或许听了也就听了，没有波澜，可是是他，记忆里那么纯粹特别的一个人。

于是，所有的信息后面，都被打了问号。

然后在这个冬天，雪下得很厚的一个日子，手机响了，打进电话的，竟是他。他说，来了长春，正住在宾馆。喝茶时候看报纸，竟从上面看到了我的名字，还有电话。试着拨拨，竟就真听到了我的声音。

不能不相信冥冥中有一个注定。他拨通这个电话，想来就是为了给我存储在心里的所有问题，一个答案吧。

一

在宾馆一楼大厅茶座外，我站了半天，对那个在里面站起来向我微笑的人，犹疑着不敢有回应。是他吗？轮廓上看似乎是，却又似乎不是。跟记忆中的那个人，怎么看怎么觉着差了十万八千里。

还是他走了过来，握手，寒暄。理成板寸的短发，妥帖地根根直立。自然热络的笑得体到位，包括握手，轻重里亦有着某种度。

"好多年了，多不容易。世事沧桑啊。"很自然地笑，暖光下的脸，看不到红晕。被岁月漂走了吧？

他说，这次来，是要账的。账要得差不多了。"敢赖账。哼！也不看看跟谁。"音调不高，却透着隐约的寒气。

似乎意识到不妥，猛地打住。笑笑，遮掩地端起杯子，小口喝茶。然后摇摇头：看我这嘴，扳不住。

自嘲地笑。"出外混，没办法。"

"看到你，让我想起从前咱们常在一起的时候。那会儿我头脑多简单，一说话脸就红。现在回头想，也挺怨自个儿的，怎么就长大得那么慢？要是成熟得早些，也就不至于走那么多弯路，被人骗得那么狠了。看你现在这个样子，还是书生气十足。可不行啊，得学着点儿。"

话才刚开了头，便"开导"起我来。

似乎意识到了什么，又摇摇头：一人一个活法儿，没必要千篇一律。快乐就好。"是过去的经历把我弄'毛'了。所谓'一朝被蛇咬，十年怕井绳'吧。"

然后便是，茶香缕缕中，他主动地，为我之前的诸多疑问，圈画上了一个又一个圆圆的句点。

二

老家在农村，后妈。后妈嫁进来后又生了两个孩子。他和妹妹两人一直没人管。

就努力着想闯出条路来，为自己，也为妹妹。可是上学时无论怎么努力，成绩却总是平平，无论如何也拔不了尖儿，后来他就想，或许自己在学习上就那么个智力吧。

中学毕业后，考上了一所地级市的专科学校。读专科那三年，他跟中学时候一样用功，想着自己没关系没背景，只有靠真劲儿。还别说，这回成绩竟然在同学间有些突出。"细想想，不是我的智力有了多大提高，应该是很多学生的劲头都放松了吧。二年级开始，我做了年级学习部长。一向不显山不露水的我，竟开始有些引人注目，这是我从来没想到过的。而我所谓的爱情，也便在这个时候应'时'而来。"说到这里，他自嘲地笑笑，摇摇头。将杯里的水一饮而尽。

她不是他喜欢的那种类型。五官搭配夸张，举止也张扬。他喜欢含蓄、内敛、传统的女孩子，她一点边儿都搭不上。可不知为什么，他们还是很快就走到了一起。是虚荣，还是真应了"男追女一座山，女追男一层纱"那句话，他不能确定，能确定的是，面对她火热的"攻势"，他几乎来不及反对，两个人就已经是同学眼中的情侣了。

偶尔两人一起时，他会问她，喜欢自己什么，值得她这么隆重地连追带赶。她大咧咧地笑，说喜欢他的单纯和傻，还有实在。跟她熟悉的那个圈子里的人不一样。

"说到底，我也并非全是'被迫'的，也存着一些私心。我知道，她父亲在另外一座城市里，担任着要职。如果跟她处朋友，那么我将来的毕业、工作等一系列问题，便全都不再是问题了。"他的眼睛微微地眯起来，恍惚着。唇边隐约着淡淡的笑，只是转瞬，这笑便凝固了。

三

毕业了，一切都是预想中的那样顺利。他到她父亲分管下的一家大单位，做了管钱的工作。他妹妹，也由她父亲介绍，到城里做了不用出大力的活儿。妹妹为此很感激，他也是。想着：兄妹能有今天，全托她的福。就想好好跟她过，报答她，还有她的家人。

可事情却并不是这么简单。日子过下去，问题慢慢也就来了。两个人的出身不一样，背景不一样。原来可能构成吸引力的某些东西，在实际的生活中，便成了沟沟壑壑。

仿佛是突然间，她不再是读书时那样胸无城府、大大咧咧，而变得很有心计。开始不断地指点他，这个应该怎么做，那个该如何说。他惊讶于她的变化。但慢慢地，随着跟她家人的日益接近，他开始明白，她本来就是这样一个人。那种性格，天生长成，又有后天熏染。

刚开始工作时，他认认真真规规矩矩，可慢慢地，困惑越来越多。比如一些领导拿来的莫名其妙的票据，他不知道怎么回事，却不得不签字。回家跟她说，她不屑地随口说，你真是，这点儿小事也值得犯难，让签就签呗。

她和她家人一点点的"教导"下，他慢慢"上道"了。只是，还常常被奚落，因为自己的"不解风情"。中间要学的东西，实在太多了。他常常感觉累，还有压力。

这中间，因为工作关系他认识了一个女孩子，很文静很秀气，很谈得来。有几次，下班后实在觉得累了，又不想回家，便约了她去茶馆里坐坐。说真的，虽然心里有好感，可并没往深里想。只是想累的时候有个不是很复杂的女孩子一起坐坐，聊聊，放松放松。

哪里知道，会让妻子碰到。而这一碰，家里的空气就再没流动过。妻子讽刺、挖苦，旁敲侧击，一方面口口声声说不在乎，说他这样的一抓一大把；一方面却又坚决不离婚。

"说那样太便宜了我。又说，我的一切都是靠她得来的，我没良心等等，等等。总而言之一句话，所有能刺伤人的话，都让她给说了。而我和那外面的女孩子，不过喝了两次茶而已。"

他的语调平静、淡然，全不像内容那般来得沉重、艰涩。间或，嘴角挑挑，几分自嘲和不屑，便流露出来。

四

就在这个时候，单位财务出了问题。上上下下乱成一锅粥。她父亲将他找去，循循善诱地替他分析利弊。慢慢他听明白了，就是让他尽可能多地把责任揽过来。后来知道，原来这件事也牵涉到她父亲。

出于一种"还人情债"的幼稚想法，就照她父亲说的做了。虽然结果是该受惩罚的一个也没跑掉，可他的罪却因此加重，被判入狱。

"等我出来，一切都变了样。她搬了家，原来的房子卖掉了，连门都不让进。我什么都没有了。"几乎下意识地，他搓了搓手，身子有节奏地往前一倾一倾。腮边挂着无所谓的笑。

手指上，一枚硕大的金戒指，闪着幽光。

"俗吧？避邪。不都这么说吗。管它灵不灵的，解个心疑。"又是自嘲地一笑。

"没招儿了，我学着做生意。还别说，天无绝人之路，还真就做顺了。中间我守着一条，就是不管做啥，都不坑不骗。监狱的滋味儿我是尝够了，但是遇到这种想赖账的'主儿'，也决不马虎。"

口气突然变得锐利干脆。我心头一惊。认真看他，隐隐约约的缝隙里，似还有从前的影子，可是，却真的很薄很淡，几乎捕捉不到了。

　　"放心，我坏不到哪去。怎么着也有个善良的底子在。"似乎看出了我的心思，他朗朗一笑。我一愣，旋即也笑了。

　　这，应该就是成长吧。

　　只是，和他分别后很久，我一直走不出心头的疑问。就是，从前那个憨厚、纯直、爱脸红的人哪里去了？被谁弄丢了呢？

不敢后悔的人生

"不敢后悔，如果后悔，对以后的生活我就没有信心了。"这是原话。而在说这话时，他尚且年轻的眼睛里，却透着雾一样遥远潮湿的东西，很深，很空。

这是在距市区很远的一所监狱里。他在这里服刑。本来无期的徒刑，还剩下 14 年。

入室抢劫，杀人。都是阴暗而锋利的词。带着血腥和恐怖，还有否定和审判。

现在，这些都封存在他的人生档案里，浸渗于他好看而有棱角的眉宇间，锁定在时间峭壁上。

他说他叫大军，34 岁。我知道这不是他的真名。真名秀气而有内容。"那是父母的希望，是他们盼望的我的人生。"当我说出他的名字时，他轻轻地摇头。开阔疏朗的额角渗出细微的汗。

"我还想有将来。"沉默良久。他缓缓地说。

那么，我们这篇文章，就遵从他的愿望，叫他大军。

一

大军家在吉林市。家中4个孩子，他最小，上面两姐一哥。哥姐现在都很有出息，是国家干部。大军自小和哥的感情最好，哥到哪儿都喜欢带着他。小时候，哥常握着大军的小拳头，开玩笑地说:弟，咱哥俩都好好学习，将来好好干。我们龙虎相伴，不愁打不出一片好天下。虽说是玩笑话，可大军能从哥的话里，感到真正的手足情深。还有那份对未来充满激情的向往和渴望。

"那会儿，我羞涩内敛。可听了哥的话，却总是认真用力地点头。想，哥说得对，将来是我们的，我们能干出一番大事业，我们的将来会不同凡响。"一直飘闪不定的大军的眼神随着忆述而渐渐生动。他已经可以目光对视，并不再游移。童年的梦和纯真，引他越过生命的断裂带，而重回爱和自由。

那里，大军是个腼腆用功的少年，在兄长的牵引下，走向广阔的未知和可触的将来。

哥哥比大军大十二岁，说话总是很有哲理。大军一直很佩服他。哥是在北京念的大学。毕业时本来可以有很多去处的，可他回了家乡。用哥的话说，因为这里有他的家，他的兄弟。

大军的家庭很普通，父母都是没有多少文化的工人。一辈子勤勤恳恳、老老实实，对孩子们的要求也不高。只要健健康康、遵纪守法、做个正派人就好。

"可是我，却把哥的希望和梦、父母普通的盼望和期冀，全打碎了。"大军的语调瞬间黯然下来。双手局促地绞拧着。

从出事到现在，哥一次都没来看过大军。大军知道，他不能原谅。"我不怪哥,我知道在哥的心里我的位置有多重,也知道自己的出事对哥打击有多大。"然后,从这里开始,一直到采访结束,大军的叙述里,再没出现与"哥"有关的字眼儿。他近于刻意的回避和躲闪里,诠释着什么是真正的痛。

二十二岁以前,大军连跟女孩子说话都脸红,胆儿也特小。可不知从什么时候起,性格变得越来越暴躁,容易冲动。

其实,大军也很让父母骄傲过一阵的。中学毕业后,做过三年警察,而且还做得很好。刚上班一星期,就破获了一起团伙盗窃强奸轮奸案,受到了表彰。父母当时那个开心啊,逢上老邻旧居就会跟人唠上一唠。

可是好景不长。大军骨子里的一些东西随着接触社会时间的增多,慢慢显露了出来。首先就是他认为的"朋友义气"。总想,人活在世,是需要朋友的,而朋友,在关键时候是要拔刀上阵的。只要大军把谁认定朋友了,便会无底线地信任,倾力相助。

"后来从警察行列里退出,说到底就是因为被我看作朋友的一个人。他行骗,我不知情盲目帮忙,结果就把自己给'整翻'了。丢了工作。"说到这里,大军放缓了本就不快的语调,用手挠挠剃成一片青茬儿的头,叹息样地说:"朋友,朋友到底是个啥呢?"眼睛里的迷茫越聚越多,浓重得就快化不开了。

大军这时候需要的,并不是谁告诉他"朋友到底是个啥",而是在这疑问里,完成对过去的反思。这过程很难过,很扎心,可是,却也会在那痛中,得到在从前的"自由"和"舒畅"中得不到的东西。

二

不做警察以后，大军就去了南方，学做生意。先是珠海，再是深圳。开头碰了不少钉子，走了不少弯路。刚去的那段时间，甚至睡过桥洞子。在深圳最穷时，兜里曾只剩下过三毛钱。

那些日子让大军明白，赚钱不易。难，真难。

不过还好，半年多后，生活开始稳定，做起了电子生意，主要是中间商代理。那段时间，不知道哪来的运气，从没做过生意的大军，竟越做越顺手。又过了一年多以后，大军积累下一些钱，也获得了不少相关经验。这时候开始打外埠市场，并陆续有了些客户。

"就在这个时候，我认识了那个毁掉我后半生的人。我这人到哪儿都认朋友，认老乡。那人也是东北人，长得挺'人样儿'的。说话办事也有股子东北人才有的豪爽劲儿。我一看挺投脾气，就当作了'知己'。有些生意上的事儿就放心交他去办。谁知……唉。"随着叹息来的，是他额上鼓暴的青筋，叩紧的牙齿，以及拧锁成一团的眉心。到这时，才真正触及了胸口的痛。

那痛捂不住，消不掉。仿佛人生永远的痉挛，一阵阵波浪样翻滚着过来，碾压、撕裂，直到自行疲惫。可是未及多久，会再次咆哮而来。

那次，大军接到了西安的一份订单，货量很大，价值七十二万元的电子元件。按合同规定，他们这边派人去指导组装。因为信任，大军就把这"老乡"派去了，并要他回来时，把货款一并带回。

谁知日期过去很久，还未见他回来，往西安那边打电话，说是早组装完了，货款也早就交给他带回来了。大军一听急了，货款中有很大一部分是要交付厂家的，这要是出事，自己不但赔个"底儿掉"，还得负债累累。弄不好，还要担上诈骗的罪名。

紧着给那"老乡"打电话，电话停机。通过任何知道的方式联络，统统联络不上。大军的心彻底掉"冰窖"里了。

然后，大军便丢下手头的生意，开始了"东北大搜索"。因为据说，有人在东北见过他。大军不放弃任何一点线索，费尽千辛万苦，终于在哈尔滨把他给"逮"到了。

"可是你想象不出当时我的感觉，用绝望俩字儿远远不够。他把钱都折腾没了。一副'死猪不怕开水烫'的架势，说，愿杀愿剐，随便。反正钱没了。"大军用手挪挪坐着的椅子，似乎想让自己变得平静些。低沉语气里凝缩密集的愤恨，仿佛就要把他这个人整个给挤碎了。

"我杀了他。知道吗？我杀了他。最后用枪杀了他。"他接连重复着。

"除了你去杀他，就没有更好的解决方式了吗？比如报警？"

"或许有，可当时那种情况，已经来不及想得更多了。"

那人确实把钱折腾没了。大军当时心里也明白，杀了他也没用。他说能弄到钱，大军就信了。谁知他的"招儿"是入室抢劫。先是弄了支枪，又叫了几个人，一块儿去了牡丹江。去第一家时，他说那家欠他钱，让大军跟着一块儿去要，谁知进去了才知道根本不是那么回事儿。

"开了头就刹不住'闸'了。加上那会儿也真是想钱想疯了。就这么接连干了好几起。可是越干我越觉得不对劲儿,就想撤出。跟他说不想干了,钱也不要了。可谁知他们却不让,而且威胁我。这可真就把我逼急了,于是那个下雨的深夜,在吉林市,我就把他给枪杀了。"大军的眼神再次变得飘忽,不再说话,沉默。

窗户开着,有风进来,天气并不很热。可是大军额上的汗却一直在渗着,密密麻麻地渗着。

立秋了,夏天应该就要过去了吧?

如果不是太得意忘形

儒雅、沉静、深邃。

如果抛开谈话地点的特殊性，对面坐着的这个人，绝对称得上品位和档次，还有睿智。

48 岁，20 世纪 80 年代正规名牌大学毕业。阅历丰厚，下乡、当兵、工人、大学、机关、经商……出身背景良好，父母都是正师级干部离休。

凡此种种，都昭示了他应有的文化底蕴和良好修养。事实似乎也是。因为即便现在，他以这样的身份接受采访，也仍然保持着思维的绵远和自然的淡定。

"如果不是当初太得意忘形。我不会有现在。"他说。声音低缓，浑厚。眼神没有游离。

位于铁北的一所监狱。他在这里服刑。11 年的刑期，已满4 年。

"请不要把我的名字写出来。认识我的人很多。我不想太多人看到。"这是他对采访提出的唯一要求。

进来前，在省里机关做事。管着一些人，还有一些钱。正职之外，和朋友合伙做些生意，很顺。仕途也好，"钱"途也罢，都看不到沟坎。有朋友开玩笑，说他前世肯定做了一辈子好事。不然哪来这么好命。

这话他听着很受用。也是，自打到机关工作以后，似乎就没遇到过大难题。好像做啥成啥。只不过，他不把它归功于前世，而归于自己的聪明和智慧。

"凡事都有方圆，不能蛮干。无论做什么，我总在心里先沉淀一番，等该沉的沉了，该清的清了。再下论断。"

这就是人们常说的"头脑"吧。

"可是，也正是这超乎寻常的自信，让我栽了大跟头。"他微低了头，眼睛放到衣服下摆上去，蓝白道的监服有些落寞地衬着轻叠的双手。很静。

阔大玻璃隔板后，偶有做工的犯人过，谨慎地投来好奇的一瞥。

一

他的认知里，自己一向很有头脑。思想中，压根儿就没把自己跟犯罪什么的挂上过边儿，所以也从来没琢磨过这事儿。对法律的底线没有丝毫概念。直至被拘捕了，还如坠雾里，迷迷糊糊地想，自己怎么就到这里来了。肯定是哪里出了错。

而事实是，出错的不是别人，正是他自己。犯了法，却连犯法的意识都没有。

他这里，一直是自信骄傲惯了的。十多年前，一起搭伙做生意的朋友在海南搞房地产，资金上有些缺口，让他筹点钱。几乎想都没想，就从由自己掌管的单位账户上划了五十万元过去。当时的想法很简单，就是暂时用一下，回头立马补上。事实也是，他们很快就有了足够的资金，补上这些钱一点问题都没有，却不知为什么，没有行动。

"并不是想吞下这些钱，只是没上心。想着，反正单位这钱也归自己管，又不急用，用的时候补上就是了。"

这样一拖就是十年。十年间他跟朋友的生意越做越大，补上五十万元的想法偶尔冒出，却从没认真去操办。

"结果就……唉。"轻微的叹息，裹着说不清的复杂情绪。弯曲，复杂，欲说还休。

"进来"短短三个月内，一向漆黑的头发，迅速全白了。自问，自省，自悟。知道自己是"顺"糊涂了。忘了东西南北，也忘了自己是谁。

"说来你也许不信，我最得意的时候，曾有家不回，偏要住香格里拉，而且一住就是七个月。觉得那样舒服，派。再比如，我上午刚有个想法，想买辆新车，下午就开上了……那会儿，50 万元在我眼里根本不算什么，啥时候想还就还上了，能算个啥事儿呢？"

却不想，法律是有底线的，有着严格的临界点。模糊不得，不可逾越。

"那会儿，我就是太得意太张狂了。把谦和虚心，都丢在了脑后。而我一向，都认为自己是不可多得的人才，有头脑。这次事件，让我有机会可以回头冷静看自己。到底，我是谁？我有多聪明？又有多智慧？现在，我感触最深的就是，人生的每一次挫折，都是进步的开始。"他喜欢总结，而且喜欢把总结说成格言一类哲理的话。给人感觉一直在思考，很深很用心的那种思考。

用手捋头。紧贴发根的密密白发茬，硬硬一片。

二

知道他出事儿的消息后，父亲一下子就病倒了。老人军旅一生，离休时正师级，要求孩子们很严。而他，一直被父亲拿来做弟妹的榜样。除了后来的过于得意和张扬，他做事一直都很努力。无论是下乡、做工人，还是读大学、进机关，一直都踏踏实实。父亲对他很满意，一直教育弟妹，要向哥哥学。

升职后每次回家，父亲都告诫，公家的钱，千万不能拿。父亲和同为正师级离休的母亲，一生清廉，公私分得非常清楚。价值观特别正。

所以，知道他因为钱出事儿后，父亲特别不能接受。七十多岁的人了，晚上一宿宿地不睡觉，里里外外走，嘴里反复念叨：怎么会这样呢？怎么会这样呢？我儿子怎么……

"我对不起父亲。如果不是这事，父亲不能走得那么快。我进来第二年，父亲就离世了。入狱前，我在家里说话很有分量。我比弟弟妹妹大很多，父母渐老后，我便担起了长兄的责任。他们有啥事都愿意找我商量。"声音喑哑低沉。头微微仰起，眼晴看向房顶。再平视时,虽经竭力抑制,双眼仍挂了明显的湿痕。

父母想不到他会出事,弟弟妹妹更是想不到,他们对他的感情近于崇拜。他的入狱,对他们心理冲击很大。

"我很后悔,真的。这件事不仅改变了我自己的人生,也同时影响了父母弟妹的人生。我没有权利这么做。"双手抱住头,半天不再说话。

关于自己的家庭,他总是刻意绕过,似乎是个禁区。"我没有孩子,妻子偶尔来。"之后径自转移了话题。

入狱前,喜欢下围棋,而且下得好,参加过全国比赛,并拿了奖。无论商界、棋界,都有很多朋友。如果不出这事儿,应该会发展很快。无论这两方面哪一面。

"看,说着说着,我又得意了。做人不能这样的。现在,只要有空,我就会抓紧时间学习。将来出狱了,我还是要认真做些事的。我在外面还参着股。我最好的朋友已经把房地产做到上海去了,弄起了别墅区。东北人在上海能把房地产做大不容易。我这朋友特别有头脑。"

说到"头脑",不易察觉地微笑了一下,紧跟着又摇了摇头。

"说到底,人得追求些精神的东西,光有物质是不够的。能吃饱饭就行。"又是格言般的总结。

似乎跟前面的一些叙述相矛盾,又仿佛存着某种关联。

或许,对于一个正处在思索中的人,矛盾与一致,本来就有着内在的和谐与必然吧。

雾锁深秋

她很平静，平静得让人在她的眼睛里看不到思想。她说，我不说心死了。永远不说。只当它睡着了。太累了休息了。什么时候睡够了，就醒过来，一切还都是原来的样子。

她练瑜伽。安安静静地用心练。不跟人搭讪。没有朋友。只是看书，一堆一堆地看，一摞一摞地买。书里的世界别人的人生，却因为隔了太远的距离，而成了看不腻的风景。

孩子在另外的城市读研究生。正全力学外语，一门心思想去国外。孩子爸爸在西部的某个有风沙的城市过日子。和新的女人，还有新的孩子。

一

他们没有离婚，一直没有。他不离，坚决不离。不说理由。她也不逼他。婚前婚后拍下的大堆照片，还都在家里放着。偶尔他回到这座城市，还惦记着想过来看看。每一次她都不让，坚决不让。他就住宾馆。发短信给她，约吃饭，喝茶。说家常话。语气和神情，都像从来没离开过一样。

她知道他的做法违了法，重婚罪。要是去告，他会一下子遭到报应。可是她知道自己不会，永远不会。不想离就不离，无所谓。反正她也不再想找别的男人，也不再想结婚。一次就够了。

这个样子，已经有些时候了。最早那会儿，孩子刚上大学。他的单位裁员。按理说减不到他头上，可是他坐不住了，说留下也没啥大意思。正巧这时候，他一个大学好朋友在兰州那边开了家公司，缺人手。他就去了。开始说也就两三年，后来却再没回来。

开头儿电话很频繁，慢慢就少了。她却也没想过别的。她和他从中学就同学，直到大学毕业。从开头儿就是他追求她。中学那会儿，她是班长，学习好，会一些乐器，逢上大会小会的，还上台主持。同学们眼里，属于高高在上的那种。他呢，家里困难。妈有病，爸在工厂烧锅炉，还一堆弟妹。可不知怎么，他喜欢上了她。开头儿不说，拼命学习，把成绩弄得跟她不相上下。然后放学的时候就远远假装不在意地跟在后面。那会儿考大学特难，在学校都自习到很晚。他就偷偷地去送……

他对她从头就一直是好，很好很好的那种。他一直认为，她能跟了他，是个奇迹。对他来说，是个几乎不可能的福气。她家境优越，父亲在当地任着很高的职位，家里就她和哥两个孩子。哥哥20世纪90年代就去国外留学了，母亲在大学教书。婚后很多年了，他都还诚惶诚恐的。她很多次告诉他不要那样，她不舒服，可他说，习惯了，改不了。

他在一切事情上护着她。比如做饭，她不喜欢切肉，肉滑腻腻的感觉让她浑身不舒服。他就从头到尾没让她切过一回。实在要出差了，就把肉买回来洗净切好，片儿啊丝儿的，一样样切好装在袋里，然后冻在冰箱里，告诉她吃的时候只要拿出来缓缓就行了。

再比如鱼，她特别爱吃，可不吃油煎过的，只喜欢清蒸。他就买来好多这方面的菜谱，一点点换着样儿做给她吃。他自己呢，实在吃不惯这个做法，就等她吃完了，把剩下的拌酱油吃。她跟他说，你喜欢炸的，就炸吧。他总是连连摆手，"不用不用，这样挺好"。可她知道，那是他知道她闻了炸鱼味儿不舒服。

他就是这样，细枝末节地顾着她的感受。孩子原来就总说，我妈可真有福气，哪辈子修来的啊，能让爸这么疼。

的确。那么些年，他就没跟她发过脾气。她从小要强拔尖儿惯了，稍微心不顺，回到家就甩鼻子甩脸，有时候把话说得很难听。他就小心翼翼，尽量顺着她的性子……

这样时间长了，她也就习惯了。觉得自己命好，他喜欢这样，就这样好了。慢慢地，对他的一切付出，也就接受得理所当然了。

二

结婚后，他母亲偶尔来住，看不惯儿子的忙前忙后，就拿话"点"她。她觉得委屈，就说，他自己喜欢这样啊。婆婆就更不高兴了：噢，原来我儿子喜欢当牛做马啊。

话不投机半句多。婆婆往往来后没两天，就张罗着走，说心里憋气。儿子这么窝囊，当妈的也管不了太多，眼不见为净。就走了。

他呢，仍然一如既往。只是时间长了，神情动作里，就多了那么一种机械，情感的成分似乎少了。可她也没大在意。谁家能结婚这么多年还一直含情脉脉呢？

大学毕业后，她一直在科研所上班，因为精力集中，不用操心家事，工作做得很突出，参加了一些大课题的研究。很受重视。他呢？分到一家企业，不能说不努力，可始终不温不火。直到后来很久她也想不出原因，他专业其实挺精的，可为啥那时候就一直不出成绩呢？两人中间的落差，似乎从开头就在那儿，一直没怎么调和过。她就那么一直高着，他就那么一直仰望着。终于有一天，他抬头抬累了。想休息了。

而那会儿，她却还一点儿意识都没有。就是他自己，想来也并没有很理性地认识到。去西部，他也经过了很大犹豫。临走时，嘱咐了又嘱咐，怕她照顾不好自己。还是她劝他下的决心。她说，行了，别婆婆妈妈了，孩子读大学了，家里也没什么人，我照顾自己没问题的。一个男人，出去闯闯，应该的。想去就去吧，又不是去了不回来了。

哪里想到，竟真的去了就不回来了。

三

随着联系越来越少，她的疑问也越来越多。起初电话追问，他支支吾吾。后来问着问着，她突然觉得没意思了。尤其猜疑在一个去西部出差回来的老同学那里得到证实以后，她再一个电话都没打过。他电话过来也不再接。

孩子那里，他照常寄钱关心，就像什么事情都没发生。中间回来过几次，两人都是在外面见的面。起初，他说了很多的对不起，把头埋得很低。她说，你不用那样。离婚吧。

他却坚决摇头。无论如何不肯。

慢慢地她知道，那边的"女人"小他很多，没多大文化，可是体贴温顺，凡事按着他的意。他多年休眠的男人意识，苏醒了。

她的心，却从此沉睡。她不知道它要睡多久，因为已经不相信它有醒来的那一天。从知道他将远离自己生活的那刻起，她就彻彻底底放弃了盼望。

"直到现在，我都无法说对错。他坚持不离婚，那就不离好了。那边的女人又给他生了孩子。不知道他心里到底怎么想，我已经不再关心。我们无关了。"说是"无关"，可她静若幽潭的眼睛深处，还是分明滑过了些微的恍惚和空茫。

虽然转瞬即逝，可波澜，却分明是在的。

叠合的生命

这是姐妹俩。同样的高矮胖瘦同样的衣着长相，同样的神情举止。几乎分不出彼此的姐妹俩。如果不是姐姐感冒嗓子有些沙哑，很难分清楚谁跟谁。

四十岁左右。一对双胞胎姐妹。

出游的路上。下着雨。累了，和我们一样，临时停了车，进了店，点了热的饮料。临窗坐着。

一

"我们是黑龙江大安的。出来好多天了。这次主要去了山东那边，沿着海。两人换着开车，感觉特别好。"看得出，妹妹性格外向，喜欢主动跟人聊天。

哦。那么远。看着院子里那辆漆面有些斑驳的旧夏利，忍不住佩服她们的大胆和勇气。

"呵。别看它旧，零部件好使着呢。二手车市场买的，两万多。

有三年了吧。买时候怕上当，结果没想到，这么好用。"妹妹说话的时候，姐姐只管笑。手上浅绿色的饮料杯子，一波波浅浅地旋着雾气。

"出来走走多好啊。又能看景，又能认识人，多长见识。我们旁边儿店里那些姐妹，一听说我俩出门儿就说，都这年纪了折腾个啥呀？不好好待着。那钱攒着，干点儿啥不好。

我们可不这么看。钱多少是多？够用就得了。我俩原来有时候跟旅行团儿走，有时候自个儿坐车坐船走，这两年升级了，自己开车走。呵呵。"

说着，妹妹顾自爽朗地笑起来。

旁边听的人也都开心。正所谓意气相投吧。在路上，行走的风景，延展的世界，百样面孔。都是无限外延的丰富，将生命真实地拉长。

姐妹两个，身材同样挺拔修长，神情同样的笃定明朗。

两个人的故事，和着窗外淅淅沥沥的雨声，缓缓地自如流泻。

二

姐妹俩卖服装。妹妹卖了有些年头了，姐姐这两年才刚跟着做。

开始不会卖，挺长时间就只能保个本，压货太多，不会弄，总是跟不上趟。看人家卖得不错的衣服，也赶紧去上货，可等上来了，衣服也快过时了。人家都已经赚得足足的，把剩货照本甩了。

妹妹说，那时候干啥事都爱较真儿，就自个儿跟自个儿憋气。姐姐也跟着着急。俩人一直就这样，谁有啥事，不管高兴的还是不高兴的，心情都一块儿跟着反复。别人是一人一辈子，我们是一人两辈子。

姐姐听妹妹这么说，就旁边跟着边点头边笑。

"家"呢？那个相对独立意义上的"家"呢？

"她一直没结过婚，尽为我操心了。"很少说话的姐姐，这时开了口。眼神暖暖地看着妹妹。

外面的雨，这会儿越下越大起来。

原来，姐妹俩从小就没了父亲，母亲有严重的心脏病，啥活干不了。为了让姐姐腾出精力看书，才十五六岁的妹妹，决定放弃学业全力供姐姐。她知道两个人中必须得有一个照顾家里。

开始姐姐说啥不让。虽说两人出生时间也就隔了几分钟，可怎么说也是姐姐啊。妹妹就骗她说，自己书念够了，不想念了。姐姐知道那是谎话，可拗不过，就同意了。

从那开始，家里家外，妹妹就一个人全担了起来。

"说那些干啥。都是一家人，说那个干啥。"看姐姐哑着嗓子越说越动情，妹妹紧着阻拦。"你还不是一样。看我念不上书，比我还急。眼泪噼里啪啦地往下掉。每天放学后，都抢着干活。咱妈病重那几年，你看我晚上休息不好，就总找理由把我支走，自己留下。要不是这样，你怎么也能考上个本科。现在也就不至于下岗了。"

没想到，看上去洒脱自在的姐妹俩，竟有这样的过去。

三

　　"其实，细说起来。这些跟后面发生的事比起来，还都不算什么呢。"姐姐接着刚才的话茬。

　　参加工作后姐姐就结婚了，然后就有了孩子。万万没想到的是，因为药没吃对劲儿，孩子耳朵聋了。妹妹那个急呀，跟姐姐一块儿上火着急。那时候姐姐刚毕业，也没啥钱，孩子爸爸开头儿还有耐心，可没多久就烦了，就总吵架。后来他就走了，上南方了，再没回来。

　　"想想那个时候，是真难啊。要不是妹妹，我肯定撑不下去了。本来她想学个什么手艺的，一看那情况，就想着挣钱要紧。先是帮人看摊，进货卖货，陪着我带孩子四处去看医生。几年折腾下去，她就大龄了。"姐姐心思细密，说着说着，眼圈红了。

　　"现在孩子呢？"

　　"现在可出息了，上大学呢。都是她姨供出来的。要不，孩子这一辈子还不就全完了。"姐姐轻声说。

　　"好了，不说这些了。都过去了还说它干啥。我们现在就琢磨着怎么把眼下过好。小时候，我俩就想，长大了要去尽可能多的地方看看。现在虽然不能说条件有多好了，可怎么也有点儿闲钱了。我俩只要有空儿，就出去走。

　　去年还上新疆了呢。当然，我们平时出游基本不赶五一、十一什么的，人太多，太挤。更主要的，那时候啥都太贵。等过了高峰期，价格就都降下来了。家里的买卖，我基本上做顺手了，有压货也不像原来那么急了。

前年姐姐单位裁人，她下来了。刚开始急得不行，总上火。我就劝她，有啥上火的呢？我一个人正忙不过来，咱俩一块儿干不正好吗？"

妹妹笑着，说着。感觉里，什么难事到了她那里，都不算啥事儿。姐姐安静。却也看不到忧虑。

"我们觉得现在这样挺好。平时认认真真地干活，想放松了就好好去放松。我现在正琢磨着，等回去后，要联系联系跟我们年龄爱好差不多的，到时候一块儿出游。这样路上遇到个问题啥的，也互相有个帮手。旅行团组织的那种我不喜欢，定时定点儿的，太忙乱。放松嘛，就不能弄得太紧张。"说起以后的打算，妹妹头头是道。

"就是。"姐姐附和着。

我突然一时有些恍惚。眼前这像极了的姐妹俩，究竟是一个？还是两个？她们叠合交叉着彼此的人生，将对方的人生体验同样融入自己的生命。这究竟是一种什么感受？

诸多困惑里，我看到那根自母腹起就将二人牢牢连起的柔软的血脉，正色泽鲜润地穿越她们的生命。这一脉温暖，将她们与孤单和寂寞远远地隔开。

如果给我一个支点

她叫苑程。中医学院中医系五年级学生。这年大学毕业。

她坐轮椅。双腿小儿麻痹后遗症。

她开朗、热情，爱说爱笑。不孤僻，不自怜。

她认为自己除了跟别人"走路"的方式不一样，其他方面没有区别。

所以，开始她婉拒采访。

正是这份难得的健康心态，"诱发"了我的好奇和好感。因而决定不放弃。

于是，那个风沙弥漫的春日午后，在她二楼的寝室里，我们有了一次面对面的促膝倾谈。

"我这性格，得归功于父母。他们一直让我在正常的人群里，过正常的生活。"身着浅灰色运动装的苑程，双手自然搭在腿上，微笑着。脸上有一种淡定的成熟和自信。清澈的眼神随着忆述而略显些微的遥远和迷蒙。

一

三岁那年的某个早晨，突然站不起来了。那以前，苑程爱跑爱跳，个子比同龄人都高，长得也结实。

突然的灾难把父母震懵了。他们无论如何不肯接受现实。背着苑程天南地北地跑。妈妈把工作辞了，爸爸请了长假。电疗、温泉、针灸、偏方……甚至气功，都用遍了。苑程的腿却依旧绵软。

妈妈一遍遍对她说对不起。一劲儿说，如果不是只顾着忙，如果不是把她交给别人带，那她就不会漏掉吃小儿麻痹糖丸，就成不了这个样子。

母亲自责不已。原本光洁丰润的面容被焦灼和痛苦磨皱了。

日复一日，年复一年，治愈的希望越来越渺茫，父母给苑程做按摩的手却没有一日停止。手上的老茧又厚又硬。

"您看，我的腿基本没萎缩，原因就在这儿。"苑程轻轻拍腿。她的腿从外形上看不出两样，不是常见的细瘦一条的那种。

"我从没怨过父母。相反，内心充满了幸福和感激。他们对我的爱，足够我受用一生。"苑程的脸上，挂着暖洋洋的笑。

她一直记着那年春节，寒冬腊月，为给自己治病，全家人都没有回家过年的情景。苑程，爸妈，还有比她大三岁的哥哥，全家人站在天安门广场上，神形孤单，内心无措。

苑程很难过，哭着说：都怪我，要不，我们怎么会这样过年？

爸爸妈妈紧着过来安慰，讲笑话给她听。热烘烘的话一句接一句，苑程终于笑了。

"爸妈原本是开朗乐观的人，是我的病，把他们的心锁住了。知道腿轻易治不好了，爸妈背着我去爬八达岭长城，背着我去看故宫，背着我去景山、颐和园……爸说，趁我们还背得动，就让你多看看。"

正说着，我突然轻咳了一下。苑程注意到了，灵巧地转动轮椅，将桌上自己的缸子拿过来涮涮，然后弯腰提起地上的暖瓶，倒水递给我。

动作娴熟自然。

上学了，爸妈坚持让苑程和正常的孩子一起读书，一起玩。久了，连她自己也都忘了和别人的不同。

小学时，苑程一直做班长，学习成绩一直全班第一。下课了，同学们争着抢着背她去玩跳绳、丢沙包……

那会儿，苑程总觉得自己有一天会站起来。很多次她问妈妈：什么时候我能走？妈妈肯定地说：马上就会了。刚上小学，苑程就给自己改了名字，叫"苑飞"。她渴望着站立、梦想飞翔。这个名字，一直用到初中会考前夕。

叙述中，苑程的脸上始终溢着笑，眼神通透明亮。

"高考入学遇到阻力了吗？"

"没有，很顺利。连妈妈都惊讶，说我命好。回头想想，我这路上，得到的关爱真是太多太多了。"

二

"我一直觉得，站不起来对我是不幸的。可从另一方面，却给了我一个独特的看社会的视角。它让我对世间冷暖，有了更深的体会。就说读大学的这五年吧——"

刚上大学，遇到的最大困难是上楼梯。初离家时，父母也担心。家在外地，离得远够不到，怎么办？结果很快，这种担心就没了。

那个最初背苑程上下楼的学长，已经早就毕业了。他把苑程的课程表抄下来，将需要上楼去上的课重点圈起，标上时间。然后分毫不差地赶过来，将她背上送下。

目前背她上下楼的，是苑程同班的男生。同样实在、质朴、善良。有一次，他脚扭了，疼得厉害。苑程已经找好替代的人了，可到上课时，那男同学还是咬着牙赶过来。人背不动，那就帮着拿车吧。

"我欠大家的太多了。父母家人、同学朋友、相识不相识的好心人……我心里很过意不去。真的，那种感觉，没人体会得出。如何才能报答？我一直这样问自己。"说到这里，苑程顿住了。好看的眼睛里，有了雾样的东西。

苑程的眼睛望向窗外。桃花正红。

苑程喜欢和同学们在一起。有一次大家闲聊，有人问：苑程，你喜欢阴天还是晴天？她猜答案肯定是晴天，因为苑程一直都是笑呵呵很开心的样子。

可是苑程的回答却是：阴天啊。

同学惊讶。待听到理由后，就沉默了。苑程说：因为阴天的时候大家都在屋里啊，多热闹。

本是无心的一问一答，不想对方却记住了。没课时候，便常找几个同学过来陪苑程聊天、说话。正是好玩好动的时候，却将大把时间给了自己。苑程心里过意不去，就往外撵：都走都走，我要清静了。却没过多大会儿，就又都来了。

节假日，班里同学到公园玩，常都围着苑程。上台阶、到凉亭，细心周到。就连不相识的人，对她也是照顾有加。好多次坐出租车，司机无论如何不收她的钱。苑程执意放下，却又被从车里扔出来。那位面色黑红的司机师傅说过的话苑程至今仍清晰记着，他说：你出来一趟不容易，我能拉到你也不容易。这是缘呢。这钱你拿回去买本买笔吧。

三

一缕头发掉下来了，苑程伸手拨开。长长的睫毛忽闪着，眼神很亮很亮，透着拢不住的感激。

马上就要毕业了，苑程很兴奋，也很期待。二十多年来，一直在得到，她渴望着回报和付出。

苑程上的是中医系，从大二开始就不断地找机会参加实习，想让自己的知识学得扎实、稳固。利用课余时间，她又学了中医按摩，并考取了"中级按摩师"资格证。

"我现在最大的愿望，就是能尽快找到一份合适的工作。只要楼里有电梯，在一个平面上活动，我能应付自如，不会给人添麻烦。"

苑程有些急切地述说着自己的愿望。她实在太想自立，也太想通过努力来回报家人和社会。

愿望朴素，简单，真诚。

很久很久以前，一位有名的哲学家似乎说过这样一句话：给我一个支点，我就能撬动地球。

而现在，这个普通的女孩子，也正在寻找着一个支点。只是愿望没有那么宏大。她只想，就着那个"点"，给出温暖，给出热情，给出帮助和爱。

祝她愿望成真。

那束"奢侈"的百合花

　　找那个电话中她向我描述的她临时的家，很费了些时间。说是在光复路北边的一处老房子，可赶到时，却见那里已经拆迁，很多记忆中的老楼已经不见了，仅剩的几座有些孤单地立着。说是一座三层楼，灰色。又说，她家在二楼，临窗的位置摆了一束很大的百合花。站在楼下就看得到。

　　因为是临时的家，没有固定电话，她给我留的是个手机号。一遍遍拨打，总是"已关机"。

　　终于找到那扇有"标识"的窗。拐过去看到了门。确切地说，只是门洞，楼看上去实在有些年头，想来大门是早就没了。

　　上到二楼，叩了半天，却无人应。

　　"真不好意思，跟客户谈一个广告，地方挺偏的，就回来晚了。手机没电了。等半天了吧？"

　　她不停地道歉。紧着开门，紧着说话。

　　厚厚镜片后的眼睛，快速地眨动，就像她那刻极度不安的心情。

"听人说，你专门采访老百姓的故事，我就打去了电话。其实我的故事并不复杂。只是我太想找个人聊聊天了，就是说说家常也好。"

正在倒水的手顿了一下。就听她放缓了声音低低地说：人有时候真的很怕寂寞。

———— 一 ————

她和孩子是两年前从外地过来的。来的时候，母亲曾一遍遍问：想好了吗？这么做值吗？她的回答一直都是：以后就知道了。

现在，她的全部精神寄托都放在孩子身上。在老家时，她在一所中专教书，是个挺不错的老师，大学毕业，连年先进。如果一直干下去，应该是有些前途的。

可为了孩子，思考再三，她还是迈出了这一步。家乡是个县级市，不光视野窄，教育资源也实在有限。

女儿今年十三岁，在读初二，实在太优秀了。自打上学起，就没让她操过一点儿心，尤其在外语和数学上，似乎很有天分。

才三岁多一点儿的时候，她试探着带女儿去了一家外语班试听，别的差不多一般大的孩子都嚷着要走，可她却饶有兴趣地跟着老师读。模样专注，声音响亮。

下课时候，当堂学的几个单词，女儿竟很流利地读了出来。那位教外语的老教师很惊奇，说：这孩子有潜力，好好培养，是棵苗子。

孩子上小学没多久，就学了奥数。领悟力同样好得惊人。

整个小学阶段，孩子获得的各项荣誉不计其数。她和丈夫商量好久，终于决定由她辞职带女儿来这边读中学，丈夫还留在老家工作。

过来后，女儿上了一家挺不错的初中，半封闭式的。住校，只在周末回来。那里有一流的环境和老师。女儿进去时，花了不少钱。可她和丈夫都认为值得，只要孩子能成才，怎么付出都值得。

来后将近一年，她才找到了份工作，在商场替人家卖货。当时，心里的失落感真真切切。原来在家时多舒服，工作体面，又不很累。到这里，干着跟文化几乎没啥关系的活儿，还得小心翼翼，生怕被人家辞退。

干了大约半年后，她主动离开了。一家行业报招记者，她就去了。到那里才知道，她的大半任务是出去拉广告。一开始想打退堂鼓，因为之前从来没干过，不知道怎么从别人那里要到钱。

打电话给丈夫，他就鼓励：试试吧，不试怎么知道？好歹跟文化还搭点边儿啊，总不能一直给人家看摊儿吧。

想想也是。就去了。

没想到，还真坚持了下来。掐指算算，到这家单位已经半年多了吧。

这活儿不容易干。得费尽心机地琢磨，动脑筋。光能说会道不行。有时候，东跑西颠了一个月，一份广告都拉不到。那么这月，除了很少很少的一点底薪，就什么都没有了。

起初，她是在离孩子学校不远的地方租的房子，想照顾孩子方便些。可后来觉得贵，家里开支太紧张，就搬到这里来。便宜，每月几百块钱。老楼，一间，只是没有上下水。

"那种滋味儿一般人体会不到的。真是挺难受。"停顿一下，有些自言自语地摇摇头。干裂的唇渗了星星血迹，晃在阳光下的脸，有着干枯的痕迹。

她转身去端放在旁边凳子上的水。黑黑的头发根处露出了许多白茬茬。"染的，头发白很多了。差不多都是这两年变的。"语调已经较开始明显缓慢多了。

二

来这里两年，感觉最难受的就是精神上的寂寞。平时孩子不在家，就她一个人，没有朋友。原来爱说爱笑的，现在沉默多了。虽然工作上不断接触人，可都是为了实际利益，总觉得跟人中间有着隔膜。

晚上有时回来得早，就到附近书店去看书，一直看到关门。

孩子只在周末回来，孩子面前，不敢有任何不良情绪的流露，尽量显得高高兴兴的。

"看到我家窗台上的百合花了吗？对我来说挺贵的。可我坚持买，每周末换一次。就因为孩子这天要回来了。我要让孩子有个好心情，她喜欢这花。虽然我们离开家了，住在租的房子里，这么简陋，可还要和从前一样温暖。只是……唉。"摇摇头，叹口气。

孩子自从来这边上学后，也变得寡言了许多。学习成绩虽然还是那么好，可却轻易不跟人交流。学校开家长会，老师也反映，说孩子太内向，不大合群，几乎没有朋友。

她很担心，孩子原来不是这样的。小学时一直爱唱爱跳，自打过来后，就慢慢变了，似乎一门心思只知道学习了。

后来，她无意中看到孩子写的一篇日记，里面流露着早熟的心事。女儿懂事，虽然她从来没跟女儿强调过为她辞职、离乡背井的话。可她知道，这些女儿都明白。女儿生怕自己做得不够好，辜负了爸妈。而且，陌生的环境本身对她就是一种压力。

她原来是做老师的，孩子的很多心理都能理解。可是，未来真能如当初所愿吗？很多时候，她的心里，装满了忐忑和不确定。

丢了工作，远离亲友，忍受着一般人体会不出的寂寞，只盼女儿能身心健康地度过中学这几年。毕竟开弓没有回头箭。

丈夫是个老实人，搞技术的工程师。为了多挣俩钱儿，现在能加班就加班，孩子将来上大学的费用还指着他呢。

他们已经很长时间没见面了。

三

然后是长长的沉默。

"跟你说了这么多，心里舒服多了。有时候，我真怕自己憋出病来呢。其实，我也常常背地里问自己，这么做对还是错？都说'儿孙自有儿孙福'。放假回家，朋友们也这样劝，说我活得都没自己了。可我始终觉得,要想得到,就必须先有付出。我想要得到的,就是渴望中的女儿的成功。"

"可是,万一结果没有预想中那么好呢?"有些残忍地插一句。

她愣一下,摇摇头:"不会的,不会的。"语气却明显不够坚定,犹疑中牵扯着隐约的迷茫。

结束采访,走在春日依然有些凛冽的风中,眼前晃动着那位寂寞母亲过早干枯的面容,还有窗台上那束"奢侈"的百合花。

艰难里夹着温馨,本该感动。可是心,竟有些纠纠绊绊的疼。一下一下,明显质感地震颤着。

春花秋月遥迢路

静谧秋夜，有风穿过微开的窗斜抹进来，浸着白日刚刚剪过的青草的淡香。朋友一双天性活泼的小女儿，因为有了喜爱的电视剧的陪伴，而有了片刻奇异的安静。

我和肖也因此可以如从前一样低语细谈。

想想，前次匆匆一见已是四年前。在长白山宾馆长长的走廊上，她和丈夫肩扛手拎着大包小裹，前拉后扯着一对刚刚三五岁的小女儿，赶飞机、坐火车、乘汽车，去往内蒙古草原深处的母亲的家。

然后在不长的停留后，再如此这般地回返，去到她自己远在加拿大多伦多的家。

那个时候，他们住的是租来的房子，事业在经过数次反复后，也才刚刚起步。将来在心里，正存着无限可能。

转眼是数年。丈夫成了房地产经纪人，自己又读了大学法语系，孩子们也都入了小学。住处上更是有了大提高，拥有了属于自己的独栋别墅。

　　然而，说到这些时，她的神情里，却看不到一点点的志得意满。很静很静。甚至有着些微遥远的迷离。

　　"去年春秋，我分别送走了乔和琬两个人。她们患的都是癌症。她们的死对我冲击很大。我因此想了很多。每个人的心里都充满梦想，觉得生命遥遥无期。可似乎只是突然间，我们便已不再属于自己。"

　　接下来，我便"认识"了乔和琬，对我来说全然陌生的两个人。经由朋友的忆述，她们渐渐变得生动、可感——

一

　　乔来自天津，来加拿大刚两年，结婚也才一年多。是个看上去很健康的女孩子，脸胖胖的，圆圆的，很爱笑。她在国内时学的是企业管理。到那里之后先要过语言关，就去学法语。

　　在校园拐角处第一次碰面时，她的笑容里带着惊喜："你也是国内来的吧？你长得可真像我姐姐。"这是她说的第一句话。就像认识了很久，一点生疏的神气都没有。

　　她男朋友是在她之后去的，两人是大学同学，只要同时看到他们俩，肯定是手拉着手，两小无猜的样子。而这时，他们也都二十七八了。男朋友过去没多久，她就开始四处发糖，说是结婚了。新房在一座公寓的地下室。布置简单，却很温馨。

　　她学习很刻苦很努力，同时用大块的时间去找工作。不管结果如何，总是兴高采烈的。她计划着，等过了语言关，找到稳定点的工作，就要个小孩。到时候再把妈妈接过来住住，让老妈也看看外国是个什么样。

出国前，家里就她和母亲姐姐三个人。父亲已去世多年，姐姐中专毕业参加工作没两年就下岗了，天天一大早起来帮人炸麻花。日子过得非常辛苦。

因为这些，乔干什么都很努力，想快点步入正轨，好对家人有所帮助。

谁也想不到的是，去年春天，乔在一家公司刚谋了个职位，上班还没多久，竟突然间病倒了。胰腺癌。

那里的医生不向病人瞒病情，乔很快就知道了。不过还好，她很镇定。起初的慌乱过去后，她便积极配合治疗。她的脸还是那么圆圆胖胖的，眼睛也总笑眯眯的。只是有时很着急，盼着病快点好起来。怕把功课耽误了。她的手边堆了厚厚一摞书。

乔不相信自己会死。还这么年轻，一切都才开始，怎么就会死呢？身体一向又那么好，不会的。家里的妈妈和姐姐还都等着呢。她听话地吃药和打针，并努力保持精神愉快。

可是，癌细胞却不如人愿地洪水样一路倾泻下来。乔开始迅速消瘦，脸颊开始塌陷。她的笑容开始变得苍白脆弱。终于，在周围的朋友们又一次征询她是否让母亲或别的什么亲人前来的时候，她轻轻点了头。

"她妈妈和那长得的确跟我很像的姐姐，陪着她一直到暮春。她们很普通，却很隐忍。在乔的面前，几乎没有掉过眼泪。我们去探望，时常会看见她们母女三人手拉着手在花坛边静静坐着。"朋友的声音低沉黯然。

"乔的丈夫，在乔生命的最后阶段却变得很忙。我们怎么都难以相信，曾经那么相爱的人，却在人死后做出那样的事。乔办有保险。他跟乔的母亲游说，让老人表明态度放弃继承权益，并签了字，说这样办起来会方便些。乔的妈妈想都没想就签了，却没想到，在乔死后，乔的妈妈竟然连拿件孩子的东西做纪念的想法都没有实现。"

关于乔的讲述暂告一段落。整个故事听上去似乎并无大波大澜，可却有种让人说不出的心痛。

说到琬，又是另一种感受。

<h2 style="text-align:center">二</h2>

琬去世时 38 岁，到加拿大已经十多年了。在一家很有规模的大公司里上班，工作体面，收入也多。丈夫是个画家。起初很多年里，两人的感情都很好，那会儿丈夫的事业还没展开，总是磕磕绊绊的，很不顺。琬就四处打工，直到找到这份工作稳定下来。可以说,那些年,他们家几乎全在靠琬的收入支撑着。

丈夫事业慢慢顺达了，脸上的笑容渐渐多了。可琬却感觉到了明显的疏离和隔膜。有段时间，因为办画展，丈夫国内国外来回跑，后来每次回去，都长时间陷入若有所失的沉默中。

终于有一天，他跟琬"摊牌"了。他说，回国时又遇到了初恋情人，已经失去过一次，不能再失去了。他要找回从前。

对丈夫这种不可理喻的谈话方式，琬感到忍无可忍，毅然选择了分开。那会儿，儿子刚刚三四岁。

琬的老家在山东，身上有着山东人所特有的耿直性格。她话语不多，除了很少的几个好朋友，并不多与人交往。只默默地带孩子，做事。倔着性子往前走。

离异后有几年吧，琬的丈夫又回来了，原来，"初恋情人"惦着现在的家，并没有跟他走到一起。前后想想，他便又踏进了从前的家门。然而，让琬无论如何不能释怀的是，丈夫对他自己的所作所为，竟然连一句表示歉意的话都没有。

为了孩子，琬没有将他赶出去，想着不管怎样，毕竟是孩子的父亲。谁知没过多久，丈夫又故态复萌，一次去巴黎，竟在那里又爱上了一个女人。然后是数月没有消息。

琬知道后，什么也没说，只将大大小小的门锁全部换掉了。

琬患肠癌，是几年后的事。得知病情后，琬很冷静，几乎没有任何惊慌。即使在需要腹部排便的阶段，也仍将上衣扎在牛仔裤里，打扮干净清爽地去上班。偶尔有朋友劝她，实在难过就哭出来，不要总这样硬撑着。她也只是笑笑，摇摇头。

生命的最后阶段，琬很清醒，也更坚强。她写下了条目详尽的遗嘱。把凡是能想到要做的事都尽量地一一去做。

"这是我有生以来，第一次看到一个人那么冷静清醒地安排自己的死亡。也是第一次看到那么倔强独立的性格。"讲到这里，朋友忍不住感叹。

三

琬生命最后阶段，也就是连下床的力气都没有时，突然特别特别的想见原来的丈夫一面。听到她细微着声音说出这一要求，旁边的朋友们当时就都忍不住流泪了。依她的性格，要说出这样的话，得经过怎样的内心挣扎。

谁也不忍心告诉她，她的丈夫其实来过了，可是连病房都没进就带着愤怒又离开了，而且直接去了另外一个国家，离这里很远很远。

更不忍心告诉她，她丈夫愤怒的原因，是她将留给儿子的遗产托付给了朋友保管，而不是他。

她是孤独着离去的。死时，身边一个至亲的人也没有。她的父母早就过世了，兄弟姐妹又都在老家务农，生活艰辛。她不忍心惊扰他们平静的生活。

为她送别那天，树上黄黄红红的叶子飘落得特别厉害，就像一起来与她寂寞而又倔强的正在远逝的灵魂握手。

"不知为什么，她们生命的最后，情和钱，竟都很奇妙地有了瓜葛……"朋友以一声轻轻的叹息结束了追忆。

恰在这时，孩子们也都发出了不情愿的长叹声。原来，她们喜爱的电视剧结束了。

在桌子上弹奏"钢琴"

这封邮件让我感到异样。有沉重，也有感动。我把它拷在盘里，放在背包里，背了好多天。我知道这世界上每天都在发生着很多事。如意的不如意的，行云流水一样，来来去去。可是，当生命呈现出远隔了年龄的沧桑和成熟，仍使人忍不住为此感叹。

我的一个外甥，年龄和发这邮件的小付差不多。正在读大学。读书学习、踢足球，放假了南南北北地去旅游……自由自在，无拘无束。

独生子女的一代，被家人呵护着长大的一代，就像壮了翅膀的鸟，直着劲儿往前飞。

这个年龄，似乎还没有学会回顾和感恩。

可是，这封邮件显示出的生命和心思却截然不同。

下面是它的全部。（标题下方是完完整整的署名。本文只取姓，简称"小付"。——作者注）

受尽磨难的我

付＊＊

我不知道该从何说起，只想向您说一下我所经历的困难。我今年刚刚 23 岁，但我觉得我的心已经有 33 岁了，因为在我很小的时候就经历了让我和同龄孩子不一样的磨难！

小时候我是很快乐的，无忧无虑，家庭也很幸福，直到我15 岁的时候，我的生活发生了巨大的变化，父母离异了，从此我也从一个快乐的小男孩变成了一个心理压力很重的男孩，母亲的离去让我们整个家庭发生了天翻地覆的变化，因为母亲将家里的积蓄全部带走，父亲靠着开出租车来养活这个家。此时的我也省吃俭用，更加努力地学习，奶奶把一切家务都承担起来了，就这样我们艰苦地过了三年。

第四年我考上了高中，就在我读高一的时候，家里又发生了一件令我措手不及的事，我的父亲突然病倒了——脑血栓！当时我正在学校练钢琴，突然同学来找我，说你的家人来找你，我的家人什么也没有说，只是让我上车，等到了医院我才明白，父亲快不行了，我当时一滴眼泪也没有掉，因为我相信父亲一定会没事，我只是喊大夫快抢救。终于，父亲挺过来了，但是有一只手不能再动了。

此时我们家里唯一的经济来源也没有了，我的心里想了很多，我有过不念的想法，想去打工养家，但是被我自己否定了，我心想，以后如果没有文化什么也做不了，我一定要把这段时间挺过去，我没有放弃学业，反而更加努力！同时我利用假期时间在外面打工！当我上高二的时候，我父亲的病又犯了，没有办法，奶奶将家里的一块地卖掉了，大部分的钱都给我父亲看病了，其余的钱也都用来还债！当时我就觉得我不能再耽误时间了，我要马上考大学，我的决心已下，因为我刚上高二，原则上是不可以的，但是学校知道了我的情况后还是很大程度的帮助了我，不但组织同学为我捐款，还特许我提前报考，我也从高二的班级直接到高三去上课了，就这样我同高三的学生一起努力了半年，我终于考上了东北师范大学！当我收到通知书的时候，学校的老师和同学都为我高兴，晚上我回到家里把通知书给父亲和奶奶看了，他们都笑了，而且笑得是那样开心！

这个时候我心里并不好受，上大学的钱从哪里来啊？我开始向亲戚去借，我说等我毕业后一定会还给你们的，我只借到了学费的一半！这时我高中时的钢琴老师给我打来了电话，告诉我别管钱的事啦，去报到吧，先交一半！我的钢琴老师对我非常好，就像我的母亲一样照顾我，关心我，很多人都说她是我的贵人，我也是这么认为的！就这样我踏进了大学的校门，也就是从这一刻起，我又遇到了我人生道路上的第二个贵人——我大学的钢琴老师！我这才明白我的老师为什么让我先交一半的学费了，原来我的两个钢琴老师都认识，都姓张，而且非常要好，我其他的学费也都是我大学的张老师给交的，在以后的日子里两位老师对我都很照顾，从吃穿等很多方面都给了我无微不至的关心，我真的是由衷地感谢我的两位老师！没有她们我是不会这么顺利地完成大学学业的！我永远也不会忘记她们的，永远不会。我永远爱她们！

现在的我已经工作一年多了，虽然工资不高，但总归是有收入了，也勉强能够维持家用，和给父亲买药，不管现在怎么样，我都会给自己信心，我会用我的能力和行动向所有人证明这一切，我相信自己以后会好的，我很有信心！

结尾处是单位地址和一个手机号。

可是，这样的家境，怎么会想到去学钢琴呢？我拨通了小付的手机。

"我家里没有钢琴。小时候也没有真正地接触过。原来只是喜欢。直到读高中了，认识了张老师，才开始正规地学习弹琴。"

电话里，小付的声音低沉缓慢，很朴素。就像邮件中整体透出的基调——

"无论到什么时候，我都非常感谢我的两位钢琴老师，一位高中的，一位大学的，她们都姓张。她们对我的鼓励和帮助，改变了我的人生。那种爱，不是谁都能给予的。我还记得，有一位老师，曾当着全班同学的面儿说我，你家又没钱，学音乐做什么？那种轻视的口气，是可以将一个敏感自尊的年轻人击倒的。

是我的钢琴老师帮了我。她找我谈话，说：想考就考吧，只要肯练，没什么难的。音乐给人美感。而教我音乐的老师更让我懂得，这世上真的有爱和善良在。

虽然现在我还是没有钢琴，而且从事的工作也与弹琴无关，可是这没有关系，音乐是我生命的一部分，已经烙刻在我的骨子里了。"

很自然，很真切。能够想象到，风雨中被人护守的那一份刻骨铭心。

"读大学时，每年到交学费的时候，我的钢琴老师就会问我凑多少了。我每次只能先交一半，想等下学期再去想另一半。可每次都没等到下学期，老师就都替我交上了。老师今年已经六十多了，是很著名的钢琴教育家。她和我的高中钢琴老师教给我的，绝不仅仅是如何弹琴。"

有一首几乎人人耳熟能详的歌叫《感恩的心》，可是又真正有多少人，明白它的真义？

"工作了为什么不攒钱买架钢琴？既然喜欢，大学又学了专业。"我提出疑问。

"家里条件不允许。今年元旦开始，父亲彻底不能动了。要买药，要买纸尿布，家里生活也需要钱。我工资不高，除了家用，就只剩下坐车的了。我现在想的，就是好好努力工作，加把劲儿，把工作再往好里做做。"他说，忙起来的时候，就把好多难事都忘了，可偶尔闲下来，想到音乐，想到曾经的梦想，也会难过。有时候，会默默地在桌子上轻轻弹击，想象自己在弹琴。可是手指有些硬了，看着它们在桌子上跳动，心里有时候会很难过，"也许，弹钢琴本来就是我的一个过于奢侈的梦。可是它产生了，就去不掉了。"

"有人说我的思想和年龄不相称。是这样。我现在可以说是我们家的依靠，记忆里我似乎就不曾向谁撒娇过。就拿现在来说，我每天得记着回家帮父亲翻身，扶他坐坐，逗他乐。他每天躺床上盼着呢，只有我进家门了，父亲才会咧开嘴高兴一会儿。我是他的精神支柱，我知道。虽然他现在不能说不能动了，可心里什么都明白。

　　我不怨自己的出身，它由不得人。这个道理我早就懂了。我现在能做的，就是努力，不停地努力。好好地做好眼下的一切。"

　　有困惑，有痛苦，却同样有追求，有拼搏。这样的生命，肯定会有好的将来。

　　而高山流水的琴音，相信就在不远处，会重新自他的指间自如流泻。

走不出的疼痛

已经很多年了。"进来"那会儿，女儿才刚刚会走路，现在，孩子来探望，已经是搀着爷爷奶奶了。每次看到女儿孤单怯懦又倔强的复杂表情，他的心里，都会一阵阵地绞痛。时间长了，里面外面的亲人，都不再掉眼泪，可不知为什么，疼痛的感觉却越来越强烈。

女儿体质不好，个儿往高里拔，身架却单薄。父母一天天老下去，他在"里面"，却还有很长很长的路要走。

记不得哪天了，不再梗着脖子和父母争论事情对错。从出事起，多少年来，当着亲人的面，他一直不肯低头，一直强调自己的对。杀得对。杀得有理。那个女人实在可恶。这样的妈，孩子没有也罢。

现在却不再说。

想不出一个起决定作用的情节或片段，只是自己这里慢慢隐约地知道，这世上，不是什么事都要有个黑白分明的了断。没有彻底的恨，也没有彻底的释放和解脱。便是死了，也还会有记忆的尾巴，拖着长长的影子，跟着，甩都甩不掉。

他一再说，自己没有念过多少书，没文化。是进来后这漫长特别的时光，让他学会了沉思。

往前看，高墙下的日子，还有十多年。

一

家在四平。"进来"前，他是个工人。

杀的人是他媳妇。他恨她，那会儿是真恨。他总想，我怎么会跟这样的人结婚呢？简直太不通情理了。

和媳妇是别人介绍认识的，处对象那会儿，还没看出啥来。她手懒，嘴却甜。到家里来，啥也不干，却会跟在未来婆婆身后"婶长婶短"地叫，把老人叫得直乐。背后跟他说，咱家真是烧高香了，能让你遇到这么好的闺女。

其实那会儿，俩人认识不过才几天，啥叫好都还没弄明白呢。她在家是老闺女，好吃懒做，又骄横。可是婚前，这些都被很好地掩饰了，也许是他有意地给淡化了，反正没当回事。从认识到结婚，也就两三个月的工夫。然后就一个屋檐下过日子了。

起初，因为没房子，他们暂时跟父母住一块儿。她心里老大不高兴，觉得受了委屈。可是，两位老人都没正式工作，家里经济条件实在拮据，她又想住楼房，所以暂时只好将就着。

刚开始几个月，她还顾着点情面，知道不是长期这么住。虽然油瓶倒了不扶，啥活儿不干，可偶尔还知道对老人喊两声爸妈。母亲好面子，心也热，凡事都自己抢着做，有好吃好用的都先可着她。可是就这么的，她还是开始找碴儿了。

先是整天木着脸，一副苦大仇深的样子。进屋就往床上一躺，谁叫也不吱声。再就无事生非地跟他吵。后来是当着父母亲的面指桑骂槐。弄得老人心里很不是滋味儿。

他就开始后悔，怎么找这么个媳妇儿啊，日子这才刚开始，啥时候是个头儿？

趁着还没孩子，就把婚离了吧。

却不想，她在这个时候怀了孕。

怀孕后，越发有恃无恐，很嚣张。动不动就连骂带摔。好多次，他实在忍不住，真想狠狠揍她一顿。每次母亲都把他拉到一边，劝着说，她怀孕了，就让着点儿吧。等生了孩子，也许就好了。

他就努力地把火压下来。盼着孩子生下后，她的性情能柔和点儿，像个当妈的样儿。

却没有想到，看全家人都让着，她竟越发不可理喻起来。横挑鼻子竖挑眼不说，对公公婆婆也开始连吵带骂。

一天，他夜班回来，已经夜里十一二点了，别人家都熄灯了，家里却灯火通明。她刺耳的声音在小小的院子里尖锐地响着。

家里住的平房，左邻右舍全是老邻居。平常母亲怕人笑话，她一大声嚷嚷就紧着去关门窗。可这会儿，她却又嚷上了，而且院里院外的门都开着。她站在院里尖着喉咙喊骂着，内容杂七杂八。老实的母亲坐在屋里炕边上，抹眼泪。

他气极了，上去就是一巴掌。

她一下子愣住了。扭身跑出去，喊着："这日子没法过了。"

没法过那就不过吧。

二

"要是真从那天起不过就好了，她也就会还活着，我也就不会在这了。"双手抱住头。好一会儿，说了句。

"我从来没想过有一天自己会到监狱里来。从来没有。我爸妈没钱，可都老实本分。我脑袋是不够聪明，上学时候无论怎么用功，成绩也上不去，可亲戚们都说我心眼儿好。初中毕业我就到一家工厂做工了，就想踏踏实实地过这一辈子。唉，谁料得到呢。"他苦笑笑，脑袋往后仰仰。才三十几岁的脸，竟深深浅浅地布满了沟壑。

他说话，一句一句，很慢，却有条理，甚至几分诚恳。没有惯常印象中"另类人"的狡诈和油滑。

轻轻地叹气。

"刚出事儿那几年，我心里一直怨她。虽然把她杀了，可我的一生也毁了。我恨她。慢慢地，时间长了，我有些缓过劲儿来。意识到自己的做法是太极端了。不管咋样，她给我生了个女儿，她再不好，也犯不着我来要她命啊。可当时，不知怎么就是控制不住。"停下来，搓搓手。半晌无话。

那个晚上过后没几天，她父母兄嫂就来赔不是了。先是说了一大堆自家孩子不好的话，然后提出建议，说，现在之所以总是吵闹，问题的关键就在没房子。先把房子买了吧。钱不凑手就借点儿，先把房子买了再说。

父母心软，就劝他同意。他也琢磨着，她身上毕竟怀了自己的骨肉，能对付着过就过吧。

就这么的，父母拿出所有家底，又从亲朋那里借了些钱，买了套两室一厅的楼房。当时他跟她说好，借的钱得两个人自己还，家里一旦有了钱，第一件事就是先把债还上。当时她挺痛快地答应了。

新房住上，孩子也出生了。他心里暗暗寻思，她这性情应该也会改改了。

可谁知道，孩子的出生非但没有让她恶劣的脾气变好，反倒好像更坏了。人家都说孩子是女人的全部，可从她身上一点儿都看不出来。谁也弄不明白怎么回事，她对孩子就是不亲。

住上了楼房，欠了债，家里的日子更加拮据。他一直记着欠债还钱这回事，有点钱就攒起来，想着要还给人家。她对这做法很不满，等到钱攒得差不多了，他说该还钱了，她竟坚决阻挡起来，说是人家来要再给，不要不给。

"我听了心里这个气啊，你说这叫事儿吗？非得人家到门上来要。做人总得有点信用吧，她偏偏就这么不讲理。"说到这里，他的眉头紧紧地拧起来。

看他态度坚决，她先提出离婚了，而且前提是不要孩子。他心里就特别不理解，孩子这会儿才多大点儿啊，竟然说出这样的话来，还像个当妈的吗？不过也好，孩子跟着她不会有啥好日子过。

天天吵着离，却又还在一个屋子里过。这天，为了还不还钱，她又跟他吵起来，而且嘴里说出特别多难听的话。他说，当时脑袋都大了，也不知道怎么了，拿把刀照她就捅过去。

就这样，一个本来就算不得幸福的家更是支离破碎了。

三

"当时我也蒙了，就想着，这样的人活着也是给别人带来痛苦，孩子没有这样的妈也罢。有很长一个阶段，我不认为自己有啥不对。认为她死了，我们全家就都得解脱了，包括孩子，都要比有她能生活得更快乐。可是现在，我不这么想了，时间越长，疼痛就越厉害。再怎么，孩子有妈也比没妈强啊。过不到一块儿不过呗，怎么就弄到这个地步了呢？"一口气说了很多。

然而，时光不倒流。

他从前的很多伙伴，现在都生活得挺好，有的做采购员，有的做买卖，有的已经做经理。可是他这里，有的却只是追恨和懊悔。

想起原来看的一个新闻短片。两个孩子一起玩耍，发生了争执。其中一个孩子爸爸，认为自家孩子吃了亏，拎上把磨光的斧头，天天村里村外转悠，终于这一天，春节还没过完的时候，看到了"目标"……上去照着那孩子的脖子就砍。孩子当场死去。他上了警车。临上车前，有记者问他后不后悔，他脖子一梗："后啥悔，为了我孩子。"

这样的"为"法，换来的又是什么呢？

一时的"痛快"，能否对等得起亲人们长长一生的疼痛？

这样走进夕阳

　　最初看到的他们，只是背影。他们在前，我们在后。色彩鲜艳的安全头盔，红蓝两色的紧身运动衣。一下又一下奋力蹬骑自行车的利落姿态。在四面苇海的旷远景致里，很好看。也很动人。我们乘坐的景区内旅游车，很快赶上并越过去。只是瞬间，他们就成了苇海中小小的两个点。之后迅速不见。

　　这是在"十一"长假，辽宁红海滩风景区内，由景区大门到景点的路上。

　　路很长。苇海苍茫，狭路蜿蜒。偶有野鸭孤单踽踽，看车来，速速贴近苇丛。

　　没有想到会再次跟那两个小小的"点"相遇。更没想到会在休息间歇，能有一次舒展的长谈。

　　红红的海滩，海滩上火一样的碱蓬草，碱蓬草间钻进钻出的无数只大大小小的螃蟹，给了我们惊叹，也给了我们长时间驻足的理由。

　　趴在架起在红海滩上的桥栏边，低头俯望，一只只螃蟹，泥里进进出出，碱蓬草旁绕来绕去。两只"端"起的前爪，往嘴里有趣地扒食。第一次如此近距离地看这些可爱的生灵，真是兴奋到极点，和旁边的游客们一起，大呼小叫着，连说带比划地惊叹着。

"头次见吧？有趣吧？"回头。不由惊诧非常。竟然是路上被我们远远甩在后面成了"点"的那两个骑车人。就坐在我们旁边的长凳上。帽子摘下来了，露出的，竟是灰白参差的发。

两位老人！

"放假出来走走？就该这样。不同的地方多看看，放松放松，会看到很多有意思的东西。"岁数相对来讲更大些的老人很愿意说话。

"像我俩，有空就搭伴儿出来。有意思着呢。"另一位看来也很善谈。

交流就此开始。年长些的老人姓吴。另一位姓李。为了记述方便，姑且就称他们吴师傅和李师傅吧。

一

"我们是从本溪骑过来的。昨天骑了一天，今天又骑了多半天，除了晚上睡觉，基本没咋歇。体力感觉还行，不怎么累。习惯了。练出来了。你说我们两个都多大年纪？"

吴师傅笑呵呵地让我猜。我说了两个数。他们都摇头。

"说少喽。我今年都67了，老李也64了。要不是头发，一般人还真就猜不到我们的年龄呢。"

吴师傅"得意"地再次笑起来。旁边的李师傅也跟着开心地咧开嘴巴，打开了话匣子。

"这几年，我跟老吴正经走过不少地方呢。你们吉林那边的长白山，我俩是去年骑过去的。一直骑到山门底下。当时说给别人听，都不信。直到我俩把身份证拿出来，他们才信。当时正在那儿旅游的一些韩国小伙子，抢着跟我们合影。上山的时候执意跟我们坐一辆车，一劲儿说，以后他们也要用这样的方式来游中国。

我跟老吴骑车四处游真是游出甜头儿来了。想当初，刚退下来的时候，多走会儿路气都喘不匀。"

李师傅声音硬朗，底气十足。还真想不出他当年气儿都喘不匀的样子。

聊起骑车出行的初衷，李师傅感触更深："主要是刚从工作岗位退下来的那两年，真难熬。我在单位大小也是个领导，每天前呼后拥的，热热闹闹。一下子冷清了，心里真不是滋味儿，空落落的。"

为了让李师傅有个事儿做，老伴买了好些笔墨纸砚什么的，让他练写字。看老伴儿张张罗罗的热乎劲儿，李师傅没忍心泼冷水。心底下却想，自己原先就没那爱好，能一退休就变成个书法家？老伴儿看人家老头儿都舞文弄墨的，就也想让李师傅来陶冶陶冶性情。可李师傅知道自己身上根本就没那细胞，硬往上靠咋能行？

看李师傅屋里屋外实在转得难受，老伴儿就找了几个人来陪着打麻将。李师傅性子急，还爱较真。谁要是牌桌上不守规矩啥的,就真跟人家急。而且不知怎么,心里总觉得气儿不顺。外面好天好日头的,自己却整天守个麻将桌,算个啥事啊?

可是,不坐这里又坐哪里呢?李师傅也试着出去逛,却心里一样憋得难受,回家看啥啥不顺眼。

"总之吧,那段日子,人家叫啥来着?'退休综合征',我身上都有了。"因为陌生而不设防吗?萍路相逢,李师傅却将心里话翻抖得清清爽爽。

那阵子,着急上火,李师傅觉得生活一下子没了目标。干啥啥没意思。老伴儿也跟着着急,却再想不出好办法。

而且身体也好像变得越来越差。血压高,常常头晕。气短,平躺着喘气越来越费劲儿。头上起了好多火疖子。不知咋了,那阵子真就像在水深火热中一样,特别难熬。

就在这个时候,一个跟李师傅差不多同时退休的老朋友去世了。胰腺癌,退下来没多长时间就病了。刚得病时李师傅去看过他,当时精神状态还挺好,却没想到,半年不到,人没了。

"这件事给我触动特别大。回头想想自己,感觉挺害怕的。自己现在这生活状态不也很危险吗?不行,得想招儿'自救'才行。"说到"自救",李师傅乐了。打开随身带的矿泉水,咕嘟嘟喝个痛快。

"呵。说到这里,我还是你的救命恩人呢。对吧?"半天没言语的吴师傅接过了话茬。

二

李师傅退休后的那些难过辗转，吴师傅没经历过。俩人不是一个单位的。一个坐机关，一个在工厂。吴师傅干了一辈子钳工。退休了也没觉有啥特别的，家门口支个修车摊，挣点零碎钱。

吴师傅每天一早就起，到附近的广场遛弯儿。走上个把小时，然后回家吃饭出去修车，没觉有啥不好。就一门心思琢磨着，自己这身体可得锻炼好了，不能出啥毛病。吴师傅的老伴早就没了，儿女都结婚另过了。自己要有个啥毛病，还不得拖累孩子？难受遭罪不说，还不知得花多少冤枉钱。不过还好，吴师傅的身体没啥大毛病，一直硬硬实实的。

加上心里不爱装事儿，整天乐呵呵，尤其摆个修车摊后，总有没事儿的老人凑跟前儿说话，闷不着。日子过得挺滋润。

李师傅和吴师傅，就这么认识的。

李师傅不是爱凑堆儿的人。偶尔有那么两次，吴师傅赶上手头儿没活跟人下会儿棋。李师傅来了，站那儿看。跟吴师傅下棋的人爱悔棋，走几步就悔一下。本来只是下着玩儿的，吴师傅也不当真。可李师傅这个看棋的却不干了，冲那人嗷嗷地喊，挺义正词严的。把人家弄得挺没面子，下半截就不下了。

看着李师傅脸红脖子粗的样子，吴师傅觉得过意不去，就拿个板凳让他坐下聊会儿。

就这样，一来二去，俩人认识了。聊下去才知道，两家竟然称得上是邻居。楼跟楼中间不过隔了个广场。

慢慢地熟了，吴师傅就劝李师傅多锻炼锻炼，多活动。依他的体会，人只要动起来，啥这难受那难受的，就都没了。

在他的督促下，李师傅每天早晨也能坚持下楼跟着一块儿走步了。因为多了个人，边走边聊天，李师傅也觉得有意思了不少。后来两个人就不单单绕广场走了，开始更早起来，沿着马路边儿走，一走就是好几里。早晨人少，车也少，空气又好。走起来从不觉得累。

一晃半年过去，李师傅的身体好多了，精神状态也好了。老伴儿特别高兴，专门包了饺子请吴师傅过去吃，说是感谢。

更让他们没想到的是，两年前俩人无意中兴起的这个骑自行车出游行动，带来的好处更是说也说不尽。

"是啊，开头老伴儿还不同意，担心这个担心那个的。可后来一看我越来越棒的身体，就啥都不说了。哈哈。"李师傅开开心心地笑着，"现在不但支持，我们每次出发时，还积极地忙前忙后呢。"

"孩子们也都支持。我这自行车，就是他们赞助的，三千多呢。"吴师傅的神情看上去同样开心自豪，"当然，我们自己在路上首先要注意的就是安全，别让家人担心。累了就歇。反正行程自己说了算。"

很多的风景，很多的美丽，在自行车轮一圈又一圈的飞旋里漫舞翻卷。寂寞远去，曾经叠压的层层心事随云飘散。生活在流动里丰富，生命在简单里高远。

未曾设想的夕阳晚景，就这样，以动感的姿态徐徐铺展。

陌路人生

"我要说的，是我的姐姐。她死了，就在十天前。去火葬场送她的，只有我。邻居们有要跟去的，我拒绝了。姐姐生前不止一次跟我说，到时候我一个人去就行了，不要惊动别人。这是她的性格，也是为人。我想我需要尊重她。"

这样一字一顿安静说话的，是个花白了头发的阿姨。61 岁，姓窦。她说，姐姐这一辈子，安静过，却更长时间地喧闹过。可就是那短暂的安静里，也一直被深隐的喧嚷搅扰着。那一种喧嚣，是刻在骨子里的苦和痛。

"姐姐去了。自己年龄也大了。很多事恐怕都会慢慢忘掉。趁着还想得起，说出来，记一记。也算作一种纪念吧。"窦阿姨退休前是个老师。语言的逻辑性很强。

—

窦阿姨这一辈子，读书教书，是个有知识的文化人。姐姐不一样，一辈子不认一个字。

姐妹俩都是父母抱养的。养父不能生育，身体多病。她和姐姐相差 8 岁。她五岁左右被抱进这个家的时候，养父母都已经五十多岁了，对她很好。只是刚进这家门没两年，养父母就先后都离世了。

她和姐姐接下来又分别被两个不同的家庭领去，好在两家离得不远，还能经常见到。虽说在一起生活没多久，可心里边，两个人一直都把对方看作最亲的人。

姐姐一直没念过书。后来领养窦阿姨的这家人对她很好，送她上了学。她和姐姐，也因此有了截然不同的人生。

窦阿姨说话很慢，安静，祥和。语气里听不到任何的跳跃起伏。

姐姐被那家人领养后没两年就嫁了。嫁的是那家人的儿子，比姐姐大 14 岁。

那家人姓李，外来户。在全村人都姓一个姓的那地方，很受排挤。姐夫老实，挨了人家骂，不管占不占理，都不吵。低着头回屋，往炕上一倒。

姐姐也跟着在外面小声小气，谁都不敢得罪。后来陆续有了孩子，一儿一女。儿子叫大强，女儿叫大平。

大平 3 岁那年，姐夫得肺结核死了，姐姐的公婆没多久也都去世了。丧事一桩连着一桩，全是姐操持的。就有人传闲话，说姐姐"方"人，命不好。

姐姐也不辩。只顾拼着劲儿拉扯这一儿一女。每天早晨，孩子们出门前姐姐要做的第一件事，就是反复告诉他们，别惹事儿，别跟人打架，遇事要忍着。

那种感觉现在的城里人可能都理解不了，很难描述。说得通俗点儿吧，你周围几乎所有人都沾亲带故，就你一个外人。难不难受？有点啥事儿都往你头上赖，还不能还嘴，一还嘴就有人站你门前骂，啥难听骂啥。再不就往院里扔砖块子，暗地里收拾你家孩子。找谁说理去？

"姐姐自己呢，整天就知道多干活儿，少说话，遇人赔小心。就这么的，孩子们慢慢大了。"

有些远离现实的陌路人生。恍若寂寞的河流，在隔了云月的时光深处，悄然滑过。

二

对姐姐这一生打击最大的，还在她的儿女上。

大强是姐姐唯一的儿子，姐姐一心指望他来顶家立户的。18岁刚成年就送去参了军。大强也争气，在部队学会了开车。不爱言语只知道干活的性格让他跟周围人处得很好。

大强二十刚过，就在一次回家探亲时，结了婚。媳妇是姐姐先相看的，邻村一个女子。宽眉大眼，性格爽快，说话做事挺麻利。媒人说，这姑娘能干，啥活儿都拿得起，就是脾气大点儿。姐姐开头儿有些犹豫，怕自己小门小户的配不上人家，更怕大强受气。可经不起媒人再三劝说，就同意了。

结婚后没几天，大强就回部队了，姐姐家里于是就多了个儿媳妇。

说来奇怪，姐姐的这儿媳妇，对外人都不错，也肯干活儿。

就是看不上姐姐,横挑鼻子竖挑眼。从打进门,除了改口时叫的那声"妈",再没叫过。进家就黑着个脸,尤其给姐姐生了个孙子后,脾气就更大得不像话了。有时候吃着饭,看姐姐喂孩子的姿势不对了,就一顿骂,姐姐躲出去,她就站在门口台阶上骂,啥难听骂啥。左邻右居的开头儿还劝,后来知道劝也没用就不出来了。

姐姐一个人躲到外面的墙根儿底下哭。也不知道姐姐上辈子造了什么孽,从小到大,心就没抻开过,一直揪揪着。

姐姐在儿媳妇那里受了委屈,也不找人诉苦。说实话,也找不到人。这样时间长了,很多病就都找上来了,尤其胃病,疼起来的时候死的心都有。又舍不得去医院,就硬挺着。有一年冬天犯病了,实在挺不了,就到邻居家要个萝卜。也不知道姐姐哪里听来的偏方,说是萝卜烧成灰吃了能治胃病。赶巧那年月家家都穷,邻居家也没有。就在要出门的时候,姐姐在屋角处看到半个萝卜,原来是邻居家不知啥时候用来堵老鼠洞的。

"姐姐拿回来烧成灰后就着水吃了。碰巧我回去看到了,心里那个难受啊。"窦阿姨的语调第一次有了起伏。

姐姐忍着儿媳妇的责骂,想着儿子将来复员就好了。可是,接下来更不幸的事发生了。

大强这孩子挺稳重的,车技一直不错,不知怎么一次外出时,把人给碰坏了。本来在部队挺有发展前途的,这下子完了。复员后到了县城的一家纺织厂,住单位宿舍。没想到工作一年不到,就弄着了宿舍蚊帐,引起了火灾。虽然最后火扑灭了,损失不大,可影响很坏。大强被开除了。

大强窝窝囊囊地回了老家。媳妇本来指望着能跟大强去城里生活的,这下子梦想全破灭了,脾气更是大得不得了。骂大强,骂婆婆。家里天天硝烟弥漫。

"也就两年不到吧,大强死了。肺癌。有人说是遗传了他爸的病。可我想,还是压抑引起的。大强媳妇没多长时间就带着孩子改嫁了。"

三

姐姐无处可去。大平的儿子患了白血病,一家人急得焦头烂额。不缺人手,只缺钱。姐姐去待了两天,觉得自己只能添乱,就回来了。

后来,那孩子死了。大平也傻了。被男人送去了精神病院。

"姐姐的晚年生活,很安静。我给姐姐钱,姐姐执意只要一点点。守着乡下那间小小的屋子,常常一坐就是一整天。"

暗哑的河流,粗粝的沙石,歪扭旁逸的枝丫,在暗风游云里,互为比照,组构出生命苍黄的轮廓。

老人说,她知道这样的故事,没有多少人愿意听。太悲伤,太单调,也似乎太远离现实。可是,它真实地存在过。窦阿姨只想以此告诉自己和周围的朋友,这世上,就是简单的平凡琐碎的生活,也不是谁都可以拥有。里面的安稳的幸福,实在应该好好珍惜。

窗外有轻轻的雪花旋起,冬天来了。

一生钟情一件事

说起石头，就像说自己的孩子。长长短短，了然于心。他这里，石头都是有生命的，可以萌芽，可以生长，可以"出息"成不同的样子。甚至，可以思想。

他小小的工作室里，摆满了已经"长大成人"的"孩子们"。狂放、憨拙，抑或剔透，都是不同的世界。

"醉石斋"，门楣上悬着。"关东石痴"，名片上印着。贾杰，大家叫着。

已经有些年岁了。可是，激情和热爱却让他远远遁开了年龄的羁绊，而在精神家园常青的花木扶疏中，染成浓郁碧翠。

一

贾杰从小就喜欢画画，画着画着就迷上了雕刻。不管画画还是雕刻，从来都没拜过师，全是自己琢磨。小时候家里孩子多，经济窘迫，就四处搜集报纸上的小画片儿，自己琢磨着画。几乎所有书本的空白处，都被他画满了。升中学的时候，好多学校都抢着要，免试。而到了中学，这一特长更是被看好，校方许诺将来毕业时保送他去沈阳鲁艺学院。可是"文革"来了，梦想泡汤了。

下乡在农村，贾杰拿着刀四处刻。他的锄把子，是大家公认最有特色的，断面处被他刻上了精美花纹，谁看谁说好。这样一来，本来枯燥乏味的农活儿，因为有了自己营造出来的艺术氛围，也变得有趣多了。

贾杰总是觉得，人这一辈子，一定要爱一样东西，全心全意地爱，别掺假，别打折。这样过起来人生才有意思。

后来，他被招进了一家位于大山里的军工厂，先做仓库保管员，看管钢材，再做统计，最后进了工会搞宣传，这才算是跟自己的爱好接了"轨"。

贾杰一直就有股子韧劲儿。不管干啥，都用心。看钢材，就研究钢的性能；做统计，就把各种表格数据什么的牢记在心。别人一天干的活儿，他能两三个小时就弄得又快又好。啥窍门儿？两个字，专心。专心了注意力才会提高，也才会有效率。

正是这份专注自律，赢得了领导信任。也给自己赢来了机会。

到工会时，跟爱好挂上钩了，就更加全身心投入。为了设计好一样东西，贾杰常常让人把自己锁在屋子里，一天不出门，午饭也顾不上吃。

二

贾杰是 20 世纪 90 年代病退的，从那时候开始，他就把自己完完全全跟石头雕刻"绑"一块儿了。

开头儿几年都是去内蒙古巴林右旗背石料回来刻，可一趟趟的，怎么也背拿不了多少，就是觉得不够用。干脆心一横，一个人跑去了巴林。巴林石是我国四大名石之一。贾杰在当地一住就是四年。那种满足快乐的感觉，到现在想起来都还记忆犹新。

那几年，除了尽情雕刻，就是有意识地选好石料。等到几年后回来时，竟拉了满满一卡车石头，一块块全是他用双手选出来的。直到现在，家中的床下啊，柜里啊，沙发旁边啊……还都堆着那时候选出的石料。它们让他无论白天黑夜，都感觉活得特别踏实。

一年年刻下来，真就成了"精"。随便一块儿石头，到了贾杰手里，经过认真的"相石"过程后，便都有了自己独特的"生命走向"和性格。

李白醉酒、黛玉葬花、东坡赏砚、胡笳十八拍……古典的韵味，悠远的意趣，深厚的文化，在一块块大小不一的石头上自然呈现。每一件作品，都不接不拼不沾油，依着石头自然的纹理和状态，呈现出不同的生命内涵。而他的微雕作品，更是让人惊叹。一厘米长短的猪鬃上，竟刻了龚自珍的《午梦初觉怅然诗成》，28 个字。显微镜下若隐若现。

一块巴掌大小的石块儿，刻了李清照的 28 首词、词解及生平。6407 个字。

每一件作品，都让人惊叹，并随之思绪飞扬。而赋予这些石头以生命的这个叫"关东石痴"的人，其"痴"字，也就在这一个个崭新的"生命"中，被诠释得淋漓尽致。

"海鸟"的梦想

海鸥，一个年轻而飞翔的名字。蔚蓝辽阔。

人却安静秀气。隐在淡紫色细小镜框后的双眼，干净质朴，生动得就像个孩子。

却在经着商。

隆礼路有名的酒吧一条街上，她那间打扮文雅的小小静吧，有些羞怯地隐于一片喧嚣中，如春花，兀自绽放着年轻温暖的气息。

"我还有个姐姐，叫海燕。常下班后过来帮忙。"海鸥轻轻地说。

海鸥、海燕。海燕、海鸥。

应该是远离陆地的生灵吧。

"是的，我很单纯。母亲去世前，我从没想过有一天会经商。虽然一直想着要改变从前的那种生活状态。可改变后去做什么，并不明确。"海鸥安安静静地微笑。手里娴熟地打着奶油块儿，一点点搅拌，细白的奶液在温润的荷叶灯下，泛着迷离的光泽。

一

3 年前，海鸥还在铁北的一家变压器厂上着班。工作稳定，却单调。工厂到家，家到工厂，永远的两点一线。工资撑不着也饿不坏。有时候，看着厂宿舍区那些退了休在墙根儿下晒太阳的老人，海鸥会心惊：这是不是就是我的将来？

简单的直线，近于苍白的生活，青春的棱角被一点点打磨。

惊悚的感觉常常不期而至。

正举棋不定时，母亲去世了。母亲是那种很传统的女人。爱家、爱孩子。活着时，将一切打理得井井有条，包括海鸥和姐姐的生活。

海鸥在家里排行最小，母亲在时，她从没为任何事操过心。

一时间，就觉得天塌了。很长很长一段日子，海鸥不说话，也不做事，就那么半天半天干待着。母亲是突然"走"的，离世前几乎没有任何征兆。母亲还算不上老，六十都不到。

沉默和悲伤中，海鸥陡地明白了许多从前没有想过要去弄明白的东西。

为了将海鸥从悲伤中拉出来。姐姐带她去了黄山。黄山脚下，有许多间小小的咖啡屋，都不很大，却温暖，喧嚣里的优雅和安静。海鸥和姐姐白天去黄山看树，晚上累得疲乏不堪时，就找一间坐下，喝些东西，说点话，并不往深里讲，心却慢慢有了温度。

从黄山回来，海鸥立刻就将原来的工作辞了。曾经读过赵枚的《左岸》，很喜欢。欧洲、巴黎香榭……离现实很远，却梦一样，在心里沉沉浮浮。

想拥有一份自己真正喜欢和热爱的生活。母亲的死让海鸥明白，人真的只有一生。

海鸥在的这条街，一到晚上就特别热闹，灯光闪烁、歌声飞扬、各酒吧间泡沫四溢……这里却不同，安静、舒缓，感觉就像个另类。而这个"另类"，却也慢慢拥有了许多个志趣相投的朋友。

单纯，不懂经商，做事完全顺应直觉。想不到，这种性格或说为人竟也会"歪打正着""无心插柳柳成荫"。

那晚，两个年轻人来喝咖啡。喝着喝着看到了挂在吧间内壁上的吉他，就要弹。吉他是母亲在世时买给她的，海鸥很珍惜，没人时会拿来弹弹唱唱，经常擦拭。有很多记忆在里面。却还是没二话地递了过去。想不到只几下，吉他弦竟断了。海鸥一时愣住了。小伙子也很无措。

虽然心里痛惜，可海鸥仍是迅速缓过神来，微笑着，努力表现得不在意。就想，来这里的人，都想放松、快乐一会儿，不能因此搅了兴致。

结果，那小伙子后来成了常客。并不断带朋友过来。

二

手里的奶油打好了，专注地旋成好看的曲线，蜿蜒于浓热的咖啡上。星星点点的彩色奶豆随缀其上。一杯正宗的卡布奇诺做成了。

"我并没想过靠它来挣多少钱，只想以此来圆自己一个朦胧却久远的梦。"温暖地笑着将咖啡端过来。自己却去拿手边一只透明玻璃杯，滚烫的水里飘浮着粉红花瓣。

"是玫瑰。"海鸥轻轻喝了一口，"我喜欢咖啡的香气，却并不喝。我更喜欢茶。我喜欢的是咖啡带来的气氛和情调。"孩子样的眼睛里，一抹干净的蔚蓝。

"这样的生活，有点符合我的想象。却又似乎并不完全。总觉得还应该再去做点什么。我读过大专，学过美术，对设计什么的都很有些想法。这间小屋，里里外外，都是我自己弄的。来过的人都说很有味道。"海鸥的话让我有些吃惊。刚才一进来就觉得店里的设计很特别。疏疏的篱墙、翠绿的枝叶、错落的灯盏、使房间变得遥远迷蒙的色彩……怎么也没想到竟是海鸥一手打造。

还在写小说？已经五万字了？

"是啊。姐姐也说我想法多。可却支持我。有时候我也想，自己是不是有点儿'这山望着那山高'？可姐姐说，这多好啊，有想法，有憧憬，生活才有新意。不瞒你说，我还想将来有一天到巴黎看看呢。"

海鸥的话里，一遍遍出现姐姐两个字。想象得出，姐姐和妹妹一样，有创意，有梦想，并将梦想不断揉进生活，打成真实想要的模样。

只是，姐妹俩现在都还是独自一人。

"找到另一个很难？"有些冒昧地问。

"那需要缘。"海鸥轻轻地说。

不再深问。知道属于大海的生灵，不同于陆地上的飞鸟，它们的梦想，一直向着远方飞。

风雨同舟

她是这么平常的一个女子。衣着、长相、谈吐，甚至笑容，都谦和而朴素。就像那个叫作"民丰一条"的胡同，没有任何修饰。

而她的故事，对我，同样有些像这个胡同，偏远，陌生，闻所未闻。

质朴里的新鲜和感动。

她叫李梅，一位社区工作者。她工作的地方，就在这条胡同里。她的家，在拐过一个弯一个弯又一个弯后的某间低矮平房里。房子的顶上，苫着对我们这座城市的许多人来讲都很陌生的油毡纸。她一个月的工资是几百元，每天从早忙到晚，利利落落，很开心。

李梅的家，刚刚被评为"文明家庭"。

她的家有些特殊。她的婆婆，是疯婆婆。很多很多年了，骂、摔、砸。打李梅自己还是个孩子时，这样的声响，就一阵又一阵，疯狂尖锐地从隔壁传来。

那时才刚刚五六岁的隔壁男孩子，常悄悄走出混乱的家，过来推门。也不过才六七岁的李梅，会自然地过去牵他的手，给他找吃的，陪他一起玩。

玩着玩着，两个人就长大了。

李梅就在某一天，做了男孩子的妻。然后就成了那一家人的精神支柱。

很自然。却不知为什么，旁边人清醒地看着，胸口常有柔软的疼。

一

"是啊。很多人说我不容易，替我觉得难。刚走进来时，家里的里里外外，只有一个字能形容，就是'黑'。碗是黑的，筷子是黑的，枕头黑得找不见原来的色儿。窗户上的玻璃被砸没了，钉着塑料布，屋里一片黑。"就是那么个情况下，李梅走了进来。别人替她难受，不知道以后的日子咋办。婆婆就丈夫一个孩子，公公身体还常不好。一家人肯定是要在一块儿过的。

李梅却说，自己没觉得有啥，从开头儿就没有。连她的家里人，也都没想太多。

她是乐呵呵嫁过来的。

聊着时候，李梅的脸上一直漾着笑。

可是，褪了色的素粉羽绒服，冻得发红的脸，以及抖着凌乱毛茬儿的发辫，却还是无形中让人感觉到了忙碌和克己。

"哦，忙是有点儿。不过早习惯了，也喜欢这样。"轻轻地一语带过。

她工作的地点是一幢红砖平房,没暖气,没水,也没电。煤炉刚刚燃着,热劲儿还没上来。屋里是干干脆脆的冷。

见到李梅前,听人讲,这一片房屋过些时候或许会拆迁,将来情形应该会改变。

"没想过太多。对我来说,有活儿干就好。"脸上洋溢着乐观知足。看得出,对自己的工作,她很喜欢。

"我不轻易发愁,发愁没用。再说,也没有发愁的理由。丈夫是我自己选的。我好像从没觉得嫁到这个家里有什么不对劲儿。我和丈夫算得上青梅竹马吧。打小,他就像我们家的人。饿了,过来吃。不想回家了,就在我家睡。对我们来讲,他就像亲兄弟。"语气亲切温暖。

李梅二十来岁那年,隔壁的男孩子一家要搬家了,就是搬到现在这个地方,他妈妈是这里长大的。当时想着,搬回来,她或许会神志清醒些。不料,东西都搬上车了,他妈妈却死活不上。谁劝也没用。

不知怎么,迷乱中她看到了李梅,硬过来往车上拽。嘴里含糊不清地嘟囔着:你上我就上。

这话直到现在李梅都记着。当时还不是婆婆的老人模糊的思想里,早已把李梅当成了家人。那以前,李梅常去他们家,帮着干这做那,可是从没想过她会明白。

李梅很感动。一个精神有毛病的人啊。

就这样,李梅带着她上了车。而这一上,跟着来的,就是一辈子。

转眼十六七年过去了。中间难也好，苦也好，都熬过来了。婆婆现在，神智已经好多了。周围所有的亲朋里，她只认李梅一个。不论干什么，别人领着不去，李梅去她就去。

有段时间，就是吃药，也得李梅带头儿。婆婆一度砸摔得特别厉害，必须吃药控制。她却无论如何不吃，怕别人害她。没招了，李梅就先吃给她看，她看李梅吃了，才肯把嘴张开。这么一些日子后，李梅整个人也跟着迷迷糊糊的了，经常昏昏沉沉。

有空的时候，李梅就陪婆婆聊天，她不一定听得懂，也不一定听得进去，可是眼神却慢慢地清澈了。原来婆婆不洗澡的，后来李梅哄着就去了。现在，婆婆很爱洗澡，别人谁领也不去，李梅去她就紧紧跟着。开始婆婆到里面闹来闹去，现在也安静了。

李梅说她始终相信，如果你诚心地去做一件事情，一定会有结果。不是说"水滴石穿"吗？婆婆的精神世界就是已经成了荒漠吧，她也要试着把水滴进去，试着让它长出绿色来。不试就没有任何可能了。

二

"我丈夫是不是很感激？怎么说呢，我们在一起，从不说这些话。他是那种很沉默的人。不太多说话，忍让，宽容。我们的关系很特别，是夫妻，是亲人，却也是朋友。你看，我们是那个样子长大的，心里面有很多相通的地方。他没正式工作，四处打零工。可不管回来多晚，干活儿多累，我们也要躺着说上好一阵子话。唠一唠，就觉得日子好过多了。"李梅安静地说着，耐看的眼睛里一直装着盈盈笑意。

结婚很多年才有的孩子。孩子出生时，因为体质过弱，在医院保温箱里待了半个月。李梅和丈夫曾担心不已。

现在，孩子已经 8 岁，读小学二年级。

"孩子很懂事。对爷爷奶奶特别孝顺。就是有两块儿糖，也要拿出一块儿来给奶奶。常逗奶奶开心。知道奶奶有病，不管奶奶做了什么出格的事儿，他都不嫌弃。"说起孩子，李梅脸上的笑意更深了。

孩子知道家里日子不富裕，从不乱花钱。长这么大，从没管大人要过什么小零食。他现在最爱说的话是，等我长大了，一定让咱家日子过好起来。特别有责任感。

李梅现在最高兴的是，孩子手术后性格开朗了，也爱说爱笑了。

孩子出生起，一直到几个月前，脖子都是歪着的，一边儿的筋揪揪了。一直想动手术，可是钱总不凑手。这两年常有人跟她说，孩子再不及早做手术，怕就长成形做不了了。李梅很担心。因为脖子的事儿，孩子以前一直不爱说话，敏感。

几个月前，李梅一咬牙，跟书记借了两千块钱，让孩子做了手术。手术后，孩子的脖子直了，性格也开朗了。李梅这个高兴啊，乐得不行。虽然又欠了债，可是孩子的问题解决了。

"所以我一直觉得，上天待我不薄。真的，不薄。"语气里是深深的满足。

孩子上幼儿园前，一直单独和婆婆在家。那时候婆婆病很重，可是孩子从来没受到过任何伤害。每天出门上班前，李梅都给孩子喂得饱饱的，然后哄睡。让李梅奇怪又感恩的是，那许多日子里，孩子总是一睡就半天，直等到她要回家了才醒。不吵不闹，很安静。

"我现在最大的盼望，就是一家人都能健健康康的，不得病……"

三

聊着，听着，李梅的生活，很近又很远。在我们走出社区办公室，向她的家走去时，这种感觉，再次逼近脑海。

家到了。一间苫了油毡纸的低矮平房。

进去，一细条狭窄过道，看来是当厨房的，放了许多瓶瓶罐罐。再进去，是一间十多平方米的屋。屋子的一半是炕，另一半放着个高低柜。李梅笑着说：别人搬家给的，能放很多东西呢。另一个角落里，一张小桌子，桌子上放着台小黑白电视。

李梅的公公，正在地上磨菜刀，见来了人，笑笑，不多话。李梅说，老人耳朵背，跟他说话得大着嗓门喊。

李梅的婆婆，戴着帽子歪靠在被垛上，不喊不叫，很安静。看人的眼睛很清亮。进去时，跟她打招呼，她不说话，却也没有敌意和戒备，很温和地看着我们。

儿子上学去了，丈夫在外面打零工。小小的屋子，地方不大，东西不多，简陋里却透着干净和有序。点燃的炉子，热量顺着炕面弥散，屋子里于是有了均匀的温度。

看看四周，只有一铺炕。

"晚上都在这里睡吗？"有些疑惑地问李梅。

"是啊。都在这里。后面借邻居的地方我搭了个偏棚，一般不去住。冬天，省煤。"李梅很自然地回答。脸上一直荡着暖洋洋的笑。

很多的感慨在心里。挥手再见。大着声音跟李梅的公公打招呼："儿媳妇好吧？"老人抬起头，憨厚地笑："不是媳妇，闺女呀！"

那一直沉默的婆婆，竟也欠了欠身："走啊？"声音很低，可是很清晰。转头看李梅，她的眼睛里竟有了潮湿。

走出很远，回头看李梅隐在成片屋脊间的家，竟找寻不见，远远地，但见一间连一间，成了片。

突然地想起海，想起船，想起一个俗极了的成语，那就是"风雨同舟"。